Bettina Storks

Die Stimmen über dem Meer

Zu diesem Buch

Nirgendwo kann man so schön schweigen wie in einer bretonischen Hafenkneipe. Doch die Wahrheit darf nicht schweigen. »Das Land am Ende der Welt« – so bezeichnen die Bretonen ihre Heimat. Hier haben es Fremde nicht leicht, auch wenn sie wie Morgane eine bretonische Mutter und neuerdings ein überschuldetes Häuschen an der Küste haben – schrullige alte Mitbewohnerin inklusive. Doch Morgane spürt ganz deutlich: Mit ihrem halben bretonischen Herz gehört sie hierher ins Finistère.

Bettina Storks, geboren 1960 in Waiblingen, lebt in Bodman-Ludwigshafen am Bodensee. Sie studierte Germanistik, Deutsche Philologie und Kulturwissenschaften und promovierte 1994 an der Universität Freiburg über die Prosa Ingeborg Bachmanns. Danach war sie mehrere Jahre als Redakteurin beschäftigt. 2007 begann sie mit dem Schreiben belletristischer Texte und veröffentlichte mehrere Romane.

Bettina Storks

Die Stimmen über dem Meer

Roman

PIPER

Mehr über unsere Autoren und Bücher: www.piper.de

Wenn Ihnen dieser Roman gefallen hat, schreiben Sie uns unter Nennung des Titels »Die Stimmen über dem Meer« an empfehlungen@piper.de, und wir empfehlen Ihnen gerne vergleichbare Bücher.

www.piper.de
Für direkten Kontakt und Fragen zum Produkt wenden Sie sich bitte an: *info@piper.de*

Ungekürzte Taschenbuchausgabe
ISBN 978-3-492-50464-5
April 2021

Umschlaggestaltung: Alexa Kim »A&K Buchcover«
Umschlagabbildung:
Bilder unter Lizenzierung von Shutterstock.com und Pixabay genutzt
Printed in the EU

Freude der Schiffbrüche

Und plötzlich nimmst du
die Fahrt wieder auf
wie
nach dem Schiffbruch
ein überlebender
Seebär.

Giuseppe Ungaretti, *Allegria di naufragi*

Die Kälte des Wassers peitschte über ihre Haut bis in die Knochen. Sie schmeckte ein Gemisch von Blut und Algen, das Salz des Meeres.

Angst durchdrang jede Faser ihres Körpers. Eine Welle spuckte sie aus. Regen klatschte auf ihren Kopf, das Wasser ringsum. Sie schnappte nach Luft, strauchelte, paddelte mit Armen und Beinen, warf den Kopf zurück und öffnete den Mund zu einem Schrei, den die Wellen sofort verschlangen.

Aus der Ferne menschliche Laute und ein Orchester, unerreichbar. Cello, Posaunen, Trommeln und quietschende Geigen.

Ein flackerndes Licht kreiste über dem Wasser, wandte sich ab, kehrte zurück, sprang über das aufgescheuchte Meer.

Ein schwarzer Horizont mit vorbeieilenden Wolkenfetzen. Der Mond prall gefüllt. Meeresboden.

Sie hielt die Luft an. Das Wasser quetschte jede ihrer Zellen und der Druck auf ihre Lungen zerriss ihren Körper.

Ein Sog wirbelte sie hinab. Dunkelheit und Stille. Ruhe besänftigte die Sinne. Gesichter trieben an ihr vorbei. Erinnerungsfetzen. Eine Nabelschnur. Der Duft von Blumen. Eine Musik. Eine Landschaft. In der Ferne Stimmen.

Schmerz. Angst. Kälte.

Unwiderstehlich ist der Schlaf.

Dann wich die Furcht.

Das Licht wurde schwächer, die Stimmen verschmolzen zu einem Chor.

Man sorgte sich um sie. Aber das war nicht nötig. Sie gab sich hin, atmete das Wasser ein. Von allen Seiten schmiegte sich sanfte Wärme um ihre Seele, schaukelte und trug sie schwerelos.

Das Orchester spielte ein ihr vertrautes Lied. Ihre Haut, Augen, Ohren, Mund und Hände vernahmen den Ruf.

Der Wind schob die Wolken zur Seite und der Mond tauchte die Landschaft in ein mildes Licht. Selbst das Meer beruhigte sich und die Wellen schwappten leise ans Ufer.

Kapitel 1

Morgane warf einen Blick zum Himmel über Le Conquet, steckte die Hände in die Jackentasche und ging hinunter zum Steg. Sie wollte dorthin, wo man das Meer riechen und bei passender Windrichtung sogar ein paar Tropfen abbekommen konnte, obwohl die Wellen bereits in einiger Entfernung an den Felsen zerschellten. Hier an der Bootsanlage des kleinen Fischerortes schwappte das Wasser nur hin und wieder gegen die Steinmauer.

Die Hauptsaison war lange vorbei. Im November verirrte sich kein Tourist mehr ins Finistère, schon gar nicht bei solchem Wetter. Der Wind spielte mit den eingezogenen Segeln und ließ die Boote hin- und herschaukeln. Wenn sie dabei gegen die Brüstung stießen, krächzten sie. Wie hypnotisiert betrachtete Morgane den blinkenden Leuchtturm von St.-Mathieu auf der anderen Seite der Bucht. Es kam ihr vor, als taumelte er um die eigene Achse. Seit ihrer Ankunft vor einer halben Stunde hatte sie zusehen können, wie das Blau des Himmels von den Wolken gefressen worden war. Einige von ihnen hingen mit geblähten Bäuchen so tief über dem Meer, als wollten sie jeden Moment hineinstürzen. Der klaren Luft war ein grauer Schleier gefolgt, der nun den Fischerhafen überzog.

»Es wäre besser, hier zu verschwinden!«, rief ihr ein Mann in langem Regenmantel zu. Er trug einen gelben Schlapphut und Gummistiefel, die ihm bis weit über die Knie reichten. Morgane zuckte zusammen. So sehr war sie in Gedanken versunken gewesen, dass sie ihn gar nicht bemerkt hatte. Mit Schwung warf der Fischer eine Plane über sein Boot und befestigte es mit einem Seil am Poller.

»Beeilen Sie sich besser, wenn Sie noch trocken zu Hause ankommen wollen, Madame! Ich habe kein gutes Gefühl bei diesem Himmel.«

Vergeblich versuchte Morgane, sich die wehenden Haare aus dem Gesicht zu streichen. Gegen den Wind hier kam man nicht an. »In Ordnung. Vielen Dank für die Warnung«, gab sie zurück, obwohl sie diese Küste mit all ihren Tücken, ihrer Unberechenbarkeit und ihren plötzlichen Wetterumschwüngen gut genug zu kennen meinte.

Wie lange war sie nicht mehr hier gewesen? Zehn Jahre? Fünfzehn Jahre? Genug Zeit, um manches zu vergessen, aber diese Natur hatte sie sich eingeprägt. Die wechselnden Farben des Meeres von Türkisgrün bis Königsblau, der unaufhörliche Wind, der Geschmack von Salz und der Geruch von Algen. Jetzt wälzten sich die Wassermassen, von ihrer Fracht aus Steinen, Sand und Muschelresten anthrazitfarben, fast schwarz gefärbt, ans Ufer. Morgane schien es, als schwappten mit den Wellen auch Erlebnisse ihrer Kindheit zurück in ihr Gedächtnis und dockten dort an.

All die Jahre, die sie nicht hier gewesen war, erschienen ihr plötzlich wie ein Treuebruch, den sie begangen hatte, immer und immer wieder, während jener Fischerort auf das kleine Mädchen von damals gewartet haben musste, geduldig wie ein anhänglicher, alter Freund. Als erkenne er Morganes mädchenhafte Seele wieder, obwohl sie inzwischen eine erwachsene Frau von bald vierzig Jahren war.

Finistère – das Departement im äußersten Westen Frankreichs, für Morgane war es nie das Ende gewesen, auch wenn Touristen das Wortspiel vom *Ende der Welt* nur allzu gern bemühten. Ihre Großmutter Mémé hatte Morgane die keltische Übersetzung von Finistère gelehrt, *Penn ar Bed* – Land am Anfang, Land an der Spitze der Welt.

»Nach der Bucht von Le Conquet kommt nur noch Amerika«, hatte Mémé immer stolz gesagt und behauptet, dass für die Kelten mit dem Tod alles erst anfing.

Der Fischer war verschwunden. Der Leuchtturm glomm nur noch matt durch die aufgezogene Nebelwand. Weit draußen konnte man bereits einen Regenvorhang sehen, der sich ins schäumende Meer ergoss. Sturmböen peitschten durch das Hafengelände. Sie hätte auf den Mann hören sollen, zu ihrem Wagen würde sie es nun nicht mehr schaffen. Innerhalb weniger Sekunden durchdrang der Regen ihre Jacke und die Jeans bis auf die Haut. Auf der anderen Straßenseite gegenüber der Bootsanlegestelle blinkte in neongrüner Farbe der Schriftzug »Bistro«, und sie rannte unter das gewölbte Vordach, schüttelte sich, öffnete die Tür und stolperte in die kleine, typisch französische Dorfkneipe. Quietschend schloss sich die Tür hinter ihr.

Am Tresen saßen drei Männer nebeneinander. Einer von ihnen sah auf und nickte Morgane zu. Lächelnd erwiderte sie seinen Gruß und blickte in ein gebräuntes, wettergegerbtes Gesicht. Sie erinnerte sich gut daran, wie sehr ihre Mutter diese ganz besonderen Stimmungen an ihrer Heimat geschätzt hatte.

»Nirgendwo auf der Welt schweigt man schöner als in einer bretonischen Dorfkneipe«, hatte sie immer gesagt und dabei einen verträumten Blick bekommen.

Einfache Gläser, mit einem dunklen Rotwein gefüllt, standen vor den Männern. Niemand sonst saß an einem der wenigen Tische. Morgane zog ihre durchnässte Jacke aus, legte sie auf den warmen Heizkörper, wählte einen Platz direkt daneben und strich sich die nassen Haare aus dem Gesicht. Aus ihrem Rucksack holte sie einen Troyer, den sie sich rasch über den Kopf zog.

Die Männer am Tresen starrten auf ihren Roten und sprachen miteinander ohne aufzusehen. Über der Bar in der Ecke lief ein Fernseher. Die Übertragung eines Fußballspiels. Sobald die Stimme des Moderators beschleunigte und lauter wurde, brachen die Männer ihre Rede ab und sahen synchron auf die Mattscheibe. Nacheinander winkten sie ab, als die offensichtlich letzte Torchance vergeben war und der Schlusspfiff ertönte. Morgane schnappte ein paar Fetzen auf: Stürmer. Champions League. Transfers. Fischmarkt. Delikatessen. Herbststürme. Die Gezeiten. Der Klimawandel. Das raue Lachen der Männer barg einen Hauch von Melancholie, ihr Schweigen Vertrautheit.

»Madame?«

Der Wirt war an Morganes Tisch getreten. Sie schrak zusammen, fühlte sich beim Belauschen des Gesprächs ertappt. Verlegen bestellte sie Kaffee und blickte dann zum Fenster. Der Regen prasselte gegen die beschlagenen Scheiben, und plötzlich fühlte sich Morgane auf seltsame Weise geborgen. Im Warmen zu sitzen, während draußen die Wellen an der Brüstung zerschellten, gab ihr Sicherheit. Sie glaubte, sich daran zu erinnern, dass das Haus, dessentwegen sie hierhergekommen war, wie die meisten Landhäuser in der Bretagne einen offenen Kamin besaß.

»Sie sind fremd hier.«

Die Stimme des Kneipiers klang neutral, ohne jede Neugier. Eine schlichte Feststellung. Er wischte mit einem Geschirrtuch über den Tisch und stellte anschließend den Kaffee ab.

»Nicht ganz«, erwiderte Morgane. »Ich kenne die Gegend.« Dass ihre Mutter von hier kam, verschwieg sie, ohne zu wissen, warum.

»Pariserin?«

Er hob die Augenbrauen, und in seinem Gesicht glaubte sie ein verschmitztes Lächeln wahrzunehmen. Es war immer das Gleiche: Zunächst hielten sie die Franzosen für eine Landsmännin. Bis zum Tod ihrer Mutter hatte sie mit ihr Französisch gesprochen, danach half ihr die französische Literatur, die sie schließlich auch zu ihrem Beruf gemacht hatte. Aber daneben hatte es einen deutschen Vater gegeben, und Deutschland, wo sie aufgewachsen war. So kam es, dass nach und nach die Sprache ihrer Kindheit verwässerte und sie sich bei einer längeren Unterhaltung immer verriet: Kleine Fehler schlichen sich in ihre Sätze, hier und da benutzte sie schlichtweg ein falsches Wort für einen Sachverhalt oder vertat sich in der Zeit. Nicht, dass sie grammatikalisch falschlag, aber ihre Rede wirkte dann gekünstelt, aufgesetzt. Erst nach ein paar Wochen in Frankreich wurde sie sicherer; je weniger sie ihren Kopf einsetzte, desto besser. Wenn sie ein Buch übertrug, handelte es sich um eine andere Welt, in die sie eintauchte. Nicht nur, dass ihre Arbeit in dem Sinne kein kommunikativer Akt war, vielmehr war es der Zeitfaktor, der bei einer Unterhaltung zum Tragen kam. Im Reden konnte sie nicht lange nachdenken, wohl aber beim Übersetzen auf dem Papier, wenn sie Synonyme in ihrem Kopf hin und her schob, verwarf, zurückholte. Manchmal ließ sie eine Lücke und suchte tagelang nach einem passenden Wort. Oft war es aber gar keine Frage des Vokabulars, sondern des richtigen Tons.

Mit einer Pariserin war sie noch nie verglichen worden, denn von der Eleganz einer Dame aus der Hauptstadt war Morgane meilenweit entfernt. Sie jedenfalls kannte keine Einzige, die in einer *Boyfriend*-Jeans, Boots und einem weiten Sweatshirt auf die Straße gehen und sich in diesem Aufzug auch noch in ein Bistro wagen würde. Morganes Stilsicherheit beschränkte sich auf ihre Arbeit.

»Verwandtschaft«, gab sie dem Wirt fast flüsternd zur Antwort und kramte in ihrem Rucksack nach einem Papiertaschentuch. »Eine Tante, etwas außerhalb von Le Conquet.«

»Oh«, erwiderte er auf dem Weg zurück hinter den Tresen, als habe Morganes Verwandtschaft eine gute Wahl getroffen. Mehr sagte er nicht und Morgane genoss seine Diskretion. Routiniert begann er mit dem Spülen der Gläser.

»Es muss in der Nähe der Landstraße nach St.-Mathieu sein«, fuhr sie fort und beschloss noch im selben Augenblick, dorthin zu fahren, sobald der Regen aufgehört haben würde.

»Ja, da gibt es ein paar Häuser«, bekam sie zur Antwort.

»Rue des Artichauts«, sagte sie und sah ihn direkt an.

»Genau«, bestätigte er. »An den Klippen entlang.« Er zeigte mit der flachen Hand in die Richtung. »Sie können es gar nicht verfehlen. Rechts die Klippen und links Artischockenfelder. Dazwischen die Straße nach St.-Mathieu.«

Schweigend trank Morgane ihren Kaffee aus. Der Regen ließ allmählich nach. Als einer der Männer mit einem kurzen Gruß den Raum verließ, legte sie Geld auf den kleinen Teller mit dem Kassenbeleg und erhob sich. »Danke für die Wegbeschreibung. *Au revoir!*« Mit dem Rucksack über der Schulter ging sie zur Tür.

»Viel Glück. Immer an den Artischockenfeldern entlang«, wiederholte der Mann und zeigte in südliche Richtung »*À la prochaine* – bis zum nächsten Mal.«

Es handelte sich um eine Mischung aus Neugier und schlechtem Gewissen, die Morgane noch in den späten Abendstunden in die Rue des Artichauts trieb, nur um einen ersten Blick auf das Häuschen zu werfen, wo Tante Fanny, die Schwester ihrer Mutter, ihr halbes Leben verbracht haben musste. In wenigen Stunden sollte Fannys Haus ihr gehören. So hatte es die Tante gewollt. Ihr Tod vor wenigen Wochen hatte Morgane in besonderer Weise beschämt. Über Jahre hatte sie keinen der Briefe ihrer Tante beantwortet, nur hin und wieder nach dem Telefonhörer gegriffen, aber ein richtiges Gespräch war dabei nicht zustande gekommen. Morgane hatte ihrer Tante nie verzeihen, dass sie das Versprechen, das sie ihr nach der Beerdigung ihrer Mutter in einer Dachkammer einst gegeben hatte, nicht gehalten hatte.

»Ich werde immer für dich da sein.«

Fannys Worte. Und doch hatte sie die kleine Morgane zurück in die deutsche Heimat reisen lassen, ein zehnjähriges Kind mit einem Teddybär im Arm, dessen viel beschäftigter Vater bereits nach Erledigung der Formalitäten zurück in die deutsche Heimat gefahren war, um sein neues Leben als Alleinerziehender zu regeln. Nach einem halben Jahr war Roberts übereilte Heirat gefolgt. Eine zweite Frau, die in Morganes ohnehin erschütterte Welt einbrach. Wo war Fanny gewesen, um Morgane vor einem derartigen Übergriff zu schützen? War die Hinterlassenschaft eines bretonischen Steinhauses nichts anderes als der Versuch, Versäumtes wiedergutzumachen?

Langsam fuhr Morgane durch den Ortskern und sah sich dabei um. Es war bereits finster, aber der Vollmond tauchte die Umgebung in ein mattes Licht. In einigen Häusern brannte Licht. Ein Teil von Le Conquet befand sich auf einem Plateau über dem Meer und in der Mitte lag, gleich neben dem *Office du Tourisme*, ein Friedhof, der mit den typisch bretonischen Steinen ummauert war. Auf ihm eine kleine beleuchtete Kapelle, vor dem Portal, das aus einem gusseisernen Tor bestand, ein hochgewachsener Kastanienbaum.

Hier war sie morgen um elf mit Madame Menez verabredet, eine ältere Dame, die ihr, wie mit dem Notar vereinbart, die Schlüssel aushändigen sollte. Wie viel würde ein Häuschen hier wohl bringen?

Kurz vor dem Ortsende entdeckte sie wieder das rhythmisch wandernde Licht des Leuchtturms von St. Mathieu. Die Straße schlängelte sich an den Klippen entlang, genau wie es der Wirt beschrieben hatte, und im Schimmern einer Straßenlaterne sah sie ein Hoftor mit einem Schild »Au erge anny«. Rue des Artichauts. Bei Auberge fehlte das b; von Fanny war im Laufe der Jahre nur noch ein »anny« übrig geblieben. Eine Cousine von Morganes Mutter hatte irgendwann von einer Auberge gesprochen und davon, dass Fanny den Gastbetrieb bereits vor vielen Jahren eingestellt hatte. Seitdem schien sich die Tante nicht mehr viel um das Aussehen ihrer ehemaligen Pension geschert zu haben. Morgane stoppte den Wagen, stieg aus und lehnte die Fahrertür an, um keinen unnötigen Lärm zu machen. Das Gewitter hatte sich verzogen, und eine kühle Luft lag über der Landschaft. Außer dem Rauschen des Meeres war es still. Sie sah sich um. Das Gefühl, beobachtet zu werden, streifte sie, obwohl es hier nur wenige Häuser diesseits und jenseits der Landstraße gab. Hinter einem Fenster bewegten sich Vorhänge. Oder hatte sie sich getäuscht? Sie schritt zur Einfahrt hinüber, doch das Tor war verschlossen und das Gebäude lag hinter einer hohen Steinmauer.

Plötzlich glaubte sie zu wissen, wie es innen aussah, wie es nach Holz, Kohle und frisch gewienerten Dielenböden roch. Eine knarrende Holztreppe. Das Geklimper von Geschirr aus der Küche. Ihre Großeltern hatten dieses Haus, das Mémé einst überraschend geerbt hatte, nie bewohnt. Es war viel zu groß und Mémé mit ihrem wenige Kilometer entfernten Geburtsort Plouarzel verwachsen gewesen. Doch ein Verkauf war nicht infrage gekommen und das Haus an den Klippen so lange Zeit unbewohnt geblieben. Einmal hatte Morgane mit ihrer Mutter die Ferien dort verbracht. Morgane dämmerte, wie sie einst nach einem Streit zwischen Elaine und der Großmutter in jenes unbewohnte Haus mit den verschlossenen Fensterläden geflüchtet waren. Damals war sie vielleicht sieben Jahre alt gewesen. Elaine war bedrückt gewesen, schweigsamer als sonst und hatte die Läden aufgeklappt, um Licht hereinzulassen und den dunklen muffigen Ort binnen eines Tages bewohnbar gemacht. Sie hatte Betten bezogen und Fenster geputzt, während Morgane im Garten unter mächtigen Hortensienbüschen spielte.

Wie eine Diebin schlich sie nun an die seitliche Begrenzung des Grundstücks und versuchte durch Gestrüpp, das neben der Mauer wucherte, einen Blick auf das Gebäude zu erhaschen, aber die Pflanzen standen zu dicht. Nur in der Ferne war ein matter Lichtstrahl zwischen den Schatten der Blätter zu erkennen. Direkt dahinter mussten die Klippen kommen. Sie wechselte die Straßenseite. Von hier aus konnte sie zumindest so etwas wie eine zweite Etage sehen und ein schräges Dachfenster. Dann stutzte sie: Hinter einem der Fenster war ein Licht angegangen! Der Anwalt aus Brest, ein gewisser Maître Levèbre, der Fannys Angelegenheiten nach ihrem Tod abwickelte, hatte von einer Alleinerbschaft Morganes gesprochen. Wer trieb sich in *ihrem* Haus herum? Oder hatte sie sich getäuscht? Vergeblich suchte sie am Tor nach einer Hausnummer. Sie sah sich um: Die Anwesen ähnelten einander, aber das alte Auberge-Schild ließ keinen Zweifel zu: Das hier war *ihr* Haus – und irgendjemand hielt sich dort auf. Morgane widerstand dem Impuls, einfach zu läuten und die Angelegenheit zu klären. Es war klüger, bis morgen zu warten, wenn sie im Besitz der Schlüssel sein würde. Noch einmal spähte sie mit zusammengekniffenen Augen durch die winzige Lücke zwischen Tor und Steinmauer, aber es war unmöglich, mehr zu erkennen.

Ihr Handy, das sich im Wagen befand, klingelte und zeitgleich regte sich etwas hinter dem Tor: ein Geräusch, das rasch näher kam, Schritte auf Kiesboden. Instinktiv trat sie zurück, doch nur einen Augenblick später blieb Morgane fast das Herz stehen: Lautes Bellen, das von einem bedrohlichen Knurren unterbrochen wurde, erschreckte sie so heftig, dass sie mit wenigen Schritten zu ihrem Auto sprang, ins Wageninnere hechtete, die Tür zuzog und verriegelte. Dann erst zerrte sie mit fahrigen Fingern das Mobiltelefon aus der Seitentasche ihres Rucksacks und nahm das Gespräch an. Es war Stefan.

»Wo bist du?«

Seine Stimme klang weich, nur der Ton verriet, dass er beunruhigt war.

»Im Auto«, entgegnete sie leise. Ihr Herz klopfte bis zum Hals.

»Und wo befindet sich bitte dein Auto, Morgane? Warum sprichst du so leise? Bist du gerannt?«

»In Frankreich. An den Klippen.«

Eine längere Pause entstand.

»An den Klippen?« Jetzt klang Stefans Stimme besorgt. »Du fährst einfach nach Frankreich, ohne mir Bescheid zu geben? Ist jemand bei dir? Kannst du nicht reden?«

»Darf ich dich daran erinnern, dass wir uns vor ein paar Wochen getrennt haben?«, zischte sie. »Ich bin allein«, meinte sie dann versöhnlicher. »Nein, reden will ich nicht. Nicht jetzt.«

»Wir haben eine Auszeit vereinbart. Das ist etwas anderes«, berichtigte Stefan, um einen neutralen Ton bemüht. Und doch glaubte Morgane bei aller Sachlichkeit eine Kränkung in seiner Stimme zu hören. »Wir beide wollten Zeit zum Nachdenken, erinnerst du dich?«, bohrte er weiter, während sie überlegte, ob sie ihm den wahren Grund ihrer Frankreichreise sagen sollte. Aber etwas hielt sie zurück.

»Bist du schon in Wien?«, fragte sie stattdessen zurück und drehte den Spieß einfach um: Schließlich war er es, dem ein lukrativer Job in Wien angeboten worden war, und immerhin hatte er einfach vorausgesetzt, dass sie mitkommen würde. Sie sei als Übersetzerin ja nicht ortsgebunden. Morgane liebte Wien mit seinen alten, verwinkelten Gassen, ein Ort, der Geschichte und das Flair des *Fin de Siècle* atmete. Aber dort zu leben schien ihr etwas völlig anderes, als wie eine Touristin in einem Kaffeehaus zu sitzen und einen Kleinen Braunen zu bestellen.

»Ich fliege morgen«, unterbrach er ihre Gedanken. »Ich hatte niemals vor, leichtsinnig fünf Jahre über Bord zu werfen, Morgane. Noch sind die Verträge nicht unterschrieben.«

Stefans letzte Bemerkung ärgerte sie. Hieß das, wenn sie ein braves Mädchen war, würde er seine Bewerbung zurückziehen und alles würde so wie früher sein? Genau das wollte sie keinesfalls. Zudem war sie es leid, über diese Beziehung zu diskutieren, geschweige denn, sich zu rechtfertigen. Die letzten Wochen vor ihrem Auszug hatten sie gemeinsam ihr Scheitern so lange zerredet, bis Morgane Stefans scharfsinnige Analysen nicht mehr ertragen hatte. Wien war zum Aufhänger geworden einer, wie Morgane damals sagte, *längst überfälligen Bestandsaufnahme vertrauten Gefühlsinventars*, und Stefan hatte nicht einmal gemerkt, wie sie ihn mit seinem eigenen Psychologenjargon auf die Schippe nahm. Als sie die Nachricht von ihrem Erbe erhalten hatte, hatte sie spontan die Suche nach einer neuen Wohnung aufgegeben und zu Stefans Verwunderung ihr Hab und Gut in der Garage ihres Vaters am Ammersee untergestellt.

Die Notwendigkeit, in die Bretagne zu fahren, war ihr angesichts der Sackgasse, in der ihre Beziehung steckte, wie eine Einladung zu einem Kuraufenthalt mit Seeluft vorgekommen. Es war, als habe sie plötzlich den Lockruf einer bislang nicht geahnten Freiheit vernommen: Ihre Übersetzungen konnte sie an jedem Ort der Welt machen. Womöglich würde sie einfach ein paar Wochen bleiben, bevor sie das Haus verkaufte.

»Wo genau bist du? Wie lange wirst du bleiben?«, wollte Stefan wissen.

Sie rieb sich den verspannten Nacken.

»In der Bretagne. Zwischen Le Conquet und St.-Mathieu. Ein paar Wochen. Vielleicht auch weniger«, sagte sie leise und starrte auf das Licht in der oberen Etage, wo sie glaubte, einen flüchtigen Schatten hinter den Gardinen wahrzunehmen. »Westbretagne«, fuhr sie mit festerer Stimme fort. »Es ist etwas sehr Persönliches. Lass uns ein andermal telefonieren. Ich bin noch gar nicht richtig angekommen.«

»Beziehungen sind auch etwas sehr Persönliches«, erwiderte er und wiederholte dann langsam: »Bretagne. Das war also der Grund dieser Garagen-Aktion bei deinem Vater. Ich verstehe. Bist du endlich bereit, deiner Vergangenheit ins Auge zu sehen? Ist es so?«

»Lass das, Stefan«, wehrte sie ab, »ich weiß es ja selbst nicht. Wie also könntest du es wissen?«

»Wir werden darüber reden müssen! Melde dich bitte. Und pass auf dich auf. Versprochen?«

»Wir werden sehen, was wir müssen und was nicht. Aber ich passe auf mich auf. Wo wirst du denn wohnen?«

»In einem Privatzimmer im ersten Bezirk, unweit vom Stephansdom. Wahrscheinlich bei einer bösen, dicken Wirtin, die mir jeglichen Damenbesuch verbietet, mich mit Schnitzel vollstopft, bis ich platze, und mich am Sonntagmorgen in die Kirche schickt.«

Er lachte. Morgane spürte, wie ihre Mundwinkel automatisch nach oben gingen und die Wut verblasste. Stefan aß für sein Leben gern. Und das sah man ihm mittlerweile auch an.

»Geschieht dir recht«, erwiderte sie zärtlich. »Schlaf gut.«

Sie drückte das Gespräch weg und ließ ihren Kopf zur Seite fallen. Wenn er so mit ihr sprach, konnte sie sich unmöglich vorstellen, dass eine andere Frau irgendwann ihren Platz einnahm oder sie sich einem neuen Mann zuwandte. Es war alles noch sehr frisch und wahrscheinlich hatte Stefan recht: Das letzte Wort war noch lange nicht gesprochen und die Entfernung von mittlerweile knappen zweitausend Kilometern zwischen ihnen sagte rein gar nichts.

Plötzlich vernahm sie eine Frauenstimme. Morgane horchte auf, öffnete einen Spalt ihres Seitenfensters und lauschte in die Richtung, aus der diese gekommen war. Im Obergeschoss bewegten sich Vorhänge. Ganz sicher. Noch einmal die Stimme.

»Filou! Filou!«

Ein erneutes Bellen zerriss die abendliche Stille. Eilig startete Morgane den Motor und fuhr ohne sich umzusehen nach St. Mathieu, wo sie für zwei Nächte ein Zimmer reserviert hatte. Bei einem letzten Blick in den Rückspiegel sah sie das ganze obere Geschoss ihres Hauses hell erleuchtet.

Kapitel 2

Morgane sprang unter die Dusche, zog sich rasch an und verließ das Hotel ohne ein Frühstück. Sie hatte schlecht geschlafen, und während sie sich auf ihrem zu weichen Hotelbett von einer Seite auf die andere geworfen hatte, war ihr zum ersten Mal seit der Trennung von Stefan der Gedanke gekommen, wie schön es wäre, ihn jetzt bei sich zu haben. Die Entfernung und ihr bedrückendes Gefühl rund um die Erbschaft schienen die Streitereien zu verwischen. Als sie in ihr Auto steigen wollte, hörte sie den Signalton für eine SMS.

Bei eisigem Ostwind gut angekommen. Später Kennenlernen neuer KollegInnen in der Wiener Praxis. Ich denke an dich. Stefan.

Morgane überlegte, ob sie zurückschreiben sollte, wusste aber nicht, was, und so legte sie ihr Mobiltelefon auf den Beifahrersitz und fuhr geradewegs nach Le Conquet zum Friedhof, den sie nach wenigen Minuten, eine halbe Stunde vor ihrer Verabredung, erreichte. Am Tag wirkte alles anders als in der Dunkelheit. Die Häuser in der Ortsmitte waren gepflegt, die wenigen Restaurants aufgrund der Jahreszeit geschlossen. Der Blick auf den Atlantik ließ sie durchatmen, euphorisierte sie gleichsam. Sie warf noch einmal einen Blick auf ihre Uhr, drehte um und fuhr wieder hinaus bis zur Rue des Artichauts. Sie zählte fünfzehn Häuser zwischen Le Conquet und St. Mathieu. Außer jenem von Fanny lagen nur zwei auf der begehrten Meerseite.

Kurzentschlossen stellte Morgane ihren Twingo in einer Parkbucht ab und beschloss, ein paar Schritte zu gehen. Die Luft war frisch und roch nach Meer. Morgane liebte die Herbstmonate noch mehr als den Sommer – die zurückhaltende Farbenpracht und das gedämpfte Licht jener Jahreszeit entsprachen genau ihrer Grundstimmung. Neugierig ging sie weiter, bis sie sah, dass das Tor zur Hofeinfahrt ihres Hauses geöffnet war. Sie fragte sich, ob das beunruhigend oder ein gutes Zeichen war. Aber das bedrückende Gefühl von gestern kam zurück und sie beschloss, nicht weiterzugehen. In wenigen Minuten würde sie Gewissheit haben.

Sie ging zu ihrem Wagen zurück und fuhr zum verabredeten Ort, parkte beim *Office du Tourisme* und lief zum Friedhof. Schon von Weitem sah sie eine kleine, ältere Dame, die hinter einem Gartentor hervor schlüpfte und schnurgerade auf die alte Kastanie vor dem Portal zusteuerte.

»Madame Menez?«, fragte Morgane vorsichtig und trat näher.

Die Dame nickte. »Sie sind also Fannys Nichte.« Wohlwollend musterte sie Morgane. »Fanny hat mir von Ihnen erzählt.«

Sie reichten einander die Hand, und Morgane hatte das Gefühl, dass Madame Menez sie gar nicht mehr loslassen wollte.

»Ich habe meine Tante in den letzten Jahren nicht gesehen«, erwiderte sie wie zur Entschuldigung und zog ihre Hand zurück, als ihr Gegenüber den Druck für einen Augenblick lockerte.

»Wissen Sie denn, wo das Haus ist?«, wollte Madame Menez wissen, und Morgane sah ihr direkt in die Augen. Aufmerksame, kleine Knopfaugen. Ein rundes Gesicht mit einer erstaunlich glatten Haut. Sie spürte, wie sie am Unterarm gefasst wurde, und rückte ein wenig ab. Als sie merkte, dass es aus dem Ortskern hinaus in Richtung der Rue des Artichauts ging, ließ sie sich lenken.

»Ja«, bestätigte Morgane. »Ich war gestern Abend schon einmal hier. In der oberen Etage brannte Licht.«

Sie hoffte, Madame Menez würde ihr nun sagen, dass es sich dabei um einen Zufall gehandelt habe, eine Putzfrau, die kurz vor Morganes Ankunft nach dem Rechten gesehen hatte oder etwas Ähnliches, aber Madame Menez tätschelte nur ihre Hand.

»Das wird Paulette gewesen sein«, entgegnete sie in einem Tonfall, als mache sie einem Kind klar, dass es für alle Phänomene eine Erklärung gebe und als wollte sie sagen: *Wenn man den Lichtschalter betätigt, die Stromrechnung bezahlt hat und die Glühbirne nicht kaputt ist – dann brennt nun einmal Licht.*

»Ich bin mit dem Wagen hier«, sagte Morgane, als sie merkte, dass Madame Menez offensichtlich zu Fuß gehen wollte. »Wer, bitte, ist Paulette? Hat sie sich in der Zwischenzeit um das Haus gekümmert?«

»Oh, ein bisschen laufen tut Ihnen gut, Kindchen. So weit ist es gar nicht«, erwiderte die alte Dame, ohne auf Morganes Fragen zu antworten. Stattdessen ging sie unbeirrt ihres Weges. Vorsichtig sah sich Morgane um, nachdem sie den Ortskern verlassen hatten. Hier schien die Gegend wie ausgestorben. Bei einer ehemaligen Bäckerei hatte sich niemand die Mühe gemacht, das verrostete Schild *Boulangerie* zu entfernen, und die meisten Gebäude schienen wie ausgestorben;

das Niemandsland zwischen Le Conquet und St. Mathieu glich einem Geisterort. In der Ferne sah man einen Lieferwagen, der auf der Landstraße in Richtung Plougonvelin fuhr.

»Bonjour, Madame Menez!«, hörte sie plötzlich eine tiefe Frauenstimme hinter ihnen. »Ich wünsche Ihnen einen wunderschönen Tag.«

Instinktiv drehte sich Morgane in die Richtung, aus der der Gruß gekommen war, und sah eine Frau ihres Alters mit einem von Sommersprossen übersäten Gesicht. Trotz voller Einkaufstüten überholte sie Morgane und Madame Menez. Ihre roten Locken wippten bei jedem Schritt.

»Merci, Annick. Das wünsche ich Ihnen auch«, rief Madame Menez ihr hinterher und zog Morgane etwas näher zu sich. »Annick Petin. Ihre Nachbarin. Früher betrieb sie eine Kneipe und heute arbeitet sie als Krankenschwester in Brest. Sage mir einer, wie das zusammengeht. Nehmen Sie sich vor ihr in Acht«, zischte sie, während sie Morgane mit dem sanften Druck ihrer Hand zwang, weiterzugehen. »Ihr Mann hat sie verlassen. Wegen einer Jüngeren. Tragisch. Sie ist darüber hinweg. Aber jetzt steht sie allein mit einem kleinen Kind da. Das Leben kann so grausam sein.«

Morgane nickte stumm, unfähig, auf derlei Indiskretionen einzugehen, und beobachtete, wie Annick Petin schräg gegenüber von Fannys Anwesen hinter einem Gartentor verschwand. Abrupt blieb Madame Menez stehen. »Wir sind angekommen«, sagte sie, stellte sich an den Bordstein und blickte geradeaus auf die andere Straßenseite wie ein Soldat, der vor einem Hindernis haltmachte. »Sie müssen nur noch hinüber. Le Conquet ist recht überschaubar, wie Sie feststellen werden. Hier kennt jeder jeden.«

Die letzte Bemerkung fand Morgane beunruhigend, sah

aber tapfer in Richtung der Hofeinfahrt und des geöffneten Tores. Das Steinhaus lag auf einem großen Grundstück und verglichen mit den anderen Häusern wirkte es geradezu riesig. Sie merkte, wie sich ihr Herzschlag beschleunigte. Seit sie im Finistère angekommen war, war er ein zuverlässiges Barometer für herannahende Erinnerungen. In Deutschland hatte sie die schmerzhaftesten von ihnen meist weggedrückt, hier aber wurden sie lebendig, als erwachten sie zögerlich aus einem langen Winterschlaf. Bilder ihrer Kindheit, diffus und zusammenhanglos, fingen an, ihr Inneres zu überschwemmen.

»Jetzt können Sie alleine weiter. Viel Glück!«, hörte Morgane Madame Menez sagen.

Die alte Dame griff in ihre Jackentasche, zog einen Schlüsselbund hervor und reichte ihn Morgane.

»Kommen Sie doch einmal auf einen Aperitif bei mir vorbei. Vielleicht Samstag? Ich würde mich freuen. Das Haus neben dem Friedhof. Mit den vielen Blumen an den Fenstern«, fügte sie stolz hinzu. »Blaue Fensterläden. Eines der gepflegteren Häuser hier. Sie können es gar nicht verfehlen. Dann plaudern wir ein bisschen.«

Ruckartig drehte sich Madame Menez weg und Morgane, die verblüfft den Schlüssel entgegengenommen hatte und nicht wusste, was sie auf die Einladung erwidern sollte, ging ihr nach, berührte sie am Arm und stotterte: »Was macht diese Paulette in meinem Haus?«

»Das, was sie immer getan hat, meine Liebe. Aber fragen Sie sie am besten selbst. Gehen Sie nur. Sie wird Sie schon nicht fressen. Bis Samstag.«

In Madame Menez' Gesicht zeigte sich ein breites Grinsen, fast glaubte Morgane etwas wie Schadenfreude darin zu lesen.

Übertrieben wedelte die alte Dame mit einer Hand in Richtung der Hausnummer 13, so als verscheuche sie einen Hund oder eine Katze. »Gehen Sie schon. Nur Mut!«

Morgane blickte der rundlichen Gestalt nach. Immer wieder drehte Madame Menez sich zu ihr um, lächelte aufmunternd, zeigte ihr wieder den Rücken, ging weiter, bis sie in einer Seitengasse verschwand.

Langsam überquerte Morgane die Straße, als handele sich um einen viel befahrenen Grand Boulevard mitten in Paris, und näherte sich dem Haus. Während sie auf den knirschenden Kieselsteinen in Richtung Tür schritt, nahm sie aus ihrer Jackentasche den Umschlag mit dem Schreiben des Anwalts aus Brest, den sie heute Morgen vorsorglich eingesteckt hatte, Fannys letztwillige Verfügung. Sie drückte das Papier gegen ihre Brust und umklammerte die Schlüssel. Sollte sie läuten, wenn diese Paulette da war? Sollte sie rufen? Plötzlich kam von der Rückseite des Hauses ein riesiger Hund direkt auf sie zugerannt. Sie erstarrte; zum Weglaufen war es zu spät. Das Tier besaß die Größe eines Berner Sennen. Morgane hatte keine Angst vor Hunden, aber sie mochte sie auch nicht besonders. Und noch weniger war sie in der Lage, deren Körpersprache zu lesen: Sie hatte immer nur mit Katzen zu tun gehabt und keine Ahnung, ob Gefahr von dem Tier ausging oder ob es freundlich gestimmt war. Bei einer ihrer Übersetzungen hatte sie einmal gelernt, dass gefletschte Zähne und das Aufstellen der Rückenhaare alarmierend seien. Dieser Hund aber bellte so sehr, dass sich seine Stimme überschlug, und er sprang tollpatschig im Kreis um sie herum, als stolpere er dabei jeden Moment über seine eigenen Beine.

»Pst«, zischte sie, legte einen Zeigefinger auf die Lippen, und tatsächlich setzte sich der Hund auf die Hinterbeine, spitzte die Ohren, sah sie abwartend an und wedelte mit dem Schwanz.

»Filou! Filou!«

Es war dieselbe Stimme, die Morgane gestern Abend bereits vernommen hatte. Paulette.

Morgane registrierte einen Schatten in der Haustür. Einige Meter von ihr entfernt trat eine ältere Dame aus dem Haus und blieb stehen, die Hände in die Taille gestemmt. Sie trug Jeans, Turnschuhe, einen knallroten Rollkragenpulli und hatte eine Schürze umgebunden, an der sie jetzt ihre Hände abwischte. »Was wollen Sie?«, fragte sie misstrauisch und kniff die Augen zusammen. »Das hier ist Privatbesitz.«

In der Tat, dachte Morgane, holte einmal tief Luft, nahm ihren ganzen Mut zusammen und ging auf ihr Gegenüber zu: »Ich bin Morgane Schneider, die Nichte von Fanny. Sie müssen Madame Paulette sein. Verzeihen Sie, ich kenne Ihren Nachnamen nicht.«

Blitzartig änderte sich der Gesichtsausdruck der Frau. Sie sah in Morganes Augen, als wolle sie so deren Identität ermitteln, fixierte sie fast schamlos, dann schweifte ihr Blick in die Ferne. Morgane fiel ihr volles, dunkles Haar auf, ihre schlanke Gestalt. Sicherlich war sie in jungen Jahren eine hübsche Frau gewesen, aber nun überlagerte ein strenger Ausdruck um den Mund jegliche Schönheit. Morgane schätzte sie auf Mitte siebzig. Filou, der immer noch dasaß, blickte abwechselnd zu der Frau und Morgane. Ohne den Gruß zu erwidern, drehte sich Paulette um, ging zurück ins Haus und murmelte etwas Unverständliches. Die Haustür ließ sie geöffnet.

Zaghaft ging Morgane die wenigen Stufen hinauf und folgte der Frau. Filou tapste ihr hinterher, als sie durch einen dunklen, kühlen Flur trat, der in die Küche mündete. Auch zu dieser stand die Tür sperrangelweit offen. Dort angekommen, beobachtete sie Paulette, die eine gusseiserne Kasserolle in den Backofen schob. Es duftete nach Schmorfleisch, Kräutern, Rotwein und Zwiebeln. Mit einem Ruck klappte sie die Tür des Backofens zu.

Morgane erkannte die Küche sofort. Auch nach all den Jahren. An jenem Tisch, der in der Mitte des Raumes stand, hatte sie einst mit baumelnden Beinen gesessen und heißen Kakao getrunken. Die Fröhlichkeit ihrer Mutter. Ihr Lachen und die Art, wie sie Morgane mit dem Zeigefinger über die Lippen gewischt hatte, wenn dieser mit Schokolade verschmiert war. Bilder, die unweigerlich mit dem Finistère verbunden waren, obgleich ihr Elaine mit Sicherheit auch in Deutschland den Mund geputzt hatte. Und gelacht hatte sie auch in München. Nur anders.

Unschlüssig sah sich Morgane um. Es war aufgeräumt, das Mobiliar alt, aber zweckmäßig. In der Ecke stand ein antikes Küchenbuffet, das sie aus Kindertagen viel größer in Erinnerung hatte. Auf einem über dem Stuhl hängenden Geschirrtuch entzifferte sie *Bienvenue* – herzlich willkommen. Ein Fenster gab den Blick auf einen verwilderten Garten frei, ein zweites zeigte auf die Steinmauer, hinter der die Straße lag.

»Kermarrec«, sagte Paulette plötzlich, drehte sich um, deutete auf den Tisch, nahm einen Topf, befüllte ihn mit Wasser und setzte ihn auf den Herd. »Setzen Sie sich«, sprach sie in den Kochtopf.

Morgane starrte auf Paulettes gebeugten Rücken und überlegte, was sie darauf erwidern sollte. Immerhin war dies ihr Haus.

»Ich fürchte, Madame Kermarrec, es handelt sich um ein

Missverständnis«, erwiderte sie betont freundlich, zog den Küchenstuhl hervor und entschied sich dann, stehen zu bleiben. Sie nahm den Umschlag, öffnete ihn und entblätterte das Schreiben von Maître Levèbre, das die Benachrichtigung über das Testament enthielt. Dabei bemerkte sie ein Zittern ihrer Hände. »Meine Tante Fanny hat mir dieses Haus vermacht und ich bin einigermaßen überrascht, dass hier offensichtlich jemand wohnt. Vielleicht könnten Sie mich freundlicherweise aufklären.«

Vorsichtig legte Morgane das Schreiben auf den Tisch und strich mit der flachen Hand darüber. Langsam, wie in Zeitlupe, wandte sich Paulette vom Herd ab, kam hinüber, nahm einen Stuhl, setzte sich und schob das Blatt, ohne einen Blick darauf zu werfen, zur Seite. Sie überkreuzte ihre Hände; alte, raue Hände, die von einem langen Arbeitsleben zeugten, mit rosa lackierten Nägeln.

»Setzen Sie sich. Bitte«, befahl sie noch einmal in strengem Ton und sah Morgane abwartend an. Eine Fremde bot ihr in *ihrem* Haus Platz. Das war der Gipfel! Morgane unterdrückte die aufkommende Wut und spürte, wie sie innerlich bebte.

»Ich dachte mir, dass Sie kommen würden«, fuhr Paulette fort. »Sie hätten wenigstens vorher anrufen können. Der Anstand hätte das geboten.«

Filou spitzte die Ohren. Morgane kam der Gedanke, wortlos zu gehen. Sie warf einen Blick zur Tür. Wenn sie das tun würde, hätte Paulette gewonnen. Schachmatt direkt nach der Eröffnung.

»Sind Sie eine Freundin von Fanny? Ich kenne Sie nicht«, fragte Morgane beherrscht.

Widerwillig nahm sie Platz, rückte aber mit ihrem Stuhl ein wenig vom Tisch ab.

»Sie waren ja in den letzten Jahren auch nie hier«, schleuderte ihr Paulette entgegen. Augenblicklich legte Filou die Ohren an und duckte sich. »Sie hat Ihnen nichts gesagt?«

Die letzte Frage klang etwas versöhnlicher und Morgane glaubte eine Verunsicherung bei Paulette wahrzunehmen, ein Flackern in ihren Augen. Sie fragte sich, wer von ihnen beiden eigentlich in diesen Minuten verwirrter war. Stumm schüttelte Morgane den Kopf. »Nein, was immer sie mir gesagt haben soll. In der Verfügung steht nichts Weiteres. Nur, dass ich dieses Haus hier erbe.«

»Nun, dann erfahren Sie es eben jetzt von mir. Ich lebe hier, und zwar nicht erst seit gestern.«

Morgane schluckte. Filou neigte den Kopf zur Seite. »Aber …«, stotterte sie.

»Fanny hat mir ein lebenslanges Wohnrecht zugesichert. Das habe ich schriftlich«, unterbrach sie Paulette schroff. Sie warf einen verächtlichen Blick auf das Anwaltsschreiben. »Ihr Advokaten-Blabla wird Ihnen nicht helfen.«

»Und wo genau wohnen Sie?«, stammelte Morgane ungläubig. Bilder der gestapelten Möbel in der engen Garage ihres Vaters kamen ihr in den Sinn. Mit einem einzigen Satz war die ersehnte Freiheit an die Kette gelegt worden. Morgane schnappte nach Luft. Paulette warf ihren Kopf in Richtung Decke.

»Zwei Zimmer in der oberen Etage. Ein kleines Bad. Hier unten gibt es noch eins. Diese Küche ist die einzige im Haus. Und Filou habe ich nach Fannys Tod versorgt. Er lebt ebenfalls hier.«

Filou legte sich auf den Rücken, als sein Name fiel, grunzte genüsslich und streckte alle viere von sich.

»Und wie haben Sie sich das vorgestellt? Wie soll das funktionieren?«

Der Gedanke an das Hotel in St. Mathieu streifte sie. Ein Verkauf würde nicht von heute auf morgen vonstatten gehen. Sie würde sich also hier einrichten müssen. Ein paar Tage. Wochen. Vielleicht Monate. Aber in diesem Haus war kein Platz für zwei. Nicht für sie und Paulette.

»Ich persönlich habe mir gar nichts vorgestellt. Ehrlich gesagt, dachte ich mir, dass Sie das Haus hin und wieder als Feriendomizil nutzen. Nun, diese hoffentlich wenigen Wochen im Jahr werden wir uns eben arrangieren. Ich lebe hier. Sie werden warten müssen, bis auch ich das Zeitliche segne. Ihr Eigentum ist mein Zuhause, verstehen Sie? Dies unterscheidet uns beide. Sie sind bestenfalls eine Touristin mit Immobilie. Ich hingegen bin eine Einheimische.«

Morgane lag es auf der Zunge, ihre Herkunft in die Waagschale zu werfen. Hier war das Land ihrer Mutter, ihrer Großeltern! Ein halbes bretonisches Herz pochte in ihrer Brust. Was maß sich diese Frau an? Sie – eine Touristin? Nein, sie war nicht gewillt, sich derartige Unverschämtheiten länger anzuhören.

»Und was geschieht, wenn ich das Objekt verkaufe?«, spie sie geradezu in den Raum. Ihre Angriffslust war erwacht. Es war, als säße Stefan vor ihr, der ihr gerade seine berufliche Zukunft in Wien ausmalte. Mit ihr als Beiwerk. Sie würde diese Entscheidungen über ihren Kopf hinweg nicht einfach hinnehmen.

»Es wird sich zeigen, ob Sie unter diesen Umständen einen Käufer finden«, erwiderte Paulette betont ruhig, aber Morgane hörte ein leichtes Vibrieren ihrer Stimme.

»Und wenn ich hier leben möchte?«

Die Frage kippte einfach aus ihrem Mund.

»Das Haus ist groß genug für die Vermeidung von Vertraulichkeiten«, erwiderte Paulette eisig und erhob sich. Filou tat es ihr gleich und blickte seine Besitzerin abwartend an. »Bitte schließen Sie die Tür, wenn Sie gehen.« Sie schritt zum Ofen und sah dabei wirklich aus wie eine Hausherrin. Mit vor Stolz erhobener Brust drehte sie die Temperatur herunter, begab sich in Richtung Flur und machte eine ausladende Handbewegung. Sofort rannte Filou nach draußen. »Wenn Sie sich hier umsehen: Die oberen beiden Zimmer links sind meine Räumlichkeiten. Fanny hat die untere Etage bewohnt. Am Ende des Flurs.« Sie zeigte zur Tür. »Die drei Pensionszimmer haben wir schon vor Jahren stillgelegt, ebenso den ehemaligen Frühstücksraum hier unten neben Fannys Bad. Ich bitte Sie, meine Privatsphäre zu respektieren. In einer halben Stunde würde ich gerne mein Mittagessen einnehmen. Bitte überlassen Sie mir dann für eine Stunde die Küche.«

Ohne ein weiteres Wort verließ sie den Raum. Fassungslos blieb Morgane zurück und strich sich über den Hals, als wolle sie die Kränkung, die wie eine klebrige Schicht auf ihr zu haften schien, wegwischen.

In der Stille vernahm sie das Geräusch einer knarrenden Treppe direkt über ihr. Bei jedem Tritt quietschte das alte Holz, als erkenne es Paulettes Fußabdruck. Eine Tür fiel ins Schloss. Morgane schüttelte sich. Nein, sie hatte nicht geträumt!

Ratlos saß sie am Küchentisch, blickte zum Fenster hinaus, starrte dann wieder auf den Schlüsselbund in ihrer Hand und konnte keinen klaren Gedanken fassen. Sie strich sich über das rechte Ohrläppchen. Das tat sie immer dann, wenn sie ihre Wahrnehmung prüfte, eine Brücke zur Welt zu schlagen versuchte, aber meistens war ihr das gar nicht bewusst. Draußen bemerkte sie einen Mann, der mit einem Rechen in dem an ihr Haus angrenzenden Garten hantierte. Daneben eine alte Scheune, an die eine etwa zehn Meter hohe Weide lehnte, deren Äste bizarre Formen bildeten. Das Gebäude wirkte, als würde es der nächste Windstoß einfach durch die Luft hinaus aufs Meer tragen. Das Gesicht des Fremden war unter einer Kapuze versteckt. Plötzlich hielt er inne und schien in Richtung des Küchenfensters zu sehen, und für einen Moment glaubte Morgane, dass sich ihre Blicke trafen. Dann aber griff er in seine Hosentasche und zündete sich eine Zigarette an, drehte ihr den Rücken zu und widmete sich wieder seiner Arbeit.

Morgane nahm das Schreiben vom Tisch und fragte sich, ob der Anwalt in Brest Rat wusste. Aber wie immer würde sie auch dieses Problem alleine klären, niemanden um Hilfe bitten. Ihr war noch nie in ihrem Leben eine derart grundlose Feindseligkeit begegnet. Sie hatte dieser Frau nichts getan! Paulette war der Gast in diesem Haus, nicht sie. Morgane grübelte über die verdrehten Rollen, schloss die Augen, öffnete sie wieder und steckte das Schreiben, das ihr mit einem Mal wertlos erschien, zurück in den Umschlag, dann in ihre Jackentasche. Eine dumpfe Wut gegen Fanny regte sich in ihr. *Sie* hatte ihr all das eingebrockt!

Morgane wusste nicht, wie lange sie so dagesessen hatte, eine Fremde in ihrem Eigentum oder eine Eigentümerin in der Fremde. Der Mann mit dem Rechen war verschwunden. In Gedanken übersetzte sie *propriétaire* und *étranger* hin und zurück, bis deren Bedeutungen zu einem Wort verschmolzen. Im Haus war es merkwürdig still. Dann hörte sie von draußen ein Tapsen, das sich näherte. Mit der Schnauze schob

Filou die angelehnte Tür auf und trat mit seinen dicken Pfoten auf die gewölbten Steinplatten, während er überschwänglich mit dem Schwanz wedelte. Nur den Kopf hielt er gesenkt, als teile er Morganes Traurigkeit. Schließlich blieb er vor ihr stehen, als habe er schon immer zu ihr gehört und sie zu ihm, setzte sich akkurat hin, neigte seinen Kopf zur Seite und legte ihn sachte, mit weit geöffneten Augen auf ihrem Schoß ab. Immer wieder stupste er ihre Hand mit seiner feuchten Nase an.

»Was möchtest du mir sagen?«, fragte Morgane, die in den letzten Minuten mehr mit einem Hund zu tun gehabt hatte als in den vergangenen neununddreißg Lebensjahren. Dieser hier schien ihr einziger Freund in Le Conquet zu sein und sie beschloss, ihre Ressentiments gegen jene Geschöpfe noch einmal zu überdenken.

Im Hotel angekommen, schrieb sie eine SMS an Stefan.

Grund meiner Frankreichreise: Marodes Haus von Fanny geerbt. Inklusive älterer Dame. Bin bedient. Erwäge ernsthaft, ob ich alles hinschmeiße und wieder nach Hause fahre. Morgane.

Sie zog die Gardinen vor dem Fenster zu, legte sich aufs Bett und schlief sofort ein. Das Böse abzuwehren kostete Kraft – das war ihr neu. Sie fragte sich, ob es auch anstrengend war, ruppig und unnahbar zu sein. Es kam ihr vor, als ob sie das Repertoire zwischenmenschlicher Regeln mit einem Mal verloren hatte; ein kultivierter Mensch, dem man eine warme Hauptspeise serviert und dann das Besteck entwendet: Morgane saß mit leeren Händen da. Als sie am Spätnachmittag erwachte, hatte Stefan ihr eine Nachricht geschickt. *Verkaufe das Haus und komm zurück zu mir, Morgane! Übergib die Angelegenheit einem Makler. In Wien bist du willkommen. Jederzeit. Ich bin für dich da. Stefan.*

Warum wussten andere immer, was das Richtige für sie war, als gäbe es ein Rezept für jede Lebenssituation, als könnte eine Entscheidung eine Symptombekämpfung sein und hätte nicht immer unvorhersehbare Konsequenzen?

Morgane legte ihr Handy auf den Nachttisch, zog kurzentschlossen ihre Regenjacke über und machte sich auf in Richtung Leuchtturm. Wo sich nach einem Kilometer die Straße gabelte, ging sie einen steilen Weg hinauf, immer an der Felsenküste entlang. Sie begegnete keinem Menschen, nur vereinzelt waren ein paar Autos zu sehen. Morgane beschleunigte ihren Gang, bis sie nur noch ihre Schritte und ihren Atem hörte, hinaus aus dem Ort bis weit in Richtung eines Plateaus mit einer Parkbucht. Mit jedem Schritt, den sie tat, fühlte sie ein Stück Bevormundung von sich abfallen. Der Wind trieb sie an und ihr war, als folge sie einfach ihrem Instinkt. Sie musste nur diesem schmalen Pfad folgen, nicht zurückschauen und einen Fuß vor den anderen setzen. Oben angekommen, weit über dem Meer, blieb sie stehen und schnappte nach Luft. Ein unendlich weiter Horizont lag über ihr und dem Atlantik.

Die Bretagne, Land zwischen Himmel und Erde! Wenn sie zurücksah, konnte sie ihr Steinhaus sehen. Es ragte auf einer grünen Fläche inmitten von wildem Klee am Rande der Klippen hervor, als sei es aus dem Gestein herausgewachsen. Der Wind riss an den Gräsern, die sich, sobald er innehielt, um Atem zu holen, im nächsten Moment wieder aufrichteten, als hätten sie ihren eigenen Willen. Morgane trat einen Schritt nach vorne an den Abgrund und warf einen vorsichtigen Blick hinab. Unter ihr nichts als steile Felsen und tosendes Wasser. Aber ein winziger Weg führte von hier aus in eine Einbuchtung. Morgane verfolgte ihn mit ihren Augen. Die schutzlose Höhe verursachte ihr plötzlich Schmerzen wie Nadelstiche auf der Haut. Erschrocken wich sie zurück und starrte auf das Meer, das sich der Küste entgegenwälzte.

Nirgendwo auf der Welt liegen Himmel und Erde so nah beieinander wie in der Bretagne. Die Worte ihrer Mutter. Morgane versetzte es einen Stich bei dem Gedanken daran, dass Elaine ausgerechnet hier in diesem Meer, das seine Farben binnen weniger Minuten launisch wechselte und das sie über alles geliebt hatte, bei einem Schwimmunfall ums Leben gekommen war. Sie hatte doch nur ein paar Tage bei der Großmutter verbringen wollen! Damals war Morgane knappe zehn gewesen und ihr Vater, mit dem sie der Schule wegen in Deutschland zurückgeblieben war, hatte ihr das Drama am frühen Morgen, als sie gerade in der Küche heißen Kakao trank, ungeschickt und stockend erklärt.

»Wo ist Maman jetzt?«, hatte Morgane leise gefragt, als habe sie nichts von den Schilderungen der Erwachsenen verstanden. Eine Frage, die noch jahrelang in ihr nachgehallt hatte, weil sie niemals beantwortet worden war.

Stumm war sie aufgestanden, hatte die halb leere Tasse ins Spülbecken gestellt, ihren Schulranzen zurück auf ihr Zimmer gebracht und anschließend dabei zugesehen, wie ihr Vater für sie beide die Koffer packte. Danach war es ganz still im Haus geworden, genau wie in Morgane, unterbrochen vom Surren des Kühlschranks, vom Klappern des Briefkastens, als die Post hineingeworfen wurde. Die ernsten Telefonate des Vaters. Nachbarinnen, Freundinnen von Elaine, die an der Tür klingelten und mit tränenerstickter Stimme ihre Hilfe anboten. Am frühen Abend dann waren Morgane und ihr Vater losgefahren und Robert hatte Morgane immer wieder über den Kopf gestrichen und sie aufgefordert, ein wenig zu schlafen. Aber während der langen Autofahrt ins Finistère hatte sie kein Auge zugemacht. Und sie hatte genug Zeit gehabt, um zu beschließen, dass diese schreckliche Geschichte, die ihrer Mutter zugestoßen sein sollte, unmöglich stimmen konnte, denn der Radiosprecher verkündete zu jeder Stunde die Nachrichten aus aller Welt, der Verkehrsfunk warnte vor einem Stau um Paris und die Werbung versprach eine faltenfreie Haut, so, als sei gar nichts geschehen. Morgens um sechs verweigerte Morgane an einer Autobahnraststätte heiße Schokolade, aß aber ein halbes Croissant.

Als ihr Vater dann den Wagen durch die ersten bretonischen Ortschaften lenkte, trugen Frauen unter einem stahlblauen Himmel Baguettes durch die Gassen, Schiffe legten ab und fuhren hinaus aufs Meer. Autos hupten. Die Erwachsenen mussten sich getäuscht haben. Bis zum Finistère glaubte Morgane an einen Irrtum. Vielleicht hatte sie auch geträumt, sie würde gleich erwachen und ihre Maman würde sie schon bald in die Arme schließen? Plötzlich aber war Blaulicht an den heimischen Küsten zu sehen, ein tieffliegender Hubschrauber, dessen Propeller das Meer, das wie flüssiges Silber ausgesehen hatte, aufscheuchte. Menschen, die in kleinen Gruppen am Wasser standen und aufgeregt miteinander redeten. Einige von ihnen sahen hinaus aufs Meer.

Irgendwann hatten Morgane und ihr Vater das abgelegene Haus von Mémé in Plouarzel erreicht. Auf einem Feldweg lief ihnen die Großmutter humpelnd entgegen, aufgelöst, weinend und mit dem Blick einer Irren. Da hatte Morgane begriffen, dass es wirklich geschehen, dass ihre Mutter tot war.

Tagelang sprach Morgane nicht, was die Erwachsenen veranlasste, sie nach der Trauerfeier zunächst bei Mémé zu lassen und sie in Brest zu einer Psychologin zu bringen, die aber

Morganes Wall der Stummheit nicht durchbrechen konnte, weil Morgane weder Figuren im Raum aufstellte noch Holzklötze aufeinanderstapelte. Sie weinte nicht und riss auch keiner Puppe die Augen aus, im Gegenteil, sie würdigte das leblose Objekt keines Blickes, ließ sich zu keinem Spiel überreden, saß einfach nur stumm da und verweigerte ihre Muttersprache. Die Psychologin konnte ja unmöglich wissen, dass es sich dabei um eine Geheimsprache zwischen Elaine und ihr gehandelt hatte, die Morgane unter keinen Umständen verraten durfte. Weshalb sonst hieß es denn Muttersprache? Elaine war tot und ihre gemeinsame Sprache war es auch.

All das kam Morgane jetzt in den Sinn, und ein Schmerz kehrte zurück, ein altes Bild mit einem frischen Anstrich, als müsse sie viele Jahre später eine Rechnung begleichen, die sie als Zehnjährige in einem professionellen Spielzimmer in der Nähe des Marktplatzes von Brest nicht zu zahlen bereit gewesen war.

Die Flut presste die Wellen in jene idyllische Bucht, die binnen weniger Minuten anschwoll wie eine überlaufende Badewanne. Morgane betrachtete das Naturspektakel so lange, bis kein Sand mehr zu sehen war und das Meer nur noch gegen die schwarzen Felsen schwappte. Der Leuchtturm von St. Mathieu blinkte, und die ersten Fischerboote legten ab. Weit draußen auf dem Meer konnte man eine dicke Wolkenschicht sehen, ein Balken am Horizont wie ein unüberwindbarer Wall. An einigen Stellen riss er auf wie alter brüchiger Stoff, und das Licht der untergehenden Sonne drückte durch die Lücken. Es war, als tauche sie langsam ins Meer und hinterlasse dabei eine Welt in Rot. Der Wind hielt inne und eine Brise ging sanft über Morganes Haut. Sie strich ihre Haare aus dem Gesicht und blickte hinauf zum Himmel. Sie wünschte sich, sie würde sich wünschen, hierzubleiben. Mit ganzem Herzen, aber um ihr Herz hatte sich ein Knoten gebildet wie die Kruste einer alten Wunde.

»Ich bleibe«, sprach sie zu sich selbst, leckte sich das Salz von den Lippen und ging den Berg hinunter, zurück in ihr Hotel, wo sie die Rechnung bezahlte und der Rezeption mitteilte, gleich morgen nach dem Frühstück abzureisen.

Kapitel 3

Am nächsten Morgen wollte Morgane einen langen Strandspaziergang unternehmen, bevor sie den Notar, einen gewissen Monsieur Le Hir, in Le Conquet aufsuchte, um die Formalitäten zu erledigen. Die frische Meeresluft, so hoffte sie, würde ihren Kopf freimachen und ihre Gedanken ordnen. Diesmal ging sie in die andere Richtung und fand auch hier nur Klippen und neben der Straße einen kleinen Weg. *Sentier des douaniers*, kam es ihr in den Sinn, und sie folgte dem kurvigen Pfad. In einer größeren Bucht gab es dank der Ebbe feuchten, knirschenden Sand. Morgane genoss den Wind und betrachtete die Schiffe in der Ferne. Der graue Himmel störte sie nicht, ganz im Gegenteil, sie fand, er verlieh der Landschaft einen verhaltenen Charme, und sie nahm sich vor, solange sie hier sein würde, regelmäßig ans Meer zu gehen. Zurück in ihrem Wagen, nahm sie die Mappe mit den Unterlagen aus Brest, die, so hatte es ihr Maître Levèbre mitgeteilt, alles enthielt, was sie für die Überschreibung der Immobilie benötigte, und begab sich zum Notar.

Bei Monsieur Le Hir, einem freundlichen, aber wortkargen älteren Herrn, schien alles zügig vonstatten zu gehen. Fast glaubte Morgane ihr Glück nicht fassen zu können. Ohne Überprüfung ihrer Identität hatte er ihr nacheinander einige Blätter zugeschoben, deren Inhalt er jeweils kurz zusammenfasste. Als sie zu ihrer Unterschrift ansetzte, legte er seine Hand auf die ihre und zwang sie, aufzusehen.

»Bevor Sie sich endgültig entscheiden, Madame. Da wäre noch etwas: eine minimale Restschuld, die Sie übernehmen müssten.«

»Schulden?«, fragte Morgane und hörte, wie ihre Stimme zitterte. Sie ließ den Kugelschreiber aus der Hand gleiten und sah, wie der Stift sogleich über die Tischplatte rollte. Bevor er fallen konnte, klatschte Monsieur Le Hir mit seiner Hand darauf, nahm ihn und schob ihn langsam zu ihr zurück.

»Etwa 20 000 Euro. Bei der Bank. Eine Hypothek jüngeren Datums. Das würde dann automatisch auf Ihren Namen überschrieben werden. Die monatliche Kredittilgung ist nicht der Rede wert. 700 Euro.«

»700 Euro«, presste Morgane hervor, umklammerte das Schreibgerät und überflog den Erbvertrag – kein Wort von Paulette Kermarrec. Auch von Schulden stand dort nichts. Sie überlegte, dass sie das angebliche Schreiben über das lebenslange Wohnrecht noch nicht gesehen hatte. Hatte Paulette wirklich die Wahrheit gesagt? Schulden – das Wort baute sich vor ihrem inneren Auge auf wie ein unüberwindbarer Berg. Sie war noch nie mit ihrem Girokonto ins Minus geraten, hatte immer klug gehaushaltet. Jetzt brauchte sie Zeit, musste nachdenken, in aller Ruhe eine Entscheidung treffen. Ruckartig erhob sie sich von ihrem Platz; der Notar tat es ihr gleich, die Stirn zu Sorgenfalten gerunzelt.

»Lassen Sie mir bitte Bedenkzeit, Monsieur. Ich muss erst einmal überlegen, was ich tun werde. Eigentlich hielt ich das Objekt für schuldenfrei. Ich kann noch zurücktreten?«, fügte sie vorsichtig an.

»Oh, Sie haben noch nichts unterschrieben«, beruhigte sie der Notar und neigte den Kopf zur Seite, während er seine Hände rieb. »Es ist allerdings ein großes Anwesen in erstklassiger Lage, gebe ich zu bedenken. Allein der Boden …«, sagte Monsieur Le Hir, ohne seinen Gedanken zu Ende zu führen. »Rufen Sie mich, sagen wir, bis spätestens morgen 17 Uhr an und teilen mir Ihre Entscheidung mit. Wenn Sie abspringen, Madame, verleiht Ihnen der französische Staat den Wohltätigkeitsorden. Es gibt keine Erben. Selbst wenn Sie das Anwesen verkauften, bliebe genug übrig …«

Er sah gen Horizont, als danke er dem Herrn für seine geschickte Gesprächsführung. Bevor Morgane ging, überreichte er ihr mit einem verschmitzten Lächeln einen Umschlag und nuschelte in seinen Bart: »Für meine Dienste, Madame. Ein kleiner Betrag wäre noch offen. Der Rest wurde bereits von Ihrer Tante beglichen.«

Der kleine Betrag belief sich auf 1800 Euro. Plus 20 000. Verdutzt lief Morgane zu ihrem Wagen. Zumindest die Rechnung wäre mit ihrem Gesparten zu stemmen. Spränge der französische Staat als Erbe ein, dann sicherlich auch im Falle der Forderungen Monsieur Le Hirs.

Zurück im Auto, legte sie ihre Stirn aufs Lenkrad und atmete mehrfach durch. Sie nahm ihr Handy und rief ihren Vater an. Gleich nach dem zweiten Klingeln nahm dessen Ehefrau Ingeborg ab. Allein deren Stimme vermochte es, Morgane auf Distanz gehen zu lassen. Insgeheim nannte sie die Stiefmutter immer »Frau Ingeborg«. *Die Garage* – mit Entsetzen dachte Morgane an ihre Möbel und die alternative Unterkunft bei ihrem Vater und Frau Ingeborg, die sie bis heute am liebsten siezen würde, so fremd war sie ihr geblieben, seit sie vor knapp achtundzwanzig Jahren ihren Vater geheiratet hatte. Betont höflich verlangte Morgane ohne Erklärung nach ihm. Ihr Vater war mittlerweile in Rente, hatte aber sein Leben lang als Bauingenieur Gutachten erstellt. Er konnte auf Anhieb den Wert eines Gebäudes beziffern. Außerdem kannte er das Haus. Hastig schilderte sie ihm die Situation.

»Fannys Haus?«, fragte ihr Vater entrüstet. »Bist du verrückt, Morgane? Schon deine Großeltern haben das Gebäude verrotten lassen. Weißt du denn, wie lange es leer stand? Um Himmels willen – nein! Finger weg davon! Die Hütte ist nicht einmal den Boden wert, auf dem sie steht!«

Leise warf sie die erstklassige Lage, den unverbaubaren Meerblick, ein.

»Exponiert«, schnaubte ihr Vater. »Weißt du überhaupt, was das heißt? Die Feuchtigkeit macht auch vor bretonischem Stein nicht halt. Aber diese Sturköpfe begreifen das ja nicht! Das Salz erledigt den Rest. Bürde dir das nicht auf, Kind. Du machst dich unglücklich!«

Seufzend versprach ihm Morgane, keine übereilten Schritte zu unternehmen, drückte das Gespräch mitsamt dem drohenden Unheil weg, legte ihren Hinterkopf gegen die Nackenstütze und ließ den Blick über die Wellen schweifen. Das Meer schimmerte smaragdfarben, und die Sonne versteckte sich hinter einer dicken Wolke. Die Luft war glasklar und der Horizont von einem satten Blau. Der Wind spielte mit den Blättern der Bäume. Einige von ihnen sahen aus wie die Affenbrotbäume Afrikas, breit gefächert mit einem mächtigen Stamm.

Entschlossen sprang Morgane aus dem Wagen, rannte zurück zur Kanzlei, läutete hektisch bei Monsieur Le Hir, der ihr kopfschüttelnd, aber mit einem triumphierenden Lächeln öffnete. Sie ließ sich den Erbvertrag vorlegen, unterschrieb in dreifacher Ausfertigung und spürte noch auf der Straße den zufriedenen Blick des Notars in ihrem Rücken.

»Ich bin Morgane Schneider, 39 Jahre alt, und ab sofort die rechtmäßige Besitzerin des Anwesens Rue des Artichauts 13 mit 21800 Euro Schulden«, sagte sie zu sich selbst. Sie war keine zehn mehr und niemand versuchte sie in einem Spielzimmer zu überreden, einer Puppe ihre Stimme zu leihen. Das Haus hatte ihre Seele berührt, das Meer, der Wind, die Landschaft ihrer Kindheit. Der einzige Ort auf der Welt, an dem Morganes Mutter in jeder Welle, die ans Ufer schwappte, spürbar war. Was bedeutete dagegen eine schrullige, schlecht gelaunte Paulette Kermarrec, ein Berg von Schulden, ein Exfreund, der sie bevormundete, ein Vater, der es seit 39 Jahren zumindest versuchte? Keiner von ihnen wusste, was sie fühlte, wenn sie an den Klippen entlang aufs Meer sah und mit den Augen Maß nahm, bis weit hinaus zum Horizont, ein altes Steinhaus in ihrem Rücken, während ihr der bretonische Wind um die Nase wehte. Jetzt hatte sie es schwarz auf weiß, dass dies Haus zu ihr gehörte, und würde sie doch einmal zweifeln, würde sie sich Stein um Stein erobern. Schließlich war sie eine halbe Bretonin.

Am späten Nachmittag erreichte sie ihr neues Domizil. Das Tor stand offen und so fuhr sie mit dem Wagen hindurch, parkte vor der Remise und stieg aus. Sie holte ihre große Reisetasche und ihren Koffer aus dem Auto, stellte das Gepäck vor die Haustür und steckte den Schlüssel ins Schloss. Zu ihrer Überraschung war zweimal abgeschlossen. Wo war Paulette? Filou erhob sich von seinem Platz in einer Nische vor der Küche und rannte freudig auf sie zu.

»Madame Kermarrec«, rief sie durchs Haus, während sie dem Hund über den Kopf strich.

Keine Antwort. Erleichtert ging Morgane in die Küche und setzte sich an den Tisch. Filou folgte ihr, legte sich vor ihre Füße und ließ sie nicht aus den Augen. Das ist also der künftige Gemeinschaftsraum, dachte sie und schwang ihre Beine auf einen Stuhl. Vorausgesetzt, Paulette hatte die Wahrheit gesagt. Sie nahm sich vor, ein paar Lebensmittel einzukaufen. Tee. Kaffee. Zucker. Butter. Brot. Käse. Und Hundefutter. Sie überlegte, ob sie Paulette wegen der Mitbenutzung des Kühlschranks fragen musste und fand den Gedanken geradezu lächerlich. Sie würden eine Art Wohngemeinschaft oder Zweckgemeinschaft bilden und dazu würde gehören, dass sie sich diesen Raum mit seinem Interieur teilten. Ein Glück, dass dies der einzige Ort war, den sie beide benötigten. Nur die Tatsache, dass es geklärt und ausgesprochen werden musste, war ihr unangenehm.

Seufzend stand Morgane auf und ging zurück in den Flur, an dessen Ende Fannys Räume waren. Die Gelegenheit hätte günstiger nicht sein können. Paulette war nicht da. Die erste Nacht in ihrem eigenen Haus stand an. So oder so. Zögernd machte sie vor der letzten Tür halt. Sie fühlte ein Unbehagen, hielt die Klinke in der Hand, drückte sie nach unten, dann ließ sie sie wieder los. Hatte sie ein Recht, hier einzudringen? Angesichts der vielen Jahre des Schweigens zwischen ihr und der Tante kam sie sich schäbig vor. Andererseits war es Fannys Wille gewesen, dass sie dieses Haus erbte, mitsamt der Einrichtung und ihren persönlichen Dingen. Warum Fanny nicht Paulette zur Erbin bestimmt hatte, war Morgane ein Rätsel. Seit wenigen Stunden hatte sie ihr Eigentum schwarz auf weiß, aber die juristischen Fakten vermochten es nicht,

Morganes Zweifel zu beseitigen. Es kam ihr vor, als müsse sie erst einmal in dieses Haus hineinwachsen.

»Ich habe nach ihrem Tod alles so gelassen, wie es war.«

Morgane zuckte zusammen. Sie hatte Paulette nicht bemerkt, die nun wenige Schritte von ihr entfernt vor der Garderobe stand und ihre Jacke auszog. Ein Windstoß knallte die Haustür zu. Ihre Stimme klang frostig, nur ein kurzes Räuspern verriet, wie schwer es ihr fallen musste, eine Art Übergabe des Vermächtnisses von Fanny auszusprechen.

»Ich danke Ihnen, Madame Kermarrec«, erwiderte Morgane. »Ich würde vorerst gerne hierbleiben, bis ich klarsehe. Irgendwo werde ich mich einrichten müssen. Mein Gepäck. Meine Sachen. Ich war beim Notar«, setzte sie flüsternd, fast verlegen nach, um Paulette zu signalisieren, dass sie jetzt rechtens hier, dass sie kein Eindringling war.

Aber wie sie es auch sagte, es klang hilflos und deplatziert und vor allem so, als müsse sie sich rechtfertigen. Zu Morganes Überraschung nickte Paulette schweigend, drehte sich weg und begab sich über die knarrenden Stufen nach oben.

»Das habe ich mir schon gedacht«, murmelte sie und verschwand in der oberen Etage.

Unschlüssig blieb Morgane vor Fannys Tür zurück, bis sie sich schließlich ein Herz fasste. Als sie die Klinke hinunterdrückte und sich die Tür quietschend öffnete, schlug ihr ein Geruch von Lavendel und Zedernholz entgegen. Der Raum war abgedunkelt, die Vorhänge zugezogen. Unter weißen Leintüchern konnte man Möbelstücke erahnen: einen Tisch. Stühle. Eine Kommode. Es war, als befände sich alles im Winterschlaf. Neben dem Fenster das Bett. Hier war Fanny gestorben, während Paulette über sie gewacht haben musste. Tag und Nacht. So jedenfalls stellte sich Morgane das vor, denn Maître Levèbre hatte Morgane in seinem Brief mitgeteilt, dass Fanny über mehrere Monate ans Bett gefesselt gewesen war, bis der Krebs sie schließlich besiegt hatte. Und dass sie in ihrem Haus in Anwesenheit einer alten Freundin gestorben war.

»Vielleicht tröstet es Sie, Madame Schneider, dass sie nicht alleine war«, hatte er abschließend geschrieben und Morgane damit beschämt, weil sie keinen Trost verdient hatte, ohne richtige Trauer. Sie selbst hätte eine solche Art Begleitung niemals vermocht. Dieses Szenario von in Tüchern verhüllten Gegenständen, mit fremden Erinnerungen behaftet, die sich jetzt mit ihren eigenen überlappten, erschien ihr wie ein Leben, das nicht zu Ende gegangen, sondern abrupt angehalten worden war. Genau wie damals.

»Wo ist Maman?«, hatte Morgane ihren Vater wiederholt gefragt. Auf der Fahrt ins Finistère und danach in Mémés Küche.

»Wir wissen es nicht«, hatte Morganes Vater erklärt und gleich am nächsten Morgen, nach einem langen Gespräch mit der Gendarmerie, Morgane in die Arme geschlossen und traurig den Kopf geschüttelt.

»Sie ist draußen auf dem Meer und niemand weiß, ob es sie zurückbringt«, hatte schließlich Mémé auf Morganes Nachfragen geantwortet und dabei wie durch sie hindurchgesehen. Robert war in jenen Tagen im Finistère blass und schien um Jahre gealtert. Morgane aber fragte sich, wie ihre Maman dann überhaupt tot sein könnte, wenn es keine Tote gab. Und Mémé, die sonst immer behauptet hatte, der Tod sei erst der Anfang, konnte sich plötzlich nicht mehr an die keltische Sage vom Anfang der Welt im Finistère erinnern. Damals betete Morgane. Für Elaines Rückkehr, die grauen

Haare von Papa und Mémés Verstand. Sie betete, Elaine möge einfach zurückschwimmen zu ihnen. Sie war doch eine gute Schwimmerin.

Was dann geschah, hatte Morgane sich oft vergeblich versucht ins Gedächtnis zu rufen: Sie hatte ganze Zeitabschnitte im Finistère verloren, wie Gegenstände, die sonst am gleichen Platz gelegen, plötzlich aber unauffindbar waren. Im Nachhinein schienen ihr diese Lücken wie eine Rettung, als habe ihre kindliche Erinnerung einen wohltuenden Schleier über die Vorkommnisse nach dem Unfall geworfen und sie schließlich begraben. Aber sie wusste noch, wie sie und die anderen hinter einem Priester mit Blumenkränzen durch die Gassen des Dorfs hinunter zur Bucht gegangen waren. Der Wind blätterte durch die dünnen Seiten der Gebetsbücher und zerrte an dem schwarzen Talar des Pfarrers. Morganes Großvater, der bereits seit Jahren nicht mehr im Finistère lebte und mit seinem Wohnmobil angereist war, stützte Mémé. Gebeugte Gestalten, in Schwarz gekleidet, mit Blumen in den Händen. Die meisten kannte Morgane nicht. Die Frauen trugen Schleier. Während der Trauerfeier, als Morgane auf dem offenen Meer nach ihrer Mutter Ausschau hielt, und sich der Geruch von Muscheln und Algen nicht verflüchtigen wollte, sie mit ihrem Vater Hand in Hand ans Ufer trat, wo sie zwei weiße Rosen in den an jenem Tag ganz ruhigen Atlantik fallen ließen, damals geschah etwas Wundersames: Morganes Körper versteinerte, ihre Finger wurden taub und sie hörte die Gebete nur noch aus der Ferne. Sie sah hinauf zu den Wolken und zog einfach mit ihnen davon, so lange, bis sie ganz leicht wurde und von oben herab das kleine Mädchen, das nicht sie war, betrachtete. Alle weinten. Das Meer tat, was es immer tat. Langsam stieg das Wasser in der Bucht an, und Morgane stellte sich vor, wie die Wellen die Fußabdrücke der Trauergemeinde einsammelten und zu Elaine brachten.

Anschließend war die engste Familie in jenes Haus an den Klippen gefahren, das gerade groß genug war, um alle Trauernden zu beherbergen. Dort hatte es Suppe, Brot, Cidre und Apfelsaft gegeben. Die Luft hatte nach gewienerten Böden gerochen.

Jetzt fiel es Morgane wieder ein, ihr Herz schlug schneller. Sie warf einen Blick zur Decke, als könnte sie durch sie hindurch nach oben sehen: Hier in diesem Haus hatte sie sich nach der Trauerfeier in einer Dachkammer zusammen mit den frisch geborenen Kätzchen versteckt und auf das Gelächter der Verwandtschaft gelauscht. Papa hatte ihr später erklärt, dass die Erwachsenen deshalb lachten, weil sie keine Tränen mehr hatten und weil sich Elaine das auch gewünscht hätte. Dann hatte er Morgane aufgefordert zu lächeln. Aber sie hatte nur die Lippen zusammengepresst und ihr Gesicht in dem weichen Fell der Kätzchen versteckt. Irgendwann war Fanny mit verweintem Gesicht und verquollenen Augen zu ihr nach oben gekommen, hatte Morgane an sich gedrückt und ihr über den Kopf gestrichen.

»Ich werde immer für dich da sein, mein Kind. Deine Maman wird bei dir bleiben und auf dich aufpassen.« Das hatte Fanny gesagt, aber schon damals hatte Morgane gewusst, dass dies eine Lüge war. Ihre Mutter war unwiderruflich aus ihrem Leben verschwunden, weit draußen auf dem Meer, und künftig würde Morgane auf sich selbst achtgeben müssen. Sie war alt genug gewesen, um zu fühlen, was passiert war, und viel zu jung, um es begreifen.

Morgane schüttelte sich, als wolle sie so ihre düsteren Gedanken abstreifen, lief hinüber zum Fenster, stieß die Vorhänge zur Seite und öffnete es. Dann klappte sie die Läden zurück, drehte sich in den Raum und sah sich um.

Die Mittagsonne beschien das Zimmer. Eine Flügeltür führte nach nebenan. Unter einer Schmutzschicht versteckte sich ein dunkler Holzboden, der knarrte, wenn man ihn betrat. An der Wand hing ein Stück Tapete mit der Struktur einer Artischockenblüte herunter. Davor befand sich ein kleiner gusseiserner Ofen, der ganz offensichtlich betrieben worden war, denn die Tapete hinter dem Rohr war dunkel, rußig. Langsam ging Morgane hinüber zum Durchgang, öffnete einen Flügel der Tür und blickte in einen etwas kleineren Raum, der ebenfalls abgedunkelt war. Das große Fenster ging bis zum Boden. Sie unterdrückte eine aufkommende Übelkeit, lief zur Balkontür und riss sie auf. Unter ihr lag der Atlantik und nur eine kleine Steinmauer, vor der sich kahle Hortensienbüsche und Stockrosen rankten, trennte sie von den Klippen. Sie konnte das Meer riechen und den Schaum der Wellen sehen. Nur die marode Scheune schmälerte die Schönheit, weil sie den Panoramablick verwehrte. Dafür tanzten die Äste der Weide im Wind. Was sie sah, machte ihr ihre Einsamkeit nur noch bewusster. Die Ungewissheit über die Zukunft schnürte ihr das Herz zusammen und sie spürte, dass sie sich diesem Land und seinem Haus mitsamt ihrem verdrängten Schmerz stellen musste. Eine Art Nadelöhr, durch das sie hindurchmusste, bevor sie befreit durchatmen könnte.

Als sie aus ihrem Wagen eine Wasserflasche holen wollte, entdeckte sie jenseits der Straße auf der anderen Seite ein Mädchen, das auf einer Schaukel schwang. Ihr langes, gelocktes Haar flatterte im Wind. Als das Kind Morgane bemerkte, sprang es ab, rannte zum Zaun, lehnte sich herüber und blickte neugierig in ihre Richtung. Zaghaft winkte Morgane und das Mädchen lachte, hob die Hand und bewegte seine kleinen Finger.

»Wie heißt du?«, rief es.

Morgane schätzte das Kind auf acht, vielleicht zehn Jahre.

»Morgane – und du?«

»Ich bin Viviane. Wohnst du hier?«

»Ja«, nickte Morgane zu ihrer eigenen Überraschung.

»Ich habe dich noch nie hier gesehen!«

»Das liegt daran, dass ich erst seit Kurzem da bin.«

Vivianes Locken wirbelten herum. »Ich komme sofort, Maman«, rief sie in Richtung Haus, setzte einen ernsten Blick auf und wandte sich wieder an Morgane. »Leider kann ich mich nicht länger mit dir unterhalten. Ich muss hinein. Hausaufgaben machen. Ein anderes Mal, versprochen?«

»Ehrenwort«, erwiderte Morgane lachend. Eine Unterhaltung mit einer Achtjährigen! Womöglich hatte sich ihr Freundeskreis in Le Conquet neben Filou soeben erweitert. Zurück im Haus, schienen ihr Fannys Räumlichkeiten weniger trüb und düster. Sie würde gründlich putzen, die Wände streichen, eine davon tapezieren, die Fenster reinigen und neue Vorhänge nähen. Plötzlich bekam sie Lust, die wenigen Quadratmeter mit ihren Ideen zu füllen. Dem spärlichen Mobiliar sah man einen gewissen Mangel an Pflege an, aber die Teile gefielen ihr. Hier würde sie mit eigener Kraft eine heimische Atmosphäre schaffen können, dessen war sie sicher. Den Holzboden würde man ölen müssen. Das dunkelgrüne, mit Samt bezogene Sofa könnte ihr erst einmal als Bett dienen, an dem Schreibtisch aus rötlichem Kirschbaumholz würde sie arbeiten. Ein französischer Verlag, für den sie regelmäßig tätig war, hatte angefragt, ob sie ein Sachbuch über die Region übersetzen würde, das eine deutsche Legenden- und

Sagenexpertin geschrieben hatte und für den die Franzosen offensichtlich einen Markt sahen. Kurzentschlossen nahm Morgane ihr Handy, rief in Paris an und sagte zu. Sie würde jeden Cent brauchen. Die Lektorin notierte Morganes neue Adresse und versprach ihr, das Manuskript gleich zur Post zu geben.

In der Ecke stand die zum Schreibtisch passende kleine Spiegelkommode. Morgane beschloss, jetzt gleich anzufangen, denn nur, wenn alles sauber war, würde sie die Nacht hier verbringen können. Und vorerst gab es schließlich kein Zurück. Sie trat vor ein Regal und tastete mit den Fingerspitzen über einige Buchrücken. Flaubert. Zola. Die bretonischen Schriftsteller Chateaubriand, Renan und Anatole le Braz. Dazwischen glitzerte ein mit orientalischen Motiven bedrucktes Seidenbuch. Sie zog es heraus und schlug es auf. Eine Art Notizbuch, leer. Wie wenig sie einander doch gekannt hatten, dachte sie und stellte das Büchlein wieder an seinen Platz.

Im Flur riskierte sie einen Blick in den ehemaligen Frühstücksraum der Pension, der zur Straßenseite zeigte, und fand darin einige abgedeckte Stühle und Tische und zu ihrer großen Freude einen offenen Kamin, der landestypisch einfach in die Steinwand gebaut worden war. Die Fenster waren verschlossen. Mit einem mulmigen Gefühl öffnete sie die Tür zu Fannys früherem Bad. Es war alt, aber sauber, mit einer hohen Sitzbadewanne, separater Dusche und Toilette. An den Wänden befanden sich zeitlose Fliesen mit arabischen Schnörkelmustern auf dezentem Provence-Blau.

»Es wurde regelmäßig geputzt«, hörte sie plötzlich Paulette, die gerade die Stufen herunterkam. Offensichtlich besaß Madame Kermarrec die Eigenschaft, völlig geräuschlos aus der

Stille aufzutauchen, ohne Vorwarnung, ohne ein Zeichen, was Morgane angesichts der eigentlich knarrenden Treppe in Verwunderung versetzte. »Fannys Zimmer«, fuhr sie leise fort. »Das habe ich nicht übers Herz gebracht. Noch nicht. Die Erinnerung.«

»Sie haben eine Freundin verloren, Madame Kermarrec. Das muss sehr schmerzhaft für Sie sein. Es tut mir leid.«

Regungslos starrte Paulette in Morganes Richtung, senkte den Kopf und hob ihn dann wieder: »Ich habe Ihnen zwei Fächer im Kühlschrank freigeräumt. Ebenso im Vorratsraum. Sie werden schon sehen. Bei den Kartoffeln im Keller bedienen Sie sich einfach. Es gibt genug davon. Brennholz liegt vor der Scheune draußen. Es wird noch für diesen Winter reichen. Sie können sich dann um Nachschub kümmern. Ich lege Ihnen die Telefonnummer von Pierre Gladez, einem Bauern aus der Gegend, auf den Küchentisch. Er beliefert uns alle zwei Jahre.«

Paulette schien sich auf eine längere gemeinsame Zeit in diesem Haus einzurichten. Das gab Morgane, zu ihrer eigenen Verwunderung, in diesem Augenblick eine gewisse Sicherheit.

»Danke«, erwiderte sie leise. »Ich ziehe erst einmal ins Wohnzimmer, den Raum mit Balkon. Fannys Schlafzimmer hat Zeit. Es käme mir pietätlos vor. Vielleicht wollen Sie irgendwann mit mir gemeinsam …?«

»Tun Sie, was Sie für richtig halten«, unterbrach sie Paulette schroff und verschwand in der Küche.

Wieder stand Morgane allein da.

Mit Möbelpolitur, Essigreiniger, Putzlappen, Müllsäcken und ein paar Kerzen ausgestattet, kam sie eine Stunde später vom *Intermarché* zurück. In der Drogerie hatte sie eine *Lampe Berger* erstanden, eine bauchig geformte Öllampe in Flaschengrün mit einem Docht, der, getränkt und entzündet, einen angenehm natürlichen und frischen Duft verströmte. Morgane hatte sich für *Meeresbrise* entschieden. *Paris*, eine elegante, aber auch schwere Patschulinote, kam nicht infrage. Patschuli erinnerte sie an ihre Wohngemeinschaftszeiten in München, wo bei jeder Gelegenheit Räucherstäbchen angezündet worden waren und die ganze Wohnung nach aromatisiertem Tee gerochen hatte.

Filou, der sie wie immer freudig empfing, tapste ihr hinterher und legte sich vor dem Sofa ab. Auf einer auf dem Tisch ausgebreiteten Papierserviette verteilte Morgane etwas Obst, das sie gekauft hatte. Äpfel, Bananen und Birnen. Seit Tagen aß sie nicht richtig und plötzlich verspürte sie Hunger. Sie griff nach einem Apfel, rieb ihn an ihrem Sweatshirt sauber und biss hinein. Als Nächstes nahm sie sich die Eroberung der Küche vor. Paulette schien in der Regel mittags zu essen, also würde sie diesen Raum abends nutzen. Sie dachte an ihre hübschen, selbst genähten Geschirrtücher aus der Provence mit den passenden Servietten und beschloss, dass sie diese in ihre Hälfte des Küchenbuffets legen würde, wenn ihre Sachen erst hier waren.

Zufrieden über ihre Ideen einer Art Reviermarkierung, setzte sie die Lampe in Betrieb, ließ sich nachdenklich auf einen weichen Sessel fallen, verspeiste ihren Apfel und atmete durch. Nach einer Weile hob Filou ruckartig den Kopf und schnüffelte nervös in alle Richtungen. Lange bevor Morgane einen Hauch von Atlantik wahrnahm, erhob sich der Hund und ging zurück in Richtung seines Platzes vor der Küche.

»Was ist denn los?«, rief sie ihm verständnislos hinterher, aber er würdigte sie keines Blickes und verschwand mit anliegenden Ohren in den Flur.

Dies war ein Haus voller Einzelgänger, die keine gemeinsame Sprache fanden. Filous Nase hatte entschieden, und Morgane würde die erste Nacht in Fannys zweitem Zimmer, das sie ab sofort das *Artischockenzimmer* nannte, ohne ihren besten Freund verbringen. Kurz vor zehn richtete sie ihr Nachtlager, ging ins Bad, putzte die Zähne und schlüpfte mit einem Buch in der Hand in ihren Schlafsack. Es war empfindlich kühl, und gleich morgen würde sie sich um das Holz kümmern. Sie klappte das Buch zu und starrte zur Decke, wo das Licht einer brennenden Kerze einen Schattentanz veranstaltete. Unter den beweglichen Schatten glaubte sie einen großen Fleck zu sehen. Schimmel, schoss es ihr durch den Kopf. Aber vielleicht täuschte sie sich. Sie war zu erschöpft, um sich jetzt darüber aufzuregen.

Am nächsten Morgen war der Fleck an der Decke deutlich sichtbar. Morgane schätzte seinen Durchmesser auf einen halben Quadratmeter. Der Gedanke an einen Wasserschaden ließ sie nicht mehr los und sie wollte Paulette dazu befragen, aber diese schien wie vom Erdboden verschluckt. Das Haus war wirklich groß genug, um sich aus dem Weg zu gehen.

Ganze zwei Tage sah sie nichts von Paulette, aber hin und wieder vernahm sie ihre Mitbewohnerin. Sie musste genau hinhören. Leise Schritte. Ein Telefonat mit der gedämpften Stimme einer flüsternden Madame Kermarrec, die damit ihre Anwesenheit demonstrierte und Morgane gleichzeitig ausgrenzte.

Morgane indessen versuchte das Beste aus dem Schwebezustand, in dem sie sich befand, zu machen, bewegte sich viel an der frischen Luft, befasste sich mit den Grundrissen, die sie vom Notar erhalten hatte, und fragte sich bei einem ihrer Spaziergänge in der näheren Umgebung, wem eigentlich das verwilderte Grundstück, das an ihr Haus grenzte, gehörte. Die heruntergekommene Hütte fing an, sie zu ärgern, weil sie sich das hässliche Ding tagtäglich würde ansehen müssen. Der Mann mit dem Kapuzenshirt war nicht mehr aufgetaucht. Sonst hätte sie ihn fragen können. Am dritten Morgen begegneten die beiden Frauen einander im Hof, gerade als Morgane zur Tür hinaustrat.

»Guten Morgen, Madame Kermarrec.«

»Guten Morgen«, erwiderte Paulette murrend.

»Ich habe in Fannys Balkonzimmer einen Fleck an der Decke gesehen. Wissen Sie zufällig, ob es in der Vergangenheit einen Wasserschaden gab?«, fragte sie unbeirrt in freundlichem Ton.

»Nicht dass ich wüsste«, stieß Paulette hervor. »Allerdings befinden sich über Fannys Räumen ... über *Ihren*«, korrigierte sie sich schnell, »zwei der drei ehemaligen Gästezimmer mit Bädern *en suite.*«

In ihrem Haus hingen Tapeten von den Wänden herunter, die Zimmer wurden mit Holz beheizt, aber es gab Bäder *en suite.*

»Kann ich sie mir ansehen?«, fragte Morgane und wollte sich sogleich auf die Zunge beißen.

»Sie mögen in Ihrem Haus tun und walten, wie es Ihnen beliebt. Solange Sie meine Privatsphäre respektieren. Die Schlüssel stecken.«

Mit einem triumphierenden Gesichtsausdruck senkte Paulette wie eine Diva die Augen und schritt in Richtung Haus. Morgane sah ihr hinterher, wunderte sich dabei aber mehr über sich selbst. Warum hatte sie die obere Etage bisher nicht betreten? Bloß weil Paulette dort wohnte? Rücksichtnahme war eine Sache, Feigheit eine andere.

»Haben Sie etwas dagegen, wenn ich mit Filou ans Meer fahre?«

Morgane schleuderte diese Frage gegen Paulettes Rücken, hatte sie ausgesprochen ohne nachzudenken. Abrupt blieb die alte Dame stehen.

»Keineswegs. Er gehört Ihnen. Er wird ja Bestandteil der Erbmasse sein.«

»Erbmasse«, wiederholte Morgane verächtlich. »Ein wahrhaft unschönes Wort im Zusammenhang mit einem Lebewesen.«

Filou legte keinen Wert auf derartige sprachliche Feinheiten. Er witterte das Abenteuer seines Lebens, als Morgane die Heckklappe ihres Twingos öffnete, eine Decke darin ausbreitete und ihn mit einer schwungvollen Armbewegung aufforderte, einzusteigen. Mit Anlauf sprang er in den Kofferraum. Sie klappte einen Rücksitz um, damit der Rüde auch genügend Platz hatte, entfernte die Hutablage und schloss vorsichtig die Tür. Auf dem Weg nach Plougonvelin konnte sie im Rückspiegel sehen, wie ihr Begleiter, seinen Kopf auf der Rückenlehne abgelegt, ihren Blick intensiv erwiderte.

Plötzlich fiel ihr ein, dass sie nicht einmal eine Hundeleine besaß, geschweige denn ein Halsband. Im Haus hatte sie auch keines von beidem gesehen, also hielt sie beim nächsten Baumarkt und kaufte in der Tierabteilung Leine, Halsband, eine Pfeife und einen Ball. Sie hievte einen 15-Kilogramm-Sack Trockenfutter für erwachsene Hunde in den Einkaufswagen. Bei der Auswahl kam ihr zum ersten Mal der Gedanke an Filous Alter, das sie nicht kannte. Kurz vor der Kasse, bei den Schrauben, entdeckte sie einen Verkäufer, dem sie kurzentschlossen den Fleck an der Decke ihres Zimmers schilderte.

»Es kommt darauf an, wie lange er schon da ist und ob immer noch Feuchtigkeit eindringt«, erklärte er auskunftsfreudig. »Mit einer Chemiekeule würde ich da nicht drangehen. Es gibt Trocknungsgeräte, die Sie für 48 Stunden aufstellen. Aber Sie sollten sich vorher vergewissern, wie der Zustand der Wasserrohre ist. Ob ganz sicher nichts durchsickert. Sonst wird das ein Teufelskreis.«

»Was passiert denn im schlimmsten Fall?«

»Die Decke bricht durch. Wie alt ist das Haus? Es wird ja wohl nicht aus Beton gebaut sein.«

»Ein typisches Steinhaus aus der Region«, erwiderte Morgane mit ängstlichem Unterton und erinnerte sich an die Warnung ihres Vaters.

Der Verkäufer verzog das Gesicht.

»Wen könnte ich in dieser Frage zurate ziehen?«, wollte Morgane wissen.

»Wird der Raum über dem Fleck bewohnt?«, lautete die Gegenfrage des Verkäufers.

»Seit Jahren nicht mehr«, antwortete Morgane hoffnungsvoll. »So schlimm kann es also nicht sein, oder?«

»Sagen wir einmal so: Es wäre bereits passiert. Aber lassen Sie das unbedingt einen Profi ansehen. Vor der Trocknung muss die aufgeweichte Substanz entfernt werden.«

Morgane bedankte sich, bezahlte die Hundeutensilien und ging zurück zu ihrem Wagen. Inzwischen war Filou nach vorne auf die Fahrerseite geklettert, saß hinterm Steuer und jaulte herzzerreißend, als er seine neue Herrin erblickte. Wortlos öffnete sie die Fahrertür, zeigte auf den Boden und befahl ihm ein knappes »Sitz!«.

Mit einem Satz sprangen geschätzte vierzig Kilo aus dem Wagen und warteten auf weitere Instruktionen. Sie zog Filou das Halsband an und legte ihn an die Leine, was er widerstandlos geschehen ließ. Offensichtlich hatte er eine Erziehung genossen und Kommandos waren ihm vertraut. Es war also an Morgane, zu lernen, wie man mit einem Hund kommunizierte. Mit einem beherzten Griff öffnete sie sein Maul, so wie sie es schon im Fernsehen gesehen hatte, und begutachtete seine Zähne, was Filou gutmütig geschehen ließ. Alte Hunde besaßen ein verfärbtes, meist gelbliches Gebiss, glaubte sich Morgane zu erinnern. Filou jedenfalls zeigte strahlend weiße und respekteinflößende Beißer. Mit einem Fingerzeig schickte Morgane ihn zurück auf seinen Platz im Kofferraum und fuhr in Richtung Hafen. Zwei Stunden verbrachten sie am Meer, ohne einer Menschenseele zu begegnen. Filou, der sich als ein herausragender Schwimmer und leidenschaftlicher Ballfänger entpuppte, paddelte hinaus aufs Meer, gab keinen Wurf verloren und ließ sich mit den Wellen zurücktreiben. Zu Morganes Überraschung reagierte er sogar auf ihre Pfiffe.

Am nächsten Morgen wurde Morgane vom Klingelton ihres Handys geweckt, schälte sich aus ihrem Schlafsack, nahm das Gespräch entgegen und hörte Stefans vertraute Stimme.

»Was gibt es Neues?«, wollte er wissen. »Wo bist du?«

»Ich habe die ersten Nächte in meinem Haus verbracht. Auf einem flauschigen Sofa«, gähnte Morgane, »nachdem ich Fannys Zimmer geputzt und gelüftet habe. Du machst dir gar kein Bild, wie es hier aussieht. Es ist, als sei die Zeit in der Rue des Artichauts vor mindestens dreißig Jahren stehengeblieben.«

»Heißt das, du bleibst? Und was ist mit dieser älteren Dame, die du erwähnt hast?«

»Paulette Kermarrec. Offenbar eine enge Freundin von

Fanny. Anscheinend erhielt sie von meiner sozial engagierten Tante ein lebenslanges Wohnrecht in meinem Haus. Wir werden erst einmal eine Art Zweckgemeinschaft bilden, bis ich weiß, wohin die Reise geht. Ich habe zwei eigene Zimmer, ein separates Bad. Aber es gibt nur eine Küche.«

»Damit kannst du leben. Du isst wie ein Spatz.«

»Die Küche ist nicht das einzige Problem, das ich hier habe. Aber lassen wir das.«

»Was hast du vor?«

Stefans Stimme klang plötzlich deutlich und hellwach, als habe er den Lautsprecher ganz nah an die Lippen gehalten.

»Ich weiß es noch nicht, Stefan. Keine Ahnung. Meine Sachen stehen bei meinem Vater in der Garage und hier ist vieles ungewiss. Ich bin hier, weil mir momentan nichts Besseres einfällt, wenn ich ehrlich bin.«

Das war nur die halbe Wahrheit. Morgane biss sich auf die Lippen und unterdrückte den Impuls, Stefan von ihren Schulden zu erzählen, denn er würde es, genau wie ihr Vater, besser wissen.

»Biete dieser Paulette das Haus doch zum Kauf an und komm zurück!«

Daran hatte Morgane noch gar nicht gedacht und in diesem Moment schien es ihr wirklich eine Lösung zu sein. Dann aber kamen ihr Zweifel. »Glaubst du denn, Fanny hätte ihr ein Wohnrecht eingeräumt, wenn sie so viel Geld besäße?«

»Ja, das stimmt auch wieder. Aber solange du sie nicht fragst, wirst du es nicht wissen.«

Das war Stefans Lebenslogik. Verblüffend einfach und ungeheuer effizient. Auf Fragen erhielt man Antworten.

»Und bei dir?«, wechselte sie das Thema. »Bist du dabei, ein echter Wiener zu werden? Küss die Hand? Komm schon, gib es zu: Wie oft warst du bereits im Beisl oder beim Heurigen?«

»Das ist der Grund meines Anrufs, Morgane«, erwiderte Stefan zaghaft und seine Stimme wurde leiser. Ein Krachen in der Leitung.

»Heraus damit«, sagte Morgane aufmunternd.

»Wien ist gestorben.«

»Wien stirbt nicht«, erwiderte sie, während sie versuchte, das Gehörte zu verarbeiten. Stefan würde nach Hause zurückkehren. Der Grund ihrer Trennung, der äußere Anlass, war damit vom Tisch.

»Was ist denn passiert?«, wollte sie dann wissen. Nicht nur in Le Conquet geschahen kleine Katastrophen.

»Die letzten Gespräche haben gezeigt, dass die Chemie innerhalb des Kollegiums nicht stimmt. Da gibt es nur eine Frau, eine Kinderärztin, mit der ich auf einer Welle schwimme. Alle anderen schienen mir zu abgehoben, ehrlich gesagt, die sind esoterisch total verdreht. Ich bin nicht gewillt, als Psychologe Tarotkarten zu legen und das Horoskop von Patienten zu studieren, bevor ich mit ihnen arbeite. Noch dazu, wenn es in meiner Praxis erstellt wurde. Ich bin Wissenschaftler und kein Quacksalber.«

»Ich weiß«, erwiderte Morgane. »Was wirst du jetzt tun?«

»Genau das, was ich schon immer tun wollte. Jetzt mache ich es wahr. Der Zeitpunkt war nie günstiger. Der Jakobsweg, du weißt schon. In der kommenden Woche geht es an die Planung. Wenn alles gut geht, bin ich Mitte November auf Strecke. Danach werden wir sehen.«

»Im Winter? Bist du sicher?«

»Ob Sommer oder Winter, alles eine Frage der Einstellung und der Klamotten. Ich möchte einfach nicht mehr warten.«

»Wie lange wirst du unterwegs sein?«

»Ich habe den Oldtimer verkauft. Das Geld reicht für ein knappes Jahr.«

»Du hast …«, stotterte Morgane, »du hast den Oldtimer verkauft?«

Jahrelang war dieses vornehmlich in der Garage stehende Gefährt, ein Mercedes 190 SL Cabrio, *das* Diskussionsthema gewesen, eine in Morganes Augen Geld und Sprit schluckende Sünde aus dem Jahr 1965 – die sinnloseste Anschaffung, die es gab. Für sie diente ein Auto dem Transport und es musste zuverlässig fahren. Genau wie ihr mittlerweile zehn Jahre alter Twingo.

»Es war gar nicht so schwer«, fuhr Stefan fort. »Manchmal muss man Prioritäten setzen. Ich werde es mit dem Wandern nicht so genau nehmen. Vielleicht fahre ich einige Abschnitte mit dem Zug. Es soll Spaß machen und kein Bußgang werden.«

»Bei Minusgraden in den Pyrenäen ist das leichter gesagt als getan. Aber nicht, dass du Buße nötig hättest«, versuchte Morgane zu scherzen. »Das klingt nach einem Selbstfindungstrip, Stefan.«

»Was du auch machst, Morgane.«

Stefan hatte recht: So war es vor Wochen von ihr gedacht gewesen. In die Bretagne fahren, um ihre Gefühle zu ordnen. Aber seit sie angekommen war, hatte eine aufwühlende Reise in ihre Vergangenheit begonnen und das Chaos in ihr war größer denn je.

»Mit dem Unterschied, dass ich in Le Conquet bereits büße. Ich weiß nur nicht, wodurch ich mir das eingebrockt habe und was am Ende des Weges steht.«

»Dein Seelenheil wahrscheinlich. Nach dem Fegefeuer öffnen sich feierlich die Himmelspforten.«

»Ich dachte, du seist Wissenschaftler«, empörte sich Morgane, starrte zur Decke und fixierte den Fleck. Hatte er sich ausgebreitet? Irgendwie kam er ihr größer vor.

»Ich meine das ja symbolisch. Du weißt schon. Aber so funktioniert nun mal die menschliche Seele. Erst das Leiden, dann das Glück.«

Glück. Ein Wort, das sie beide als Paar abgenutzt hatten, bis es fade und inhaltslos geklungen hatte. Jetzt und aus der Entfernung hörte es sich aus Stefans Mund zum ersten Mal wieder nach etwas Verheißungsvollem an.

»Und wo startest du?«, fragte sie und räusperte sich.

»In Colmar. Quer durch Frankreich. Ich bin dir auf den Fersen.«

Morgane lächelte. Seit zwei Jahren hatte Stefan immer wieder von seinem großen Traum gesprochen. Ursprünglich hatten sie den Jakobsweg einmal gemeinsam geplant, die Reise dann aber aus verschiedenen Gründen verworfen. Dass Stefan sie gerade jetzt gegen seine geplatzten Wien-Pläne und seine *Zweitfrau auf vier Rädern* eintauschte, flößte ihr Respekt ein und sie hatte das dumpfe Gefühl, Stefans bevorstehender Fußmarsch nach Santiago de Compostela habe etwas mit ihr zu tun. Womöglich war das seine Art, um sie zu kämpfen.

»Du hörst von mir«, sagte er leise zum Abschied, und Morgane drückte nachdenklich das Gespräch weg.

Bon voyage, sprach sie zu sich selbst, öffnete die Tür, schielte auf den Flur, lauschte und verschwand schnell in ihrem Bad.

Kapitel 4

Als Morgane die vom Duschen beschlagenen Scheiben trocknete, konnte sie im Hof sehen, wie Paulette mit ihrer Einkaufstasche das Anwesen verließ und in Richtung Ortsmitte entschwand. Das war die Gelegenheit, endlich die Gästeräume der oberen Etage zu inspizieren! Schnell zog Morgane sich an und schlüpfte in ihre Turnschuhe. Auch oben gab es einen lang gezogenen Flur, von dem die Zimmer abgingen. Direkt neben der Treppe mussten sich Paulettes Räume befinden und am anderen Ende die drei ehemaligen Gästezimmer. In allen steckte ein Schlüssel, genau wie es Paulette gesagt hatte. Zuerst betrat Morgane das hintere, wo sie den Wasserschaden vermutete. Als sie die Tür öffnete, schlug ihr derselbe Geruch entgegen wie vor wenigen Tagen unten. Sie hielt die Luft an, ging schnell zum Fenster und öffnete es. Sie sah sich um. Der Raum war fast leer, verwinkelt und wirkte daher ziemlich klein; nur ein paar Kisten und ein alter Stuhl. Kein Bett, keine Kommode. Sie bückte sich und verwischte etwas Staub auf dem Boden. Auch hier edles Eichenholz, das auf den ersten Blick in einem ordentlichen Zustand schien. Nur die Wände sahen schrecklich aus. Man konnte die Schmutzabdrücke von Bilderrahmen sehen, die einst an ihnen gehangen hatten. Aus dem Weiß war ein dunkles Grau geworden. Die Dachschrägen mussten ihr als Kind das Gefühl einer

Kammer gegeben haben. Drei massive Holzbalken, die vom Boden zur Decke ragten, teilten den Raum auf und verliehen ihm eine gewisse Gemütlichkeit. Hinter einem der Balken meinte Morgane das Fenster zu erkennen, unter dem einst der Korb mit den neugeborenen Kätzchen gestanden hatte. Die Katzenmutter musste damals ihre Jungen in dem unbewohnten Haus versteckt haben. Mémé hatte die Kleinen anschließend bei sich in Plouarzel aufgenommen.

Der Heizkörper war schmutzig gelb, genau wie die abgenutzten Vorhänge. In der oberen Etage gab es also eine Zentralheizung – deshalb lebte Paulette hier. Morgane suchte die Tür zum Bad, die sich hinter einem blechernen, mit Papageienmotiven verzierten Paravent versteckte, und öffnete sie.

Mit zugehaltener Nase stieß sie ein kleines schräges Dachfenster unter der mit Rostflecken übersäten Sitzwanne auf, in der wohl keiner mehr baden wollte. Pastellgelbe Fliesen, die an einer Seite teilweise abgeplatzt waren, zeigten, dass hier schon einmal jemand Hand angelegt hatte, womöglich ein missglückter Renovierungsversuch. In der Wanne lagerten Eimer und eingetrocknete Walzen. Ein Waschbecken hing schief aus der Wand, als drohe es jeden Moment abzustürzen, und auf dem Boden waren ein paar Steinplatten gebrochen.

Ähnliches fand sie in den beiden anderen Gästezimmern vor. Nur die Bäder waren in einem besseren Zustand, obgleich sie mit türkisfarbenen Kacheln den Charme der Sechziger versprühten. Jene Bäder besaßen keine Badewanne, sondern lediglich ein Waschbecken sowie eine Toilette. Dafür teilten sich die beiden Räume einen kleinen Balkon, der freie Sicht auf das Meer bot.

Für einen winzigen Augenblick streifte Morgane der Gedanke, wie es hier aussehen könnte: freundliche, schlichte

Räume mit einfachen Möbeln auf dem abgezogenen Dielenboden. Helle Wände, die die dunklen Holzbalken in Szene setzten. Ein Beistelltisch mit einem kleinen Blumenstrauß. Ein Ohrensessel. Leinenvorhänge mit den Motiven der typischen Heidelandschaft auf den schroffen Klippen des Finistère, die im Hochsommer das grelle Licht absorbierten.

»Nichts undicht«, sagte Monsieur Karvan, der kurz nach Morganes Inspektion aufgetaucht war. Der Klempner hockte sich im Bad mit dem vermeintlichen Wasserschaden auf den Boden und schlug mit einem Hammer gegen die zerbrochenen Fliesen. »Vor etwa acht Jahren wurden hier neue Wasserleitungen verlegt.«

Morgane sah ihn überrascht an. Etwas Netteres hatte sie seit Tagen nicht gehört. Am liebsten hätte sie auf der Stelle vor Freude losgeheult. »Woher wissen Sie das?«

»In Le Conquet mache ich fast alle Reparaturen. Wir halten hier nämlich zusammen. Aber ich erinnere mich nicht daran, dass es hier einmal Wasserprobleme gab. Nur, dass es zugegebenermaßen anders aussah.« Er blickte verlegen zur Seite und strich sich über den Kopf. Sein graues, kurzes Haar zeigte widerspenstig in alle Richtungen. Dicke Borsten, die schwer zu bändigen waren. »Und der Fleck, Madame? Wo ist er? Unten?«

»Sie meinen, hier sieht es schlimmer aus, als es ist?«

»Absolut«, bestätigte Monsieur Karvan lächelnd, erhob sich und packte sein Handwerkszeug in die Tasche. »Sie brauchen lediglich neue Armaturen. Eine Wanne. Waschbecken. Dusche. Auch mit den Fliesen könnte ich Ihnen helfen. Ich habe zwei Mitarbeiter. Das wäre also ruck, zuck erledigt. Wenn Sie wollen, könnte ich Ihnen ein paar Broschüren der

Großhändler zeigen, mit denen ich zusammenarbeite, und Sie können sich etwas aussuchen.«

»Das ist sehr freundlich von Ihnen, Monsieur Karvan«, erwiderte Morgane. »Aber ich weiß offen gestanden noch nicht, was mit dem Haus geschieht. Sollte ich es mir anders überlegen, werde ich gerne auf Ihr Angebot zurückkommen.«

»Sie dürfen dieses Haus nicht aufgeben, Madame.«

Er sah sie direkt an und in seiner Stimme lag eine Leidenschaft, als schwärme er von einem Opernbesuch. »Es geht mich nichts an. Verzeihen Sie, aber Sie leben in einer Perle. Das kann Ihnen unmöglich entgangen sein. Die Lage am Rand der Klippen, die Architektur, das ganze Areal. Dies hier ist die Bretagne! Echt und ehrlich, verstehen Sie? Nicht wie die Touristenbungalows am Strand von La Baule, die sündhaft teuren Fischlokale. Haben Sie die Artischockenfelder gesehen? *Artichaod* auf Bretonisch. Madame, ich bitte Sie! Lassen Sie sich von dem bisschen Schmutz nicht blenden. Und auch nicht von Paulettes Gemeinheiten.«

»Woher wissen Sie …?« Morgane spürte, wie sie eine Gänsehaut bekam. Dieser Fremde war der Erste in Le Conquet, der sich für ihren Gemütszustand interessierte.

»Oh, hier auf dem Land kennt jeder jeden. Auch Paulette«, erwiderte er unbeirrt. »Madame Menez hat Ihnen die Schlüssel übergeben, nicht wahr? Sie weiß alles und plappert wie ein Papagei. Die gute alte Loane. Unter uns: Die beiden Frauen können sich nicht ausstehen.«

Morgane konnte sich niemanden vorstellen, der Paulette mochte. In dieser Hinsicht hatte sie sogar Verständnis. Monsieur Karvan nahm seine Werkzeugtasche, sah Morgane abwartend an, und sie bedeutete ihm, ihr zu folgen. Gemeinsam betraten sie Fannys Zimmer, das inzwischen ordentlich aufgeräumt und dank der geputzten Fenster hell und freundlich wirkte.

»Was würde mich das kosten?«, fragte Morgane vorsichtig, als Karvan einen kritischen Blick zur Decke warf.

»Warten Sie«, gab der kurz angebunden zurück, verschwand wortlos und erschien gleich darauf mit einer Leiter, kletterte hinauf, betrachtete die Decke, wischte mit einem Taschentuch darüber und fing schließlich herzhaft an zu lachen.

»Dreck«, rief er Morgane von oben zu. »Das ist nichts als Schmutz. Sehen Sie selbst!« Freudestrahlend zeigte er auf sein weißes Taschentuch mit dunkelgrauen Schlieren und dann mit dem Finger auf die Umrisse der Verfärbung der Decke. »Wasserflecken laufen an den Enden aus. Dieser hier nicht. Ich weiß nicht, wie es Fanny geschafft hat: Aber diese Decke ist schmutzig. Ich würde Ihnen einen Anstrich empfehlen und Schluss.«

Er kletterte hinunter und klappte die Leiter zusammen. Morgane atmete erleichtert auf. »Dann sprechen wir über die Bäder oben«, sagte sie mutig. »Wie viel würden sie kosten?«

»Schwer zu sagen. Hängt von Ihrer Wahl ab«, wich er aus. »Es müssten ein paar Kabel neu verlegt werden. Dafür brauchen Sie keinen Elektriker, ich könnte das auch übernehmen. Hier auf dem Land finden wir immer Lösungen. Sie könnten mir beispielsweise dabei helfen. Ich glaube, Sie sind nicht ungeschickt.«

Er zwinkerte ihr zu und Morgane musste unweigerlich lächeln. Er hatte recht: Sie war eine ziemlich gute Handwerkerin und hatte in ihren WG-Jahren einige Renovierungserfahrung gesammelt.

»Die Kosten, Monsieur«, bat Morgane. »Nennen Sie mir eine Zahl. Bitte.«

Monsieur Karvan runzelte die Stirn, drehte sich zum Fenster und blickte hinaus: »Das ramponierte Bad müssten wir mit, sagen wir, 8000 Euro in den Griff bekommen. Material und Arbeitskosten. Das ist eine grobe Schätzung. Bei den anderen Bädern kommt es darauf an, was Sie haben wollen.«

»Ich denke darüber nach«, versprach Morgane, begleitete Monsieur Karvan hinaus und wartete, bis er die Leiter wieder in seinen Kleintransporter geschoben hatte. »Was bin ich Ihnen schuldig?«

Monsieur Karvan winkte ab. »Bleiben Sie, Madame. Sie werden sehen: Es lohnt sich!«

Morgane bedankte sich, verschränkte die Arme über der Brust und ließ ihren Blick über die Straße hinweg auf die Felder schweifen. Die Luft war empfindlich kühl geworden und sie fröstelte.

»Sagen Sie, bitte, Monsieur Karvan?«, fragte sie zögerlich, nachdem dieser seine Tasche neben die Leiter geworfen und die Heckklappe geschlossen hatte. »Wissen Sie zufällig, wem das Grundstück mit der Scheune gehört?«

Morgane zeigte mit dem Kopf in Richtung des Gebäudes, von dem gerade nur ein kleiner Teil zu sehen war.

»Sie meinen den verwilderten Garten mit der Weide, der an Fannys Haus grenzt und die Klippen entlang bis weit in Richtung St. Mathieu reicht?«

Höflich überhörte Morgane seinen Versprecher, nicht aber die Andeutung horrender Quadratmeterzahlen. Ergriffen nickte sie und sah Monsieur Karvan abwartend an.

»Mich wundert nur, dass dieser Baum immer noch steht. Fanny wollte doch …«, sagte er nachdenklich.

Morgane stutzte. Offensichtlich wussten jene Menschen,

mit denen sie im Finistère in Kontakt trat, mehr Details ihrer Vergangenheit als sie selbst.

»Sie meinen den mit den komischen Ästen?«, fragte sie. »Was ist denn mit ihm?«

Monsieur Karvan schüttelte sich, als wolle er nicht länger seinen Gedanken nachhängen. »Nichts. Sie fragten nach dem Besitzer, Madame. Dessen Namen kann ich Ihnen sagen. Armel Briag. Wir alle nennen ihn hier den *Pierrot.* Er lebt auf der Île de Batz und fängt hin und wieder ein paar Fische oder sammelt die an Land gespülten Muscheln ein. Baut Gemüse an. Früher war er Austernzüchter. Keine Sorge, Madame! Er wird Ihnen nicht in die Quere kommen.«

Sie dachte an den gesichtslosen Mann im Kapuzensweatshirt, den sie mit einem Rechen auf dem Feld gesehen hatte. Sollte er etwa der ominöse Besitzer sein? Sie schluckte und rang sich ein Lächeln ab.

»Ein Mann um die vierzig? Groß, sehr muskulös? Ich habe ihn gesehen. Vor vielleicht zehn Tagen.«

»Nein«, lachte Monsieur Karvan. »Das wird Maël gewesen sein. Er taucht immer wieder hier auf und kümmert sich um das Grundstück von Armel. *Pierrot* selbst lässt sich hier bereits seit Jahrzehnten nicht mehr blicken. Aber an jedem ersten Mittwoch im Monat sitzt er gegen fünf im *La Chaloupe* am Tresen und trinkt Rotwein. Viel Rotwein.«

»*La Chaloupe?*«, wiederholte Morgane.

»Eine Kneipe. Unten am Hafen von Le Conquet.«

»Und wie kommt er zu dem Namen *Pierrot*?«, hakte Morgane nach.

»Das kann ich Ihnen nicht erklären«, erwiderte Monsieur Karvan mit ernster Miene und ließ seinen Blick in die Weite schweifen. »Er ist einfach einer. Ein alter, trauriger *Pierrot.*«

Plötzlich klopfte er auf das Dach seines Kleintransporters, als wolle er sich selbst aufmuntern. »Dann will ich mal los.«

Er stieg ein, startete den Motor, wendete zügig, kurbelte das Seitenfenster hinunter und reckte einen Arm hinaus.

»Paulette ist nicht ohne«, sprach er in den Seitenspiegel, wo sich ihre Blicke trafen. »Sie werden sehen. Die Menschen hier sind anders. Sehr direkt. Sie sagen, was sie meinen, und sie meinen, was sie sagen. Dies ist nicht Paris, hier ist ein anderes Frankreich, die wahre Bretagne, Madame Schneider. Sie müssen hinter die touristische Maske blicken, um uns zu finden. Hier sind die Rebellen zu Hause, die Kämpfer. Sie werden sich an diesen Menschenschlag gewöhnen und uns, wenn es erst einmal so weit ist, nicht mehr missen wollen. *Bonne chance!*«

Lange dachte Morgane über Monsieur Karvans Worte nach. *Rebellen. Kämpfer.* Ihre bretonische Seite hatte offensichtlich nicht viel davon abbekommen, denn bislang war sie den meisten Hindernissen ausgewichen. Ihr Großvater, den sie während ihrer Finistère-Aufenthalte nur selten gesehen hatte, war hier geboren worden und hatte fast sein ganzes Leben in der Bretagne verbracht, bis es ihn in die Provence verschlagen hatte. Niemand wusste, warum, außer vielleicht seine Frau, aber die hatte nie darüber gesprochen. Dunkel erinnerte sich Morgane an den schweigsamen großen Mann mit der Baskenmütze, der *Gitanes Blondes* geraucht, wenig gesprochen und immer sehr ernst dreingeschaut hatte, und der eines Tages einfach von hier weggegangen war, um fortan mit einem Wohnmobil durch ganz Frankreich zu ziehen. Irgendwo in einem winzigen Dorf im Midi war er dann schließlich hängen geblieben. Ihre Mutter hatte mit schillernden Erzählungen Morganes Erinnerung an den Großvater am

Leben erhalten. Vor allem seinen Eigensinn hatte sie sich gemerkt. Gleich danach kam das, was dieser Eigensinn zurückgelassen hatte: eine einsame alte Dame, ihre Mémé, deren Küche nach frischer Brioche duftete, und die offensichtlich ihren Ehemann hatte ziehen lassen wie einen Vogel, dem man die Freiheit schenkte. Mit Fanny war nun die letzte ihrer französischen Vorfahren gegangen und Morgane bedauerte, in ihrer halben Heimat auf sich allein gestellt zu sein.

In der Vorratskammer habe ich einen Sack Hundefutter deponiert. Außerdem ist Filou jetzt stolzer Besitzer einer Leine und eines Halsbands. Bei Gelegenheit würde ich gerne mit ihm zum Tierarzt. Wissen Sie, ob es einen Pass für ihn gibt? Wenn ja, legen Sie ihn mir doch bitte auf den Küchentisch. Vielleicht könnten wir uns einmal bei einer Tasse Kaffee ein wenig unterhalten? Es wäre einen Versuch wert, was meinen Sie? Morgane S.

Morgane saß in der Küche und starrte auf den vor ihr liegenden Zettel, eine Botschaft für Paulette. Seit Tagen hatte sie Madame Kermarrec nicht getroffen, wusste aber, dass sie im Haus war. Paulette hatte ihr die Post auf den Küchentisch gelegt. Und auch umgekehrt funktionierte dieser Austausch.

Morgane sah die Briefe durch: das Manuskript aus Paris, etwas Werbung und ein Schreiben ihrer Bank aus Deutschland. Sie legte den Umschlag zur Seite und entdeckte eine Postkarte mit einem selbst gemalten Kuchen und Kerzen. Die Adresse war in Kinderschrift gekritzelt: *Morgane, Rue des Artichauts, Le Conquet. Liebe Morgane! Ich lade Dich ein zu meinem Geburtstagsfest, wenn ich acht werde. Sonntag: fünf Uhr. Bis dahin! Deine Viviane.*

Die kleine Viviane – das Mädchen von gegenüber! Morganes erste Einladung in ihrer neuen Heimat. Entsetzt fiel ihr ein, dass sie Madame Menez' Samstagstee vergessen hatte, aber das war nun nicht mehr zu ändern. Sie würde sich entschuldigen, sobald sie die alte Dame wieder traf. Den Kindergeburtstag konnte sie nicht ausschlagen und so grübelte sie den ganzen Nachmittag, wie man eine Achtjährige beschenkte. Schließlich kaufte sie in Plougonvelin in einem Souvenirladen ein Tagebuch in Pink mit einem Schloss und legte einen in St. Renan erstandenen Kinogutschein für drei Personen hinein, verpackte alles und läutete am Sonntag exakt eine Viertelstunde nach fünf an Annick Petins Tür.

»Du musst Morgane sein«, empfing sie Annick fröhlich, deren roter Lockenkopf ihr bereits bei der Schlüsselübergabe durch Madame Menez begegnet war.

»Und du bist Annick«, erwiderte sie lächelnd.

Die Hausherrin zog Morgane hinein, schloss die Tür hinter ihnen, legte den Arm um sie und führte sie ins Wohnzimmer, wo sich eine kreischende Kinderschar gerade über Schokoladenkuchen und Kakao hermachte. Als Viviane Morgane entdeckte, stürmte sie auf sie zu, reichte ihr die Hand und strahlte sie an. Dabei blitzten die Metallteile einer Zahnspange auf.

»Es freut mich sehr, dass du gekommen bist, Morgane. Möchtest du Schokoladenkuchen?«

»Sprich nicht so gestochen, Vivi«, wies Annick ihre Tochter lachend zurecht.

Morgane überreichte ihr Geschenk, das Viviane sogleich auspackte. Ihre Freude darüber hielt sich allerdings in Grenzen. »Ein leeres Buch mit einem Schloss? Und Karten für drei?«, fragte sie und sah Morgane mit großen Augen an.

»Ein Tagebuch«, erklärte Morgane. »Ihm kannst du alles

anvertrauen. Deshalb das Schloss. Und was die Karten angeht: Vielleicht möchtest du, außer deiner Mama, eine Freundin mit ins Kino nehmen?«

»Ich nehme dich mit!«, gab Viviane zurück und rannte zu ihren kleinen Gästen zurück.

»Komm erst einmal mit in die Küche, da haben wir sturmfreie Bude«, sagte Annick. »Mehr als drei Kinder in einem Raum machen mich krank.«

»Ich wusste nicht, was man einer Achtjährigen schenkt«, sagte Morgane tonlos.

»Schminke. Nagellack. Klamotten. Eine Vespa.« Annick verdrehte die Augen. »Das mit den Kinogutscheinen ist völlig in Ordnung. Und warte nur: Ehe wir uns versehen, fängt sie an, dem Tagebuch ihren Liebeskummer anzuvertrauen. Mach dir keine Gedanken, Morgane. Hauptsache, du bist gekommen. Du bist der einzige erwachsene Gast heute. Vivianes Vater war bereits hier, die bucklige Verwandtschaft kommt erst am nächsten Samstag. Mir graust jetzt schon davor. Setz dich! Was möchtest du haben? Cidre? Wein? Pastis?«

Ohne eine Antwort abzuwarten entnahm Annick dem Kühlschrank einen Cidre brut, schenkte zwei Gläser ein und überreichte ihr eines davon.

»Auf gute Nachbarschaft.«

»Ja, auf gute Nachbarschaft!« Morgane nippte an ihrem Glas und stellte erfreut fest, dass der Cidre sehr süffig schmeckte.

»Erzähl mal, Morgane, was hat dich nach Le Conquet verschlagen? Die Liebe?«

»Das Gegenteil«, entfuhr es Morgane und sie fing an zu lachen. »Nein, im Ernst: eine Erbschaft, eine Trennung in Deutschland, zumindest vorübergehend. Ich befinde mich in einem Schwebezustand, wenn ich ehrlich bin.«

»Ja, ich habe schon gehört, dass du Fannys Erbin bist und aus Deutschland kommst. Die Spatzen pfeifen das hier von den Dächern. Dein Französisch ist einwandfrei. Fannys Tod hat alle überrascht. Keiner hier wusste, wie ernst es um sie stand. Mein Beileid, Morgane«, fügte sie verlegen an.

Annick stellte etwas Brioche auf den Tisch und einen Teller mit Karamellbonbons. »Selbst gemacht, mit salziger Butter«, erklärte sie, deutete auf die Bonbons und schob sich eines in den Mund. Nebenan kreischten die Kinder.

»Fanny und ich hatten so gut wie keinen Kontakt in den letzten Jahren«, bestätigte Morgane ihre eigene Wissenslücke bezüglich Fannys plötzlichen Todes. »Was pfeifen die Vögelchen sonst noch? Seit ich hier angekommen bin, habe ich das Gefühl, dass meine Umgebung mehr über mich weiß als ich selbst.«

Morgane nahm sich von der Süßigkeit, die auf der Zunge zerging und sich mit der salzigen Butter als eine Geschmacksexplosion herausstellte.

»Jeder wartet hier darauf, dass du wieder gehst. Wegen Paulette. Man wundert sich, dass du es überhaupt schon einige Tage mit ihr aushältst. Und wenn du mich fragst, dann solltest du das auch. Ich meine, abhauen, solange es noch geht. Nicht wegen Paulette. Für dich und dein Seelenheil. Obwohl ich dich gerne hierbehalten würde«, räumte Annick schmunzelnd ein.

Das war bereits das zweite Mal innerhalb weniger Tage, dass sich andere Gedanken um Morganes Seelenheil machten. Aber sie konnte es Annick nicht übel nehmen. Sie mochte diese hübsche Frau mit der wilden Mähne, den sinnlichen Lippen und den dunklen, vor Vitalität sprühenden Augen auf Anhieb. Sie unterhielten sich wie zwei alte Freundinnen, die sich nach Jahren wiedergetroffen hatten. Als gäbe es viel nachzuholen.

»Ich habe noch nie zuvor so gute Karamellbonbons gegessen«, schwärmte Morgane und nahm sich ein zweites. »Sonst bin ich nämlich nicht für Süßigkeiten zu haben.«

»Das Geheimnis ist die salzige Butter aus der Region. Die sorgt für die weiche Konsistenz. Meine zahnlose Großmutter hat meine Kreation sehr geschätzt! Wenn du bleibst, wirst du schon sehen, welche unbekannten Seiten du noch an dir entdeckst«, lachte Annick.

»Eigentlich lohnt es sich allein wegen deiner Karamellbonbons zu bleiben.«

»Dann bleib! Du hast die Wahl!«

Plötzlich hatte ihre Umgebung für Morgane nichts mehr von Niemandsland, sondern kam ihr wie spannendes Neuland vor, das es zu entdecken galt. Sie erfuhr, dass Annick in der Kinderklinik von Brest als Krankenschwester eine Dreiviertel-Stelle hatte, von ihrem Mann geschieden war, sich heute blendend mit ihm verstand und ursprünglich aus Rennes kam. Seit Kurzem hatte sie eine heiße Affäre mit einem Röntgenarzt, den sie liebte wie keinen Mann zuvor, und dieser Traummann würde sich bald von seiner Frau trennen. Dann würden sie gemeinsam abhauen von hier, womöglich nach Rennes, um zusammen mit Viviane ein neues Leben zu beginnen.

»Du denkst jetzt aber nicht schlecht über mich?«, stellte Annick eine Zwischenfrage und blickte Morgane ängstlich an. Aber Morgane, die weit entfernt davon war, über Annick oder sonst wen zu richten, schüttelte nur den Kopf.

»Ich wünsche dir von ganzem Herzen, dass du glücklich wirst!«

»Woher kommt dein erstklassiges Französisch?«, wechselte Annick das Thema.

Morgane berichtete von ihrer zweisprachigen Herkunft, ihren Bemühungen, mit Paulette eine gemeinsame Ebene zu finden, und ihrer vorläufigen Trennung von Stefan. Davon, dass Stefan sein geliebtes Cabrio abgestoßen hatte, bald durch Frankreich marschierte und ein Jobangebot in Wien ausgeschlagen hatte. Ihren nicht sehr gut bezahlten Übersetzungen, ihrer wiederentdeckten Liebe zu diesem Stück Erde, dem Meer und dem unerwarteten Freundschaftsangebot Filous. Die beiden Frauen redeten, tranken und bereiteten, lange nachdem die Kinder verschwunden waren und Viviane längst von der Aufregung erschöpft und schlafend in ihrem Bett lag, ein gemeinsames Essen zu. Es war kurz vor zwölf, und sie waren von Cidre brut zu Weißwein übergegangen, als sie am gedeckten Küchentisch saßen und der Duft von mit Käse überbackenen Tomaten, Kräutern und Artischocken den Raum erfüllte. Dazu servierte Annick die besten Garnelen, die Morgane jemals gegessen hatte.

»Hier in der Bretagne springen sie aus dem Meer direkt auf den Tisch«, erklärte Annick das Geheimnis, und Morgane verstand immer weniger, warum die neue Freundin ihr von jener Region abriet, die sie zu lieben schien und deren kulinarische Vorteile nicht von der Hand zu weisen waren. Und Morgane, die weder an größere Mengen Alkohol noch an die reichhaltige bretonische Küche gewöhnt war, aß zu ihrer eigenen Überraschung mit Appetit. Ihre erste richtige Mahlzeit seit Langem.

»Du musst mehr essen«, sagte Annick mit vollem Mund und brach mit beiden Händen die Schale ihrer letzten Garnele. »Du bist zu dünn, Morgane. Kannst ein bisschen von mir abhaben. Ich bin immer zu fett und kämpfe gegen jedes Gramm. Das nächste Mal gibt es Hummer. Magst du den?«

»Ich finde, du siehst sexy aus«, nickte Morgane, tunkte die Finger in das auf dem Tisch stehende Zitronenwasser und trocknete sie dann mit ihrer Serviette. »Ich mag deine Sommersprossen.«

Der Alkohol erleichterte es, Komplimente dieser Art auszusprechen.

»Und du bist wunderschön«, meinte Annick und strich Morgane eine Strähne aus der Stirn. »Aber du machst nichts daraus. Ich würde dich gerne einmal unter meine Fittiche nehmen. Schminken. Klamotten kaufen. Und dann sehen wir weiter. Ich glaube, du versteckst eine ziemlich gute Figur unter deiner weiten Kleidung. Die Kerle werden verrückt nach dir sein. Einverstanden?«

»Klar.«

Morgane nahm mit dem letzten Stück Brot die Soße von ihrem Teller auf und schob es sich in den Mund. Die Bemerkung über ihre Wirkung auf Männer interessierte sie in etwa so sehr wie die Frage, was sich hinter Paulettes verschlossenen Türen befand.

»Früher habe ich mit meiner Mutter immer Seeschnecken gesammelt«, erzählte Morgane nachdenklich. »Diese kleinen Dinger, die man mit einer Stecknadel herauspult. Ich weiß noch, dass am Wochenende unzählige Familien am Strand dasselbe taten. Männer, Frauen und Kinder suchten Seeschnecken, die sich bei Ebbe auf den bemoosten Felsen abgesetzt hatten. Von dort konnte man sie wegkratzen. Anschließend wurden sie in Eimer gefüllt. Zum Abendessen gab es Seeschnecken mit Stecknadeln.«

»Das Schneckensammeln hat hier Tradition«, erwiderte

Annick. »Jedes bretonische Kind kennt das und ist praktisch seeschneckengeschädigt«, lachte sie. »Frag mal Viviane!«

»Ich mochte sie übrigens nie«, gestand Morgane. »Seeschnecken und Austern waren das kulinarische Trauma meiner Kindheit. Aber das Aufsammeln ist eine schöne Kindheitserinnerung. Ist das nicht verrückt, wie sehr wir Erlebnisse im Nachhinein verklären?«

Sie stellte diese Frage eher sich selbst und erwartete keine Antwort von Annick. Wo steckte eigentlich ihr Vater damals, wenn sie zusammen mit ihrer Mutter den Sommer im Finistère verbrachte? Wenn es um das große Seeschneckensammeln ging, war Robert jedenfalls kein einziges Mal dabei gewesen.

»Deine Mutter ist, Verzeihung«, korrigierte sich Annick, »sie *war* von hier?«

Annick räusperte sich. Ihre Frage klang eher wie eine Feststellung. »Die Leute reden eben so. Ich mag das Gerede nicht. Höre meistens nur mit einem Ohr hin«, erklärte sie achselzuckend.

»Eine waschechte Bretonin«, nickte Morgane zustimmend und strich ihre Serviette glatt. »Und was reden die Leute noch über mich?«

»Nachdem das mit Fanny passiert ist, haben sich die Plaudertaschen ernsthafte Gedanken um das Haus gemacht. Um Paulette. Ob Fannys Nichte hier auftaucht. Mach dir bitte keine Gedanken darüber. Es ist nicht böse gemeint.«

»Was noch?«, hakte Morgane nach.

»Na ja«, entgegnete Annick zögerlich. »Der Tod deiner Mutter wurde noch einmal aufgewühlt. Du weißt doch: Wer im Finistère im Meer ums Leben kommt, bleibt auf gewisse Weise unsterblich. Das brennt sich ins Gedächtnis der Bevölkerung.«

»Nicht nur in das der anderen Leute«, sagte Morgane tonlos. Sie schwieg einige Momente und starrte auf die Tischplatte, dann setzte sie sich auf und hob den Blick zu Annick: »Wie lange lebst du eigentlich schon hier?«

»Seit knapp zehn Jahren. Ich gehöre zu den Leuten, die der Liebe wegen hierherkamen und geblieben sind, auch wenn es diese Liebe nicht mehr gibt, oder sagen wir, sie sich verändert hat. Wir mögen uns immer noch, respektieren einander.«

Plötzlich stand Annick auf, verschwand im Wohnzimmer und kam mit einem Kartensatz zurück.

»Zeit, das Schicksal zu befragen«, meinte sie geheimnisvoll und fuchtelte mit beiden Händen in kreisenden Bewegungen in der Luft herum. Morgane verfolgte diese, bis sie wegsehen musste, weil ihr davon schwindelig wurde. Als Annick die Tarotkarten auf den Küchentisch legte, wehrte Morgane ab.

»Nein, Annick, bitte nicht!«

»Es ist wie ein Spiel. Du gewinnst, du verlierst. *C'est la vie.* Auf geht's!«

Annick ließ ihr keine Wahl, Morgane musste elf Karten ziehen und diese auslegen. Eigentlich hörte sie gar nicht genau hin, als Annick Morganes Vergangenheit in kurzen Sätzen anriss, die so allgemein gehalten waren, dass sie eifrig nickte, während sie die bunten Bilder betrachtete. Bei ihrer Zukunft wurde sie hellhörig.

»Eindeutig«, sagte Annick und tippte auf zwei nebeneinanderliegende Karten. »Zwei Männer werden um dich buhlen. Ich wünschte, ich hätte dieses Kartenblatt, meine Liebe. Ein Alter. Und ein Neuer. Du hast die Wahl.«

»Ein Alter und ein Junger?«, hörte sich Morgane fragen.

»Ein Alter und ein Neuer«, berichtigte Annick, zwickte Morgane spielerisch in den Arm und forderte sie auf, die letzte

Karte zu ziehen, die magische Zwölf, was immer das heißen mochte. Jedenfalls sollte sie das Motto, unter dem Morganes nächsten zwölf Monate stünden, offenbaren. Die Karte war das Skelett mit dem Totenkopf.

»*Mince alors*«, entfuhr es Annick, was etwas Ähnliches wie »Donnerwetter« bedeutete, als schwane ihr nichts Gutes.

»Das sieht ja schrecklich aus«, empörte sich Morgane. »Was soll denn das heißen?«

»Die Karte des Abschieds. Etwas Altes muss sterben, damit etwas Neues entstehen kann«, erklärte Annick.

»Der alte Kerl stirbt. Der Neue lebt«, alberte Morgane. »Mit Verlaub, Annick! Das ist Blödsinn. Absoluter Schwachsinn«, setzte sie ernst hinzu.

»Es könnte auch um das Haus gehen«, sagte Annick und starrte auf die Karte. »Pass gut auf, was du tust. Bedenke jeden deiner Schritte.«

Morgane schluckte. Obwohl sie nicht an solche Dinge glaubte, fühlte sie jetzt Unbehagen. Aber sie wusste, dass sie ohnehin nicht zu übereilten Aktionen neigte und bei allem, was sie tat, lieber zweimal überlegte, bevor sie handelte. Die Warnung war völlig unnötig.

Als Morgane gegen zwei Uhr morgens nach Hause ging, musste sie sich immer wieder am Zaun festhalten und hatte das Gefühl, es dauere eine Ewigkeit, bis sie die Straße überquert und endlich ihre Eingangstür erreicht hatte. Erst nach mehreren Versuchen ließ sich das Schloss öffnen, weil es sonderbar klemmte, was es vorher nicht getan hatte. Einen winzigen Augenblick erwog Morgane, Sturm zu klingeln. Hatte Paulette die Schlösser austauschen lassen? Schließlich aber stolperte Morgane in den Hausflur, wo sie von Filou empfangen wurde. Sie schwankte in Richtung ihres Badezimmers, ging zur Toilette und übergab sich sofort. Danach wusch sie ihr Gesicht und putzte ungeschickt die Zähne. Der Schwindel wollte nicht nachlassen, aber ihr rebellierender Magen war gezähmt.

In ihrem Zimmer schlug sie das Nachtlager auf dem Boden auf. Das Sofa schien ihr zu hoch und sie befürchtete, bei der ersten Drehung herunterzupurzeln. Auf allen vieren krabbelte sie auf eine auf dem Boden ausgelegte Decke und versuchte in ihren Schlafsack zu schlüpfen, fand aber den Eingang nicht. Irgendwie schaffte sie es schließlich, ihn über sich auszubreiten. Filou, der ihr gefolgt war, legte sich neben sie, als hielte er Wache. Sie spürte den harten Boden unter ihrem Rücken, und die kleine Welt zwischen Le Conquet und St. Mathieu begann sich zu drehen, auf einer großen Schiffsschaukel hin und her, mit den Bewohnern als Insassen. Mit Schwung warf es Paulette als Erste hinaus, gefolgt von Armel Briag, dessen Gesicht nicht zu sehen war, weil er es unter einer Kapuze versteckte. Madame Menez umklammerte eine Eisenstange, bevor sie in die Tiefe stürzte. Viviane, die sich an Monsieur Karvan festhielt, jauchzte vor Glück. Nur Annick balancierte freihändig mit wehenden Haaren, die Arme ausgebreitet wie Kate Winslet am Bug der *Titanic*. Stefan saß abseits, die Mundwinkel beleidigt nach unten gezogen, und es schien, als sei er mit der Schaukel verwachsen.

Morgane öffnete die Augen und überlegte, dass sie einen Eimer neben sich stellen sollte, aber dann fiel ihr ein, dass sie gar keinen besaß. Sie lebte in einem großen, vollständig eingerichteten Haus und hatte nicht einmal einen Eimer. Hemmungslos fing sie an zu heulen und verfluchte Paulette und anschließend Fanny.

»Das Haus ist den Boden nicht wert, auf dem es steht«,

glaubte sie noch einmal die warnende Stimme ihres Vaters zu hören, nachdem ihre Tränen endlich versiegten. »Bleib, du hast die Wahl«, dröhnte es dann in ihren Ohren. Annicks Worte. Und der Zwiespalt in Morgane klaffte, als zerreiße er sie jeden Augenblick. Sie glaubte, die Tarotkarte mit dem Skelett und dem Totenkopf schwebe über ihrem Nachtlager, ein bevorstehendes Unheil mit Todesfolge, und obwohl sie keinen Sou auf diesen Quatsch gab, ging ihr Annicks Warnung nicht mehr aus dem Kopf.

Sie wünschte sich ihren Teddybären zurück, den sie wenige Wochen nach dem Tod ihrer Mutter anlässlich ihres zehnten Geburtstags für immer aus dem Kinderzimmer verbannt hatte, weil sie damals beschlossen hatte, kein Kind mehr zu sein. Für Morgane hatte jener Tag den Tod ihrer Mutter besiegelt, auch wenn von den Erwachsenen wohl niemand den heimlichen Handel mit dem Schicksal darin erkannt hatte. Für Morgane aber hatte die Beerdigung des Teddys im Garten nicht nur das im Finistère ausgebliebene Begräbnis ersetzt, sondern war auch ein zu erbringendes Opfer für sie gewesen; denn wäre sie nicht in der Schule gewesen, sondern wie so oft mit ihrer Mutter ins Finistère gefahren, hätte sie es ja vielleicht vermocht, die Mutter zu retten, denn nie und nimmer wäre Elaine in Anwesenheit ihrer Tochter zu weit hinausgeschwommen. Im Gegenteil, sie hatte doch Morgane immer eindringlich vor den Gefahren der Strömung und der Gezeiten gewarnt. Ach, was alles nicht hätte geschehen müssen, wären sie nur zusammen in Frankreich gewesen.

Aber stattdessen veränderte sich damals alles, spätestens nachdem ihr Vater Ingeborg begegnet war. Irgendwann standen im Bad auf einem Regal, wo vorher die Cremes und Seifen von Morganes Mutter dufteten, auf einmal Serien von

Frau Ingeborgs Antifaltenprodukten. In der Küche hantierte Ingeborg an jenem Herd, an dem sich Elaine früher ungeschickt die Finger verbrannt hatte. Trotz eines routinierten Familienlebens mit festen Essenszeiten und gemeinsamen Sonntagsausflügen hatte sich Morgane einsam und von ihrem Vater im Stich gelassen gefühlt. Als er ihr schließlich eines Morgens eröffnet hatte, er und Ingeborg hätten geheiratet, damit ihr Leben wieder in geordneten Bahnen verliefe, wusste Morgane, dass Robert vor allem von sich selbst gesprochen hatte. Denn *sie* brauchte keine neue Ordnung.

All das hatte Morgane nicht vergessen, aber sie hatte es in ihrem Innersten in einer gesonderten Schublade aufbewahrt. Und diese öffnete sich nun, ihr Inhalt wurde herausgewirbelt und wahllos verteilt. Das Haus an den Klippen am Anfang oder Ende der Welt hatte einen Stein ins Rollen gebracht. Wohin er kullern würde und was er auf seinem Weg anstoßen würde, war noch völlig ungewiss, und genau das machte Morgane Angst.

Bevor sie in den Schlaf kippte, sah sie Annicks Lächeln, ihre sinnlichen Lippen, die großen dunklen Augen, und für einen winzigen Augenblick glaubte Morgane den Geruch von salzigen Karamellbonbons in der Nase zu haben, eine süße Versuchung, bei der sie sich fortan an jenen Abend erinnern würde. Annick hatte etwas in ihr bewegt, das sie noch nicht verstand, unmöglich, es zu erklären. Es hatte nichts mit den Gesprächen zu tun, die sie geführt hatten, und es lag jenseits rationaler Erklärungsmuster. Morgane schien es, als sei Annick in einem Moment der Unachtsamkeit durch eine Seitentür dorthin geschlüpft, wo Morgane ihre Geheimnisse aufbewahrte. Annick war eingetreten, hatte sich freundlich umgesehen und sich nicht gewundert. Lange suchte Morgane nach einem Begriff für dieses Gefühl, ein Wort, das zwischen sie und die neue Freundin passte, wie ein verbindendes Puzzlestück. Dann fand sie den Ausdruck *Zutrauen.* Sie sinnierte über die französischen Synonyme, erwog verwandte Worte und träumte sich in die Landschaft ihrer Vorfahren. Morgen würde sie noch einmal zu jener Stelle hoch über dem Meer hinaufgehen, wo sie sich klein und demütig fühlte und wo der Wind das Salz direkt vom Meer auf die Haut trug. Dort auf dem Plateau, wo Himmel, Wasser und Erde ineinander verschmolzen, würde sie innehalten, um zu prüfen, ob ihr Leben in die bretonische Landschaft passte wie ein Fuß in einen Abdruck im Sand. Und im Frühjahr würde sie bei Ebbe in die kleine Bucht hinabsteigen und bei ruhigem Wellengang hinausschwimmen, denn der Legende nach kehrten die Ertrunkenen in klaren Nächten dorthin zurück, wo die Meeresströmungen aufeinanderprallten, und wenn man lauschte und geduldig wartete, sollte sogar ihr Stöhnen zu hören sein. Danach würde sie sich das Salz von ihrem Körper waschen, bis sie feststellen würde, dass ihr eine zweite Haut gewachsen war, eine, die diesem rauen Leben standhalten konnte. Und wenn sie mit den Gezeiten und dem unaufhörlichem Wind zurechtkommen würde, dann würde sie es auch an Land mit den Menschen schaffen.

Kapitel 5

Am nächsten Morgen erwachte Morgane mit Kopfschmerzen. Sie schlich in die Küche und bemerkte, dass im Flur Paulettes Einkaufstasche fehlte. Erleichtert brühte sich Morgane Kaffee und warf einen Blick nach draußen. Außer der hässlichen Scheune war ein trüber Himmel zu sehen. Seufzend fütterte sie den Hund, öffnete ihm anschließend die Haustür und verkroch sich mit einer dampfenden Tasse auf dem Sofa. Auf einen Zettel schrieb sie: Farbe, Pinsel, Walze, Tapeten, Kleister. Gedankenverloren zeichnete sie ihr neues Zimmer und füllte es mit ihren Wünschen. Eine Tischlampe, ein Paravent, Vorhänge, ein Regal. Morgane besaß ein Talent für Formen, Perspektiven und Farbkombinationen. Schon als Kind vermochte sie es, diese mit wenigen Pinselstrichen zu Papier zu bringen. Irgendwann aber war sie von den Farben weggekommen und zeichnete seitdem hin und wieder mit Bleistift oder Tusche. Sie starrte auf die Liste, gab sich einen Ruck, sprang unter die Dusche und zog sich an. Ehe sie sichs versah, saß sie hinterm Steuer auf dem Weg zum Baumarkt. Als sie nach langem Suchen eine Parklücke entdeckte, fuhr sie beherzt hinein.

»Bist du blind?«, hörte sie eine aufgebrachte Stimme, als sie aus ihrem Wagen stieg.

Zuerst sah sie nur den Renault-Kombi und das heruntergelassene Fahrerfenster, aus dem heraus eine Männerhand wild gestikulierte. Dann erst den Mann hinterm Steuer. Er besaß ein markantes Gesicht, hohe Wangenknochen und seine dunklen, glatten Haare hatte er zu einem Pferdeschwanz zusammengebunden. Seine braunen Augen funkelten vor Zorn. Es dauerte eine Weile, bis sie die Situation erfasste: Sie musste, ohne es bemerkt zu haben, dem Kombi den Parkplatz weggeschnappt haben.

»Entschuldigung«, murmelte Morgane, aber der Fahrer schüttelte den Kopf, legte den Rückwärtsgang ein und fuhr mit quietschenden Reifen davon.

»Bretonischer Sturkopf«, rief sie ihm hinterher. Dann ging sie in den Baumarkt und machte ihre Besorgungen. An der Kasse hatte sich eine Schlange gebildet und es schien eine Ewigkeit zu vergehen, bis sie endlich an der Reihe war. Sie nutzte die Wartezeit und studierte aus einiger Entfernung eine Pinnwand, wo alles Mögliche angeboten wurde: Autos, Möbelstücke, Babywäsche, frische Eier, Fleisch vom Direkterzeuger, ein Tanzkurs, *Chambres d'hôtes.* Privatzimmer.

Ein chambre d'hôte ist die charmanteste Art, Land und Leute kennenzulernen, behauptete der Prospekt, den Morgane vom *Office du Tourisme* mitgenommen hatte.

Mit weißer Wandfarbe, Malerutensilien und zwei Rollen Tapete mit einem dezenten Artischockenmuster im Wert von knapp dreihundert Euro kehrte Morgane schließlich zurück. Paulettes Einkaufstasche hing im Flur. Morgane baute den im Baumarkt geliehenen Tapeziertisch auf, warf sich in ein altes T-Shirt und Latzhose und fing sofort an. Filou leistete ihr Gesellschaft, bis sie sich an die Farbe machte und der Geruch ihn verscheuchte. Die Wand, an der sich der gusseiserne Ofen befand, tapezierte sie mit den Artischockenblütenmotiven, genauso, wie dies einst von Fanny gedacht gewesen sein musste. Der übrige Raum erstrahlte jetzt in einem sauberen Weiß.

Am Telefon vereinbarte sie mit einer deutschen Spedition einen Pauschalpreis für den Transport ihrer Bücher- und Kleidungskisten und informierte ihren Vater.

»Weißt du überhaupt, worauf du dich da einlässt?«, fragte dieser, um Worte ringend, als sie ihm gestand, den Erbvertrag unterschrieben zu haben. Im Hintergrund vernahm sie Ingeborgs Stimme, die irgendetwas wie »... hoffentlich geht das gut. Sag ihr, wir sind da, wenn sie Hilfe braucht« murmelte. Als ob Morgane jemals Hilfe von Robert oder Ingeborg gebraucht, geschweige denn darum gebeten hätte. Vorher hätte sie sich die Zunge abgebissen und wäre in einen Wohncontainer gezogen.

»Würdest du der Spedition bitte die entsprechenden Kisten aushändigen, Robert?«, bat Morgane ihren Vater gefasst und dieser stimmte grummelnd zu.

»Wir reden dann einmal in Ruhe darüber«, meinte er beim Abschied versöhnlich, was so viel hieß wie, sie würden dann telefonieren, wenn Ingeborg am Mittwochabend mit ihren Freundinnen Karten spielte. Die einzige Unternehmung, die das Paar für einige Stunden voneinander trennte. Abschließend bat Robert Morgane, ein paar Fotos vom Haus zu schießen und ihm diese zukommen zu lassen. »Womöglich lässt sich der Schaden begrenzen. Ich muss die dem Meer zugewandte Hausseite von innen sehen. In einer hohen Auflösung«, insistierte er. »Riecht es denn modrig?«

Als Morgane verneinte und von Monsieur Karvans Inspektion berichtete, unterbrach Robert sie schroff: »Ich hätte es wissen müssen. Genau wie deine Mutter. Wenn man euch von etwas abrät, dann tut ihr es erst recht. Ihr Dickschädel! Und ehe man sichs versieht, hast du einem Franzosen den Auftrag gegeben. Ich hätte dir zureden sollen, dann wärst du abgesprungen.«

»Einem Bretonen«, korrigierte Morgane lachend. »Du vergisst die Lage und die Landschaft hier. Und mein halbes bretonisches Herz, Papa. Bitte nicht böse sein! Ich kann nicht anders und bin schon jetzt in dieses Haus vernarrt. Außerdem habe ich etwas Geld gespart.«

Es war das erste Mal, dass sie ihre Zugehörigkeit zu jenem Stück Land mit dem Steinhaus aussprach, und ihr kam es vor, als hätte sie sich schützend vor einen Freund gestellt, der zu Unrecht angegriffen worden war. Es stimmte, was ihr Vater gesagt hatte: Elaine hätte es genauso gemacht, und je länger sie darüber nachdachte, desto sicherer war sie, dass ihre Mutter stolz auf sie wäre.

Mit dieser Klarheit ging sie zur Bank, der sie sich mit penibel vorbereiteten Unterlagen als Fannys Erbin vorstellte und mit ihrem französischen Pass als eine halbe Bretonin, auf die man bauen konnte. Sie bat um eine Zahlungspause von sechs Monaten, bis sie in ihrer neuen Heimat richtig Fuß gefasst haben würde.

Der Filialleiter, ein groß gewachsener Mann in weißem Hemd und roter Krawatte, zeigte sich kompromissbereit: Mit der Zusage einer viermonatigen Zahlungspause und der Forderung eines Finanzierungsplans binnen der nächsten vier Wochen, also noch vor Weihnachten, kehrte Morgane beschwingt nach Hause zurück. Über Nacht waren die Temperaturen merklich gefallen und da sie fröstelte, holte sie etwas Brennholz von draußen und machte sich ein Feuer in dem gusseisernen Ofen. Wohlige Wärme erfüllte den kleinen

Raum. Zufrieden setzte sie sich auf das flauschige Sofa, betrachtete die Flammen und ihre gelungene Arbeit an den Wänden. Wären die Regale erst einmal eingeräumt und neue Vorhänge genäht, würde es hier richtig heimelig sein. Sie rechnete nach: In sechs Wochen war bereits Weihnachten. Gleich morgen würde sie in St.-Renan nach Stoff suchen. Irgendwo im Haus hatte sie eine Nähmaschine gesehen, aber sie erinnerte sich nicht, wo.

Plötzlich hörte sie Schritte im Flur, die näher kamen. Morgane lauschte. Dann klopfte es.

»Ja, bitte«, erwiderte sie, aber es klang eher wie eine Frage. Mit einem Ruck öffnete Paulette die Tür.

»Ich dachte, wir könnten zusammen einen Kaffee in der Küche trinken«, presste die alte Dame hervor, wischte sich die Hände an ihrer Schürze ab und sah sich, an der Schwelle stehend, missmutig um. Ihr Blick blieb an der neuen Tapete hängen: »Das ging aber schnell.«

Es hörte sich an, als habe Morgane mit dem neuen Anstrich und der Tapete eine Grenze übertreten.

»In fünfzehn Minuten ist der Kaffee fertig.«

Kopfschüttelnd schloss Paulette die Tür und ihre resoluten Schritte entschwanden in Richtung Küche. Fast zehn Minuten überlegte Morgane, ob sie Paulettes Einladung, die eher einer Aufforderung glich, nachkommen sollte. Dann gab sie sich einen Ruck und ging hinüber. Sie setzte sich an den Küchentisch, wo Paulette bereits Kaffee, Milch und Zucker bereitgestellt hatte, und beobachtete die alte Dame, die am Herd hantierte. In der Mitte des Tisches stand eine Brioche. Filou stieß mit der Schnauze die angelehnte Tür auf, wedelte mit dem Schwanz und platzierte sich zwischen Paulette und Morgane.

»Selbst gebacken?«, fragte Morgane.

Paulette nickte stumm.

»Ich habe mit den Aufräumarbeiten begonnen«, erklärte Morgane und nippte an ihrem Kaffee. »Heute war ich bei der Bank. In vier Monaten muss ich einen Finanzierungsplan vorlegen.«

Vorsichtig beäugte sie Paulette, die ihr jetzt gegenübersaß und keine Miene verzog. Wusste sie von Fannys Schulden? Morgane war sich unsicher, versuchte es dann beherzt noch einmal: »20 000 Euro. Vor einem Jahr etwa hat Fanny eine Hypothek auf das Haus aufgenommen. Ich habe zum ersten Mal in meinem Leben Schulden am Bein.«

Als Fannys Name fiel, glaubte Morgane ein Zucken um Paulettes Augen wahrzunehmen. Dann presste ihre Mitbewohnerin die Lippen aufeinander, gab mehrere Löffel Zucker in ihren Kaffee, rührte in der Tasse, setzte an und trank. Filou erhob sich, drehte sich einmal um die eigene Achse, ging dann zu Morgane und legte seine Schnauze auf ihren Schoß. Mechanisch streichelte sie seinen Kopf.

»Brioche?«, fragte Paulette und sah Morgane abwartend an. Sie hielt ein Messer in der Hand, mit dem sie erst auf Morgane, dann auf das Gebäck zeigte.

»Gerne.«

Es schmeckte nach frischer Butter mit einer dezenten Süße. »Wunderbar«, erklärte Morgane, die jetzt erst bemerkte, dass ihr Magen knurrte. Seit gestern Abend hatte sie nichts gegessen. Die Brioche schmeichelte ihrem gereizten Magen und der Gedanke an mit Käse überbackene Artischocken und Knoblauchgarnelen ließ sie erschaudern.

Ihr Blick fiel auf das über dem Herddeckel ausgebreitete Geschirrhandtuch mit der Aufschrift *Bienvenue*, dann auf das alte Küchenbuffet, dessen Glasscheiben von innen mit gehäkelten Vorhängen ausgestattet waren. Sie nippte an ihrem Kaffee.

»Ich überlege, die ehemaligen Pensionsräume zu reaktivieren. *Chambres d'hôte*«, hörte sich Morgane plötzlich sagen und zwang sich, Paulette anzusehen. *Warum eigentlich nicht*, dachte sie, *was habe ich denn zu verlieren?* Für die Abzahlung benötigte sie 700 Euro monatlich. Nicht viel für ein Einkommen durch drei Privatzimmer, aber jede Menge ohne jegliche Zusatzeinkünfte. Genau das würde den Finanzierungsplan für die Bank bilden. Sie fand die Idee geradezu fantastisch. Warum war sie nicht früher darauf gekommen? Mit ihren Übersetzungen würde sie die Lasten niemals tragen können. Und dann war da auch noch Monsieur Karvan.

Paulette zuckte die Schultern: »Wird ganz schön Geld kosten«, erwiderte sie schließlich eisig.

»Oder welches einbringen. Vielleicht. Ich habe eine viermonatige Zahlungspause ausgehandelt«, sagte Morgane nicht ohne Stolz. »Mein Vater war Bauingenieur. Er könnte mich beraten. Wir haben hier die Räumlichkeiten. Warum sie also nicht nutzen?«

Augenblicklich verstummte sie. Hatte sie gerade wirklich *wir* gesagt? Es war ja geradezu lächerlich, wie sie ihre Pläne einer Fremden gegenüber zu rechtfertigen versuchte. Als ob sie das nötig hatte. Es gab kein Wir. Paulette saß wie angewachsen auf ihrem Küchenstuhl und kaute ihre Brioche. An ihrer Miene war nichts abzulesen, weder Zustimmung noch Ablehnung, und Morgane überlegte, was wohl in dieser verschlossenen, eigenwilligen Frau vorging. Seufzend bedankte sich Morgane für Kaffee und Brioche, erhob sich, räumte ihr Geschirr in die Spülmaschine und ging zur Tür. Filou sah abwechselnd zu Paulette und zu ihr, setzte sich dann neben Paulette und wartete.

»Irgendwo habe ich hier im Haus eine Nähmaschine gesehen. Ob ich sie wohl benutzen dürfte? Ich brauche neue Vorhänge für meine Räume«, sagte Morgane beiläufig, als sie bereits die Klinke in der Hand hatte. Filou spitzte die Ohren.

Meine Räume. Sie hatte es tatsächlich gesagt. Sie drückte die hochgezogenen Schultern nach unten und hob das Kinn leicht an.

»Die im Frühstücksraum? Dürfte kaputt sein. Sie wurde Jahrzehnte nicht mehr benutzt. Gehörte Fanny und ist damit Teil der Erbmasse«, bekam sie zur Antwort.

Erbmasse. Das hässliche Wort zerschnitt das zarte Band, das die Küchen-Zusammenkunft in Aussicht gestellt hatte, mit einem Mal.

»Danke«, erwiderte Morgane kühl, senkte den Kopf und starrte auf eine gesprungene Steinplatte neben ihren Füßen. »Ich frage mich gerade, warum Sie diesen Kaffeeklatsch überhaupt wollten, wenn Sie dann doch so ablehnend sind. Ich habe Ihnen nichts getan, Madame. Ganz im Gegenteil. Ich kämpfe, mit Verlaub, auch um Ihr Zuhause.«

Sie erschrak über ihre eigenen Worte, aber nun waren sie gesagt und Morgane bereute sie nicht, denn da sie die Schulden für dieses Haus übernommen hatte, war auch Paulettes Lebensraum gesichert. Vorläufig. Würde sie scheitern, dann wären sie beide obdachlos. Die von Fanny arrangierte Verbindung ließ sich ohne Übertreibung als dramatisch bezeichnen. Morgane wusste nicht, ob Paulette dieser Zusammenhang, der ihr selbst erst jetzt dämmerte, klar war.

»Eigentlich wollte ich lediglich die Futterfrage klären«, antwortete Paulette und ein Lächeln umspielte ihren Mund.

»Ich habe den Eindruck, dass Filou fett wird, weil eine Hand nicht weiß, was die andere tut.«

Als Filou seinen Namen vernahm, schüttelte er sich, erhob sich und trabte schwanzwedelnd zu Morgane. Mit seiner feuchten Nase suchte er ihre Hand und ihr lag auf der Zunge, die Verantwortung in dieser Angelegenheit zu übernehmen, dann aber sagte sie: »Sie haben recht. Filou hat etwas zugelegt. Wollen Sie vielleicht morgens und ich erledige das nach dem Spaziergang?«

Paulette nickte: »Wie viel bekommt er denn von dem modernen Futter?«

Morgane verkniff sich eine Bemerkung auf Paulettes Stichelei und antwortete in neutralem Ton: »Zweimal 250 Gramm pro Tag. Im Futtersack befindet sich ein Maßbecher.«

Filou, der unmöglich wissen konnte, dass in diesem Moment ein Missverständnis aus der Welt geräumt worden war und damit seine Tagesration eine drastische Einbuße erfahren hatte, jaulte herzergreifend, als verstehe er das Drama, das sich in seinem Hundeleben soeben anbahnte und als wolle er die Abmachung der beiden Frauen rückgängig machen. Paulette und Morgane lachten wie aus einem Mund. Im Vorbeigehen strich Paulette über Filous Kopf und berührte dabei zufällig Morganes Hand. Erschreckt zuckten beide Frauen zurück und Morgane begab sich schnurgerade in den früheren Frühstücksraum, wo sie nach der Nähmaschine suchte. Auf Rädern ließ sich das hölzerne Gefährt der deutschen Marke *Mundtot* in ihr Zimmer schieben.

Gleich am nächsten Tag erstand sie in einem Stoffgeschäft den gewünschten Vorhangstoff. Ein dunkelgrünes Blattmotiv, das mit der Artischockentapete harmonierte. Sie kaufte noch entsprechenden Nähfaden und Öl für die Maschine. Als sie, zu Hause angekommen, sich daranmachte, die Nähmaschine zu warten, fiel ihr auf, dass sie schon seit einigen Tagen nichts mehr von Stefan gehört hatte.

Renoviere fleißig. 20 000 Euro Schulden übernommen, schrieb sie schließlich in einer SMS an ihn. *Kann es nicht erklären. Aber ich liebe dieses Haus. Fotos folgen demnächst. Bist du schon unterwegs? Morgane.*

Nach einem Spaziergang am Meer machte sich Morgane an die Arbeit. Die in einen schwarzen Holzkorpus versenkbare Nähmaschine funktionierte einwandfrei, nachdem sie geölt war und Morgane neuen Faden eingelegt hatte. In kurzer Zeit waren die Vorhänge genäht und nachdem Morgane sie sorgfältig gebügelt hatte, waren sie einsatzfähig. Der schwere Baumwollstoff streifte exakt den Holzboden, und die Motive der grünen Eichenblätter belebten den Raum auf dezente Weise. Morgane stellte die Nähmaschine in eine Ecke. Als sie die Fäden in einem dafür vorgesehenen Fach verstauen wollte, fiel ihr ein gelbstichiges altes Schwarz-Weiß-Foto mit gewelltem Rand in die Hände. Neugierig zog sie es heraus und betrachtete es: Die junge Frau erkannte sie sofort. Es war Elaine, ein Mädchen von noch nicht zwanzig Jahren mit vor Lebenslust sprühenden Augen an einem Strand in ihrer Heimat. Neben ihr ein Mann, der den Arm um sie gelegt hatte. Er hatte dunkles, glattes Haar, das ihm bis zu den Schultern hing, und Mandelaugen. Feingliedrige Hände mit langen Fingern kontrastierten mit seiner robusten, stämmigen Statur. Um Elaines zarten Hals hing eine Kette mit einem daumengroßen Amulett in Tropfenform, das aussah wie eine überdimensional große Träne aus Mondstein. Morgane kannte das auffällige Schmuckstück, das Elaine bei jeder Gelegenheit getragen hatte, und Morgane glaubte, sich sogar daran zu erinnern, auf dem Arm der Mutter als Kleinkind damit gespielt zu haben. Sie selbst besaß seit ihrer Kindheit Ohrhänger mit kleinen Kügelchen aus Mondstein. Auf der Rückseite des Fotos stand die Jahreszahl 1958.

Am Abend klingelte es an der Tür zwei Mal – das war das Zeichen für Morganes Besuch. Vor der Tür stand Annick, eingehüllt in einen warmen Parka.

»Es ist bitterkalt«, jammerte sie, begrüßte Morgane mit zwei Wangenküssen und trat ein. »Salut, Paulette«, warf sie im Vorbeigehen in die Küche und erhielt keine Antwort.

»Sie wird oben sein«, erklärte Morgane und zog Annick in ihre Räume.

Filou folgte ihnen und legte sich auf seine Schlafdecke.

»Du hast dich also entschieden«, meinte Annick, ließ sich auf das Sofa fallen und warf Morgane einen liebevollen Blick zu. »Es ist hübsch hier geworden«, sagte sie dann, sich umsehend. »Wie ein kleines Appartement. Mir gefällt die Mischung aus Alt und Neu.«

»Ja, Fanny hatte schöne Möbelstücke. Das Sofa, auf dem du sitzt, der Schreibtisch und die Kommode gehörten ihr.«

»Morgen gehen wir aus«, sagte Annick bestimmend und klatschte in die Hände.

»Gut zu wissen«, erwiderte Morgane lächelnd und bot Annick einen Pastis an, den diese dankend entgegennahm. In Windeseile war das Glas leer und Morgane schenkte nach.

»Wohin geht es denn?«

»Ins *La Chaloupe* unten in der Bucht von Le Conquet. Maël, mein Ex, betreibt den Schuppen. Das ist *die* Kneipe hier in der Gegend. Ich habe übermorgen frei und für morgen Abend einen Babysitter engagiert. Sagen wir 20 Uhr? Du bist doch dabei? Wenn du nun hier bleibst, musst du ein paar Leute kennenlernen. Wir beide könnten vorher essen gehen. Um die Ecke in Plouarzel gibt es das beste *Pavé de bœuf* im Finistère. Ich sterbe für *Pavé de bœuf.* Also, bist du für ein Abenteuer bereit, Morgane? Wir beide gehen essen, danach betrinken wir uns sinnlos.«

Plouarzel. Morgane erstarrte bei dem Gedanken an Elaines Heimatort, wo sie seit ihrer Rückkehr ins Finistère noch nicht einmal gewesen war. Und was den Alkohol anging, hatte sie noch genug von Vivianes Geburtstagsfest. Seitdem hatte sie nur Verveine-Tee, Wasser oder Kaffee getrunken.

»Gerne«, erwiderte sie zögerlich und überlegte insgeheim, dass sie nichts Gescheites zum Anziehen hatte. Drei Pastis später verabschiedete sich Annick, und Morgane ging zu ihrem Nachttisch, in dem sie in einer Zigarrenkiste den wenigen Schmuck, den sie besaß, aufbewahrte. Sie nahm ihre Mondsteinohrhänger heraus und legte sie an. Gedankenverloren nahm sie einen der Ohrringe zwischen die Finger. Der Stein war kalt.

Als sie schon zu Bett gehen wollte, ertönte das SMS-Zeichen ihres Handys.

Du fängst an, über deinen Schatten zu springen. Weiter so. Immer schön die Nase in den Wind halten und genießen! Ich starte morgen in Colmar. Du hörst von mir. Gruß. Stefan.

»... Über meinen Schatten springen. Genießen«, zischte Morgane und löschte die Nachricht. Sie hasste es, wenn Stefan ihre Schritte in dieser Weise kommentierte, ihre Schwächen professionalisierte. Künftig würde sie nicht mehr ankündigen, was sie vorhatte, sondern handeln. Insgeheim aber wusste sie, dass er mit seiner Aufforderung zum Genuss einen wunden Punkt getroffen hatte. Sie blickte an sich herunter zu ihren nackten Füßen, der weiten Schlafanzughose mit Gummizügen um ihre Fesseln. Stefan hatte sich immer über ihre Schlafanzüge lustig gemacht, aber sie mochte sie nun einmal. Nach ihrer Abendtoilette warf sie einen Blick in den Wandspiegel, der über der Kommode hing. Ihr dunkles Haar wirkte stumpf, wahrscheinlich das Ergebnis des Windes und des Salzes hier. Sie würde es etwas mehr pflegen müssen. Ihre großen Augen lagen in Höhlen und sie selbst konnte in diesem Moment sehen, was andere oft über diese sagten. Sie bargen eine Traurigkeit, die einfach nicht weichen wollte. Als sie ihre Jeans über die Stuhllehne hängte, fasste sie einen Entschluss. Gleich morgen früh würde sie nach St.-Renan fahren, um ein paar Klamotten zu kaufen. Eine Bluse. Vielleicht eine neue Jeans und Reiterstiefel. Einen flauschigen Wintermantel. Sie war keine Dame und wollte nicht einmal Annick zuliebe eine werden. Aber Annicks Vorschlag, zusammen auszugehen, versprach etwas Abwechslung und Morgane musste sich eingestehen, dass es Zeit dafür wurde. Essen. Trinken. Paulettes Einladung zu einer Tasse Kaffee annehmen. Die Dinge nehmen, wie sie kommen. Für andere eine Kleinigkeit, für Morgane eine Lektion.

Sie nahm ihre Übersetzungsarbeit aus Paris vom Schreibtisch, ging zum Sofa, schlüpfte unter die Wolldecke und machte es sich bequem. *»Magische Bretagne – Geheimnisvolle Legenden des Finistère«* lautete der Titel des Manuskripts. Morgane überflog einige Landschaftsfotos der Region und studierte das Vorwort, während sie eine Flasche Wasser an ihre Lippen setzte. Die Autorin hatte alte überlieferte Sagen und Legenden des Finistère gesammelt, um die Magie der Region zu untermauern.

»Im Herzen unseres bretonischen Volkes schlummert ein ewi-

ger Quell des Wahnsinns. Sein Reich, das königliche Feenreich, ist das schönste auf Erden«, behauptet Ernest Renan (1823–1892).

Wie treffend formuliert, dachte Morgane, übersetzte in Gedanken »Quell des Wahnsinns« und vor ihrem inneren Auge wurden die Geschichten lebendig, jene, die sie als Kind von Elaine oder Mémé erzählt bekommen hatte. Grimms Märchen hatten Morgane nie interessiert, aber von den Feen, Königen und Sagengestalten der Bretagne hatte sie nie genug bekommen können.

»Hörst du, wie die Feen singen? Siehst du, wie der Teufel um Mitternacht zum Kartenspielen an die Türe klopft?« Schaurige Geschichten erzählt man sich noch heute im Finistère. Von den Seelen der Ertrunkenen und Schiffen, die in klaren Nächten anlegen, um ihre Toten ins Paradies zu befördern. Wilde Felsenlandschaften und das immer wiederkehrende Spiel der Gezeiten wecken unsere Träume und unsere Sehnsüchte nach den Geschichten unserer Vorfahren. Unter dem Einfluss des Monds dauern die Flut, das Ansteigen des Wassers, und die Ebbe, deren Absinken, etwa sechs Stunden. Leben und Sterben werden im Volksglauben von diesem Rhythmus bestimmt: Die Menschen sterben hier bei Niedrigwasser und werden bei anstehendem Hochwasser, also bei Flut, geboren.

Morgane hielt inne. Davon hatte nicht einmal ihre Mémé gesprochen, aber Morgane konnte sich gut vorstellen, dass ein solcher Volksglaube sich hier in dieser Region manifestiert hatte, wo die Menschen über die Jahrhunderte gelernt haben mussten, sich den Kräften der Gezeiten zu beugen. Als sie auf die Uhr sah, war es kurz nach Mitternacht. Gähnend legte sie das Manuskript beiseite, knipste die Leselampe aus und drehte sich um. Filou grunzte.

Kapitel 6

»Perfekt«, erwiderte Monsieur Karvan fröhlich am Telefon, nachdem ihm Morgane von ihrem Vorhaben, die ehemaligen Pensionsbäder mit dem Nötigsten neu auszustatten, berichtete. »Morgen nach Feierabend werfe ich Ihnen einen Katalog in den Briefkasten. Und nach Weihnachten legen wir los.«

»So spät?«, entfuhr es Morgane.

»Oh, Madame«, erwiderte Monsieur Karvan gelassen. »In knapp vier Wochen ist schon Weihnachten. Und ich habe zwischen den Jahren Betriebsferien. Vielleicht mache ich eine Ausnahme für Sie und komme an zwei Tagen vorbei. Aber nur, wenn Sie mir helfen.«

Morgane bedankte sich für sein Entgegenkommen, versprach, sich bereitzuhalten und die nötigen Utensilien, nach denen Monsieur Karvan verlangte, rechtzeitig zu besorgen. Dann zog sie Jeans und einen hellblauen Kaschmirpulli, die sie in einer Boutique in St. Renan erstanden hatte, an und stieg in ihre ebenfalls neuen Reiterstiefel. Im Bad legte sie etwas Grundierung auf und tuschte sogar ihre Wimpern. Zwei Tage zuvor waren ihre Möbel von der Spedition geliefert worden und sie hatte Fannys altes Bett und ihren Kleiderschrank mit Annick zusammen abgebaut und während Paulettes Abwesenheit in einem der Pensionsräume untergebracht. Zum ersten Mal beschlich Morgane trotz aller Widerstände und

Schwierigkeiten eine Art Heimatgefühl und Geborgenheit in ihrer neuen Umgebung.

»Alle Achtung. Du hast dich ja richtig in Schale geworfen«, meinte Annick anerkennend, als Morgane eine halbe Stunde später an der Tür läutete.

Viviane saß im Schlafanzug zusammen mit ihrem Babysitter, einem Mädchen aus der Nachbarschaft, vor dem Fernseher. »Salut, Morgane. Coole Stiefel«, rief sie in Richtung Eingangstür. Ihre Zahnspange blitzte. »Ich darf heute bis ganz spät fernsehen!«

Morgane winkte ihr lachend zu und schüttelte den Kopf, als Annick im Flur den Autoschlüssel von der Kommode nahm und damit klapperte. »Nein«, sagte Morgane und legte kurz ihre Hand um die Schlüssel. »Ich chauffiere dich heute. Lehn dich zurück und genieß den Abend.«

Das ließ sich Annick nicht zweimal sagen. Bei einem ausgiebigen Abendessen im *L'essentiel* mit vier Gängen und einem knappen Liter Wein, von dem sich auch Morgane ein Glas einschenken ließ, berichtete Annick von ihrem Geliebten Patrice, mit dem sie es pro Monat auf maximal zwei heimliche Verabredungen außerhalb des Krankenhauses brachte.

»Zu wenig, um sich aneinander zu gewöhnen, und oft genug, um am Ball zu bleiben. Es ist immer das Gleiche, weißt du? Ein romantisches Abendessen und dann in die Kiste. Auf die Dauer zerreißt dich das. Irgendwann wird er sich entscheiden müssen«, sagte sie und leerte in einem Zug ihren Calvados. »Entweder ich oder seine unglückliche Ehe.«

Vorsichtig warf Morgane ein, dass sich Männer meist für das vertraute Unglück entschieden, anstatt sich auf ungewisses Neuland zu begeben. Sie wollte einfach nicht, dass Annick auf die Nase fiel, ihr wehgetan wurde.

»Kennst du dich mit den Kerlen aus?«, fragte Annick und sah Morgane überrascht an. »Hattest du auch schon Affären?«

Annick machte große Augen und ihr Blick verriet, dass sie es plötzlich für möglich hielt, ihre Freundin sei keineswegs so harmlos, wie sie wirkte.

»Keine einzige«, winkte Morgane ab und strich sich übers Ohrläppchen. »Ich würde mich sofort verraten. Nein, Affären sind nichts für mich! Aber mein Ex ist Psychologe«, erklärte sie dann lächelnd. »Trennungen und unglückliche Liebesbeziehungen sind deren Alltagsgeschäft. Verheiratete Männer bleiben, habe ich gelernt. Meistens jedenfalls.« Sie dachte an ihren Vater. Zwischen ihren Eltern war es zwar schwierig gewesen, aber niemals eintönig: Gewitter mit Blitz und Donner und stechender Sonnenschein hatten sich zu Hause die Hand gereicht. Mit Ingeborg war dann ein plötzlicher Temperatursturz ins Haus gezogen, ein klimatisiertes Leben in einem beschaulichen Vorort Münchens mit strikten Regeln. Bei Elaine hingegen hatte es nur eine Konstante gegeben, nämlich dass kein Tag dem anderen glich und man immer auf Überraschungen gefasst sein musste. Manchmal hatte sie Morgane von der Schule abgeholt und war Hals über Kopf mit ihr in die Nachmittagsvorstellung eines Kinderfilms gegangen und oft hatte Morgane ihre Hausaufgaben erst kurz vor dem Einschlafen gemacht. Andererseits hatte Morgane sehr früh damit anfangen müssen, regelmäßig Elaines Chaos in der Küche zu beseitigen.

»Wo bist du mit deinen Gedanken?«, unterbrach Annick Morganes Reise in die Vergangenheit.

»Unterschätze nie die Macht einer Ehefrau«, schloss Morgane schließlich ihre Überlegungen ab und zwang sich, Annick anzusehen.

»Patrice ist anders«, widersprach Annick. »Wir lieben uns wirklich, Morgane. Liebe ist stärker als Gewohnheiten, glaube mir. Und seine Frau ist es leid mit ihm. Mir scheint, sie wartet nur darauf, dass er reinen Tisch macht.«

Morgane nippte an ihrem Wasserglas, lächelte und strich Annick eine Locke von der Wange. Es schien ihr ganz einfach, sie zu berühren. Wie selbstverständlich, als wären sie Schwestern. »Du musst es besser wissen. Ich kenne ihn doch gar nicht.«

»Und du, Morgane? Was ist mit dir und der Liebe? Hat sich Stefan schon gemeldet?«

»Ja. Wir telefonieren immer wieder und haben SMS-Kontakt. Er wollte heute im Elsass starten. Ich freue mich für ihn, dass er es wahr macht. Er hat sich das schon immer gewünscht.«

»Ist es wirklich vorbei mit euch?«

Morgane zuckte die Achseln. »Er fehlt mir nicht, wenn du das meinst. Niemand sieht mir auf die Finger oder rügt mich, wenn ich mich zurückziehe. Ich bin gerne allein, weißt du. In dieser Hinsicht sind Paulette und ich eine Traumverbindung.«

Annick lachte: »Ich kann mir schon vorstellen, dass es einen Mann reizt, dich aus der Reserve zu locken. Du bist so …«, Annick suchte nach dem passenden Wort, »… so diszipliniert. Im Gegensatz zu mir.«

Sie zeigte auf Morganes Wasserglas, ihr halbes Dessert.

»Ich vertrage keinen Alkohol«, entschuldigte sich Morgane. »Und vier Gänge. Annick, ich bitte dich! Ich hatte heute Nachmittag schon eine große Portion Ziegenkäse. Seit ich in Frankreich lebe, habe ich angefangen zu fressen. Und dann noch deine Karamellbonbons. Wenn es so weitergeht, werde ich dick.«

»Was dir nicht schaden würde. Ein paar Pfund mehr würden dir sehr gut stehen. Glaub mir, ich habe ein Auge dafür. Ich sehe dabei auch hinter die Fassade – meine Spezialität. Vier, fünf Kilo und eine Haartönung. Vielleicht sogar eine neue Frisur. Was meinst du?«

Ungeniert sah Annick auf Morganes Hüften, dann auf ihre kleine Oberweite und schließlich auf ihre Haare.

»Keinen Zentimeter«, erwiderte Morgane, studierte die Rechnung, die soeben vom Kellner gebracht wurde, öffnete ihren Geldbeutel und beglich die Summe.

»Das nächste Mal bezahle ich«, meinte Annick, verstaute ihr Portemonnaie in der Manteltasche und erhob sich.

Als sie zum Auto gingen, konnten sie von Weitem den beleuchteten Friedhof mit der Kirche von Plouarzel sehen, der direkt in der Ortsmitte auf einer Anhöhe lag.

»Siehst du den Friedhof dort oben?«

Sie hörte ihre eigene Stimme, die zerbrechlich klang, wie dünnes Glas.

»Schaut hübsch aus, nicht wahr?«, entgegnete Annick und blieb andächtig stehen. »Ich mag Friedhöfe.«

»Du magst Friedhöfe?«, entfuhr es Morgane.

»Du nicht?«

Plötzlich verstummte Annick, legte den Arm um Morgane und zog sie in Richtung Auto. »Verzeih mir. Deine Mutter, nicht wahr? Liegt sie in Plouarzel?«

»Nur meine Mémé. Aber das Grab gibt es nicht mehr.«

Schweigend gingen sie die Straße entlang zum Parkplatz, wo Morgane den Wagen abgestellt hatte.

»Wo ist deine Mutter begraben?«, fragte Annick, als sie eingestiegen waren. Sie legte den Sicherheitsgurt um und sah Morgane abwartend an.

»Du kennst nicht die ganze Geschichte?«, erwiderte Morgane abwesend, die Augen nach vorne gerichtet. Ihre Hände umfassten das Lenkrad.

Annick wandte sich ihr zu und schüttelte langsam, mit ernster Miene, den Kopf.

»Draußen auf dem Meer.« Morgane zeigte mit dem Kopf in Richtung Atlantik. »Sie wurde niemals gefunden.«

Betroffen schluckte Annick und legte kurz ihre Hand auf die von Morgane. »Das wusste ich nicht. Tut mir sehr leid. Das muss eine schreckliche Belastung für die Hinterbliebenen sein, wenn man seine Toten nicht begraben kann.«

»Für ein Kind ist der Tod so oder so nicht nachvollziehbar. Ich war knapp zehn Jahre alt.«

Morgane warf den Motor an und fuhr, ohne in den Rückspiegel zu sehen, nach Le Conquet, wo die Beleuchtung des *La Chaloupe* schon von Weitem zu sehen war. Es lag in einer Bucht. Außen unscheinbar mit ein paar Bastmatten versehen, die eine Terrasse vor Wind schützte, kam Morgane innen aus dem Staunen nicht mehr heraus: In der Mitte eines in schummriges Licht getauchten Raumes thronte auf einem Podest ein Fischerboot, das schon ein paar Jahre auf dem Buckel hatte. Es bildete die Bar, um die herum der Tresen, der aus einer dicken Holzplatte bestand, an den Schiffsrumpf gebaut worden war. Die frühere Steuerkabine diente als Aufbewahrung hochprozentiger Getränke. Mit offenem Mund sah sich Morgane um. Der Wände waren nicht verputzt, sondern bestanden aus demselben alten bretonischen Stein wie die Außenfassade. In einer Wand befand sich ein offener Kamin, der anscheinend häufig benutzt wurde, denn um die Öffnung herum waren die Steine tiefschwarz verfärbt. Auch jetzt brannte ein Feuer, das die Kneipe in ein samtiges Licht tauchte und angenehme Wärme verströmte. Um das Schiff herum gab es ein paar kleine Tische mit jeweils drei bis vier Sitzplätzen. Alle waren belegt vom gemischten Publikum. Das *La Chaloupe* schien zeitlos, ein Ort, der Jung und Alt gleichermaßen lockte. Man trank einen *Coup de Rouge* oder aß eine Kleinigkeit. An einer Wand hingen große Schwarz-Weiß-Aufnahmen zeitgenössischer Schriftsteller aus der Region. Morgane musste sich eingestehen, keinen von ihnen zu kennen. Aus den Lautsprechern tönte bretonische Musik.

Annick begrüßte ein paar Gäste und zog Morgane zielstrebig in Richtung Tresen, wo ein Barhocker frei war. Auf dem Schiffsdeck zapfte ein Mann in schwarzem Hemd, ihnen den Rücken zugewandt, ein Bier. Morgane sah auf seinen dunklen Pferdeschwanz.

»Setz dich.« Annick klopfte auf den Sitz, beugte sich über den Tresen, wirbelte ihren Kopf herum und rief dem Mann mit Pferdeschwanz zu: »Chéri! Prominenz an Bord. Wir möchten bestellen!«

Als er sich umdrehte und sich ihre Blicke trafen, glaubte Morgane im Erdboden versinken zu müssen. Sie erkannte ihn sofort, den Kerl vom Baumarkt, dem sie unabsichtlich den Parkplatz weggenommen hatte! Er kniff die Augen zusammen, fixierte sie. Auch er schien sich zu erinnern.

»Maël, darf ich dir meine Freundin Morgane vorstellen?«, meinte Annick, nachdem er zu ihr getreten war, sie rechts und links auf die Wange geküsst hatte und dann provokativ Morgane musterte.

»Wir hatten bereits das Vergnügen.«

Ein Giftpfeil schoss in Morganes Richtung und sie hatte gute Lust, wieder zu verschwinden. Dieser Kerl war Annicks Ex? Kein Wunder, dass sie ihn verlassen hatte.

»Ihr kennt euch?«, fragte Annick verwirrt, ihre Augen erst

auf Maël, dann auf Morgane und dann wieder auf ihn gerichtet.

»Allerdings«, bestätigte Morgane mit ernster Miene. »Wenn man den Zusammenstoß auf einem Parkplatz als Vergnügen bezeichnen kann.«

Annick lachte laut heraus. Maël grinste anzüglich.

»Und: Gab es denn einen Blechschaden?«, fragte Annick.

»Keinerlei Schaden. Bis auf die Magie der ersten Begegnung«, erwiderte Maël. »Was darf es denn sein? Madame?« Er kippte seinen Kopf zur Seite und sah Morgane direkt an, dann fragte er Annick, ohne die Augen von Morgane zu lassen: »Für dich das Übliche? Weiß?«

Annick zwinkerte Morgane zu, bestellte Weißen mit zwei Gläsern und gemeinsam gingen sie schließlich zu einem Tisch, der gerade frei geworden war.

»Ist der immer so?«, wollte Morgane wissen.

»Maël sagt prinzipiell, was er denkt und, was schlimmer ist, er denkt auch, was er sagt. Also, was gibt es sonst Neues, Morgane?«, wechselte Annick das Thema.

Morgane berichtete von ihrem Vorhaben, die Auberge wiederzubeleben, und Annick hörte aufmerksam zu.

»In dieser gottverlassenen Gegend? Das ist ein Risiko«, sagte sie aufgeregt, nachdem sie die ganze Geschichte gehört hatte.

»Mit dir unterwegs zu sein auch«, erwiderte Morgane schlagfertig. »Also, sag schon, was meinst du?«

»Na ja«, räumte Annick ein. »Du könntest erst einmal ein Zimmer renovieren und sehen, wie es läuft. Privatzimmer gibt es nicht allzu viele in der Gegend. Viele verbringen ihren Urlaub lieber so, statt ins Hotel zu gehen. Aber du brauchst Paulettes Unterstützung. Sie könnte dir einen Strich durch die Rechnung machen. Ihre Räumlichkeiten liegen neben den Pensionszimmern, hast du gesagt, nicht wahr? Stell dir bloß vor, sie legt nachts um zwölf die *Marseillaise* auf und stellt die Lautsprecher auf den Flur.«

Morgane schmunzelte. »Das wäre ihr durchaus zuzutrauen!«

»Nein«, fuhr Annick ernst fort. »Ohne Paulette funktioniert es nicht. Du musst sie auf deine Seite ziehen. Hast du schon mit ihr gesprochen?«

Morgane dachte an den gemeinsamen Kaffee in der Küche, die eisige Stimmung, die leise Annäherung.

»Angedeutet habe ich es ihr.«

»Und, was hat sie gesagt?«

»Nichts.«

»*Tu es complètement folle*«, erwiderte Annick und lehnte sich naserümpfend zurück. »Du führst ein geordnetes Leben, Morgane. Alles steht an seinem Platz und am Abend putzt du dir die Zähne, auch wenn du mal einen Schwips hast, was selten der Fall sein dürfte. Aber eine solch wichtige Frage lässt du in der Schwebe. Sprich mit ihr, und dann schaffst du Fakten.«

»Falsch! Ich bin eine Konfliktvermeiderin.«

»Nenne mir einen einzigen Menschen, der sich gerne Problemen stellt, Morgane.«

»Stefan«, sagte sie, wie aus der Pistole geschossen, und biss sich im gleichen Moment auf die Lippen, weil es so vereinfacht auch nicht stimmte. Es war schön, eine Freundin wie Annick an ihrer Seite zu wissen, die sie bereits ein wenig durchschaute, ohne auf sie herabzusehen. Annick schaffte es, zu kritisieren und den Gegenstand ihrer Kritik dabei auf Distanz zu rücken, sodass er klein und nichtig wurde. Die Menschen, die Annick näherkommen durften, wuchsen mühelos einige Zentimeter und selbst ihre Makel verwandelten sich durch ihren Blick in kleine, beinahe unsichtbare Kratzer.

Als Morgane nach Mitternacht ihr Zuhause erreichte, fühlte sie sich hellwach. In der Küche brühte sie eine Tasse Tee, ging damit in ihr Zimmer, knipste die Schreibtischlampe an und setzte sich. Eigentlich sollte sie den Finanzierungsplan für die Bank erstellen, aber sie legte die Beine auf den Tisch, schlug das Manuskript auf und las das Vorwort.

»In der Bretagne stirbt man nicht, hier schwimmt man hinaus aufs Meer. Man geht nur auf Reisen«, sagt ein altes bretonisches Sprichwort. Kaum vorstellbar ist dieser friedvolle Abgang an den rauen Küsten des Finistère, wo Wassermassen ungestüm im immer wiederkehrenden Gezeitenrhythmus gegen die Klippen schlagen. Der Küstenvorsprung »Pointe du Raz« erhebt sich 70 Meter über dem Atlantik. Dort zeigt das Wasser seine ganze Kraft. An der Raz de Sein haben die starke Meeresströmung und unter dem Wasser verborgene Klippen über Jahrhunderte hinweg Schiffe und Menschen verschlungen. Bis heute fordern sie ihre Opfer. Nicht weit davon entfernt liegt die Baie de Trépassés, die Bucht der Verstorbenen, wo die Wellen beinahe sanft ans Ufer schwappen. Versammeln sich deshalb der Legende nach dort die Ertrunkenen, um noch einmal an Land zu gehen? Es heißt, an Allerseelen, dem 2. November, liefen ihre Seelen über die Wellenkämme des Meeres. Und in der ganzen Bucht erklängen Stimmen, Rufe und Geflüster – die Stimmen über dem Meer.

Morgane stockte der Atem: Die *Baie de Trépassés*! Wie oft hatte sie diese Legende von der geheimnisvollen Totenversammlung aus Mémés Mund gehört. In den Osterferien nach Elaines Tod hatte Morgane auf einen Besuch bei Mémé in Plouarzel bestanden und obwohl ihr Vater dagegen war, hatte sie nicht lockergelassen und schließlich zwei Wochen im Finistère verbracht. Beim Abendessen hatte Morgane ihre Großmutter gefragt, ob ihre Maman jetzt auch in dieser Bucht sei und ob sie nicht einmal gemeinsam einen Ausflug dorthin machen könnten. Sie war davon überzeugt gewesen, dass sie nur zum richtigen Zeitpunkt vor Ort sein mussten, um das Wunder der Verlautbarung geschehen zu lassen. Denn wenn die Stimmen zu hören wären, wäre die von Elaine bestimmt aus Tausenden herauszuhören und könnte ihre Tochter wissen lassen, ob es ihr gut ging, wo immer sie auch sein mochte.

Mémé hatte Morgane nur stirnrunzelnd angesehen und mit dem Kopf gewackelt, als sei ihre Enkelin verrückt, ein Kind, das Traum und Wirklichkeit nicht mehr auseinanderhalten konnte. Aber Morgane wusste genau, dass Mémé selbst seit dem Tod ihrer Tochter vor dem Zubettgehen in ihrem winzigen Häuschen das eigene Schlafzimmer nicht mehr fand und auf der Straße mit Leuten sprach, die gar nicht da waren. Und einzig Morgane kannte den Grund, weshalb sich in Mémés Bad nach Elaines Tod die Schmutzwäsche stapelte.

»Wer über Ostern ein Leintuch wäscht, der legt sich bald in sein eigenes Leichentuch«, hatte Mémé von Karfreitag bis Ostermontag immer wieder vor sich hin geplappert, und Morgane hatte sich nach den Feiertagen gefragt, wie lange bei ihrer Großmutter Ostern noch andauern würde. Mit dem Stichwort *Baie de Trépassés* hatte Morgane die Hoffnung verbunden, ihre Mémé würde wieder in der Gegenwart ankommen. Sie musste sich einfach daran erinnern!

»Du hast mir die Geschichte doch erzählt«, hatte Morgane gerufen und der Großmutter die eigenen Geschichten erklärt: »Die *Baie de Trépassés*! Mémé! Weißt du nicht mehr? Die Liebespaare, die nicht heiraten durften und ins Meer gegangen sind? An der *Baie de Trépassés* bringt sie die Flut zusammen und die Ebbe trennt sie wieder! Das hast du mir doch erzählt!«

»Sei jetzt still«, hatte Mémé ihre Enkelin streng unterbrochen und dabei so fest auf den Tisch gehauen, dass die Flüssigkeit aus Mémés Weinglas heraus schwappte. Mit zitternder Hand hatte die Großmutter das Glas wieder gefüllt. »Wo hast du nur diese dumme Geschichte her?«

Dann hatte sie den Kopf in Richtung Fenster gedreht und hinausgestarrt, obwohl es dort gar nichts zu sehen gab außer einer leeren Bank und einem kahlen Apfelbaum. Seufzend war sie aufgestanden und zum Feuer gehinkt. Noch einmal hatte Morgane den Mund geöffnet und gegen Mémés gebeugten Rücken protestieren wollen und dann nur leise geantwortet: »Von dir. Du hast sie mir erzählt.«

»Ich möchte nichts mehr davon hören.«

Später erschien es Morgane, dass dies die letzten Worte ihrer Großmutter waren, denn schon im kommenden Herbst gab es Mémé nicht mehr und Robert hatte Morgane erklärt, Mémés Tod sei eine Erlösung, weil sie das mit Elaine nicht verkraftet habe und dass es wohl so hatte sein müssen, dass Morgane ein letztes Mal bei ihr gewesen war. Die wunderbarste Geschichtenerzählerin des Finistère hatte all ihre Geschichten vergessen, wahrscheinlich auch die tröstlichen vom Tod, der erst den Anfang bildete, und sie war einfach auf ihrem Holzstuhl am Kamin eingeschlafen und nicht mehr aufgewacht.

Gleich am nächsten Morgen bat Morgane ihre Mitbewohnerin um ein Gespräch. Diese stimmte murrend zu und bestellte Morgane für nachmittags, 16 Uhr, in die gemeinsame Küche. Lange überlegte Morgane beim Hundespaziergang, wie sie Paulette überzeugen wollte, aber außer ein paar Petits Fours, die sie bei Jacques Gastaux, dem besten Bäcker von Le Conquet, erstand, fiel ihr nichts ein. Als sie gerade die Ladentür hinter sich geschlossen hatte, lief sie direkt Madame Menez in die Arme.

»Jetzt sind Sie schon so lange hier und haben mich immer noch nicht besucht«, meinte diese vorwurfsvoll und starrte auf die Verpackung, die Morgane auf Brusthöhe hielt. Verlegen entschuldigte sich Morgane, faselte etwas von zu vielen Terminen und versprach schließlich, an einem Samstag nach Weihnachten zum Aperitif vorbeizukommen.

»Spätestens im Januar, Madame«, stotterte Morgane. »Ich habe viel Arbeit, verzeihen Sie.«

Missmutig stimmte Madame Menez zu, murmelte, sie sei eigentlich immer zu Hause, und betrat die Boulangerie.

In der Küche hörte sich Paulette wortlos Morganes Anliegen, in der Rue des Artichauts die ehemalige Auberge wiederzubeleben, an und saß dabei am Tisch wie eine Panzerdivision. Es gab kein Durchkommen. Die Petits Fours standen zwischen ihnen wie das Objekt komplizierter Verhandlungen.

»Madame Kermarrec«, insistierte Morgane schließlich. »Ich habe Ihnen bereits gesagt, dass ich Schulden abtragen muss. Mein Erspartes und meine Einkünfte aus den Übersetzungen reichen nicht annähernd für die Kostendeckung. Ich muss ...«, sie korrigierte sich schnell, »*wir* müssen etwas unternehmen.«

»Tun Sie, was Sie nicht lassen können, aber halten Sie mich aus Ihren Angelegenheiten heraus.«

Paulette erhob sich, räumte ihr Geschirr zur Seite und ging in Richtung Tür. Filou, der sich neben sie gelegt hatte, sah kurz auf, blieb dann aber liegen.

»Genau das versuche ich Ihnen ja zu erklären. Es ist auch Ihre Angelegenheit, ob uns das passt oder nicht. Irgendetwas wird sich Fanny dabei gedacht haben, dass sie uns beide, die wir unterschiedlicher nicht sein könnten, zusammen in ein verschuldetes Haus verfrachtet. Sie würde nicht wollen, dass wir uns zanken!«

Paulette hielt inne, als Fannys Name fiel. Ihr ganzer Körper schien angespannt und Morgane war sich sicher, dass sie ihr am liebsten eine Ohrfeige verpasst hätte. Langsam drehte sich Paulette um, schritt zurück zu ihrem Platz, zog den Stuhl hervor und setzte sich wieder. Sie blickte zum Fenster hinaus, wo man die Scheune sehen konnte. Im Raum war es still, nur Filous Schnaufen war zu hören.

»Artischockenzauber«, sagte Paulette deutlich.

»Bitte? Ich verstehe nicht.«

»Artischockenzauber«, wiederholte Paulette und ihre Stimme klang auf einmal weich und sinnlich. »Kurz vor Ausbruch ihrer Krankheit wollte Fanny die Auberge reaktivieren. Sie war geradezu besessen von der Idee und träumte davon, die Pension *Artischockenzauber* zu nennen. Deshalb die Hypothek. Dann wurde sie krank. Es ging alles so schnell. Träume verpuffen, wenn es ums nackte Überleben geht. Und jetzt kommen Sie hierher und ...«

Sie brach ab und presste die Lippen aufeinander. Morgane hatte aufmerksam zugehört und wagte nicht danach zu fragen, wo das viele Geld geblieben war.

»Frankreich rühmt sich, das beste Krankenversicherungssystem der Welt zu besitzen«, fuhr Paulette fort und es war, als spreche sie zu sich selbst. »Alternative Medizin. Chinesische Tees, Wurzeln und Misteltherapie. Diese Kombination schenkte Fanny ein Jahr. Mit der Gewissheit des Todes entspricht ein kleiner Strandspaziergang einem Monat, verstehen Sie? Eine Zusatzversicherung entpuppte sich als raffinierte Paragrafenfalle, in die ausgerechnet Fannys Krebsart fiel und zuschnappte. Sie musste die alternativen Heilungsmethoden aus eigener Tasche bezahlen.«

Morgane kam die Idee, dass auch Paulettes Ersparnisse in dem Topf der »Zusatzleistungen« für die kranke Fanny gelandet waren. Paulettes lebenslanges Wohnrecht bildete wohl eine verdiente Entschädigung, wenn man das so nennen konnte.

»Wir könnten Fannys Traum wahr werden lassen«, erwiderte Morgane nach einer langen Pause. »Bitte überlegen Sie es sich, Madame Kermarrec. Es könnte sogar Spaß machen.« Leise stand Morgane auf, schob Paulette den Teller mit den Petits Fours entgegen und sagte dann: »Vielleicht wollen Sie die auf Ihr Zimmer mitnehmen. Sie mögen doch Petits Fours, oder etwa nicht?«

»Meine eigenen sind viel besser«, presste Paulette hervor. »Jacques kann es einfach nicht. Er nimmt die falsche Butter. Auch seine Brioche ist eine einzige Katastrophe.«

Lächelnd verließ Morgane die Küche, gefolgt von Filou. In ihrem Zimmer angekommen, schrieb sie eine SMS an Annick: *Artischockenzauber – wie gefällt dir der Name für eine Auberge? Habe Petits Fours auf den Tisch gestellt. Liebe Grüße, Morgane.*

Kurz darauf antwortete Annick: *Bien joué! Listige Strategin. Du lernst schnell. Bin stolz auf dich. Ich umarme dich, Annick.*

Noch am selben Tag stieg Morgane in ihren Wagen, kaufte eine langstielige weiße Rose und fuhr geradewegs zu jener Bucht in der Nähe von Plouarzel, wo die Familie Elaine einst verabschiedet hatte. Dort wollte sie ein Versprechen abgeben. Sie würde es schaffen, hier im Land ihrer Kindheit, in Elaines Heimat. Gegen alle Hindernisse und Schwierigkeiten.

Sie ging einen schmalen Weg hinunter zum Meer und ließ die Rose langsam ins Wasser gleiten. Niemand war hier. Plötzlich war sie wieder zehn Jahre alt, ein Kind, das einen kalten Entzug erlitt, mit Schmerzen so schlimm, dass sie ihm den Brustkorb zerrissen. Jeder Millimeter Haut tat weh. Man mochte die Straße überqueren, ohne einen Gedanken an den Tod, ein leichtfertiges Lebwohl auf den Lippen. Man mochte das Leben auf die leichte Schulter nehmen und den Gezeiten trotzen, aber es war nahezu unmöglich, einen geliebten Menschen an die Endlichkeit zu verlieren, ohne insgeheim die Hoffnung zu hegen, dass es irgendwo weitergehen und der Riss eines Tages wieder zusammenwachsen würde. Vielleicht in einer anderen Welt. Die Tränen liefen ihr die Wangen hinunter, weil sie sich selten so verloren wie jetzt gefühlt hatte. Verzweifelt tastete sie nach einem Taschentuch in ihrer Jackentasche. »Maman«, schluchzte sie, »was soll ich hier nur? Du fehlst mir so sehr.«

Dann drehte sie um und suchte den Felsen, der wie ein kleiner Menhir aussah und an Elaine erinnerte. Ein Grabstein ohne Grab. Mémé und Robert hatten es so gewollt und diesen Ort als Gedenkstätte ausgesucht. Morgane fand ihn nicht sofort, aber auf halber Höhe, ein wenig abseits des Weges, glaubte sie seine glatte Oberfläche zu erkennen. Sie kletterte über ein paar kleinere Felsen, bis sie den gemeißelten Schriftzug lesen konnte: *Elaine Schneider 1943–1979.* Um seine Spitze war ein Rosenkranz gewickelt. Der Stein war von Moos bedeckt und hatte bereits Patina angelegt. Sie wischte über den Schriftzug und sah eine einzelne Blume, die schlaff dalag und die sie vorher nicht einmal bemerkt hatte. Eine weiße Lilie, die traurigste Blume der Welt. Sie war noch nicht verwelkt und offensichtlich erst vor wenigen Tagen dort platziert worden.

Kapitel 7

Der bretonische Winter zeigte sich bis weit in den Januar hinein von seiner milden Seite mit viel Regen und einigen kühlen Sonnentagen. Den Weihnachtsabend hatte Morgane zusammen mit Paulette in der Küche bei einem schlichten Essen verbracht. Paulette hatte dabei nicht viel gesprochen, aber Morgane hatte deutlich gespürt, dass das Schweigen nicht ihr, sondern Paulettes Erinnerungen galt. Zur Jahreswende nahm Morgane Annicks Einladung zu einem viergängigen Menü für ein paar Freunde an. Die Bank hatte Morganes Finanzierungsplan, den sie penibel mit Ein- und Ausgaben auf der Grundlage von drei Pensionszimmern erstellt hatte, zwar akzeptiert, jedoch den Zinssatz des benötigten Kredits als Gegenleistung für die Zahlungspause angehoben. Ende März würde die erste Rate fällig sein und Morgane schob die Zahlen in ihrem Kopf hin und her und hoffte, dass es irgendwie funktionieren würde. Monsieur Karvan erfüllte sein Versprechen und kam an zwei Tagen zwischen den Jahren vorbei, um mit der Renovierung des ersten Gästebads zu beginnen. Aber leider entpuppten sich die Arbeiten als zeitintensiver, als der optimistische Klempner dies eingeschätzt hatte. Schließlich schlug er vor, Mitte Februar mit zwei seiner Mitarbeiter wiederzukommen.

»So spät?«, fragte Morgane, die angesichts offener Leitungen und abgeplatzter Kacheln eine Neueröffnung der Auberge in weite Ferne rücken sah. Dabei hatte sie sogar bereits Online-Buchungen für das Frühjahr entgegengenommen. Sie starrte auf die Tasche, die Monsieur Karvan soeben auf dem Boden kniend zusammenpackte, sein widerspenstiges Haar.

»Ich habe Aufträge, Madame. Bedaure. Sie sagten Ende März? Ein einziges Bad?« Er faltete die Hände wie zum Gebet und schob sie von seinem Körper weg in Richtung Decke, den Blick beschwörend nach oben gerichtet. »Das schaffen wir. Machen Sie sich keine Gedanken.«

Seufzend begab sich Morgane nach unten, um Farbe zu holen. Sie überlegte, ob noch etwas Geld von der Bank aufzutreiben wäre. 20 000 Euro Schulden oder 30 000 – das machte keinen großen Unterschied. Sie widmete sich dem ersten Pensionszimmer, das zunächst eine neue Raufasertapete benötigte, und baute den Tapeziertisch auf. Ihr Erspartes würde schnell aufgebraucht sein und derzeit standen außer dem Sachbuch keine Übersetzungen an. Für ein Bett sowie einen Ohrensessel mit einem Beistelltisch würde sie ihre letzten Reserven anzapfen. Im Keller hatte sie einen antiken Kleiderschrank entdeckt. Nach einer gründlichen Reinigung würde sie ihn frisch beizen und hier platzieren. Anschließend wollte sie Vorhänge aus einem festen Leinenstoff mit Blütenmotiven nähen, die dem roten Heidegewächs der bretonischen Landschaft sehr nahekamen. Die beiden anderen Räume, die außer einer Grundsanierung den Einbau von Duschen benötigten, würde sie erst angehen, wenn das erste Pensionszimmer etwas Geld eingebracht hatte.

Morgane setzte sich auf den Boden, den Rücken an die Wand gelehnt, die Beine angezogen, und trank Leitungswasser. Sie betrachtete die unebenen Wände, den Dielenboden, die Fenster, die aufs Meer zeigten. Sie hatte eine klare Vorstellung davon, wie es hier aussehen könnte, wäre erst einmal alles renoviert und eingerichtet. Sie erhob sich, ging nach unten, um einen Zeichenblock zu holen, und skizzierte die künftige Anordnung des ersten Pensionszimmers. Am Abend bestellte sie die wenigen Möbel im Internet: ein Bett mit dunkelrotem Stoffbezug und einen passenden Ohrensessel.

Jeden Tag bewegte sie sich mit Filou an der frischen Luft, spielte mit ihm und freute sich über die enge Bindung, die nach und nach zwischen ihnen entstand. Dennoch ließ Filou niemals Paulette aus den Augen. Kein Tag endete bei ihm, ohne dass er sich von ihr verabschiedete, sie nach oben in ihre Räumlichkeiten begleitete, um anschließend zu Morgane zurückzukehren und die Nacht auf einer Hundedecke in ihrem Zimmer zu verbringen. Morganes und Paulettes Beziehung indessen war etwas lockerer geworden, aber weit davon entfernt, herzlich zu sein. Morgane musste sich eingestehen, dass sie und Paulette einander ähnlich waren. Paulette war einfach ehrlicher als die meisten Menschen, dafür aber knapp mit Gesten und Worten. Nur manchmal brach aus ihr eine Gefühlsregung heraus, sparsam dosiert, und Morgane glaubte dann, einen weichen Kern unter ihrer rauen Schale zu bemerken, voller Herzlichkeit und Fürsorge.

Wöchentlich erhielt Morgane Postkarten von Stefans Etappen, die ihn zunächst durch das Elsass und anschließend durch das Burgund führten. Sie hatte das Gefühl, dass er sich Mühe gab, seine professionellen Kommentare zu unterdrücken und zuweilen einfach nur nett sein wollte.

Weißt du noch, als wir im Frühjahr im Burgund den Ofen anwerfen mussten, weil es bitterkalt war? Ich denke gerne daran, wie wir vor dem Feuer saßen und Rotwein tranken. Ebensolche Gedanken an dich. Stefan.

Morgane lächelte und hängte die Karte an einer dünnen Seilvorrichtung über ihrem Schreibtisch auf. Sie erinnerte sich gut an jenen Urlaub voller Überraschungen und gemütlicher Stunden, da mitten im Mai eine Kältewelle ins Land gezogen war, und sie fragte sich, wann genau es eigentlich mit den Streitereien angefangen hatte.

Jeden Abend notierte sie ihre Ein- und Ausgaben und musste dabei feststellen, dass das Minus bei Weitem das Plus überschritt. In der Küche fand sie eine von Paulette mit grellem Leuchtstift markierte Annonce aus der Tageszeitung von Brest. Mit Handschrift hatte Paulette »Für Morgane« darüber geschrieben: Das Meeresbiologische Institut in Roscoff war auf der Suche nach Übersetzerinnen für ein Magazin. Auf Honorarbasis. Sofort bewarb sich Morgane, wurde zu einem Vorstellungsgespräch eingeladen und prompt genommen. Die Arbeit, die ordentlich bezahlt wurde, konnte sie von zu Hause aus machen und brachte ihr je nach Auftragslage im Durchschnitt ein zusätzliches Einkommen von knapp dreihundert Euro im Monat. Allerdings waren die nautischen Themen etwas gewöhnungsbedürftig, und Morgane musste sich einarbeiten und Vokabeln pauken.

»Warum meldest du dich nicht?«, hörte sie Stefans Stimme in der Leitung.

Es war Mittwochnachmittag, und Morgane blätterte im nächsten Kapitel des Manuskripts. *»Château de Joyeuse Garde. Ein Lustschloss, einst ein Ort des Leidens und der Schmerzen«*, lautete die Überschrift.

»Weil es nicht viel zu berichten gibt. Der bretonische Winter ist relativ eintönig«, erwiderte sie abwesend und fuhr den Computer hoch.

»Das kann ich bestätigen.«

»Was, bitte?«

Morgane glaubte, sich verhört zu haben. Was sollte das heißen? Sie dachte, Stefan sei im Französischen Jura, womöglich an der Burgundischen Pforte oder in den Pyrenäen, aber durch die Bretagne führte der Jakobsweg ganz sicher nicht.

»Was hast du gesagt?«, wiederholte sie ihre Frage, hörte aber nur ein Knacken in der Leitung. Dann brach die Verbindung ab und Morgane wählte nervös seine Nummer, erhielt aber immer wieder die gleiche Antwort: »Der Teilnehmer ist vorübergehend nicht erreichbar. Bitte versuchen Sie es zu einem späteren Zeitpunkt nochmals.«

Seufzend legte Morgane ihr Handy zur Seite und sah auf die Zeilen, die vor ihr lagen.

»Das aus dem 6. Jahrhundert stammende ›Château de Joyeuse Garde‹ in den Wäldern von Landerneau hieß einst ›La Douloureuse Garde‹ – die Leidensburg. Früher lebten in ihr blutrünstige Riesen. Bis der kühne Ritter Lancelot kam, das Anwesen befreite und damit in einen Ort der Freude verwandelte.«

Morgane selbst war nie dort gewesen, wusste aber aus Mémés Erzählungen von dessen Existenz. In ihrer kindlichen Fantasie hatte die Burg erhaben auf einer Anhöhe inmitten von dichten Wäldern gestanden. Die Wirklichkeit schien weit davon entfernt, denn auf der Abbildung im Manuskript wirkte die Ruine karg und unscheinbar und Morgane nahm sich vor, selbst einmal dort hinzugehen, wenn sich die Gelegenheit bot.

Nach getaner Arbeit ging sie ins Bad, um sich zu schminken und zog anschließend ihre Reiterstiefel an. Es war Zeit für ihre Verabredung mit Annick im *La Chaloupe*. Seit Wochen waren sie nicht mehr aus gewesen, und Morgane hatte Annick mehrere Tage nicht gesehen. Nur Viviane war hin und wieder vorbeigekommen, und sie hatten Memory gespielt.

Als Morgane um kurz vor fünf das *La Chaloupe* betrat, dröhnte aus den Lautsprechern ein Chor – das Requiem von Mozart. Unter der Woche und besonders vor zwanzig Uhr war das Bistro offensichtlich nicht stark frequentiert. Nur am Tresen zählte Morgane drei Männer, vermutlich Fischer. Überrascht stellte sie fest, wie gut die Totenmesse in das alte Gemäuer und die Stimmung, die von ihm ausging, passten. Ein Gratiskonzert bei einem Glas Rotwein. Das *La Chaloupe* hatte seine eigenen Gesetze.

Morgane zog ihren Mantel aus, ging zum Tresen und bemerkte den gebeugten, breiten Rücken eines Mannes, der dort saß: Er schien groß, von kräftiger Statur. Sein langes Haar, das ihm bis zur Schulter reichte, wirkte gepflegt. Es war schlohweiß, seine Kleidung schwarz. Konzentriert hielt er die Augen geschlossen, ein Ohr in Richtung Lautsprecher gerichtet. *Pierrot*, war ihr erster Gedanke. War dies der von Monsieur Karvan beschriebene *Pierrot*? Langsam setzte sich Morgane auf einen Barhocker, ließ einen Platz zwischen ihnen frei. An Deck war Maël mit dem Spülen von Gläsern beschäftigt, bis er sich schließlich Morgane zuwandte. Er trug eine Brille mit schwarzem Rahmen, die seine dunklen Brauen und Augen betonten, und ein wenig wirkte er wie einer der bretonischen Schriftsteller, deren Fotos an den Wänden hingen. Ein ernster Schwarz-Weiß-Mann, dachte sie spontan. Intellektuell und undurchschaubar.

»Was darf es sein?«, fragte er kühl und warf sich ein Geschirrtuch über die Schulter.

»Einen Weißen«, verlangte Morgane mit lauter Stimme, um sich gegen die Posaunen der Totenmesse durchzusetzen, nahm anschließend mit einem Kopfnicken ihre Bestellung entgegen und nippte an ihrem Glas. Maël blieb wie angewurzelt stehen, sah sie nachdenklich an und beugte sich dann langsam über den Tresen ihr entgegen. Instinktiv wich Morgane in Richtung des Fremden neben ihr aus.

»Wir hatten keinen guten Start. Wollen wir es noch mal miteinander probieren?«, hörte sie Maëls Stimme an ihrem Ohr und spürte seinen warmen Atem. Sie starrte auf den Tresen und nickte verhalten.

»Maël«, sagte er freundlich, zog seinen Kopf zurück und reichte ihr die Hand.

»Angenehm, Morgane. Ich habe dein Auto nicht gesehen. Ich hätte dir niemals den Parkplatz weggeschnappt.«

»Ich werde mir noch eine Strafe für dich ausdenken.«

Grinsend wandte er sich ab und schlenderte zur Kaffeemaschine. Morgane blickte ihm erstaunt nach und lauschte wieder der Musik. Eine Totenmesse mochte nicht die passende Musik für eine Kneipe sein, in diesem dunklen Gemäuer aber, an einem grauen Wintertag schien sie perfekt, zudem mochte Morgane Maëls Eigenwillen, der darin zum Ausdruck kam.

Erst nach einer Weile schien der Mann neben Morgane ihre Anwesenheit zu registrieren. Als er ihr für einen Moment in die Augen blickte, sah sie die gegerbte Gesichtshaut eines Fischers mit tiefen Linien, die Landkarte eines langen Lebens im rauen bretonischen Klima. Nur seine grünen Mandelaugen waren jung geblieben, strahlten Intelligenz, Humor, aber auch eine tiefe Traurigkeit aus. Seine Hände waren die eines Pianisten, als gehörten sie nicht zu seinem Körper.

»Was macht das Gemüse in diesem Jahr, Armel?«, rief ein Gast, der soeben den Raum betrat, seinen nassen Regenmantel auszog, ihn abschüttelte, wieder hineinschlüpfte und dann in Richtung Tresen ging. Er platzierte sich auf der anderen Seite. »Oh, in hübscher Begleitung heute?«, fragte er schmunzelnd, seinen Blick auf Morgane gerichtet.

Jetzt saß er also tatsächlich neben ihr, Armel Briag, der mysteriöse *Pierrot.* Wortlos winkte er ab, bestellte mit einer Handbewegung ein Glas Rotwein und warf einen kurzen Blick auf Morganes volles Glas.

»Wollen Sie auch noch einen?«

Morgane lehnte dankend ab. Lange saßen sie schweigend nebeneinander, beide den Blick auf ihr Glas gerichtet, und Morgane wünschte sich, Annick möge endlich erscheinen. *Nirgendwo schweigt man schöner als in einer bretonischen Kneipe.* Die Worte ihrer Mutter. Aber mit Fremden zu schweigen war unangenehm, als teile man notgedrungen eine Intimität, etwas sehr Persönliches, ohne einander zu kennen. Aus den Lautsprechern tönten die Posaunen, gefolgt von einem Chor und Streichern, die das Todesthema bedrückend und dennoch feierlich aufgriffen. Dann eine Pause.

»Jetzt kommt die Kyrie-Fuge. Hören Sie nur.«

Armel Briag hielt inne, und automatisch lauschte Morgane. Der Chor sang: »Kyrie eleison. Christe eleison« – Herr, erbarme dich. Christus, erbarme dich.« Wieder hielt er die Augen geschlossen, als sauge er die Töne in sich auf. Dabei zog er den Kopf zurück wie eine Schildkröte, die Schutz in ihrem Panzer suchte. Morgane hatte den Eindruck, als verstehe er jedes lateinische Wort.

»Dreh die verdammte Musik leiser«, rief die Stimme, die zu dem Regenmantel gehörte. »Man versteht ja sein eigenes Wort nicht. Hat Armel wieder mal bestellt?«

»Du führst doch sowieso nur Selbstgespräche, Michel. Die letzten Takte wirst du auch noch aushalten«, erwiderte Maël missmutig, ging zur Stereoanlage und reduzierte die Lautstärke.

»Der Kerl hat keine Ahnung«, sagte Armel, öffnete seine Augen und ein Lächeln umspielte seinen Mund. »Wussten Sie, dass nur etwa zwei Drittel des Requiems von Mozart selbst stammen? Er hat seine eigene Komposition nämlich nicht überlebt. Noch heute streiten sich die Fachleute bei einigen Passagen, welche Noten aus seiner Feder sind. *Lux aeterna. Und ewiges Licht leuchte ihnen.* Hören Sie das?«

Morgane nickte, obwohl sie das mit dem Licht keineswegs gehört hatte. Sie schluckte. Mit dem letzten Takt verstummte ein furioser Schlusschor, klang in der Stille nach, als erreichten die letzten, feinen Schwingungen ein staunendes Publikum, dessen tosender Applaus synchron dazu einsetzte. Dann vollkommene Stille. Morgane war, als erwachte sie aus einem Traum. Langsam nahm sie ihre Umgebung wieder wahr, Stühle, Tische, das Feuer im Kamin. Das Geklimper von Geschirr aus der Küche, Armels Räuspern.

»Christian Thielemann. Münchner Philharmoniker. Jüngeren Datums, die beste Aufnahme, die ich kenne«, sagte er nach einer Pause.

Plötzlich kam Maël mit dem Rücken voran durch die Schwingtür der Küche, einen Teller in der Hand, den er vor Armel abstellte. Frische Austern mit Zitrone. Im Weggehen warf er Morgane einen kurzen Blick zu und sie glaubte erneut, ein Lächeln in seinen dunklen Augen zu entdecken, das sie scheu erwiderte.

»Bon appetit«, sagte Armel, breitete eine Serviette aus und schlürfte die erste Auster. Dann schob er zu Morganes Verblüffung seinen Teller in ihre Richtung.

»Kosten Sie! Urteilen Sie!«, befahl er ihr und richtete sogleich das Wort an Maël auf dem Schiffsdeck: »Hast du auch was Gescheites dazu, Maël? Vielleicht ein Gläschen Muscadet?«

Ehe sich Morgane versah, stand eine eisgekühlte Flasche Muscadet mit zwei Gläsern zwischen ihnen auf dem Tresen und Maël schenkte schmunzelnd ein.

»Ich mag keine Austern«, meinte sie entschuldigend zu Armel und blickte auf den Teller. Allein der Gedanke an den lebendigen Glibber, den man herunterschlang wie ein Tier seine Beute, verursachte ihr Ekel. In Deutschland hatte sich Morgane überwiegend vegetarisch ernährt und erst in Frankreich damit angefangen, regelmäßig Fleisch und Fisch zu konsumieren. Nicht zuletzt durch Annicks hervorragende Küche.

»Die Austern«, wiederholte Armel, und es war, als spreche er zu sich selbst. Schweigend schlürfte er die Schalentiere und fragte nach einem kräftigen Schluck von dem Weißen: »Wissen Sie, was hier früher los war?«

Morgane, der allmählich dämmerte, dass die Frage an sie gerichtet war, verneinte tonlos, ohne zu wissen, wovon genau er eigentlich sprach.

»Es waren die großen Zeiten von Frankreichs Vorratskammer. Aber das ist längst vorbei. Alle Sorten von Atlantikfisch gingen in den Fischhallen über den Verkaufstisch. Die Preise wurden ausgerufen wie an einer Börse. Heute läuft die Fischauktion über eine digitale Anzeige. Verdrehte Welt! Und das geschundene Meer gibt großzügig seine Schätze her, als habe es zu viel davon. Dabei landet auf den Tischen nicht mehr annähernd so viel Meeresgetier wie noch vor zwanzig Jahren. Das wollen die Menschen nicht wahrhaben, Hauptsache, die Teller sind gefüllt. Die Bretagne ist die Milchschüssel, der Fleischkessel und der Fischtopf Frankreichs. Ganz Paris konsumiert unsere Austern. Was glauben Sie wohl, auf wessen Kosten das geht?«

»Sie kennen sich offensichtlich mit Austern aus?«, fragte Morgane vorsichtig und nahm höflichkeitshalber einen Schluck von dem Muscadet.

»Ich besaß eine Austernzucht, hier um die Ecke«, erklärte er, ohne sie anzusehen. »Ein äußerst sensibles Geschäft. Nicht einfach, ich habe das Handwerk einst von meinem Vater gelernt. Aber ich habe alles abgestoßen.« Er machte eine ausladende Handbewegung. »Vor vielen Jahren schon. Die Austernarbeit geht verdammt ins Kreuz. Bei Ebbe müssen die Körbe gewendet werden. Irgendwann bekommt man davon einen Buckel. Aber das war nicht der Grund.«

Mit einem Ruck kippte er den Wein hinunter und schenkte sich nach. Fragend warf er einen Blick auf Morganes fast volles Glas, das sie mit ihrer Hand bedeckte und den Kopf schüttelte.

»Ein Killerbakterium«, fuhr er fort und nahm die letzten Austern, die Morgane angestarrt hatte, weil sie das Gefühl nicht loswurde, sie hätten gezuckt.

»Alles fing mit einem Herpesvirus an, der die Kleinen erwischt hat. Dann die Ausgewachsenen. Es folgten Einbußen von über vierzig Prozent. Viele Züchter haben dran glauben müssen. Einige von ihnen reagierten mit Preiserhöhung. Meiner Meinung nach der falsche Weg. Die Franzosen lieben Austern, essen sie zu jeder Gelegenheit. Wenn sie aber noch teurer werden, dann serviert man sie nur noch zu bestimmten Anlässen. Die Pariser bezahlen ja jetzt schon den doppelten, fast dreifachen Preis. Aber irgendwann ist eine Schmerzgrenze erreicht. Und das alles wegen eines winzigen Bakteriums. Die Menschheit ist in der Lage, ins Weltall zu fliegen, aber machtlos gegen kleinste Lebewesen. Der verdammte Klimawandel. Die Natur rächt sich.«

Er wischte sich den Mund an der Serviette ab und legte sie auf den leeren Teller. Inzwischen hatte Maël die Rolling Stones aufgelegt. *She's a hard woman to leave.* Auf sonderbar passende Weise schienen sich Mozart und Mick Jagger in einem alten Gemäuer an der bretonischen Küste die Hand zu reichen.

»Es gibt also einen Zusammenhang?«, fragte Morgane plötzlich interessiert und erinnerte sich an die Arbeit, die zu Hause auf ihrem Schreibtisch lag. Ein Artikel, von dem sie bisher nur die Überschrift gelesen hatte. *Trügerische Idylle an Bretagnes Atlantikküste.*

»Wenn Sie mich fragen, ja, aber die Wissenschaftler finden ja immer neue Ausreden. Und quatschen der Regierung in Paris nach dem Mund. Haben Sie schon mal von der grünen Pest gehört?«

Morgane schüttelte stumm den Kopf.

»Algen. Sie vermehren sich bei den entsprechenden Temperaturen in einigen bretonischen Buchten wie die Karnickel. Stinken bestialisch. Getrocknet können sie zur Todesgefahr für Mensch und Tier werden. Im Norden, wo ich wohne, schaufeln die Einheimischen im Hochsommer den Meeressalat mit Baggern weg, düngen damit ihre Felder und dann kehrt das Zeug als giftiges Gasgemisch eines Tages wieder zurück in den Kreislauf. Haben Sie die grünen Küstenabschnitte noch nie beobachtet?« Er sah kurz zu Morgane, die stumm den Kopf schüttelte. »Warten Sie mal den Sommer ab. Das

Problem ist, dass Paris weit weg ist. Die Regierung interessiert sich nicht dafür, wenn die Touristen wegbleiben. Noch nicht. Aber der Tag wird kommen. Werden es schon sehen.«

»Darüber habe ich mir noch nie Gedanken gemacht«, erwiderte Morgane betroffen und dachte an den *Artischockenzauber* und dessen exponierte Lage.

»Deswegen erzähle ich es Ihnen ja.«

»Sind Sie von Greenpeace oder einer ähnlichen Organisation?«

»Weder noch«, erwiderte er und lachte laut heraus. »Ich bin jemand, der die Natur lesen kann. Jemand, der hier aufgewachsen ist, die Gezeiten besser kennt als seine eigene Jackentasche. Ein Hund, der die Gefahr riecht, ehe die Augen sie wahrnehmen. Dann ist es nämlich zu spät. Das ist alles.«

»Du hast einen Knall, Armel«, mischte sich jetzt der Mann mit dem Regenmantel ein. »Bist ein Schwarzmaler. Schon immer gewesen!«

»So wird es kommen«, wiederholte Armel eigenwillig, ohne auf die Äußerung einzugehen. »Werdet schon sehen. Die Natur rächt sich.«

Verstohlen betrachtete Morgane den Mann neben sich, der dies alles ohne jede Arroganz von sich gab. Armel hatte nichts von einem Lehrmeister, und sie fragte sich insgeheim, wie er wohl lebte. Er schien ihr wie ein Eremit, ein zurückgezogener Naturbursche, der die Menschen mied, weil sie ihn womöglich enttäuscht hatten, und sie wünschte sich, dass er mit seiner Prognose unrecht hatte, wenn auch aus reinem Eigennutz. Was wäre der *Artischockenzauber* wert, wenn die Bucht zu seinen Füßen mit stinkenden Algen bedeckt wäre?

Sie warf einen Blick auf ihre Uhr; es war kurz nach sechs. Morgane hatte sich bereits daran gewöhnt, dass Annick prinzipiell zu spät kam, aber eine Stunde? Das war noch nie passiert und sie wurde allmählich unruhig. Eine Entschuldigung in Richtung Armel murmelnd, erhob sie sich, ging zur Toilette und wählte Annicks Handynummer, aber die Freundin meldete sich nicht. Als sie zurückkehrte, war Armel wieder auf Roten umgestiegen und neben Morganes halbvollem Muscadetglas befand sich ein *Coup* Rotwein.

»Ich habe mir erlaubt …«, sagte er, ohne den Satz zu beenden und sah ihr direkt in die Augen. Sein trauriger Blick wanderte über ihre Stirn, die Wangen, ihre Lippen, dann auf ihre Hände. Er hob die Schultern ein wenig an und zog den Hals wie eine Schildkröte in ihren Panzer zurück. Plötzlich schüttelte er sich, als habe er soeben eine Erscheinung gehabt. »Sie sehen aus wie eine Frau, die ich einmal geliebt habe. Das ist viele Jahre her. Verzeihen Sie«, sagte er dann schnell, als schäme er sich dafür, eine Grenze übertreten zu haben.

Morgane erstarrte. Verlegen blickte sie zur Seite, strich sich übers Ohrläppchen und zwang sich aufzusehen, nippte nachdenklich an ihrem Glas, während ihr das alte Bild aus der Nähmaschine in den Sinn kam, ein Schwarz-Weiß-Foto, das zwei Menschen zeigte, und insgeheim verglich sie den darauf abgebildeten jungen Mann mit jenem, der neben ihr am Tresen saß. Zwischen ihnen stand der leere Barhocker, als sei ein Gast, den sie beide erwartet hatten, weggeblieben. Mit seinen langen Fingern drehte Armel sein Glas um die eigene Achse.

»Und Sie wie ein Mann, den meine Mutter als junge Frau gekannt hat. Auch das dürfte viele Jahre her sein. Ich habe Sie nicht sofort erkannt. Jetzt aber schon. Es sind Ihre Hände. Ich habe sie schon einmal gesehen auf einem Foto in einer Nähmaschine. Sie müssen sich nicht entschuldigen. Ihre Wahrnehmung funktioniert auch bei den Menschen.«

Er lächelte. »Was sind schon Bilder? Die guten und die schlechten Dinge, die wir erlebt haben, tragen wir in unserem Herzen. Man muss mit den Erinnerungen gut haushalten. Sonst verblassen sie, verflüchtigen sich. Ich bin Armel Briag. Es freut mich sehr, Ihre Bekanntschaft zu machen, obgleich Sie eine Erinnerung wachrufen, die ich nicht gewohnt bin zu teilen«, sagte er dann fast liebevoll. »Sie müssen die kleine Morgane sein. Elaines Tochter.«

»So ist es.«

»Das, was Sie da gerade mit Ihrem Ohr gemacht haben«, er zeigte auf Morganes Hand, dann auf ihr Ohr, »das hat sie auch gemacht. Eine Art Übersprunghandlung. Bin nie dahintergekommen, in welchen Situationen. Für Elaine gab es keine Regeln, keine Gebrauchsanweisung.«

»Ich bin mir dessen nicht bewusst«, erklärte Morgane lächelnd. »Aber ich weiß, was Sie meinen. Das hier.« Sie strich sich über das rechte Ohrläppchen.

»Was hat Sie hierher verschlagen ans Ende der Welt?«

»Der Tod meiner Tante und ein unerwartetes Erbe. Fanny, Elaines Schwester, hat mir ihr Haus vermacht. Das neben Ihrem Grundstück.«

»Dieses raffinierte Weib!«

Morgane verstand nicht, was am Sterben oder an einem Erbe raffiniert sein sollte, fragte aber nicht nach.

»Es war eine Jugendliebe«, fuhr er zusammenhanglos fort. »Die erste große Liebe. Elaine gehörte hierher, wie die Felsen an die Küste. Ich wusste das, habe das mit Deutschland nie verstanden. Aber ich habe ihre widersprüchlichen Gefühle immer respektiert.«

Erneut tauchten Bilder aus Morganes Erinnerung auf, Bilder, die immer da gewesen waren, aber lange Zeit vernachlässigt in einem Schrank gelegen hatten. Es war, als habe jener Mann, der neben ihr saß, auf eine Schublade gedeutet, die aufgesprungen war, und erst jetzt verstand sie, dass sie von deren Inhalt schon immer gewusst hatte. Sie hatte keinen Zweifel. Armel Briag sprach die Wahrheit: Ja, oftmals war sie als Kind mit ihrer Mutter Hals über Kopf ins Finistère gefahren. Bis zu ihrer Einschulung erinnerte sich Morgane an eiligst gepackte Koffer, eine überstürzte Abreise mit einer nervösen Mutter, die kurz zuvor ein hektisches Telefonat ins Ausland geführt hatte, wo Robert gerade ein Bauprojekt überwachte und deshalb nur einmal pro Monat für fünf Tage nach Hause kam.

»Wenn du in München bist, werden wir wieder zu Hause sein! Du erreichst uns wie immer bei Mémé.«

Sobald Morgane und Elaine im Finistère waren, geschah die wundersame Verwandlung ihrer Mutter. Wenn es die Jahreszeit zuließ, ging sie sofort im Atlantik schwimmen und versammelte gleich am ersten Mittag die Familie beim gemeinsamen Fischmenü im Restaurant.

»Nur Touristen essen à la carte«, hatte Elaine immer behauptet und für alle ein *Menu du jour* bestellt.

»Ja«, sagte Morgane leise und sah dann auf. »Ich glaube, im Finistère blühte meine Mutter immer auf. Sie war dann eine andere Frau. Aber ich war noch klein und erinnere mich nur vage.«

»Das waren Sie. Ein kleines Mädchen mit einem deutschen Akzent. Den Sie übrigens verloren haben. Aber Sie erinnern sich doch an Ihre Mutter?«

»Oh, ja, das tue ich.«

Er nickte nachdenklich, erhob sich langsam, legte Geld auf den Tisch, schritt zur Garderobe, zog sich eine dunkle Jacke über und kam zurück. Er sah ihr direkt in die Augen. »Elaine hat Ihnen einen wunderschönen Vornamen gegeben, Morgane. Bretonischer geht es gar nicht.«

»Die Fee aus der Artussage«, lächelte Morgane und dachte an das passende Kapitel in dem Manuskript, das zu Hause auf ihrem Schreibtisch lag.

Er musterte sie nachdenklich und schüttelte sich dann. »Für heute ist meine Erinnerung genug stimuliert. Ein anderes Mal vielleicht mehr. Wie lange bleiben Sie?«

»Oh, ich lebe hier«, sagte Morgane. Verwundert registrierte sie die Selbstverständlichkeit, mit der ihr ihre neue Lebenssituation von den Lippen ging. Sie unterdrückte den Impuls, einen Fremden nach Elaine zu fragen. Ihr ganzes Leben hatte sie danach gelechzt, Geschichten über ihre Mutter zu hören, denn von Robert waren es im Laufe der Jahre immer nur dieselben gewesen. Seit Ingeborgs Anwesenheit war der Austausch dieser Geschichten eher zu einem Geheimcode zwischen Robert und Morgane geworden, den ihr Vater aber über die verstreichende Zeit verlernt hatte. Sie nicht. Und hier im Finistère waren auf einmal die kleinsten Gesten von Elaine, ihre klugen Worte und ihre Zärtlichkeit allgegenwärtig und abrufbar.

»Was machen Sie eigentlich beruflich?«

Armel Briags Stimme riss sie aus ihren Gedanken. Er warf sich einen Schal um.

»Ich bin Übersetzerin für Belletristik. Zurzeit arbeite ich allerdings an einem Sachbuch-Manuskript über die Legenden in der Bretagne.«

Armel hob die Augenbrauen: »Das ist schön«, erwiderte er, als beurteile er ein Gemälde, ohne etwas davon zu verstehen, einfach so, nach dem gesunden Menschenverstand. Mit einem

Ruck schloss er den Reißverschluss an seiner Jacke, reichte Morgane die Hand, drückte sie und sagte tonlos: »Adieu.«

Dann drehte er sich weg und ging beschwingt tänzelnd nach Jaggers rauchiger Stimme: *Give me just another night with you* in Richtung Ausgang.

»Darf ich Sie wegen dieser Algengeschichte einmal befragen?«, rief ihm Morgane hinterher. »Ich übersetze auch für das Meeresbiologische Institut Roscoff.«

Er warf die Arme in die Höhe und drehte die Handgelenke nach rechts und links. An der Tür blieb er stehen: »Das ist ja gar nicht weit von mir entfernt. Ich besitze ein Haus auf der Île de Batz.«

»Ich weiß. Aber ich kenne den Norden nicht besonders gut. Mit der Redaktion kommuniziere ich fast ausschließlich per E-Mail.«

Das Letzte, was sie von ihm hörte, war ein Brummen und ein herzhaftes Lachen: »Komische Zeiten sind das. Komische Zeiten.«

Morgane schmunzelte, bezahlte ihre Rechnung und zog ebenfalls ihre Jacke über. Ihr Handy klingelte.

»Pardonne-moi, Morgane, entschuldige. Habe mich hingelegt und verschlafen«, jammerte Annick in einem Ton, als kontrolliere sie jedes Wort. Gelogen, dachte Morgane und ehe sie sich versah, schleuderte sie einen Giftpfeil in Richtung Rue des Artichauts oder wo immer Annick im Moment sein mochte.

»Hast du getrunken?«, fragte Morgane verärgert, hielt sich das freie Ohr zu, den Ellbogen auf den Tresen gestützt. Annick faselte etwas von einem nicht funktionierenden Wecker, und Maël, der das Gespräch offensichtlich verfolgte, betrachtete Morgane aufmerksam. Sie beschloss, nicht weiter zu bohren. »Schlaf dich aus. Bis demnächst.«

Sie drückte das Gespräch weg.

»Versuch nicht, sie zu ändern. Daran sind andere bereits gescheitert. Nimm, was du von ihr bekommst, aber erwarte nichts von ihr.«

Maëls Stimme klang neutral und kein bisschen aggressiv.

»Und was ist mit Viviane?«, entfuhr es Morgane. »Du bist ihr Vater. Was macht die Kleine, wenn ihre Mutter am frühen Abend betrunken in der Küche herumhängt?«

»Ich wüsste nicht, was dich das angeht«, schleuderte er ihr entgegen und seine Augen funkelten vor Zorn. »Nicht alles, was mit dir in Berührung kommt, bedarf deiner Kontrolle.«

Ohne ein weiteres Wort drehte er sich weg, und Morgane verließ mit klopfendem Herzen das Lokal, ging zu ihrem Wagen, und mit jedem Schritt, den sie machte, fühlte sie sich schlechter. Wut und Enttäuschung kamen in ihr hoch. Was bildete sich dieser Maël ein? Wie konnte er nur so über sie richten?

Plötzlich war ihr alles zu viel. Annicks Unzuverlässigkeit, Maëls feindseliges Verhalten, kurz nachdem sie eine Art Waffenstillstand geschlossen hatten, und die düsteren Schatten von Elaines Vergangenheit. Ihre Mutter hatte einst ein Doppelleben geführt, worüber in der Familie niemals ein Wort verlautbart worden war. Womöglich wusste Robert nicht einmal davon, und Morgane stellte sich die Frage, ob sie das überhaupt etwas anging oder ob sie die Vergangenheit ruhen lassen sollte. Freundschaft war eine Gratwanderung und nur der Gedanke, dass Annick für ihre Lebendigkeit, die Liebe, mit der sie ihre Umgebung überschüttete, offensichtlich einen hohen Preis zahlte, stimmte Morgane weicher, nachgiebig. Langsam ließ sie die Begegnungen der letzten Wochen mit der Freundin Revue passieren: Annicks immerwährende gute

Laune, die verbalen Ausschweifungen, das Apfelkompott zum Mittagessen für Viviane, die mit baumelnden Beinen vor dem Fernseher saß, die zum Abendessen Baguette mit Salzbutter und ein Glas Milch bekam, während Annick eine Zigarette rauchte und Sekt trank. Jetzt auf die Distanz verstand Morgane Stefan, der ihre Rückzüge immer mit Sorge beobachtet hatte und in ihrer Einsamkeit zu ihr hatte durchdringen wollen. Während Annick ihr Innerstes explosionsartig nach außen spuckte und damit ihre Umgebung infizierte, implodierte Morganes Traurigkeit zuweilen in ihr selbst. Zum ersten Mal, im Spiegel von Annicks Seele und im Schatten ihrer eigenen Vergangenheit, empfand sie ihre Rückzüge so, als begreife sie den dahinter verborgenen Mangel. Womöglich war Stefans Fürsorge ein Freundschaftsdienst und keine Erziehungsmaßnahme.

Als sie gegen acht zurückkehrte, war Paulette verschwunden und zu Morganes Verwunderung fiel auch die rituelle Begrüßung durch Filou aus. Besorgt rief Morgane seinen Namen, erhielt aber keine Antwort. Sie rannte hinauf zu Paulettes Räumlichkeiten und klopfte an die Tür. Nichts. Lange stand sie dort, die flache Hand und ihre Stirn gegen Paulettes Tür gelegt.

»Madame Kermarrec«, flüsterte sie. »Madame Kermarrec.«

Dann kam ihr ein Gedanke und obwohl sie wusste, dass es unrecht war, konnte sie nicht widerstehen. Sie wollte nur einen kurzen Blick hineinwerfen, drückte die Klinke nach unten und quietschend öffnete sich die Tür. Innen war es dunkel, die schweren Vorhänge zugezogen. Nur der Lichtstrahl vom Flur beleuchtete die überschaubare Einrichtung. Ein Tisch. Stühle. Ein Bett mit einem an der Wand hängenden Kruzifix. Ein Regal, überquellend von Büchern. Auf dem

Tisch standen, außer einem Blumenstrauß, zwei gerahmte Fotografien. Morgane trat näher. Eines zeigte drei junge Frauen, an den Klippen sitzend, die in die Kamera lächelten, unter ihnen glaubte sie Paulette mit vielleicht zwanzig zu erkennen, ein glückliches Lächeln auf den sinnlichen Lippen, eines, das sie noch nie an ihr gesehen hatte. Eine von ihnen mochte Fanny sein, aber sicher war sie sich nicht. Die dritte Frau war ihr vollkommen fremd. Die andere Aufnahme zeigte ein Steingebäude am Hafen mit dem Schriftzug *La Chaloupe*. Paulette stand unter der Tür, eine Schürze umgebunden, auf das Schild mit dem Namen zeigend. Auch das musste gute vierzig Jahre zurückliegen. Auf dem Nachtkasten stach ihr ein Schloss ins Auge, ein kleines goldenes Schloss für eine Kassette oder Ähnliches, in dem ein Schlüssel steckte. Aus einem Impuls heraus öffnete sie die obere Schublade: Ein Duft von Lavendel schlug ihr entgegen. Sie starrte auf die Papiertaschentücher und den Rosenkranz, bemüht, ihre Gedanken zu ordnen. Plötzlich vernahm sie Geräusche von unten, das Klappern von Schlüsseln und dann Filou, der übermütig die Treppe heraufgerannt kam. In Windeseile schloss sie die Schublade, zog leise die Tür zu und schlich hinüber ins Pensionszimmer, wo sie die Fenster öffnete, gefolgt von Filou, der sie dort überschwänglich begrüßte. Dann hörte sie Paulettes Schritte, die, oben angekommen, zögernd vor ihren Räumlichkeiten haltmachten.

»Morgane? Sind Sie hier?«

»Ja, im Pensionszimmer«, antwortete sie beherrscht.

Unter der geöffneten Tür blieb Paulette stehen und sah sie skeptisch an.

»Lüften«, erklärte Morgane eifrig. »Hier oben muss regelmäßig gelüftet werden. Ich hatte es vergessen.«

Paulette blickte zu Boden, dann sah sie auf; ihr enttäuschter Blick verriet, dass sie Bescheid wusste. »Sieht nach jeder Menge Arbeit aus«, erwiderte sie, sich umsehend, blieb aber an der Schwelle stehen.

»Sie haben es noch nicht gesehen?«, fragte Morgane erstaunt.

»Ich betrete keine Räume, die mich nichts angehen.«

Morgane spürte, wie ihre Wangen glühten, schluckte, lief hinüber zum Fenster, schloss es und als sie sich umdrehte, sah sie nur noch Paulettes Rücken. »Filou hat Sie begleitet?«, rief ihr Morgane hinterher.

»Das tut er immer, wenn ich zum Friedhof gehe«, murmelte sie aus dem Flur. »Ich habe Ihnen eine Postkarte auf den Küchentisch gelegt.«

Dann hörte Morgane das Schließen der Tür, und Filou, der sich neben sie gesetzt hatte, sah sie abwartend an. Fannys Grab, dachte Morgane, ich habe noch nicht einmal einen Gedanken daran verschwendet. Wo sie wohl liegt?

Voller Scham und mit einem Druck im Magen ging sie hinunter in die Küche, nahm die Karte, erkannte Stefans Handschrift, betrachtete nachdenklich die Abbildung mit dem Schriftzug »Cancale« und einem riesigen Segelboot, bis sie endlich begriff, dass sich Stefan in der Nordbretagne befand. In ihrem Zimmer angekommen, ging sie zum Schreibtisch, setzte sich und las:

Ma chère Morgane! Grüße aus Cancale. Ich habe die Route geändert! Vor wenigen Tagen bin ich hier mit dem Zug angereist. Im Hafen liegt die Schwarze Witwe, *eine Replik eines leistungsstarken Segelschiffs, das einst dem Fischen wilder Austern mit einem Schleppnetz diente und als eines der schnellsten Segelboote Europas galt. Warum es so heißt, habe ich nicht herausgefunden. Ich fahre morgen weiter nach Rennes, wo ich einige Tage bleibe. Dann geht es zurück an die Küste, weiter auf dem alten Zöllnerpfad, dem Sentier des douaniers. Von dort aus habe ich vielleicht zweihundert Kilometer Luftlinie bis zu dir, aber noch fast 1500 Kilometer zu Fuß. Du bist mir jede Blase an den Füßen wert. Liebe Grüße, Stefan.*

Lange blickte sie zum Fenster hinaus, die Karte in ihren Händen haltend, und versuchte ihre Gedanken zu ordnen. Stefan, Deutschland, dem sie den Rücken gekehrt hatte, die sonderbare Begegnung mit *Pierrot* und den traurigen Mandelaugen, Maël, Annick, Paulette, der gegenüber sie sich ins Unrecht gesetzt hatte. Manchmal kam es ihr vor, als habe diese Landschaft ein Netz um ihre Seele gesponnen, eines, in das sie sich immer stärker verhedderte, wie ein Insekt im Spinnennetz. Nur dass sie keine Beute war, die aufgefressen wurde, vielmehr schien es ihr, als prüfe ihr neues Leben sie genau dort, wo ihre Schwachstellen lagen. Sie sehnte sich nach ihrer Mutter und insgeheim entschuldigte sie Robert, der die Lücke, die Elaines Tod einst in ihrer beider Leben gerissen hatte, für Morgane nicht hatte füllen können. Seine zweite Frau Ingeborg hatte sich immer Mühe gegeben, wollte ihr nie die Mutter ersetzen, aber für sie da sein, wenn sie es brauchte. Morgane spürte instinktiv, dass jene Menschen am Ende der Welt ihr Gutes taten und sie im Begriff war, etwas geschehen zu lassen. Eine Wunde in ihr begann zaghaft zu heilen, und dieses Stück Erde, der Wind und die Gezeiten, vor allem aber die zurückkehrende Erinnerung an Elaine, waren die Medizin.

Langsam tauchte eine dunkelrote Sonne ins Meer. Morgane stellte die Postkarte mit der *Schwarzen Witwe* auf den Schreibtisch und schloss die Fensterläden.

Kapitel 8

Die folgenden Wochen beschäftigte sich Morgane morgens mit dem Anbringen der Tapete im Pensionszimmer und hielt sich mindestens vier Nachmittage für Übersetzungen frei. Sie brachte die Küche in Ordnung und sorgte für Brennholz. Zweimal täglich bewegte sie sich mit Filou an der frischen Luft und wunderte sich, wie schnell bei dieser Zeiteinteilung ein Tag verging. Jedes Mal, wenn sie das Haus verließ, warf sie einen scheuen Blick hinüber zu Annick, mit der sie seit dem Telefonat im *La Chaloupe* nicht mehr gesprochen hatte. Sie wusste einfach nicht, wie sie der Freundin begegnen sollte, und Zweifel quälten sie angesichts ihrer Einmischung. Nur einmal beobachtete sie vom Fenster aus, wie Annick von der Arbeit zurückkam, ihre Post aus dem Briefkasten holte und in ihre Richtung sah. Fast glaubte sie, ihre Blicke träfen sich.

Am späten Nachmittag widmete sie sich ihrer Schreibtischarbeit, nahm das Manuskript aus der Schublade und schlug das Kapitel »Lebendige Artussage« auf:

Liegt es am wechselnden Licht der betörenden Landschaft, an den Gezeiten oder an den Winterstürmen? Woraus sonst speisen sich die fantastischen Geschichten der Bretonen? Mit ihren Erzählungen können sie auf eine reiche, mythische Vergangenheit zurückgreifen. Noch heute sind die bretonischen Namen aus der Artussage in der Bretagne lebendig, wenn man das Telefonbuch durchblättert: Die Feengestalten Viviane und Morgane, deren Schwester Elaine, Muriel oder die schöne Guenièvre. Die Liste der heute noch gebräuchlichen bretonischen Vornamen lässt sich beliebig fortsetzen, und im Herzen der Bretagne, dem Wald von Brocéliande, sind die schönsten Geschichten, die sich um Namen ranken, entstanden: Einst baute der Zauberer Merlin seiner Geliebten Viviane einen Kristallpalast auf dem Grund des Sees von Quimper. Dort zog sie das Waisenkind Lancelote auf und schickte ihn, als die Zeit reif war, an Artus' Hof. Lancelote wurde zum berühmtesten Ritter der Tafelrunde, der das Schwert Excalibur schmiedete. Auch König Artus' Schwester Morgane lebte an seinem Hof. Im Gälischen bedeutet ihr Name »wissend« und im Hebräischen »die auf dem See Geborene«. Die Schülerin Merlins besitzt aber auch eine Schattenseite: Als Zauberin wurde sie zu einer gefährlichen Gegnerin für Artus. Im Val-sans-retour, dem Tal ohne Wiederkehr, soll sie einst untreue Ehemänner, die sich dorthin gewagt hatten, gefangen gehalten haben. Morgane ist eine der vier Frauen, die ihren Bruder nach Avalon begleiten.

Morgane. Sie hatte ihren Vornamen immer gemocht, war sogar stolz darauf, denn in deutschen Schulen hießen ihre Klassenkameradinnen Anke, Katharina oder Sabine und die hebräische Bedeutung »die auf dem See Geborene«, die ihr in der Übersetzung zum ersten Mal begegnete, fand Morgane bemerkenswert, zumal Wasser nicht unbedingt ihr Element war, wohl aber das ihrer Mutter.

Morgane lehnte sich zurück und sah zum Fenster hinaus. Sie hatte nie erfahren, warum ihr ihre Eltern ausgerechnet *diesen* bretonischen Vornamen gegeben hatten.

»Das war deiner Mutter von Anfang an klar«, hatte Robert

geantwortet, als Morgane ihn einmal danach fragte. »Schon in der Schwangerschaft. Wenn es ein Mädchen werden würde, sollte es Morgane heißen.«

In der Dämmerung zog der regelmäßig wiederkehrende Lichtstrahl vom Leuchtturm St. Mathieu seine Bahnen durch Morganes Zimmer. Während sie sein Kommen und Gehen beobachtete, suchte sie nach dem passenden Wort für Schattenseite und entschied sich für *le revers de la medaille* – die Kehrseite der Medaille, ein Bild, in dem das Wort Schatten nicht auftauchte.

Als am frühen Abend das Telefon klingelte, hob sie erleichtert ab. Das musste Annick sein, aber eine schrille Stimme meldete sich. Viviane.

»Morgane! Komm schnell! Maman ist in die Äpfel gefallen. Du musst sofort kommen!«

Mit tränenerstickter Stimme schrie die Kleine ins Telefon. Morgane schlüpfte in ihre Schuhe und überlegte krampfhaft, warum Annick in den frühen Abendstunden im Garten gestürzt sein sollte. Es dämmerte bereits, und die Apfelbäume trugen gerade einmal vereinzelte Blüten. Nirgendwo hatte sie im April Äpfel herumliegen sehen.

»Ich bin gleich bei euch!«, versprach sie, legte auf, nahm den Schlüssel von der Anrichte und eilte hinüber zu Annicks Haus.

Viviane wartete bereits am Gartentor, griff nach Morganes Hand und zog sie in Annicks Schlafzimmer, das sich in der unteren Etage des Hauses befand.

»Maman ist in die Äpfel gefallen«, schluchzte das Kind noch einmal und zeigte auf Annicks aufgewühltes Bett. Unter einer dünnen Decke war ein Kopfabdruck zu erkennen, ihr

Körper lag diagonal quer über die Bettbreite. Nur ihre Füße mit rot lackierten Zehennägeln lagen frei. Ein leises Schnarchen war zu hören. Plötzlich verstand Morgane die Bedeutung der französischen Redewendung und musste insgeheim lachen. *In die Äpfel fallen* meinte nichts anderes als ohnmächtig werden. Nur, dass Annick keineswegs einer Ohnmacht erlegen war. Sie war schlicht betrunken, und die kleine Viviane hatte mit der Redewendung ins Schwarze getroffen, denn neben Annicks Bett stand eine angebrochene Flasche Calvados sowie ein halb volles Weinglas. Morgane schüttelte sich beim Gedanken an den Geschmack des hochprozentigen Apfelschnaps.

»Deine Mama ist nicht ohnmächtig, Vivi«, erwiderte Morgane und strich Annicks Tochter über den Kopf. »Das ist etwas anderes.«

»Ist sie sehr krank?«, wollte Viviane wissen.

Morgane verneinte lächelnd. »Sie schläft nur. Seit wann liegt sie denn hier?«

»Ich bin gerade eben erst heimgekommen«, erwiderte Viviane. »War bei Papa. Gestern nach der Schule und auch heute Nacht. Mittwochs bin ich immer bei Papa. Da hat er seinen freien Tag. Wird sie wieder gesund?«

»Ganz sicher«, beruhigte Morgane das Kind. »Hast du schon zu Abend gegessen?«

Morgane schielte durch die geöffnete Tür in Richtung Küche, und Viviane schüttelte den Kopf.

»Wie wäre es mit Spaghetti mit Tomatensoße und Käse, nachdem ich mich um deine Mama gekümmert habe?«

Viviane nickte eifrig und ein Lächeln entblößte ihre Zahnspange. »Wir könnten auch für Maman welche machen, wenn sie wieder gesund ist.«

»Sehr gute Idee«, erwiderte Morgane. »Geh du schon mal nach oben und zieh deinen Schlafanzug an. Danach richtest du deine Schulsachen für morgen früh. Anschließend kannst du in der Küche nach Pasta suchen. Wenn du keine findest, holen wir bei mir drüben welche.«

Viviane sah Morgane konzentriert an, als speichere sie jedes Detail ihrer Anweisungen.

»Ich brauche eine Dose Tomaten, Tomatenmark, Zwiebeln und Knoblauch. Vielleicht ein paar frische Kräuter aus dem Garten. Weißt du, wie Rosmarin aussieht?«

Vivi nickte eifrig und eilte hinaus, während Morgane die Tür hinter sich zuzog. Dann trat sie an Annicks Bett, setzte sich auf den Rand, berührte die Freundin an der Schulter und sagte leise: »Annick, aufwachen. Du musst aufwachen!«

Stöhnend drehte sich Annick auf den Rücken, blinzelte, zog die Beine an und wandte sich brummend wieder zur Seite.

»Was ist passiert?«, fragte Morgane und strich ihr die Haare aus dem Gesicht.

»Morgane«, stöhnte Annick. »Ich sterbe.«

»Was ist passiert? Sag es mir bitte. Viviane hat sich Sorgen gemacht.«

»Ich bin praktisch schon tot«, jammerte Annick und begann, hemmungslos zu weinen, sodass das ganze Bett wackelte. Morgane beugte sich zum Nachttisch, kramte in der Schublade nach einem Papiertaschentuch und reichte es der Freundin, die sich sogleich mit einem lauten Prusten die Nase putzte.

»Wie viel hast du getrunken, Annick? Ich muss das wissen.«

»Zu wenig«, heulte sie, zeigte auf den Calvados und rieb sich die Augen. Ihre Mascara war in einer langen Spur von den Wimpern bis zu den Grübchen heruntergelaufen, ihr grellroter Lippenstift weit über die Mundwinkel hinaus verschmiert. Annick sah aus wie ein Zombie, der sich für eine Halloween-Party zurechtgemacht hatte.

Morgane ging ins Badezimmer und kam mit einem feuchten Waschlappen zurück. Vorsichtig säuberte sie Annicks verheultes Gesicht, die sich inzwischen im Bett aufgesetzt hatte und ihr das Gesicht entgegenstreckte, als genieße sie die Berührung und Fürsorge der Freundin.

»Erzähl, Annick. Was ist passiert?«

»Patrice! Er hat mit mir Schluss gemacht. Dabei wollte er sich doch von seiner Frau trennen. Er hat es versprochen. Rennes! Er wollte mit mir und Vivi in Rennes leben! Und jetzt macht er Schluss. Einfach so! Aus heiterem Himmel. Er hat mich um meine Zukunft betrogen! Das überlebe ich nicht«, jammerte Annick und fing sofort wieder an zu heulen.

»Was genau hat er gesagt?«

»Dass er nicht von ihr wegkann. Er liebt mich, aber er bleibt bei seiner Frau. Kannst du dir das vorstellen?«

»Aber warum so plötzlich? Was ist geschehen, Annick? Es muss doch einen Auslöser gegeben haben. Hattet ihr Streit?«

Annick schüttelte den Kopf. »Ich habe nur gesagt: Sie oder ich. Und dass er vierundzwanzig Stunden Zeit hat, es sich zu überlegen. Und dann hat er vor Ablauf des Ultimatums Schluss gemacht!«

Morgane lächelte und streichelte Annicks Wange.

»Du hast die Affären-Abmachung gebrochen, ma chère, das ist ein ziemlich schwerwiegendes Vergehen. Vor die Wahl gestellt, bleiben Männer immer bei ihren Frauen, das habe ich dir doch schon einmal gesagt. Erinnerst du dich? Verheiratete Männer mögen das Jagdrevier wechseln, nicht aber ihre Jagdgründe.«

Annick stutzte und sah Morgane mit großen Augen an. »Aber du hast doch keine Ahnung von Männern«, plärrte sie dann. »Er hat es mir versprochen.«

Ihre Stimme klang trotzig und Morgane musste sich, sosehr ihr Annick leidtat, ein Lachen verkneifen.

»Das wollte er vielleicht auch ernsthaft. Trennungen sind schwierig. Das weißt du doch selbst. Hat er denn Kinder?«

»Zwei«, schniefte Annick.

»Wie alt?«

»Sieben und neun.«

Morgane zog die Brauen hoch und verkniff sich eine Bemerkung. Annick nahm das Kissen, das neben ihr lag, bedeckte ihr Gesicht damit und ließ ihre Arme zur Seite fallen.

»Woraus hast du geschlossen, dass er zu dir kommt?«, fragte Morgane hartnäckig und nahm das Kissen von Annicks Kopf. »Ein gemeinsames Leben. Haus. Kind. Hund. Das ist etwas völlig anderes als wilder Sex in einem Hotelzimmer. Noch dazu, wenn er selbst eine Familie hat.«

»Wir hatten auch hier Sex. In *diesem* Bett.« Mit der flachen Hand klopfte Annick wie zum Beweis auf die Matratze und warf ihren Kopf zurück. »Mein Gott!«

»Geh in dich und frage dich, ob es da nicht doch ein paar Zweifel in dir gab. Überleg mal!«, bohrte Morgane.

»Nicht die geringsten.« Annick schüttelte ihre Mähne so heftig, dass die Locken von rechts nach links flogen. »Ich war mir ganz sicher, dass er sie verlässt. Du hast ja keine Ahnung, wie sehr er mich liebt.«

»Und woraus schließt du das?«, fragte Morgane zärtlich und schob ihre Hand zu Annicks, die schlaff auf der Bettdecke lag. »Abgesehen davon, dass du außerordentlich liebenswert und die wunderbarste Frau im Finistère bist. Aber hat er denn wirklich das Format, das zu erkennen?«

Annick legte ihre Handfläche auf die von Morgane und sie verschränkten die Finger ineinander und starrten darauf, als hätten sie soeben ein Kunstwerk geschaffen. Dann sah Annick mit einem dramatischen Blick in Richtung Fenster. »Weil ich ihn versext habe«, flüsterte sie und tastete mit ihrer freien Hand nach dem mit Calvados gefüllten Weinglas. Mit einem lasziven Augenaufschlag presste sie es an ihre Lippen. Abrupt griff Morgane danach, nahm es ihr aus der Hand, erhob sich, öffnete das Fenster, kippte den Inhalt hinaus und reichte Annick eine Wasserflasche, die auf dem Sims stand. Dann schritt Morgane unter Annicks verdutztem Blick um das Bett und setzte sich wieder an den Rand.

»Bist du wahnsinnig?«, protestierte Annick, die sofort die Flasche öffnete.

»Trink!«, befahl Morgane unbeeindruckt. »Dann verrate ich dir ein Geheimnis.«

Annick setzte die Flasche an, nahm mehrere Schlucke und ließ die Freundin dabei nicht aus den Augen. Wie ein Dirigent hob sie währenddessen eine Hand in die Luft und machte damit kreisende Bewegungen, die sagten: Schieß los. Ich bin gespannt …

Sie schien wieder ziemlich nüchtern.

»Die Lustkurve des Mannes fällt nach dem Geschlechtsakt exponentiell ab«, eröffnete Morgane feierlich. »Das ganze Blut, das danach zur Verfügung steht, schießt mit einem Mal, was denkst du wohl, wohin?«

Annick schüttelte ihr Haupt, riss die Augen auf und wartete.

»In den Kopf. Mit verheerenden Folgen. Es ist jener magische Moment, da die Männer anfangen zu denken, eine Fähigkeit, die ihnen schon in der Vorbereitung des Beischlafs vollkommen abhandengekommen war. Das ist der Grund, weshalb du einen Mann niemals versexen kannst. Es funktioniert nicht. Du müsstest praktisch Tag und Nacht, rund um die Uhr, mit ihm im Bett liegen, verstehst du?«

»Das ließe sich bewerkstelligen«, meinte Annick, drückte ihr Kissen zusammen, ließ ihren Kopf darauf fallen und zupfte am Ausschnitt ihrer Bluse. Dann blickte sie ins Leere, als schmiede sie weitere Pläne. »Wo hast du das eigentlich her? Von dieser bescheuerten Theorie habe ich ja noch nie gehört«, meinte sie dann skeptisch und sinnierte, als habe sie mit einem Mal Morganes Geheimnis entdeckt. »Du hast es faustdick hinter den Ohren«, zischte sie und kniff die Augen zusammen. Annick sah aus wie ein Detektiv, der sich von einem Kleinkriminellen nicht länger hinters Licht führen ließ. »Tust immer so unsexy. Aber irgendwie weißt du dann doch Bescheid. Du bist ein großes Rätsel. Deshalb stehen die Männer auf dich, weil du dein wahres Wesen verbirgst. Ich habe längst bemerkt, wie sie dich ansehen, wenn du im *La Chaloupe* in Richtung Toilette schwebst. Was bleibt den Kerlen anderes übrig, als hinter dein Geheimnis kommen zu wollen? Ich dagegen bin ein offenes Buch. *Lustkurve* – allein das Wort aus deinem Mund klingt obszön.«

Morgane lachte, während Annick bitterernst blieb.

»Das charmanteste offene Buch, das ich kenne«, säuselte Morgane. »Du spinnst! Ich schwebe nicht durch die Räume, meine Liebe, ich gehe, und habe immer mindestens mit einem Fuß Bodenkontakt. Wenn mir jemand hinterhersieht, dann nur, weil du dann allein am Tisch zurückbleibst. Die

Männer stehen keineswegs auf mich. Das ist vollkommener Blödsinn. Oder hast du hier in der Bretagne einen einzigen Mann erlebt, der Interesse signalisiert hat?«

»Du wärst jedenfalls die Letzte, die es bemerkt«, warf ihr Annick an den Kopf. »Vielleicht bist du ja auch schlichtweg verlogen, wer weiß?«

»Schlaf jetzt ein bisschen«, beendete Morgane die Konversation, die unangenehm zu werden drohte. »Ich gehe inzwischen zu Vivi in die Küche und bereite für uns alle ein Abendessen zu.«

Morgane machte Anstalten, sich zu erheben.

»Nein, um Himmels willen, kein Essen! Ich nehme nie mehr etwas zu mir! Mein Gott, bin ich unglücklich«, jammerte Annick und warf sich die Decke über das Gesicht. Sie war wieder bei sich angekommen. »Bald bin ich vierzig, dann will mich kein Kerl mehr. Es ist vorbei! Mein Liebesleben ein für alle Mal passé. Ich werde nie wieder küssen. Sex haben. Liebesgeständnisse hören. Nie mehr. Mein Leben ist ruiniert. Ich werde alt und grau und hocke hier in diesem Kaff. Neben mir wird Madame Menez wie das blühende Leben wirken.«

Ihre Stimme klang dumpf, und Morgane lachte laut heraus.

»Du bist zweiunddreißig«, entgegnete sie dann ernst. »Und solltest du jemals ohne einen Mann an deiner Seite vierzig werden, was ich bezweifle, dann bin ich auch noch da und wir werden einfach zusammen alt. Ich werde dann übrigens schon knapp siebenundvierzig sein, also kurz vor der Rente stehen. Du wirst es mir jetzt vielleicht nicht glauben, Annick, aber es wird noch andere, wunderbare Männer in deinem Leben geben. Solche, die dich lieben, wie du bist. Ohne Manipulation. Stell dir einmal vor, wie reizvoll das erst ist. Du wirst dich nie mehr verstellen müssen.«

»Ich wette, du hattest schon so einen Kerl«, erwiderte Annick giftig und kroch unter der Decke hervor. »Und hast ihn verlassen, wie ich dich kenne. Gerade dann, als es der braven Morgane zu heiß wurde. Bloß nicht zu viel Nähe. Die Prinzessin auf der Erbse bekommt sonst Platzangst!«

Morgane betrachtete Annick. Ihre großen, vom Weinen geröteten Augen sprühten vor Kampfeslust, ein unbändiger Lebenswillen spiegelte sich darin. Ihre olivfarbene Haut war nahezu makellos. Auf einmal glaubte Morgane in Annicks Inneres sehen zu können, und was sie sah, war eine perfekt funktionierende Schmerzabwehr. Die Kränkungen, die Annick erreichten, hafteten nicht lange an ihr. Sie schleuderte sie einfach von sich, weinte und klagte sich den Schmerz aus dem Leib und immer ging es ihr dabei um alles. Annicks Einsatz in der Liebe war deshalb hoch, weil sie niemals Gefahr lief, sich zu verlieren. Bald würde sie sich die Nase putzen und weitermachen. Morgane vermochte das nicht. Sie absorbierte Verletzungen und jedes Mal schien es ihr, als verdaue sie diese in einem langen, schmerzhaften Prozess. Insgeheim fragte sie sich, was Annick wirklich traf, wo ihr wunder Punkt lag. Ein Mann war das nicht, dessen war sich Morgane plötzlich sicher.

»Wer weiß, vielleicht kennst du mich besser, als es mir lieb ist«, erwiderte Morgane und küsste Annick auf die Stirn. »Es tut mir leid. Das mit dem Trinken neulich am Telefon ist mir rausgerutscht. Es war nicht so gemeint.«

»Doch, das war es«, entgegnete Annick und drehte sich vorsichtig zur Seite. Mit gesenktem Kopf begab sich Morgane in die Küche, wo Viviane alle Zutaten auf dem Küchentisch bereitgestellt hatte.

»Du machst gute Spaghetti, Morgane«, sagte Viviane, als sie eine halbe Stunde später beim Essen saßen. Sie wickelte die Nudeln auf eine Gabel und schob sie sich in den Mund.

»Schön, dass es dir schmeckt«, erwiderte Morgane und betrachtete Viviane aufmerksam. Die Aufregung und Verzweiflung vor knapp einer Stunde war ihr nicht mehr anzusehen und Morgane bekam eine Ahnung davon, dass Annicks Gefühlsausbrüche für das Kind nichts Neues waren. Ohne Nachfragen Vivis erklärte Morgane, warum Erwachsene manchmal genau wie Kinder weinten und weshalb Annick schon vor dem Abendessen im Bett lag.

»Vielleicht habe ich ja etwas falsch gemacht?«, fragte Viviane vorsichtig.

»Ganz sicher nicht«, entgegnete Morgane. »Kinder können nichts dafür, wenn ihre Eltern traurig sind.«

»Aber sie können sie trösten, weißt du.«

Morgane wusste nur allzu gut, dass genau das nicht möglich war, und die Tragweite dieser Aussage versetzte ihr einen Stich. Verdrehte Rollen, dachte sie voller Wehmut. Ihr fiel Maël ein, der ihr Einmischung vorgeworfen hatte. Wo fing der Übergriff an und wo galt es, Verantwortung zu zeigen?

»Kennst du eigentlich die Geschichte von der Fee Viviane?«, fragte Morgane, um das Gespräch in eine andere Richtung zu lenken.

Viviane sprang sofort darauf an: »Sie war in den Zauberer Merlin verliebt.«

»… der ihr einen Kristallpalast auf dem Grund des Sees gebaut hat.«

»So sehr hat er sie lieb gehabt?«

»Ja, das heißt es«, bestätigte Morgane lächelnd und berichtete Vivi das, was sie aus der Artussage wusste.

»Weißt du, worüber ich froh bin, Morgane? Aber nicht Maman sagen. Versprich es!«, fragte Viviane, als Morgane die Teller zusammenräumte.

Morgane hob die Hand zum Schwur und sah die Kleine abwartend an: »Ehrenwort!«

»Dass wir nicht nach Rennes müssen«, wisperte die Kleine mit Blick auf die geschlossene Küchentür. »Ich bleibe jetzt bei meinen Freunden, bei Papa und dir. Rennes ist doof. Und ich hoffe, Patrice überlegt es sich nicht noch anders.«

»Ja, es ist schön, dass ihr hierbleibt. Mich freut es auch«, entgegnete Morgane und legte den Zeigefinger auf ihre Lippen.

Lange dachte sie über die hoffnungslose Überforderung einer Achtjährigen in der Rue des Artichauts nach und sie fragte sich, ob sie ein Recht auf ihre Wut hatte. Viviane war noch so klein. Morgane sah sich mit acht in der Küche bei Schokoladenpudding zum Mittagessen sitzen, während ihre Mutter stundenlang im Flur am Telefon hing, und hin und wieder hatte die kleine Morgane ein paar Worte aufgeschnappt, ohne zu wissen, wer am anderen Ende der Leitung war. Mémé jedenfalls war es nicht. Aber instinktiv hatte Morgane erfasst, dass Elaine in solchen Momenten ihr weichstes Französisch sprach, und erst Jahre später war Morgane klar geworden, wie sehr Elaine mit jenem fernen Land am Atlantik und dessen Sprache verbunden gewesen war. Ein Land, das Elaine einst Robert zuliebe verlassen hatte.

Nach dem Essen verschwand Viviane in ihrem Zimmer, und Morgane räumte das Geschirr zur Seite und füllte die übrig gebliebenen Nudeln samt Soße in ein Gefäß.

»Falls du Hunger bekommst. Im Kühlschrank steht eine Portion Spaghetti mit Tomatensoße«, schrieb sie auf einen Zettel und legte ihn auf den Tisch.

Dann begab sie sich hinauf in Vivianes Zimmer. Die Kleine lag im Bett und schrieb in ihr Tagebuch. Ruckartig klappte sie es zu, als sie Morgane sah.

»Möchtest du wissen, was ich Aimée geschrieben habe?«, fragte Viviane und sah zur Decke.

»Tagebucheintragungen sind ein Geheimnis«, sagte Morgane und legte ihren Zeigefinger auf die Lippen. »Man verrät sie nicht und niemand darf dein Tagebuch lesen.«

»Ich habe Aimée das mit dem Kristallpalast von Merlin und Viviane erzählt und, dass wir hierbleiben, weil Maman heute in die Äpfel gefallen ist. Und dass du sie gerettet hast.«

»*Du* hast sie gerettet, Vivi. Das ist allein dein Verdienst. Du bist eine richtige kleine Krankenschwester«, erwiderte Morgane, legte das Telefon auf den Nachttisch und befahl dem Kind, sich sofort zu melden, wenn es neue Komplikationen geben sollte. Viviane schlang die Arme um Morganes Hals und küsste sie auf die Wange.

»Du könntest bei mir schlafen«, sagte sie dann ernst. »Zur Sicherheit.«

»Ich wohne nebenan, Vivi. Das ist fast so, wie in einem Haus schlafen. Wenn du mich brauchst, bin ich so schnell bei dir wie der Wind. Was meinst du, wollen wir am Wochenende einen Ausflug machen?«

»Ich, Maman und du und Papa?«

»Ich glaube kaum, dass dein Vater am Wochenende Zeit dafür hat. Er wird arbeiten«, sagte Morgane lächelnd.

»Dann gehen wir eben ohne Papa«, beschloss die Kleine, zog die Decke über die Nase und schlug sie im selben Moment mit einem Ruck zurück. »Ich könnte heute Nacht bei Maman schlafen, auf sie aufpassen, was meinst du, Morgane?«

Morgane nickte, und ehe sie sichs versah, sprang Viviane

aus ihrem Bett, lief hinunter in Annicks Schlafzimmer, schlüpfte unter die Decke und kuschelte sich an ihre Mutter, die schlaftrunken die Arme um ihre Tochter schlang und sie überschwänglich küsste. »Chérie, mein Schatz, wo warst du denn?«, wollte sie wissen.

Gute Frage, dachte Morgane und biss die Zähne angesichts der Fahrlässigkeit, die Annicks Leidenschaft begleitete, zusammen.

»Morgane hat mir Spaghetti gekocht. Sie hat mir erklärt, warum Erwachsene wie Kinder weinen. Und Aimée habe ich geschrieben, dass wir dich gerettet haben, als du in die Äpfel gefallen bist.«

Kurz trafen sich Morganes und Annicks Blicke und Morgane konnte die Scham in Annicks schönen Augen sehen, ein Umstand, der Morgane beruhigte. Es gab also noch Hoffnung.

»Noch eine Frage«, hörte Morgane Annicks Stimme, als sie bereits an der Tür stand.

Morgane drehte ihren Kopf in Richtung Bett.

»Was ist eigentlich der Unterschied zwischen Jagdrevier und Jagdgründen?«

Verdutzt sah Morgane Annick an. Vivianes Kulleraugen bewegten sich zwischen ihrer Mutter und Morgane hin und her.

»Es gibt keinen«, erwiderte sie dann fachmännisch. »Das eine kommt aus der Jägersprache, das andere bezieht sich auf die Indianer.«

»Hab ich's mir doch gedacht«, lächelte Annick, strampelte mit den Beinen und zog die Decke über die Ohren.

Kapitel 9

»Möchten Sie noch etwas Gebäck? Bedienen Sie sich.«

Madame Menez wischte sich die Hände an ihrer Schürze ab, löste die Schleife am Rücken und hängte sie über die Stuhllehne. Dann setzte sie sich Morgane gegenüber, gab Zucker und Milch in die Tasse und rührte hektisch darin. Morgane nippte bereits an der zweiten Tasse Kaffee und warf hin und wieder einen unauffälligen Blick auf die Standuhr neben dem Fenster. Zur Feier des Tages hatte Madame Menez den Esstisch im Wohnzimmer gedeckt. Morgane griff nach einem Stück Brioche.

»War aber auch höchste Zeit, dass Sie mich endlich besuchen kommen. Wie lange sind Sie jetzt schon hier?«, fragte Madame Menez und plapperte, ohne eine Antwort abzuwarten, munter weiter: »Sie sehen erholt aus. Die Atlantikluft tut Ihnen gut, Kindchen. Sehr gut. Haben ein bisschen zugelegt. Sie waren ja ein dünner Hering, als Sie hier ankamen.«

Morgane nickte, ein »Vielen Dank« auf die Mischung aus Kompliment und Beleidigung murmelnd, und fragte sich, wie lange sie noch würde ausharren müssen. Seit einer halben Stunde plauderte sie mit Madame Menez über das Wetter, die Gezeiten, die bretonische Küche und die vielen Touristen, die den Sommer hier verbrachten. Allmählich gingen die Themen aus. Der kleine Raum wirkte wie eine Puppenstube, auf der Fensterbank befanden sich Accessoires aus Puppenhäusern, eine Miniaturcouch, ein kleiner Backofen, ein Tisch mit winzigen Tellerchen, nicht größer als ein Fingernagel von Viviane. Drei Porträts zierten eine Kommode, zwei von ihnen mit einem Trauerflor versehen, an denen Morganes Blick hängenblieb. In der Mitte thronte eine hölzerne Madonnenstatue mit gefalteten Händen.

»Das ist mein Mann. Gott hab ihn selig!«, sagte Madame Menez, die Morganes Augen gefolgt war und fröhlich auf das Bild zeigte. Sie stand auf, nahm die anderen beiden Porträts in die Hand, stellte sie auf den Esstisch, zog ihren Stuhl neben den von Morgane und deutete auf das linke der Bilder. »Mein guter Gurvan, der liebe Junge! Ist auch schon im Himmel. Ein Unfall draußen auf dem Meer. Aber er hat ja unbedingt bei Wind und Wetter hinausmüssen. Immer auf dem Wasser, dieser Kerl! Das war kein Fischer, sondern ein Fisch. *Ohne Wasser bekomme ich keine Luft*, hat er oft gesagt, dann hat ihn das Meer verschluckt. Was war das für ein Drama! Wir haben uns schon an die vielen Toten hier in der Bretagne gewöhnt. Und jedes Jahr kommen neue dazu. Anfänger, die während eines Unwetters hinausfahren, aber auch geübte Schwimmer. Aber was erzähle ich Ihnen? Sie wissen das ja selbst am besten. Wie alt waren Sie damals, Sie armes Kind, als das mit Elaine geschah?«

Loane Menez war thematisch bei ihrer Kernkompetenz angekommen, dem Drama ihrer Mitmenschen, deren Schmerz und Verletzlichkeit. Eine Voyeurin, die mit einer Lupe fremde Wunden inspizierte und dabei die Hoffnung hegte, es möge anderen noch schlechter gehen als ihr selbst. Sie tätschelte Morganes Hand, und Morgane, die keinesfalls Elaines Tod zum Gegenstand eines Nachmittagsplausches machen wollte, erwiderte tonlos: »Noch klein.«

»Sie wurde ja nie gefunden«, erwiderte Madame Menez geistesabwesend und starrte auf das Bild ihres verstorbenen Sohnes. »Trotz des Aufwands.«

Morgane stutzte. Wusste selbst eine Madame Menez detailliert über Elaines Tod Bescheid?

»Wie oft haben wir das hier erlebt! Die Nationalmarine rückt dann sogar an«, erklärte Madame Menez flüsternd, als plauderte sie geheime Maßnahmen einer verdeckten Ermittlung aus. »Ich kann mich noch gut daran erinnern. Seerettungsboote aus dem gesamten Finistère fuhren von Plouarzel bis weit über Le Conquet hinaus die Küste entlang, um das ganze Gebiet abzusuchen.«

Loane Menez machte eine ausladende Geste mit ihren kurzen Armen: »Genau wie bei meinem Gurvan. Sogar Schlauchboote der Feuerwehr haben sie eingesetzt. Aber manchmal ist es halt vergebens.«

»Wurde Ihr Gurvan denn gefunden?«, fragte Morgane vorsichtig.

Madame Menez schüttelte den Kopf: »Nicht von denen. Der gute Junge wurde eine Woche später an Land geschwemmt. Sechzig Kilometer entfernt. Das kommt von der Strömung, haben die mir damals erklärt. Die Gezeiten machen ihre eigenen Gesetze. Aber es hat mich nicht sonderlich interessiert. Wichtig war nur, dass wir ihn begraben konnten.«

»Um es abzuschließen«, sagte Morgane leise und erntete dafür einen verwirrten Blick von Madame Menez.

»Damit seine Seele in den Himmel aufsteigen konnte«, korrigierte sie, hob beide Arme wie ein Prediger in die Höhe und riss dramatisch die Augen auf. »Er erhielt eine wunderschöne Beisetzung hier auf dem Friedhof. Von der Zeremonie hat der ganze Ort noch Wochen gesprochen. Gott hat meine Gebete erhört und meinen Gurvan im Himmel aufgenommen.«

Madame Menez bekreuzigte sich. Morgane sah sich um. Nichts hatte sich in dem kleinen Wohnzimmer verändert. Nur ein paar Heiligenbilder, die an der Wand hingen und ihr vorher nicht aufgefallen waren, stachen ihr jetzt ins Auge. Die Sonne drückte durch die Wolken hindurch und tauchte Loane Menez' überschaubare Welt in ein milchiges Licht. Morgane wünschte sich für einen kurzen Augenblick, sie vermöge es, Madame Menez' vereinfachte Sicht der Dinge zu teilen.

»Die gute Elaine«, unterbrach die Gastgeberin Morganes Gedanken. »Sie war eine so aufgeweckte junge Frau. Und Sie waren noch so klein. Ihre Großmutter ist daran zerbrochen und hat den Verstand verloren. Und dann noch ohne Mann dazustehen! Was war das für ein Schicksalsschlag für die arme Frau. Ich weiß am besten, was es heißt, ins Grab eines Kindes zu sehen. Es ist ein Abgrund. Nur Gott weiß, warum er die Besten zu sich holt. So heißt es doch, nicht wahr? Wer jung stirbt, den hat er besonders geliebt.«

Verwirrt versuchte Morgane das Gehörte einzuordnen.

»Mein Großvater war bereits vor dem Tod meiner Mutter weggegangen«, hob sie zu sprechen an. »Er war ein Vagabund. Ein unsteter Mensch, wie man so schön sagt. Ihn hat es immer in die Ferne gezogen. Meine Mémé wusste das und es war für sie in Ordnung.«

»Ja, ja«, erwiderte Madame Menez monoton und wischte ihre Finger an einer geblümten Serviette ab. »Was war das damals für eine schreckliche Geschichte! Sie waren ja noch so klein.«

»Und wer ist das?«, wechselte Morgane eilig das Thema und zeigte auf das zweite Porträt neben der Madonna – ein dunkelhaariger Mann, um die fünfzig, braun gebrannt und mit glänzenden Locken.

»Mein anderer Sohn«, erwiderte Loane Menez und Morgane glaubte, eine Spur von Geringschätzung in ihrer Stimme zu hören. »Jérôme. Koch hat er gelernt und betreibt ein Lokal in Plougonvelin. Immer noch nicht verheiratet, der Filou. Er kommt nach meinem Mann. Auch so ein *chaud lapin*, ein *Schürzenjäger*, wie man hier sagt. Gurvan, das war der Gute. Den hat der Herrgott mir genommen, den anderen hat er mir gelassen. Aber nun erzählen Sie doch, ma petite …« Aufmunternd tätschelte sie Morganes auf dem Tisch liegende Hand. »Wie ergeht es Ihnen mit Paulette? Hat sie wirklich ein lebenslanges Wohnrecht von Fanny erhalten? Keiner hier wollte das so recht glauben und wir haben eigentlich gedacht, dass Sie Paulette sogleich hinauswerfen.«

»Es gibt dieses lebenslange Wohnrecht«, erwiderte Morgane, um einen neutralen Ton bemüht. Plötzlich hatte sie das Gefühl, Paulette Kermarrec verteidigen zu müssen.

»Noch einen Likör?«

Loane Menez lenkte ihren Blick auf einen kleinen Beistelltisch, auf dem eine Karaffe mit einer tiefgelben Flüssigkeit stand.

»Bedauerlicherweise habe ich noch einen Termin.« Morgane deutete auf ihre Armbanduhr und stellte ihre Tasse auf den Kuchenteller. »Es war wirklich sehr nett bei Ihnen. Haben Sie Dank für die Einladung.«

»Paulette hatte ja genügend Zeit. Steter Tropfen höhlt den

Stein«, sagte Madame Menez unbeeindruckt und blickte zum Fenster hinaus. »Wer weiß, was in der guten Fanny, Gott hab sie selig, vor ihrem Tod vorging. Die Sterbenden tun ja die verrücktesten Sachen.«

Erneut bekreuzigte sie sich.

»Paulette Kermarrec hat meine Tante bis zum Schluss gepflegt«, erwiderte Morgane gefasst. »Ich bin ihr dafür sehr dankbar, denn ich bin schließlich nicht hier gewesen, als sie starb. In gewisser Weise stehe ich in Madame Kermarrecs Schuld.«

Räuspernd erhob sich Morgane und Madame Menez tat es ihr gleich.

»Sie wollen wirklich schon gehen? Sind doch gerade erst gekommen«, murrte sie und stapelte das Geschirr geräuschvoll aufeinander. »Habe gehört, Sie wollen die Pensionsräume wieder betreiben. Wir haben noch nicht einmal über Ihre Pläne gesprochen …«

In der Küche angekommen, stellte Madame Menez das Geschirr auf dem Küchentisch ab und sah Morgane, die ihr gefolgt war, abwartend an.

»Ja. Genau das habe ich vor.«

»Ob das die Leute annehmen, ist fraglich«, nuschelte Madame Menez, während sie Morgane zur Tür begleitete. »Haben Sie sich das auch gut überlegt?« Mit einem Ruck öffnete sie die Tür. »Auf dem Haus liegt vielleicht kein Segen.«

»Wie meinen Sie das?«, fragte Morgane, aber Madame Menez presste die Lippen zusammen und starrte zum Himmel, als stünde die Antwort in den Wolken geschrieben.

»Wie meinen Sie das?«, wiederholte Morgane langsam ihre Frage.

»Warum sonst sind Ihre Großeltern nie dort eingezogen?

Schließlich stand es lange leer. Und dann Fanny mit Paulette. Das ist doch gegen die Natur.«

»Weil es Mémé zu groß war«, schoss es trotzig aus Morganes Mund. Plötzlich wollte sie das Haus, ihre Großeltern, Paulette und Fanny beschützen vor den Anspielungen einer geschwätzigen, unglücklichen Frau, die nichts, aber auch gar nichts über ihre Familie wusste. »Meine Mémé hat ihr Geburtshaus in Plouarzel geliebt. Sie wäre nie von dort fortgegangen.«

Madame Menez wackelte mit dem Kopf, genauso, wie es einst Mémé nach Elaines Tod getan hatte, und stammelte monoton: »Ich verstehe.«

Morgane bedankte sich für den hervorragenden Kaffee und machte sich auf den Weg nach Hause.

»Kommen Sie wieder! Es war ein sehr netter Mittag«, rief ihr Loane Menez hinterher und von der Straße aus konnte Morgane sehen, dass sich ein Vorhang bewegte. Erleichtert setzte sie sich hinters Steuer, warf den Motor an und fuhr los. Kurz bevor sie die Rue des Artichauts erreichte, läutete ihr Handy. Sie stoppte den Wagen am Straßenrand, sah Stefans Nummer und nahm das Gespräch an.

»Stefan?«

»Hallo, Morgane. Wie geht es dir?«

»Du hast deine Route geändert?«, fragte sie, um einen neutralen Tonfall bemüht, und ertappte sich dabei, zurückzurechnen, wann er das letzte Mal angerufen hatte. »Deine *Schwarze Witwe* ist angekommen.«

»Du fehlst mir«, sagte er leise.

Sie lächelte und lehnte ihren Kopf an die Nackenstütze. »Du mir nicht«, erwiderte sie zärtlich.

»Wie läuft es bei dir so? Wie weit sind die Renovierungsarbeiten gediehen?«

»Frag lieber nicht. Hier herrschen andere Gesetze als in Deutschland. Ich kämpfe einen einsamen Kampf.«

»Und wie geht es dir inzwischen mit dieser Paulette? Ist sie immer noch so garstig?«

»Ich habe in ihrem Zimmer geschnüffelt, und sie hat mich dabei erwischt.«

»Böses Mädchen. Und: Liegen dort irgendwelche Leichen herum? Mordinstrumente?«

»Zählt ein Rosenkranz dazu?«, fragte sie gedankenverloren. »Wie heißt die Brücke in Paris, wo die Liebenden ein Schloss anhängen?«

»Und den Schlüssel in die Seine werfen? *Pont Neuf.* Wie kommst du darauf? Wir waren noch nie gemeinsam in Paris.«

»Ich habe so ein Ding in Paulettes Zimmer gesehen. Ich glaube, die beiden Frauen hatten ein Verhältnis. Meine Tante war eine Lesbe«, flüsterte sie.

»Und was hat das mit dir zu tun?«, fragte Stefan gelassen. »Das kommt vor. Wo die Liebe hinfällt.«

Sie strich über das Lenkrad. »Wo bist du jetzt?«, wechselte sie das unangenehme Thema.

»In Rennes. Das wollte ich mir unbedingt ansehen. Womöglich bleibe ich eine Woche in der Stadt und fahre dann wieder ans Meer. Jeder Küstenabschnitt hat seinen eigenen Reiz. Der Wind lüftet die Gedanken. Alles Unnötige fällt von einem ab. Ich frage mich, weshalb wir eigentlich gestritten haben. So viel Streitstoff kann es ja gar nicht geben. Lächerlich, nicht wahr?«

Morgane seufzte. »Läufst du allein?«

»Hin und wieder trifft man Leute, denen man bereits begegnet ist. Aber darum geht es nicht beim Pilgern. Man ist zu sehr mit sich selbst beschäftigt, sucht keine Konversation. Ein innerer Reinigungsprozess setzt ein, wenn du verstehst, was ich meine. Ich bin ein einsamer Mann. Mein Begleiter ist das Meeresrauschen und hier in Rennes an der Place de la Marie das Treiben einer Universitätsstadt«, meinte er theatralisch und lachte. Dann wurde er wieder ernst. »Ich denke viel nach. Warum haben wir nie über Kinder gesprochen? Solche Fragen stelle ich mir.«

Morgane schwieg. »Oder über den Weltfrieden«, entgegnete sie nach einer Pause und biss sich sofort auf die Lippen. »Verzeih«, sagte sie dann. »Es war nicht so gemeint.«

»Morgane?«, fragte Stefan nach einer längeren Pause. »Es fühlt sich an, als seist du weit weg. Ist es so?«

»Um die zweihundert Kilometer Luftlinie. Hast du selbst gesagt, wenn ich mich richtig erinnere.«

»Das meine ich nicht, und das weißt du.«

Morgane schwieg.

»Ist es für dich in Ordnung, wenn ich früher oder später in Le Conquet an deine Tür klopfe? Oder erwartet mich dort irgendetwas, was ich wissen sollte?«

Morgane unterdrückte den Impuls, sich gegen Stefans Anspielung zu wehren. Sein subtiler Besitzanspruch befremdete sie immer mehr.

»Ich habe dir Filou unterschlagen«, entgegnete sie, um einen neutralen Ton bemüht. »Wir würden uns freuen. Wir könnten zusammen essen gehen. Lange Strandspaziergänge machen.«

»Filou?«, wiederholte Stefan eine Spur zu laut.

»Mein Hund.«

»Sein wann hast du …?«, setzte er zögernd an, beendete den Satz aber nicht. »Egal. Wir reden, wenn ich angekommen bin. Wird aber noch mindestens acht Wochen dauern. Bei meinem Tempo. Wenn ich zwischendurch Lust auf eine Stadt bekomme, fahre ich hin, gehe ins Hotel und sehe sie mir an. Es gibt noch ein paar interessante Städte. Nantes. St. Nazaire. St. Malo. Hältst du es so lange aus?«

»Du gehst Umwege«, bemerkte Morgane. »Nantes liegt auf der anderen Seite. Du musst wieder zurück.«

»Das halte ich für eine interessante Perspektive, Morgane. Auf Umwegen gelangt man auch ans Ziel«, sagte Stefan leise und legte auf.

Sie startete den Motor und fuhr im Schritttempo durch den Ort. Aus einer Kneipe tönte Jazzmusik. Als sie auf ihrer Hofeinfahrt einbog, sah sie Licht bei Annick.

Morgane schloss die Tür auf, warf einen Blick nach oben zu Paulettes Räumen, aus denen ein dünner Lichtstrahl in den Flur fiel, und ging ins Bad. Sie duschte heiß, schlüpfte in ihren Schlafanzug und putzte ihre Zähne. Als sie zurück in ihr Zimmer kam, lag Filou auf dem Rücken vor dem Bett und grunzte. Sie streichelte seine Schnauze, nahm ihr Handy, ging zum Schreibtisch und wählte Annicks Nummer.

»Ich wollte dir nur eine gute Nacht wünschen. Wie geht es dir? Konntest du letzte Nacht schlafen?«, fragte Morgane, während sie ihre Arbeit in einer Mappe verstaute. *Die versunkene Stadt* übersetzte sie in Gedanken die Überschrift aus dem zweiten Teil des Manuskripts.

»Wie ein Baby«, erwiderte Annick. »Ich danke dir, dass du für mich da warst und dich um Viviane gekümmert hast. Du bist eine gute Freundin. Gute Nacht, Chérie.«

»Wirklich alles in Ordnung?«, hakte Morgane nach.

»Alles bestens«, bekam sie zur Antwort.

Wenige Tage später erschienen zwei Handwerker zusammen mit Monsieur Karvan und machten sich sogleich an die Arbeit im ersten Pensionszimmer.

»Das ist Luc und dieser junge Mann ist Pascal, mein Lehrling«, stellte Karvan die beiden vor, als Morgane den Raum betrat. Sie begrüßte den Neuzugang und unterstützte die Arbeiten mit Handlangertätigkeiten. Tagelang hatte sie nichts anderes gemacht, als die maroden Fliesen von den Wänden geklopft. Trotzdem ging es nicht sehr gut voran. Die alten Wände zeigten Unebenheiten, mussten neu verputzt und ausgeglichen werden. Pünktlich um zwölf Uhr mittags legten Chef und Angestellte die Arbeit nieder, zogen ihre Jacken über und machten sich auf, das Haus zu verlassen.

»Wohin gehen Sie denn?«, fragte Morgane verdutzt, und folgte ihnen die Treppen hinab.

»Wir machen Mittagspause«, antwortete Monsieur Karvan wie selbstverständlich. »Um drei sind wir zurück. Zweimal pro Woche essen die Männer zu Hause, und die anderen Tage gehen wir ins Bistro zum Mittagstisch. Wenn wir Glück haben, gibt es heute Hummer im *Café du Port*.«

Fassungslos sah Morgane, wie sich die Tür hinter ihnen schloss, und Paulette, die gerade von ihren Einkäufen zurückkehrte, blickte sie fragend an: »Was ist Ihnen denn passiert? Sie stehen ja da, als seien Sie verlassen worden.«

»Das bin ich auch, in gewisser Weise«, jammerte Morgane. »Drei Stunden Mittagspause. Das müssen Sie sich einmal vorstellen. Wir werden niemals fertig werden. Es ist bereits Ende März. In vier Wochen soll Eröffnung sein. Im April muss ich damit anfangen, den Bankkredit zu bedienen. Das schaffen wir nie und nimmer.«

»Sie müssen sich halt an die Landesgepflogenheiten gewöhnen. Die Bretonen gehen mittags essen. Bei Wind und Wetter. Komme, was wolle. Drei Gänge, mit allem Drum und Dran. Nicht jeder isst so wenig wie Sie. Wie handhaben das denn die Deutschen?«, fragte sie, als käme ihr plötzlich der Gedanke, ein ganzes Volk würde hungern.

Morgane folgte Paulette in die Küche, blieb aber unter der Tür stehen. Verstohlen betrachtete sie ihre Mitbewohnerin und dachte an das Schloss in deren Zimmer. Seit ihrer Schnüffelei spürte sie wieder Unbehagen in ihrer Nähe, Befremdung, Scham.

»Nun, wir essen meist abends«, antwortete Morgane, während Paulette die Einkaufstüten auf dem Tisch abstellte. »Die Leute, die in der Stadt arbeiten, bringen sich entweder etwas von zu Hause mit oder gehen zu einem schnellen Mittagstisch. Ein Imbiss oder so ähnlich. In größeren Firmen gibt es Kantinen. Wir machen maximal eine Stunde Mittagspause.«

»Nur eine Stunde?« Entsetzt drehte sich Paulette um und warf die Hände gen Himmel. »Das ist ja schrecklich. Wie soll man denn innerhalb von sechzig Minuten ein Menü genießen? Bei mir gibt es zweimal pro Tag eine warme Mahlzeit.«

Kopfschüttelnd ging Paulette zum Kühlschrank und fing an, Lebensmittel einzuräumen. Anschließend nahm sie einen Topf aus dem Küchenschrank und stellte ihn auf dem Herd ab.

»Ich esse anders, seit ich hier in Frankreich bin. Da haben Sie schon recht«, räumte Morgane ein. »Meine Hosen spannen bereits. Das ist die Kehrseite der guten Küche.«

Sie warf einen Blick an sich hinunter und stellte fest, dass sie eindeutig mehr Busen bekommen hatte. Erst gestern hatte sie wieder bei Annick zu Abend gegessen.

»Wenn ich unglücklich bin, muss mein Magen gefüllt sein«, hatte diese beim Aperitif erklärt, war in der Küche verschwunden, um anschließend die Vorspeise eines üppigen Menüs mit Lamm, Rosmarinkartoffeln und Speckbohnen zu servieren.

»Aber du bist doch gar nicht unglücklich, hast du jedenfalls gesagt«, hatte Morgane bei der Fischterrine protestiert.

»Ich bin unbemannt, meine Liebe, und, lass dir das gesagt sein: Dies ist ein großes Unglück.«

Beim Hauptgang war Morgane endgültig vom Gegenteil überzeugt gewesen. Annick war von ihrem Sturz in die Äpfel genesen, sie leckte lediglich noch ein wenig ihre Wunden. Morgane wünschte sich ein weiteres Mal, sie besäße einen Bruchteil von Annicks Abwehrtalent.

»Wenn ich unglücklich bin, bekomme ich keinen Bissen hinunter«, hatte Morgane mit vollem Mund erklärt und sich noch ein wenig Ratatouille genommen. Annick indessen hatte sie angesehen wie ein Maler, der die Leinwand gründlich studiert, bevor er den ersten Pinselstrich setzt.

Beim Dessert, das Morgane empört verweigerte, und nach Annicks drittem Glas Wein war sie endgültig davon überzeugt, dass die Freundin über dem Berg war. »Wenn es mit deinen Einladungen so weitergeht, muss ich die nächsthöhere Kleidergröße kaufen«, jammerte sie mit Blick auf ihren Bauch.

Aber Annick hatte entschieden die Crème caramel über den Tisch zu Morgane geschoben, ihr den Löffel in die Hand gedrückt und befohlen: »Iss! Aus reiner Solidarität. Schließlich kann ich unmöglich alleine fett werden.«

»Sie haben ja wie ein Hungerhaken ausgesehen«, unterbrach Paulette Morganes Gedanken. »Jetzt wirken Sie zumindest annähernd wie eine Frau.«

Sie drehte sich weg und Morgane begab sich nach oben, setzte den Staubschutz auf die Nase, befestigte die Halterung hinter den Ohren und begann damit, die abgeschlagenen Fliesen zusammenzukehren.

Am nächsten Tag wiederholte sich dasselbe Schauspiel und die synchrone Arbeitsniederlegung erfolgte mit dem Glockenschlag. Pünktlich um 12 Uhr fiel Luc und Pascal das Werkzeug aus der Hand, und gemeinsam mit Monsieur Karvan gingen sie nach unten. Diesmal allerdings strömte aus der Küche ein verlockender Essensduft nach Fleisch, frischen Kräutern und überbackenem Käse.

»Paulette hat das Kochen noch nicht verlernt«, meinte Monsieur Karvan und schnupperte wie ein Hund in Richtung der verschlossenen Küchentür, die sich in diesem Moment öffnete. Mit Schürze und erhobenem Kochlöffel in der Hand stand Paulette da.

»Bei mir gäbe es überbackene Artischockenherzen zur Vorspeise und als Hauptgang einen Fleischeintopf mit Nudeln. Zur Nachspeise hätte ich Crêpes mit karamellisierten Äpfeln zu bieten.«

Sie bewegte den Kochlöffel wie ein Dirigent, zog dabei Linien durch die Luft. Die Männer starrten Paulette an, als käme sie von einem anderen Stern. Filou stupste mit der Schnauze gegen Morganes Hand, dann bellte er genau drei Mal, als kennte er Paulettes Speiseplan en détail und als spreche er eine persönliche Empfehlung für jeden einzelnen Gang aus.

»Ist das eine Einladung?«, fragte schließlich Monsieur Karvan und zwinkerte Morgane, die das Szenario mit offenem Mund betrachtete, zu.

»Sagen wir, es handelt sich um einen Test, ob meine Restauranterfahrung noch nicht ganz aufs offene Meer hinaus entschwunden ist. Ich koche seit Jahren nur noch für maximal zwei Personen«, setzte sie hinzu, und Morgane und Monsieur Karvan sahen betroffen zu Boden angesichts Paulettes Hinweis auf ein vergangenes gemeinsames Leben mit Fanny. »Die Kleine hier isst wie ein Spatz, wenn ich sie denn überhaupt einmal dazu bewegen kann, etwas Gescheites zu sich zu nehmen.«

Morgane wollte angesichts ihrer Körpergröße von 1,70 protestieren, hielt aber den Mund. Stumm folgte sie, zusammen mit den anderen, der einladenden Handbewegung zum Küchentisch, der für genau fünf Personen gedeckt war. Paulette wandte sich dem Herd zu, die Hände in die Taille gestemmt. »Na, dann wollen wir mal.«

»Sie hat vor langer, langer Zeit das *La Chaloupe* betrieben«, flüsterte Monsieur Karvan Morgane zu und schob sie an die gedeckte Tafel.

»Ich weiß«, gab Morgane lächelnd zurück. »Ich habe ein Foto gesehen.«

Paulettes Essen schmeckte fantastisch und Morgane, die angesichts Annicks üppigem Abendessen vom Vortag sehr zurückhaltend war, fragte sich, was sie eigentlich in Deutschland gegessen hatte. Längst hatte sie sich an drei Gänge und eine abschließende kleine Käseauswahl gewöhnt. Sie aß niemals zu viel, probierte aber von allem und es kam ihr vor, als hätte sie in der Bretagne ungeahnte Geschmacksnerven entwickelt. Die Süße vorne auf der Zunge, die bittere Note am Gaumen, die weiche Konsistenz von Ziegenkäse, der zusammen mit Lavendelhonig seinen vollen Geschmack entfaltete.

Nach knapp eineinhalb Stunden waren drei Gänge serviert,

die Teller leer geputzt, und jeder schlürfte eine Tasse Espresso, die Paulette zum Abschluss spendiert hatte.

»Du kochst so gut wie damals, Paulette«, meinte Monsieur Karvan anerkennend und rieb sich den Bauch. »Deine überbackenen Artischocken waren schon im *La Chaloupe* die reinste Delikatesse. Keine kann das so wie du!«

»Glaub nicht, dass ich dir wegen deiner Schmeichelei das Rezept verrate«, brummte Paulette.

»Was gibt es denn morgen, Madame Kermarrec?«, wollte Luc überschwänglich wissen und verstummte sogleich, da er einen vorwurfsvollen Blick seines Vorgesetzten zugeworfen bekam.

Langsam legte Paulette den Löffel auf den Tellerrand, strich mit der flachen Hand über den Holztisch und blickte dann in die Runde, die gebannt wartete.

»Sehr gute Frage, junger Mann. Wäre nur zu klären, was euch das wert ist.« Ihre Augen funkelten voller List. »Was würdet ihr denn für einen Mittagstisch mit drei Gängen, versteht sich, in der Rue des Artichauts bezahlen?«

»Im *Café du Port* lassen wir pro Kopf alles in allem in der Regel zwanzig Euro«, erwiderte Monsieur Karvan und rieb sich nachdenklich das Kinn. »Mindestens. Deswegen gehen wir ja nur maximal drei Mal pro Woche dort hin. Was hältst du von dreizehn Euro für jeden, Paulette?«

»Plus Benzinkosten nach Plougonvelin. Die spart ihr auch noch. Sagen wir fünfzehn Euro, damit ich mein Gesicht nicht verliere. Und ihr kommt zu dritt«, erwiderte Paulette streng, erhob sich und fing an, das Geschirr beiseitezuräumen.

»Drei Gänge? Und die Getränke? Hast du Wein im Haus?«

»Keinen Wein«, sagte Paulette streng. »Cidre brut. Zwei Liter auf den Tisch für vierzehn Euro. Im Lokal würdet ihr für diesen Preis gerade einmal ein Fläschchen kriegen. Und Leitungswasser. Keinen Wein. Meine Küche. Meine Regeln. Mein letztes Wort.«

Morgane öffnete den Mund, um zu widersprechen, ließ es aber, denn Monsieur Karvan hatte sie unauffällig mit der Fußspitze angetippt.

»Zum Abschluss einen kleinen Kaffee?«, fragte er schließlich schelmisch.

»Die reinste Koffeinsucht bei den jungen Dingern heute«, brummte Paulette. »Du bist ein gerissener Hund, Karvan. Dabei zahl ich noch drauf.«

Monsieur Karvan blickte in die Runde und sagte feierlich: »Dann ist es also abgemacht. Und ich subventioniere die Gesamtkosten mit einem Essen pro Monat. Das geht dann auf meine Kosten. Was haltet ihr davon, Jungs?«

Luc und Pascal nickten eifrig, bedankten sich und begaben sich wieder an ihren Arbeitsplatz. Paulette fing an, die schmutzigen Teller in die Spülmaschine zu räumen.

»Und sag deinen Kerlen, dass sie auch mal mit was Einfachem zufrieden sein müssen«, murmelte sie. »Keine Extrawünsche. Vegetarier oder so was kann ich nicht brauchen. Bei mir gibt es gute bretonische Küche. Nicht jeden Tag Fleisch, merk dir das! Das ruiniert mich sonst. Beziehungsweise Morgane«, korrigierte sie schnell. »Und wenn es euch schmeckt, empfehlt ihr uns weiter. Und kommt weiterhin her, auch wenn ihr hier fertig seid. Verstanden? Du kennst jede Menge Handwerker in der Gegend, die mittags zum Essen gehen. Wer weiß, vielleicht will ich ja expandieren.«

Paulette hielt Monsieur Karvan die Hand entgegen. Er holte aus und schlug lachend ein. Kurz darauf waren seine

Schritte auf der Treppe zu hören, untermalt von einem fröhlichen Pfeifen. Morgane nahm sich ein Geschirrtuch und half Paulette beim Abwasch der Töpfe.

»Ich danke Ihnen von ganzem Herzen, Madame Kermarrec. Sie haben mir sehr geholfen.«

Paulette winkte ab. »Sie werden auch Ihren Beitrag leisten müssen, Morgane. Mindestens zweimal pro Woche einkaufen. Das muss geplant werden. Am besten mit dem Auto. Ich könnte inzwischen meine alten Lieferantenkontakte wieder aufnehmen. Am günstigsten ist der Fisch hier. Also steht er an zwei von drei Tagen auf der Speisekarte. Mit fünfzehn Euro haben wir nicht viel Spielraum.«

»Wir könnten den Cidre direkt vom Hersteller beziehen. In Fässern abgefüllt«, meinte Morgane lebhaft, trat zum Tisch, nahm die schmutzigen Kaffeetassen und räumte sie direkt in die Spülmaschine. »Vierzehn Euro nehmen wir an Getränken ein. Was kostet uns der Liter Cidre im Einkauf, in einem Fass? Einen Euro, was meinen Sie? Die Gastronomen machen doch über die Getränke das wirklich gute Geschäft.«

Paulette zog ihre Schürze aus und hängte sie an den Kleiderhaken.

»Na ja, mit Wein vielleicht schon. Aber Cidre? Ich kenne die Preise nicht mehr genau. Trotzdem halte ich das für eine gute Idee. Wir leben in einem Land, in dem fast jeder Apfelbaumbesitzer Cidre produziert. Das dürfte also kein Problem sein. Sonst noch irgendwelche Vorschläge?«, fragte Paulette, nahm am leeren Küchentisch Platz, holte einen Notizblock aus der Schublade und bewaffnete sich mit einem Kugelschreiber.

Morgane zog einen Stuhl hervor, setzte sich ebenfalls und stützte die Ellbogen auf den Tisch. »Ich hätte da gewisse ethische Einwände«, begann sie zögerlich. Armel hatte von Frankreichs Vorratskammer gesprochen. Seitdem hatte sich Morgane bei jeder Autofahrt ins Landesinnere umgesehen und ihr waren die Massenbetriebe aufgefallen. In den Siebzigerjahren einst vom Staat subventioniert, hatten die Bauern inzwischen Probleme, zumal sich das Verbraucherverhalten weg von Billigangeboten hin zu Qualität und artgerechter Aufzucht auch in Frankreich allmählich änderte. Einmal hatte Morgane beim Spaziergang mit Filou die Schreie der Rindviecher aus den Ställen gehört und in der Ferne gesehen, wie eine ganze Horde in Transporter gejagt wurde. Dabei hatten die Tiere um ihr Leben geschrien. Allein bei dem Gedanken an die gequälten Kreaturen, eingesperrt in Hallen, umgeben von satten grünen Wiesen, fröstelte es sie.

»Was halten Sie davon, wenn wir das Fleisch von einem Biobetrieb beziehen?«

»Wollen Sie uns ruinieren?«, erwiderte Paulette empört und ließ den Kuli fallen. »Es ist Ihr Budget«, meinte sie dann achselzuckend, als Morgane ihrem Blick standhielt. »Ich werfe lediglich meine Arbeitskraft in die Waagschale. Bezahlen müssen Sie das Ganze. Fünfzehn Euro sind nicht viel Spielraum. Da sind höchstens mal Schweinefleisch oder ein Faux Filet vom Biobauern drin. Darum müssen Sie sich aber selbst kümmern. Ich halte nichts von dem modernen Zeug.«

Morgane musste lachen, Paulette aber verzog keine Miene. Hinter der kühlen, zurückhaltenden Art glaubte Morgane eine andere Madame Kermarrec zu entdecken: weich, liebenswert, aber dennoch scharfzüngig. Wie eine Schlange, die blitzartig nach vorne schnellte, deren Giftzähne aber gezogen worden waren.

»Wir rechnen mit drei Personen an drei Tagen, plus etwa

vierzig Euro Wocheneinnahmen an Cidre. Monatlich kommen also knapp dreihundertfünfzig Euro in die Kasse. Ob sich da der Aufwand lohnt …«, räumte Morgane stirnrunzelnd ein. »Dann noch der Kaffee. Gratis.«

»Was ich sage. Sehen Sie es als Experiment.«

»Wie meinen Sie das?«

»Zunächst werden wir keinen Gewinn machen. Noch nicht. Aber stellen Sie sich einmal vor: Tagsüber einen Mittagstisch für Handwerker aus der Region, und wenn erst einmal die Pension läuft, erweitern wir das Angebot auf den Abend. Wir müssen Karvan dazu bringen, dass er uns empfiehlt. Aber das wird er schon.«

»Wir könnten zusätzlich richtig Geld verdienen?«

»Es könnte unsere Haushaltskasse ein wenig aufbessern. Sie haben Schulden am Hals und Ihre Übersetzungen reichen nicht aus. Ich koche an drei Tagen. Die anderen beiden Tage müssen Sie dann ran, sollte es überhaupt dazu kommen. Vielleicht können Sie auch Annick einspannen. Kochen kann sie. Mir ist das gleichgültig. Sie können mir gerne am Herd über die Schulter sehen, lernen. Den Wareneinsatz stemmen Sie. Für meine Arbeitskraft verlange ich nichts. Das ist mein Wohngeldbeitrag.«

Hatte sie richtig gehört? Fragend sah sich Morgane um. »Und das alles wollen Sie hier in dieser Küche veranstalten?«

»Wir haben einen Frühstücksraum«, entgegnete Paulette und Triumph spiegelte sich in ihren Augen. »Die Küche ist groß genug. Der Gasofen hier reicht zum Kochen. Im Keller steht noch ein elektrischer Backofen herum. Den könnten wir zum Warmhalten nutzen.«

Wir. Paulette hatte *wir* gesagt. Morgane war es nicht entgangen.

»Sogar Stühle und Tische wären im Frühstücksraum vorhanden«, überlegte Morgane, drehte den Block, nahm den Kugelschreiber und entwarf am Rand von Paulettes Notizen mit schwungvollen Zügen eine Artischockenblüte. Paulette beobachtete die entstehende Zeichnung aufmerksam.

»Sie sind Linkshänderin?«

»Meine Mutter hat von Anfang an alles darangesetzt, dass ich es bleibe«, gab Morgane lächelnd zurück, schraffierte mit zur Seite gekipptem Kopf die Artischocke mit winzigen Linien und legte den Kugelschreiber dann aus der Hand.

»Geerbt?«, fragte Paulette kurz.

»Nein«, entgegnete Morgane kopfschüttelnd. »Soweit ich weiß, bin ich die einzige in der Familie.«

In Gedanken zählte sie das Interieur des ehemaligen Frühstückszimmers durch und kam dabei auf circa zwölf Sitzplätze. Das würde genügen. Dann kam ihr ein unangenehmer Gedanke: »Brauchen wir eine Konzession?«

»Die Pension wurde nie abgemeldet«, erwiderte Paulette und ihr Blick haftete an Morganes Zeichnung. »Nur stillgelegt. Wenn wir hier ein paar Leute bewirten, bedarf das keiner Sondergenehmigung. Dürfte kein Problem sein. Ich kann aber mal nachfragen bei meinen alten Bistrokontakten. Nur müssen wir aufpassen, dass wir dabei nicht die Konkurrenz auf den Plan rufen. Das *Café du Port* wird ein paar Kunden verlieren. Habe aber schon immer gesagt, dass Jérôme nicht kochen kann.«

»Wer sich an Ihrer Küche messen muss, hat es nicht leicht, Madame Kermarrec«, schmeichelte Morgane und erntete dafür ein Brummen. »Da wäre noch etwas«, begann Morgane zögernd. »Wie soll ich es sagen?«

»Am besten geradeheraus. Das ist der leichteste Weg.«

Da war er wieder, dieser wissende Blick an Paulette, der mehr als alle Worte auszudrücken vermochte. Morgane schluckte.

»Keine Zicklein, kein Kalb und keine Stopfleber«, schoss es aus Morganes Mund.

Als das Wort Stopfleber fiel, war Paulette kurz zusammengezuckt. Unmittelbar fiel sie auf ihrem Stuhl zurück, warf den Kopf nach hinten, anschließend die Arme in die Luft und ließ kurz darauf ihre Hände auf den Tisch fallen. Sie starrte zur Decke.

»Sie wollen einem Franzosen seine Stopfleber vorenthalten? Wo denken Sie denn hin?«

»Einem Bretonen«, korrigierte Morgane. »Bitte«, flehte sie dann. »Es wäre mir sehr wichtig.«

»Ihr Deutschen habt eine komische Moral. Fleisch ja. Aber bloß kein Jungtierfleisch. Und das Beste, die Stopfleber, versagt ihr euch auch. Ihr wisst nicht, was schmeckt.«

»*Ich* möchte es so. Bitte, Madame Kermarrec«, erklärte Morgane. »Das ist nichts Deutsches. Nennen Sie es eine Marotte von *mir*. Ich bin eine lausige Teilzeit-Vegetarierin, esse wenig Fleisch. Aber wenn ich es konsumiere, dann soll es von glücklichen Tieren stammen. Sie sollen ein gutes Leben geführt haben.«

»Sie sind ja verrückt. Das muss in der Familie liegen«, murrte Paulette, erhob sich mit einem Ruck und ging zur Tür. »Und wenn wir schon wirtschaftlich gemeinsam untergehen, können Sie mich endlich Paulette nennen! Ich sehe uns schon auf der Rue des Artichauts auf unseren Koffern sitzen.«

»So weit wird es nicht kommen«, lachte Morgane. Paulette indessen ging die Treppen hinauf.

»Könnte von Fanny kommen, dieses moderne, komische

Zeug«, plapperte sie vor sich hin. »Teilzeit-Vegetarier! Ihr seid schon eine seltsame Familie.«

Von neuer Zuversicht erfüllt, begab sich auch Morgane in ihr Zimmer.

Im Artischockenzauber gibt es ab sofort einen Mittagstisch für unsere Handwerker. Und sobald die Gäste hier sind, an drei Abenden pro Woche Menü. Paulettes Idee. Ich lerne kochen. Wo bist du? Liebe Grüße, Morgane, schrieb sie an Stefan.

Obwohl sie lieber oben im Pensionszimmer den Handwerkern geholfen hätte, verbrachte Morgane den Nachmittag mit ihren Übersetzungen. Filou stieß mit der Schnauze die Tür zu ihrem Zimmer auf, legte sich unter den Schreibtisch und schien sogleich einzuschlafen. Morgane vergrub ihre Zehen in seinem weichen Fell.

Die Legende um die versunkene Stadt Ys ist wahrscheinlich die populärste in der Bretagne. Durch ihren Reichtum und Prunk lebten die Bewohner in Saus und Braus. Selbst die Pferdeställe waren mit Marmor ausgekleidet. Und so kam es, dass die Einwohner in Hochmut und Dekadenz verfielen, allen voran die Tochter des Königs Gradlon, Dahut. Sie war eine Schönheit mit langem blondem Haar und liebte das Meer, da sie auf ihm geboren worden war. Von einem ihrer Liebhaber verführt, stahl sie ihrem Vater den goldenen Schlüssel für die Pforten der Stadt. Aber der Liebhaber war der Satan selbst. Er öffnete die Schleusentore der tief gelegenen Stadt und besiegelte damit deren Schicksal. Ys versank in den Fluten. Der Sage nach hören die Fischer von Douarnenez noch heute zuweilen vom Wasser die Glocken der versunkenen Stadt.

Generationen von Historikern, Schatzsuchern und Esoterikern haben sich schon auf die Suche nach Ys gemacht. Gefunden hat es bislang niemand. Doch es gibt tatsächlich einige

Anhaltspunkte für eine versunkene Stadt vor der bretonischen Küste. Der Überlieferung nach soll Ys in der Bucht von Douarnenez im Westen der Bretagne gelegen haben. Hier hat die Springflut im Jahr 1923 auf dem Grund der Bucht angeblich für eine kurze Zeit die Überreste einiger Bauten freigelegt.

»Die Glocken von Ys«, sprach sie zu sich selbst, tippte die Übersetzung in den Laptop und legte dann das Manuskript aus der Hand. Sie überlegte, ob dies ein passender Name für ein Pensionszimmer sein könnte. Gegen sechs hörte sie, wie Monsieur Karvan mit seinen Gesellen das Haus verließ. Das Telefon klingelte und Morgane beeilte sich, im Flur den Hörer abzunehmen.

»Hier spricht dein Vater, Morgane. Wie geht es dir?«

»Gut«, erwiderte sie. »Und dir? Alles in Ordnung bei euch?«, korrigierte sie schnell.

»Ich habe mir die Fotos vom Haus angesehen. Das sieht alles recht gut aus. Zumindest trocken. Ganz schön uneben.«

Erleichtert atmete Morgane auf. »Ja, das Haus hat eben seine Ecken und Kanten. Genau das sagt auch Monsieur Karvan.«

»Es gibt da aber etwas anderes, das mir Sorgen macht«, fuhr ihr Vater fort. »Die Außenaufnahme.«

Morgane hielt die Luft an, rührte sich nicht. Was sollte denn draußen besorgniserregend sein?

»Diese Weide vor dem Haus. Wie weit ist sie von deinem Anwesen entfernt?«

Mein Anwesen, dachte Morgane, *wie sich das anhört*. Sie erhob sich mit dem Hörer am Ohr, schritt den langen Flur entlang, öffnete die Haustür und trat hinaus. Filou folgte ihr. Ein kühler Wind schlug ihnen entgegen. Sie warf einen Blick zum Himmel, wo sich Regen abzeichnete. Es sah aus, als würden die dunklen Wolken jeden Augenblick platzen. »Hörst du, Kind?«, insistierte ihr Vater. »Bist du noch dran?«

»Ja, ich bin jetzt draußen«, erwiderte Morgane, ging hinter das Haus, stellte sich mit dem Rücken an die Wand, starrte auf den Baum und trat in großen Schritten zu ihm hinüber, während Filou sie mit nervösen Sprüngen umkreiste. Unter ihr rauschte das Meer. »Eins, zwei, drei, vier«, zählte sie, bis sie angekommen war. »Vielleicht vier bis fünf Meter.«

»Wie sehen die Blätter aus?«, wollte ihr Vater jetzt wissen. »Sind sie gekringelt? Auf meinem Bild ist der Baum noch sehr kahl.«

»Na ja«, erwiderte Morgane zögerlich, die dabei zusah, wie aufkommender Wind einige abgebrochene, dünne Äste durch die Luft wirbelte und auf dem Boden verteilte. Sofort sammelte Filou die Beute ein. »Daran hat sich noch nicht viel geändert. An einigen Stellen sprießen aber bereits ein paar hellgrüne Blätter. Und die sehen gekringelt aus, wenn ich es genau betrachte. Weshalb fragst du?«

Sie beeilte sich, wieder ins Haus zu kommen, schloss die Tür hinter sich und betrat gemeinsam mit Filou die warme Küche.

»Das habe ich mir schon von der Aststruktur her gedacht. Eine Weide, Morgane. In deinem Garten steht eine Korkenzieherweide, so ziemlich das aggressivste, was es an Weidengewächsen gibt.«

»Das ist nicht mein Garten, Robert«, sagte Morgane monoton. »Er gehört einem Einsiedler namens *Pierrot*. Was soll denn an einem Baum aggressiv sein?«

»So heißt doch kein Mensch«, protestierte ihr Vater und wandte sich dann wieder dem wirklichen Problem zu. »Nicht der Baum, Kind. Das Wurzelwerk. Eine unterirdische Zeitbombe. Von außen siehst du nichts, aber im Verborgenen hat sie eine ungeheure Kraft. Die Wurzeln bohren sich durch die Erde, suchen nach einer Wasserquelle und machen die Leitungen kaputt. Wie eine Würgeschlange. Es heißt, sie riechen das Wasser. Ich habe schon erlebt, dass sich unter alten Weiden eine Straße wölbte, dann aufbrach wie durch ein Erdbeben und die Kanalisation mehrerer Häuser zerstört wurde.«

Morgane betrachtete mit geweiteten Augen die Weide, den Hörer an ihr Ohr gedrückt.

»Eine Würgeschlange? Ich lebe mit einer Würgeschlange, die es auf meine Wasserleitungen abgesehen hat? Was kann man dagegen tun?«, stammelte sie und dachte an Armel Briag, den Besitzer des unterirdischen Übeltäters.

»Das kommt auf das Alter an. Wenn möglich, eine Wachstumssperre in die Erde ziehen. Allerdings ist das im Nachhinein oft schwierig. Wer weiß, vielleicht wurde ja bereits eine installiert. Frag diesen Wie-heißt-er-noch! Bei der Altbausanierung in Münchens Innenstadt gab es früher ein geflügeltes Wort: *Wenn du einen Feind als Nachbarn hast, dann setzt du ihm eine Korkenzieherweide vor die Nase. Den Rest erledigt die Zeit für dich.*«

»Was soll ich tun?«, stammelte Morgane.

»Das, was ich schon die ganze Zeit sage. Verkaufen. Weg damit! Stoß das Haus ab, ehe es zu spät ist.«

Kapitel 10

Ende April stiegen die Temperaturen ungewöhnlich hoch, und Morgane konnte bei ihren Strandspaziergängen mit Filou hin und wieder einige an Land gespülte Algen beobachten. Bei Ebbe lagen sie als kleine Haufen über die Sandbucht verteilt, die Flut sammelte sie wieder ein und brachte sie zurück aufs Meer. Morgane hatte noch im März einige Biobauern abgeklappert, von denen sie einmal pro Woche Fleisch bezog. Den Fisch holte Paulette jeden Morgen direkt am Hafen von einem Fischerboot, das seine Ware fangfrisch verkaufte. Sie bestand darauf, zu Fuß zu gehen, und lehnte es strikt ab, sich von Morgane chauffieren zu lassen. Paulette kalkulierte klug, nahm günstige Ware, aus der sie Terrinen oder Fischsuppe zubereitete, und hin und wieder gab es sogar Hummer, den Paulette küchenfertig von einem Fischer erhielt, nachdem Morgane sich strikt gegen die grausame Tötungsmethode, das Tier ins kochende Wasser zu werfen, gewehrt hatte.

Wider Erwarten erwies sich der Mittagstisch als eine Art Selbstläufer, warf aber, gemessen an dem Aufwand, keinen nennenswerten Gewinn ab. »Noch nicht«, sagte Paulette beschwichtigend, als Morgane sie einmal darauf ansprach. »Warten Sie es ab. Es ist ein Versuch. Mehr nicht. Und schaden kann es nicht.«

Monsieur Karvan und seine Mitarbeiter schwärmten derart von Paulettes Küche, dass Morgane und Paulette mit den Vorbestellungen fast nicht nachkamen. Das Konzept, dass die Interessenten morgens bis neun Uhr verbindlich Plätze reservieren mussten, funktionierte, und einige Handwerker aßen regelmäßig in der Rue des Artichauts zu Mittag. Paulette bestand auf Morganes helfende Hand in der Küche, die zu ihrer eigenen Verwunderung Spaß am Kochen fand. Die bretonische Küche war einfach, wenig raffiniert, und ziemlich reichhaltig. Eine Küche, die von den regionalen Zutaten und jeder Menge wohlschmeckender Butter lebte. Morgane entdeckte ihre Liebe zur gesalzenen Variante, die beste, dessen war sie sicher, gab es hier in der Bretagne.

Aus reiner Bequemlichkeit hatte sich Morgane zwei leichte Sommerkleider gekauft, die Annick zunächst mit einer Lobeshymne kommentierte, nur um dann auf ein Paar Sandalen mit kleinen Absätzen zu bestehen. Warum Morgane aber einem anschließenden Friseurbesuch zugestimmt hatte, blieb ihr selbst ein Rätsel und nur der Blick in den Spiegel, der einen flotten Stufenschnitt mit einem schimmernden Kupferton in ihrem halblangen, kräftigen Haar zeigte, hatte sie schließlich versöhnt.

Unter dem Namen »Artischockenzauber« hatte Morgane eine Internetseite zusammengestellt, auf der sie das erste Pensionszimmer, das immer mehr Formen annahm, vermietete. Die Möbel waren geliefert worden, und gemeinsam mit Annick hatte sie die Einzelteile nach oben gebracht und zusammengeschraubt. Von Mitte Mai bis in den Herbst hinein war das Zimmer ausgebucht. Voller Vorfreude plante Morgane ein Essen zur Eröffnung des »Artischockenzaubers«, zu der sie Annick, Viviane und Paulette einlud. Sie hatte lange überlegt, ob sie Stefan dabeihaben wollte, sich dann aber dagegen entschieden. Jetzt freute sie sich auf eine Zusammenkunft im kleinen Kreis.

Pünktlich zum Monatsende überwies Morgane stolz die erste Bankrate und bezahlte von ihrem letzten Ersparten die Rechnung von knapp dreitausend Euro an den Sanitärgroßhandel. Sie überflog die Handwerkerstunden und kam auf bislang etwa weitere zweitausend Euro, die sie penibel in ihr Haushaltsbuch in die Sparte »noch zu begleichende Rechnungen – geschätzte Kosten« eintrug. Mit einem Anflug von Panik dachte Morgane an die nächste, übernächste und alle künftigen Bankraten. Siebenhundert Euro pro Monat – ein Betrag, der sie über mindestens vier Jahre begleiten würde. Selbst als sie in München einen regelmäßigen Job in einem Unternehmen als Übersetzerin hatte und gut verdiente, hatte sie nicht so viel Geld pro Monat aufbringen müssen wie hier in der Bretagne. Jedes Mal, wenn sie Annick etwas vorjammerte, meinte diese lachend:

»Du wirst dich schon daran gewöhnen. Was ist schon sicher im Leben, Morgane? Der Tod – nichts sonst.«

Morgane vermochte Annicks luftiger Lebensauffassung nichts entgegenzusetzen und im Stillen bewunderte sie Annicks Motto, das nur auf ein nächstes Objekt der Begierde wartete. Dabei musste dies kein Mann sein. Auch eine schöne Landschaft, ein guter Film und ein ausgiebiges, gelungenes Essen vermochten es, in Annicks Augen einen Glanz zu zaubern.

Als Morgane Monsieur Karvan für die bisher geleistete Arbeit anzahlen wollte, meinte dieser beschwichtigend, er sei der letzte ihrer Gläubiger. Sie solle zunächst einmal die Lieferanten bezahlen.

»Wir zwei werden uns dann schon einig, Madame. Machen Sie sich keine Sorgen. Da wäre aber noch etwas anderes, was mir dringlicher erscheint als irgendwelche Rechnungen.«

Morgane sah Monsieur Karvan fragend an.

»Vielleicht brauchen Sie erst einmal hierfür Geld«, meinte er zögerlich und rieb sich das Kinn. »Wenn Sie sich das bitte einmal ansehen würden.«

Er ging die Treppe voraus nach oben, betrat das Pensionszimmer und steuerte geradewegs auf einen der Balken zu. Morgane folgte ihm mit Herzklopfen.

»Dieses Holz hier. Schauen Sie nur. Sieht aus, als sei der Holzwurm drin. Ist allerdings nicht mein Gebiet. Es ist mir erst gestern aufgefallen, als Luc die Kabel verlegt hat. Sehen Sie die Löcher?«

Monsieur Karvan klopfte gegen den Stützbalken. Es klang dumpf und hohl. Langsam trat Morgane näher und inspizierte das Holz. An vielen Stellen befanden sich winzige Löcher, einige von ihnen waren größer. Warum war ihr das bislang nicht aufgefallen?

»Was …?«, stammelte Morgane. »Was kann man dagegen tun? Lässt sich das behandeln?«

»Kommt darauf an, wie weit fortgeschritten der Schaden ist. Meines Wissens gibt es chemische Mittel, die man direkt in die Lücken füllt. Das müsste sich mal ein Fachmann ansehen, Madame. Wenn Sie wollen, kann ich einen Freund von mir vorbeischicken, damit er einen Blick darauf wirft. Er war früher Schreiner. Sein Name ist Le Goff.«

Morgane sah sich um. In einer Ecke des Raums lagerten unter einer Plastikplane die Möbel: der Kleiderschrank aus dem Keller, ein Sessel, ein Beistelltisch, das Bett.

»Das ist sehr nett von Ihnen«, erwiderte Morgane zustimmend und zwang sich, Monsieur Karvan anzusehen. »Was wäre denn der schlimmste Fall?«

»Na ja«, stotterte der Handwerker. »Ich habe schon erlebt,

dass Holzbalken aufwendig herausgenommen werden mussten. Die Frage ist, ob es tragende Balken sind. Was die Angelegenheit verkomplizieren würde. Das müsste ein Architekt beurteilen. Ein Statiker.«

Mit gesenktem Kopf folgte Morgane dem Handwerker die Treppe hinunter. Beim Abschied schenkte ihr Monsieur Karvan ein aufmunterndes Lächeln und murmelte: »Es ist eben ein altes Haus.«

»Ich kümmere mich darum«, erwiderte Morgane, verabschiedete sich per Handschlag und rief sofort ihren Vater an, um ihn nach seiner Einschätzung zu fragen.

Robert hörte sich Morganes Bericht an, verlangte Kopien von den Bauplänen und Großaufnahmen der Balken. Er versprach, sich bald zu melden.

Am nächsten Tag, als Morgane nach dem Mittagstisch die Küche aufräumte, bemerkte sie, wie Paulette nachdenklich an der Tür stand und sie eindringlich betrachtete.

»Haben Sie darüber nachgedacht?«

»Worüber?«, fragte Morgane.

»Ich hatte das Gefühl, Sie hätten mir etwas zu sagen.«

Betreten blickte Morgane auf die Tischplatte, die sie soeben abgewischt hatte, und spürte, wie ihre Wangen heiß wurden. Sie schluckte und schüttelte stumm den Kopf.

»Dann gehe ich mal in mein Zimmer, um mein Mittagsschläfchen zu machen«, sagte Paulette und die Enttäuschung klang in ihrer Stimme nach, erfüllte den nach Desinfektion riechenden Raum. »In *meines.*«

Beschämt blickte Morgane zur Seite und bückte sich ruckartig, um die Töpfe im Schrank zu verstauen. Am liebsten hätte sie ihren Kopf ganz im hintersten Fach neben ihnen versteckt. Es schien ihr eine Ewigkeit zu vergehen, bis sie endlich

Paulettes Schritte auf der knarrenden Holztreppe nach oben entschwinden hörte.

Abends brütete Morgane über einem Artikel für das Meeresbiologische Institut Roscoff. Es ging darin um die Übersäuerung des Meeres. Sie lernte, dass die Schalentiere als erste Meeresbewohner unter der Säure litten und dass der pH-Wert bereits jetzt eine besorgniserregende Größe erreicht hatte. Morgane erinnerte sich an Armel Briags Worte: *Das geschundene Meer gibt großzügig seine Schätze her, als habe es genug davon.* Nachdenklich fuhr sie den Computer nach getaner Arbeit herunter.

»Ich bin so froh, dass du darüber hinweggekommen bist«, sagte Morgane und betrachtete Annick, die neben ihr am Steuer saß und konzentriert nach vorne blickte.

Morgane und Annick befanden sich auf der Küstenstraße in Richtung Nordwesten, auf dem Rückweg von einem Tagesausflug im Norden der Bretagne – eine willkommene Abwechslung in Morganes chaotischem Alltag, der nur noch um Sanierung, Kostenstellen und Schadensbegrenzungen kreiste. Viviane schlief mit leicht geöffneten Lippen auf dem Rücksitz. Ihre zarte Haut hatte eine sanfte Bräune bekommen.

Annick war fast wieder die Alte, obwohl die Trennung von Patrice gerade einmal drei Wochen zurücklag. »Kein Kerl ist es wert, länger als eine Nacht um ihn zu heulen«, lautete Annicks Erklärung.

»Du hast an jenem Abend für mindestens zwanzig Nächte geheult«, erwiderte Morgane lächelnd. »Was wäre es denn wert?«

Annick zuckte die Achseln: »Das weißt du wirklich nicht, Madame Schlaumeier? Wie ist das bei dir? Wo ist dein wunder Punkt?«

»Ein Haus, das sich als Schuldenfalle entpuppt. Holzwürmer«, bemühte sich Morgane zu scherzen.

»Holzwürmer?«, fragte Annick nach.

Morgane nickte: »So wie es aussieht, werde ich den Besuchern im Mai absagen müssen. Ich muss das erst abklären, aber in dem Gebälk könnte es sich ein aggressiver Holzwurm gemütlich gemacht haben. Ausgerechnet im oberen Stockwerk, im Pensionszimmer.«

Annick verzog das Gesicht: »Dein wunder Punkt«, insistierte sie, »ich spreche von deiner Seele. Nicht von irgendwelchen materiellen Problemen. Mit deinem Haus wird sich schon alles fügen. Also, sag!«

»Wenn ich zu einem Menschen Vertrauen gefasst habe, und dann enttäuscht werde. Verrat, Betrug und Lüge. Das macht mich richtig fertig. Aber mitunter reicht es auch schon, zu erfahren, dass meine Tante womöglich eine Lesbe war«, rutschte es ihr heraus.

Annick drehte blitzschnell den Kopf in ihre Richtung, starrte Morgane an und riss die Augen auf.

»Sieh auf die Straße«, befahl ihr Morgane, berührte sie am Kinn und drehte Annicks Kopf in Fahrtrichtung. »Es war nicht richtig ernst gemeint. Es ist halt komisch.«

»Du meinst Fanny und Paulette? Die haben es getrieben? Ich werde wahnsinnig!«

Annicks Stimme klang freudig erregt wie die einer Starreporterin, die soeben eine Sensation ungeheuren Ausmaßes aufgedeckt hatte. Erneut starrte sie zu Morgane, jetzt mit offenem Mund. Morgane griff unwillkürlich hinüber zum Steuer.

»Pass auf, Annick«, warnte Morgane eindringlich. »Sieh endlich auf die Straße oder lass mich fahren.«

Abrupt setzte Annick den Blinker, drosselte die Geschwindigkeit und hielt am Seitenstreifen. Wortlos stieg sie aus dem Auto und ging hinüber zu Morgane. Sie stellte sich aufrecht neben die geöffnete Beifahrertür, den Blick nach vorn gerichtet, wie ein diskreter Chauffeur, der einen Gast absetzt. Seufzend rutschte Morgane auf dem Sitz zum Steuer hinüber, während Annick einstieg und die Tür zuwarf. Morgane konnte sehen, wie die Freundin verzweifelt einen Lachanfall unterdrückte. Sie startete den Motor und Annick warf den Kopf zurück und fing laut an zu lachen.

»Das gibt es ja nicht! Die beiden Weiber!«, prustete Annick. »Ich lach mich kaputt. Und das macht dir Sorgen, Morgane? Wo bleibt dein Humor? Ich glaube, ich fange an, Paulette zu lieben. Herrgott im Himmel, haben diese Frauen eine Courage! Leben auf einem Kaff in der katholischen Bretagne und frönen der Fleischeslust.«

»Pst«, schimpfte Morgane. »Nicht so laut. Vivi könnte aufwachen. Und mit Humor hat das wenig zu tun.« Stur blickte sie nach vorn und wechselte den Gang. »Es ist nur so ...«, sie suchte nach Worten, »so befremdlich.«

»Das ist ziemlich kleinkariert, was du da von dir gibst«, sagte Annick ernst. »Und was Viviane betrifft, sie wird ganz sicher keinen Schaden davontragen, wenn sie erfährt, dass sich in ihrer nächsten Umgebung zwei Frauen lieben oder geliebt haben. Aber *deine* geordnete Welt wird erschüttert. Das ist der Punkt, *ma chère*!«

»Ich bin nicht kleinkariert. Darf ich dich daran erinnern, dass ich mit dir befreundet bin? Einen besseren Beweis für Weltoffenheit und Toleranz gibt es gar nicht, als dich zu lieben.«

Annick nahm Morganes Kopf, zog ihn zu sich herüber, während Morgane immer noch beherrscht auf die Straße blickte, und drückte ihr einen Kuss auf die Wange. Dann rutschte sie auf ihrem Sitz nach unten, legte die Füße auf dem Armaturenbrett ab und spielte mit ihren Zehen. Dabei blickte sie verträumt in die Landschaft. »Ich werd verrückt«, wiederholte sie immer wieder, schloss genüsslich die Augen und Morgane wagte es nicht, sich vorzustellen, welche Bilder in diesem Moment hinter Annicks Stirn abliefen.

»Vergiss bitte das Essen am nächsten Samstag nicht, Annick.«

»Es wird mir eine große Freude sein, dort Paulette persönlich zu sehen«, entgegnete diese schelmisch. »Ich verpasse nie Essenseinladungen, das müsstest du inzwischen wissen. Nie.«

»Unterstehe dich, dir irgendetwas anmerken zu lassen«, rügte Morgane und legte ihre Hand auf Annicks Mund, die nach ihr griff und sie überschwänglich küsste.

Der Rückweg ins Finistère zog sich in die Länge. Draußen war es immer noch hell, obwohl es bereits kurz vor acht war. Über die wilde Küstenlandschaft legte sich ein milchiges Licht.

»Was ist eigentlich mit Maël und dir?«, fragte Morgane nach einer längeren Pause.

»Was soll sein? Wir haben ein gemeinsames Kind. Aber es hat nicht funktioniert.«

Morgane erinnerte sich daran, wie Annick und Maël im *La Chaloupe* einander begrüßt hatten, und an die Art, wie Maël von Annick gesprochen hatte. Liebevoll und mit Respekt.

»Ich finde, ihr passt irgendwie zusammen. Schwer zu erklären«, grübelte Morgane und suchte nach den richtigen Worten.

»Wir waren zu verschieden, weißt du. Maël braucht seine Freiheit. Die geringste Einschränkung löst bei ihm Panik aus.

Er ist kein Mann für *eine* Frau. Und ich brauche diese Ausschließlichkeit. Ich liebe mit Haut und Haaren, und dasselbe erwarte ich von einem Mann. Entweder. Oder. Maël und ich sind den Oder-Weg gegangen. Und jetzt du: Was ist mit Stefan?«

Annick drehte ihren Kopf in Morganes Richtung, die den Blinker setzte.

»Es war immer schwierig, hinter seine Fassade zu blicken. Anfangs fand ich das reizvoll«, begann Morgane zögernd. »Mit der Distanz hat sich mein Blick auf die Beziehung verändert. Stefan hinterfragt alles. Möchte es genau wissen und neigt dabei zur Problematisierung. Eine Berufskrankheit. Stefan ist dominant.«

»Ein Alpha-Männchen?«

»Nein«, lachte Morgane. »Subtil dominant. Kennst du die Männer, die unglaublich sensibel auf Frauen eingehen? Sie verpacken ihren Machtanspruch in Fürsorge. Aber jeder zweite Satz fängt bei ihnen mit *Ich* an.«

»Das klingt ja schrecklich«, entfuhr es Annick. »Wie wehrst du dich dagegen?«

»Indem ich in die Bretagne fahre und mir neue Probleme aufhalse«, lachte Morgane. »Es ist verführerisch für jemanden wie mich, die ich mit zehn ohne Mutter dastand, sich die Entscheidungen abnehmen zu lassen. Leider neige ich zur Zweisamkeit.«

»Ein Glück, dass ich in dein Leben gekommen bin.«

Morgane lächelte. Plötzlich hielt Annick inne, zeigte auf die andere Straßenseite, wo in einiger Entfernung in unmittelbarer Nähe einer Bucht Blaulicht der Gendarmerie sowie ein Krankenwagen zu sehen waren. Morgane trat auf die Bremse. Vor ihnen fuhren die Autos bereits Schritttempo.

»Was ist denn hier los?«, fragte sie und schaltete in den ersten Gang. Vor den Rettungswagen hatte sich eine Menschenmenge gebildet.

»Schließ das Fenster«, befahl Annick und kurbelte ihres hinauf.

Morgane tat es ihr gleich. »Was ist das für ein bestialischer Gestank? Das riecht ja wie …«

Sie suchte nach dem passenden Wort.

»Wie faule Eier«, ergänzte Annick.

»Hast du eine Ahnung, was geschehen sein könnte?«

»Der Geruch kommt von den Algen«, erklärte Annick. »Und die Rettungswagen? Keine Ahnung. Womöglich ein Badeunfall. Das passiert hier ständig.«

Morgane fühlte einen Druck im Magen. Das Blaulicht, die Abendsonne, die ins Meer abtauchte, die Menschenmenge – genau wie damals nach Elaines Tod. Das ganze Szenario erinnerte sie an jenen verhängnisvollen Tag, da sie und ihr Vater im Finistère angekommen waren, und sie spürte den Druck, als lege sich ein Zementsack auf ihre Brust. Sie starrte durch die Fensterscheibe und registrierte, dass sich die Autos langsam wieder in Bewegung setzten.

»Genau wie damals«, stieß Morgane hervor und kippte ihren Kopf in Annicks Richtung.

Annick runzelte fragend die Stirn.

»Als sie Maman suchten …«, erklärte Morgane. Langsam rollten die Autos weiter. Nach einigen Minuten befanden sich Morgane und Annick unmittelbar auf Höhe des Blaulichts. Schaulustige Fahrer vor ihnen blieben einfach stehen, schalteten den Motor aus. Unterhalb der Menschentraube war ein grellgrün glitzernder Strand zu sehen, der wie ein gepflegter Golfrasen wirkte.

»Solch ein grüner Küstenabschnitt ist mir schon einmal begegnet«, sagte Morgane, bemüht, ihre Gedanken in eine andere Richtung zu lenken. »In einer Übersetzung. *Trügerische Idylle an Bretagnes Küsten* oder so ähnlich.«

»Meeressalat, sagen die Einheimischen«, meinte Annick.

Morgane blickte nach vorne, wo ein Gendarm in Uniform und weißen Handschuhen schwungvoll den Verkehr lenkte. Es ging weiter.

Erst kurz vor Mitternacht bog Morgane in die Hofeinfahrt in der Rue des Artichauts ein, und Annick nahm die schlafende Viviane von der Rückbank, küsste Morgane zum Abschied und verschwand mit ihrem Kind über der Schulter im Haus gegenüber.

Leise schloss Morgane die Tür hinter sich. Aus Paulettes Zimmer drang durch den Türschlitz ein Lichtstrahl. Filou, der im Flur auf Morgane gewartet hatte, wedelte mit dem Schwanz und folgte ihr zur Garderobe, wo sie einen Umschlag mit Bankauszügen und eine Postkarte von Stefan fand und mit auf ihr Zimmer nahm.

Liebste Morgane! Ich grüße dich aus Saint-Malo, der Perle der Côte d'Émeraude. Ich hätte fast nasse Füße bekommen, denn der historische Stadtkern wird von drei Seiten vom Wasser umspült. Hilfe! Vor den Toren der Stadt liegen drei Inseln. Wenn ich von der Flut überrascht würde, hieße das: warten. Ich könnte nicht einmal davonlaufen. Aber wem sage ich das? Ich habe fasziniert von oben zugesehen, wie sich die Bucht mit Wasser füllte. Zwölf Meter Unterschied zwischen Niedrig- und Hochwasser – die größte Gezeitendifferenz Europas. Die hier wirkenden Kräfte sind beängstigend schön. Stefan.

Morgane starrte auf Stefans schön geschwungene Schreibschrift und grübelte über sein »beängstigend schön«. Ein altes

Gefühl, von dem sie glaubte, es in Deutschland zurückgelassen zu haben, kehrte zurück: in eine fremde Welt der Widersprüche geschleudert zu werden. Zum ersten Mal kam Morgane der Gedanke, dass es nicht um sie, sondern um Stefans Ängste ging, ein schweres Paket, das er einfach vor ihrer Tür abzustellen versuchte. Sie beschloss, es nicht zu öffnen. Morgane ging ins Bad, fiel anschließend in ihr Bett und schlief sofort ein.

Am nächsten Morgen fuhr sie ihren Computer hoch, während sie an einer Tasse Kaffee nippte. Außer den üblichen Werbemails erreichte sie eine Nachricht mit dem Vermerk »DRINGEND«. Der Institutschef der Meeresbiologen von Roscoff bat darum, eine Pressemitteilung sofort zu übersetzen und per E-Mail zurückzuschicken. Sie druckte die Mitteilung mit der Headline *Tod im giftgrünen Meeressalat* aus und setzte sich, den Blick schon auf den Anfang des Textes gerichtet.

In St.-Michel-en-Grève kam es gestern zu tragischen Vorkommnissen: Ein Pferd verendete in der dortigen Sandbucht. Der Reiter konnte gerettet werden. Für das Tier kam jede Hilfe zu spät. Das Phänomen ist an bretonischen Küsten nicht neu, wohl aber die Ausmaße. Die verantwortliche Pflanze mit der wohlklingenden Bezeichnung Ulva armoricana, deren lateinischer Name vom bretonischen »Ar Mor« (das Meer) abgeleitet wird, ist eine tödliche Fracht, die, an Land gespült, unter ihrer getrockneten Oberfläche Schwefelwasserstoff freisetzt. Die Schwaden können in einer Konzentration von 2 ppm (Anteile pro Million) bei Asthmatikern nach einer halben Stunde einen Anfall auslösen. Bei 500 ppm droht Lebensgefahr für Mensch und Tier.

Nachdenklich faltete Morgane den Ausdruck zusammen,

legte ihre Füße auf den Schreibtisch und sah zum Fenster hinaus. Der Autor beschrieb exakt den von Armel Briag angedeuteten Kreislauf der Natur. Und sie selbst hatte es gestern mit eigenen Augen gesehen. Vor allem aber hatte sie es gerochen. Armel jedoch hatte theoretisch gesprochen, dies hier schien bittere Realität zu sein. Diese Farbenpracht sollte ein Tier getötet haben? Ein giftig austretendes Gas, das, eingeatmet in einer hohen Dosis, toxisch wirkte? Sie wagte es nicht, sich vorzustellen, was das für die Region bedeuten könnte. Umgehend machte sie sich an die Arbeit und schickte die Übersetzung los.

Dann kam ihr ein Gedanke. Sie eilte zu ihrem Regal, holte die Bretagne-Karte hervor und breitete sie auf dem Boden aus. Auf allen vieren suchte sie die nördliche Küste entlang nach dem beschriebenen Ort, den sie gestern mit Annick und Viviane passiert hatte. Er befand sich nur rund vierzig Kilometer Luftlinie entfernt von Briags Insel. Wie hatte sie das übersehen können? Sie sah zur Decke und dachte angestrengt nach. Von draußen war das Rauschen des Meeres zu hören, der Ozean schien sich mit seinen eigenen Waffen zur Wehr zu setzen.

Die Natur rächt sich. Armel Briags Worte. Wenn einer den Zusammenhang kannte, dann jener Mann, der Mozarts Requiem liebte und in unmittelbarer Nähe der Bedrohung lebte.

Kapitel 11

Das Schiff legte an der Île de Batz an, und Morgane ging von Bord. Der weit ins Meer reichende Steg der Anlegestelle war wegen der Flut kaum sichtbar. Die Wellen klatschten gegen die Brüstung, der Frühsommerhimmel war während der Überfahrt zunächst stahlblau gewesen, bis sich nach und nach einige Wolken vor die grelle Sonne geschoben hatten. Filou, der seine erste Schiffsfahrt mit Bravour gemeistert hatte, lief aufgeregt neben Morgane, als könne er das bevorstehende Abenteuer kaum erwarten. Es war kurz vor fünf, um halb neun würde das letzte Schiff zurückfahren, die Überfahrt von Roscoff hatte gerade einmal fünfzehn Minuten gedauert. Als die Sonne wieder hinter den Wolken hervorkroch, brannte sie auf der Haut, aber die relativ hohen Temperaturen waren dank des kühlen Windes kaum spürbar. Morgane legte Filou an die Leine und sah sich, langsam in Richtung Hafen gehend, um. Armel Briag, mit dem sie hier verabredet war, war nirgendwo zu sehen. Autos suchte man vergeblich. Die Île de Batz, bestehend aus nur einem einzigen Ort namens Porz Kernog, war Fußgängern und Radfahrern vorbehalten und maß etwa vier Kilometer bei einer Breite von knapp eineinhalb Kilometern.

Morgane nahm ihren Rucksack von der Schulter, stellte ihn auf den Boden und setzte sich auf eine Bank. Filou legte sich zu ihren Füßen und sie streichelte mechanisch seinen Kopf. Der dumpfe Klingelton ihres Handys klang aus ihrer Jackentasche. Sie griff danach und nahm das Gespräch an.

»Wo bist du?«, fragte Annick.

»Auf der Île de Batz.«

»Du bist auf einer Insel? Ist es dir hier bei uns nicht einsam genug?«

»Ich bin verabredet.«

Eine Pause entstand.

»Mit Armel Briag«, fuhr Morgane fort. »Es geht um die Algen.«

»Was interessieren dich denn die Algen?«

»Meine Arbeit«, erklärte Morgane. »Ich bin da auf etwas gestoßen im Rahmen einer Übersetzung. Gestern, Annick, der Unfall.«

»Was ist denn passiert? Ich dachte, es sei ein Schwimmunfall oder so etwas?«

»Es war die grüne Pest. Ein Pferd ist gestorben.«

»Wir leben hier seit Jahrzehnten mit dem Zeug. Mal mehr, mal weniger. Richtig schlimm wird es erst im Hochsommer. Ist aber im Norden viel schlimmer als bei uns.«

»Das klingt ja beruhigend«, meinte Morgane ironisch.

»Gib acht, Morgane. Das Wetter wird umschlagen. Hier herrscht bereits Sturmwarnung. Das Warnlicht von Saint Mathieu ist nur noch ganz schwach. Kann gut sein, dass das in Kürze bei euch auch ankommt. Oder aber es verzieht sich hinaus aufs Meer. Ich habe hier schon alle Schotten dicht gemacht. Wann wirst du zu Hause sein?«

Morgane warf einen skeptischen Blick gen Himmel. Die Wolken sahen harmlos aus. Nur der Wind, der ständig die Richtung wechselte, schien ihr unberechenbar. »Heute

Abend«, erwiderte sie abwesend. »Wird aber wohl spät. Ich muss zuerst nach Roscoff. Und von dort fahre ich mindestens noch zwei Stunden auf der *Route départementale.*«

»Ist ja auch der nächste Weg, dort oben. Pass auf dich auf«, sagte Annick zum Abschied.

»Dann war das Schiff einmal ausnahmsweise pünktlich«, hörte Morgane plötzlich eine Stimme hinter sich, deren dunkles Timbre sie sofort an den Abend im *La Chaloupe* erinnerte. »Sie sind also gekommen. In Begleitung, wie ich sehe.«

Sie drehte sich um: Armel lächelte ihr zu, während sie zu ihm hinaufsah, eine Hand zum Schutz vor der Sonne über die Augen gehalten. Armel Briag trug trotz der Wärme ein schwarzes kurzärmeliges Hemd und eine dunkle Jeans. Sein weißes Haar hing wie zarte Fäden an seinem Kopf herunter. Filou erhob sich und wedelte mit dem Schwanz.

»Ich habe dreieinhalb Stunden Zeit, bis das Schiff wieder ablegt«, erwiderte Morgane und reichte ihm die Hand. »In Le Conquet gibt es bereits Sturmwarnung. Guten Tag, Monsieur Briag. Es ist nett, dass Sie sich Zeit für mich nehmen. Das ist Filou.«

»Nennen Sie mich Armel.«

Skeptisch schaute er nach oben, während Filou ihn fixierte und auf eine standesgemäße Begrüßung zu warten schien. »Muss nicht hier ankommen. Oftmals verzieht sich das Unwetter schneller, als es sich angebahnt hat. Der Wind dreht permanent. Dann wollen wir mal. Uns bleibt wenig Zeit. Kommen Sie! Ich wohne ziemlich nah am Wasser«, fuhr er fort, drehte sich und zeigte in Richtung Süden. »Etwas abgeschieden, aber urig. Sie werden schon sehen.«

Filou stupste Armels Hand mit der Nase an. Morgane, die

Filous Annäherung beobachtet hatte, sagte entschuldigend: »Normalerweise ist er nicht so umgänglich bei Fremden.«

»Hallo, Hund«, meinte Armel kurz angebunden und ging dann voran. Sie schritten an bretonischen Steinhäusern vorbei, in deren Vorgärten wilde Kräuter blühten. Das Rauschen des Meeres war hier unwahrscheinlich laut. Einige von der Flut mit Wasser gefüllte Buchten wechselten sich mit den typischen bretonischen Felsenküsten ab.

»Als ich vor fast dreißig Jahren auf diese Insel übersiedelte, war es hier noch ruhiger«, erklärte Armel. »Inzwischen zählt die Île de Batz knapp 500 Bewohner. Und in der Hochsaison jede Menge Tagestouristen. Die Insel ist berühmt für ihren Gemüseanbau. Wir ernten hier sogar zwei Mal im Jahr«, sagte er nicht ohne Stolz. »Glücklicherweise habe ich ein großes Grundstück erstanden. Wo ich lebe, hat man seine Ruhe. Blumenkohl, Artischocken, Mohrrüben und Salat. Und jede Menge Tomaten. Sie werden schon sehen.«

Genau so hatte Morgane sich Armel Briags Leben vorgestellt: das eines einsamen, zurückgezogenen Pierrots. Ein Eremit, jenseits der Touristenmassen und anderer Bewohner. Nach einem Fußmarsch von etwa einer halben Stunde konnte sie durch ein naturbelassenes Grundstück den Giebel eines Hauses sehen. Und unterhalb, inmitten einer Dornenhecke mit wucherndem Gestrüpp, befand sich ein eisernes Tor, das an einer Straße unweit des Wassers lag.

»Wir sind da«, sagte er und schob Morgane durch das Portal auf einem Kiesweg in Richtung seines Domizils. Es knirschte unter ihren Füßen. Auf dem Anwesen befanden sich Gewächshäuser, umgeben von kleineren Gemüsebeeten mit Artischocken, Blumenkohl, Fenchel und Mohrrüben. Nach etwa fünfzig Metern waren sie angekommen. Das kleine bretonische Steinhaus mit dunkelblauen Fensterläden wirkte nicht unbedingt einladend. Die Farbe an den Läden blätterte an einigen Stellen ab. Auf einer provisorischen Terrasse, die aus willkürlich platzierten Steinplatten bestand, zwischen denen Moos und Unkraut wucherte, befanden sich ein Holztisch und zwei Küchenstühle. Unter einem Vordach eine Sitzbank. An der Hauswand hatte Armel zahlreiche Tomatenstauden hochgezogen, deren Früchte in unterschiedlichen Formen und Rottönen schimmerten. Daneben die für die Bretagne typischen Hortensienbüsche und Stockrosen in grellem Rot und Violett.

»Nehmen Sie Platz«, bat Armel und Morgane setzte sich auf einen der beiden Stühle, während sich Filou einen Schattenplatz unter den Tomaten suchte. Armel spannte einen vergilbten Sonnenschirm auf und verschwand im Haus. Direkt durch das Fenster reichte er Morgane zwei Gläser. Sie sprang auf, um sie entgegenzunehmen.

Mit einem Krug und Servietten kehrte Armel zurück. Unter den Arm hatte er eine Flasche Rotwein geklemmt. Morgane hatte inzwischen ihren Rucksack geöffnet, ihm eine Wasserflasche und eine Blechschüssel entnommen, ein Utensil, das sie immer bei sich trug, wenn sie länger mit Filou unterwegs war. Sie füllte die Schüssel und stellte sie auf den Boden. Gierig und unter lautstarkem Geschlabber trank der Rüde.

»Cidre. Rotwein. Wasser. Was darf ich servieren?«, fragte Armel.

»Gerne Wasser«, erwiderte Morgane und senkte die Augen. Sie war durstig. Das Salz klebte auf ihrer Haut und ihre Lippen brannten.

»So anspruchslos wie der Hund«, entgegnete er mit Blick

auf den trinkenden Filou. »Sie sind sicher, dass Sie die Tochter Ihrer Mutter sind?«

Fragend zog Armel seine Augenbrauen zusammen.

»Oh ja, das bin ich«, lächelte Morgane.

»Aber Sie erlauben doch, dass ich …?«

Er schenkte sich einen Roten ein und erhob sein Glas: *»Yec'hed mat!«*

Morgane erwiderte die bretonische Trinkformel, die sie bereits von Annick kannte. *Yec' hed mat*, gesprochen mit einem »ch« ganz hinten im Rachen, bedeutete schlichtweg: Prost.

Erneut erhob sich Armel, ging einige Schritte durch den Garten nach oben zu einem Gewächshaus und winkte Morgane zu sich. »Schauen Sie, von hier aus sehen Sie die Kirche von Porz Kernog.«

Morgane folgte ihm und ließ ihren Blick über die grüne Insel, die von wenigen Häusergruppen durchsetzt war, schweifen. Der Kirchturm ragte heraus. Dann sah sie hinunter, wo das Meer keine zweihundert Meter entfernt in großen Wellen herangerauscht kam.

»Ganz schön nah am Wasser«, bemerkte sie.

»Unverbaubarer Meerblick!«

»Ja, Sie haben sich ein schönes Plätzchen gesucht, Monsieur Briag. Aber müssen Sie hier nicht die Flut fürchten?«

»Armel«, korrigierte er. »Wir haben jetzt Flut«, antwortete er. »Und haben Sie etwa nasse Füße bekommen?« Schmunzelnd blickte er zu Morganes Schuhen hinunter. »Wenn ich mich richtig erinnere, leben Sie mit einem ähnlich idyllischen Ausblick.«

»Atemberaubend«, bestätigte Morgane. »Ja, einfach unbeschreiblich. Nur Klippen unter mir und ein Meer, das jeden Tag anders aussieht. Das Wasser ist weiter weg als hier. Dafür geht es vom Garten aus steil hinunter. Wenn ich an der Brüstung stehe und hinuntersehe, habe ich das Gefühl, zu fallen. Sie müssten das wissen. Sie besitzen ein Grundstück neben meinem Haus.«

»War schon Ewigkeiten nicht mehr dort«, erwiderte er nachdenklich. »Das mit der Höhe kenne ich. Sie weckt die Urängste des Ausgeliefertseins. Als wäre es ein genetisches Programm.«

»Treffend formuliert«, meinte Morgane.

»Also, wo drückt denn der Schuh?«, kam Armel unvermittelt auf Morganes Grund für ihren Besuch zu sprechen. »Sie hatten irgendwelche umwelttechnischen Fragen. Ich bin leider kein Experte. Aber was ich weiß, will ich Ihnen gerne sagen.«

Gemeinsam gingen sie zurück zum Tisch und setzten sich. Morgane erzählte von ihrer Tätigkeit beim nautischen Institut in Roscoff und den Themen, mit denen sie in letzter Zeit in Berührung gekommen war. In ihrem Rucksack suchte sie nach dem entsprechenden Text, nahm einen dünnen Papierstapel heraus und runzelte die Stirn, als sie ihn durchblätterte und die Zeilen überflog.

»Es geht um die Algenpest.«

Armel Briag schwieg und blickte sie abwartend an.

»Ich habe das falsche Manuskript dabei«, erklärte Morgane und steckte kopfschüttelnd den Auszug aus dem Sachbuch zurück in ihren Rucksack. »Ich will Ihnen auswendig sagen, was ich von der Pressemitteilung behalten habe: In St.-Michel-en-Grève ist am Sonntag ein Pferd verendet. Das hat mich schockiert, ehrlich gesagt.«

»Ja, ist mir auch zu Ohren gekommen. Mit Übersetzungshilfen kann ich ja sowieso nicht dienen«, erwiderte er mit

Blick auf Morganes Rucksack. Armels Stimme klang gelassen, als habe er schon Schlimmeres in freier Natur hier am Ende der Welt erlebt.

»Es geht auch um inhaltliche Fragen«, erklärte Morgane. »Ich bin am Sonntag zufällig dort vorbeigefahren. Die Bilder kamen mir irgendwie bekannt vor. Sie sind mir schon einmal begegnet. An einem anderen Ort in der Bretagne, an dessen Namen ich mich nicht erinnere, aber es war auch irgendetwas mit Saint. Von weitem konnte man einen grellgrünen Strand sehen. Schimmernd. Beinahe idyllisch. Geheimnisvoll.«

Sie schüttelte sich bei dem Gedanken an die farbenfrohe Gefahr.

»Bis die Algen trocknen und anfangen zu stinken. Nach faulen Eiern«, meinte Armel ernst. »Vielleicht meinen Sie Saint-Brieuc. Dort gab es schon ähnliche Probleme. Und das in St.-Michel-en-Grève war nicht das erste Mal. Ja, es sieht recht nett aus, wenn die Buchten mit der matratzendicken Pampe überzogen werden. Im letzten Jahr erwischte es dort schon zwei Hunde. Ende der Achtzigerjahre starb ein junger Mann beim Strandlauf. *Rätselhafter Tod am Strand* titelte damals die Tageszeitung. Dass ich nicht lache! Wird schon seit Jahren von den Verantwortlichen heruntergespielt.«

Morgane nahm einen Schluck Wasser und sah hinüber zu Filou. Er lag entspannt zwei Schritte von ihr entfernt und schlief. »Wie kann ein Pferd an einer Pflanze sterben? Eine, die gegessen wird und in der Kosmetik als Wundermittel gegen Falten gilt?«

Armel setzte sein Glas an die Lippen, kippte den Wein hinunter und wischte mit der flachen Hand über die Tischplatte: »Nun, die getrockneten Algen bilden eine Kruste an ihrer Oberfläche. Sobald man darauftritt, bricht diese auf. Die chemischen Prozesse kann ich Ihnen nicht genau erklären. Anscheinend trüben die austretenden Gase die Sinne mit der Wirkung eines Betäubungsmittels. In seichten Gewässern gedeihen die Grünalgen besonders gut, weil sie viel Licht brauchen. Sie benötigen vor allem Phosphor und Stickstoff. Beides wird über die Flüsse dem Meer zugeführt. Phosphor kommt aus den Städten und der Stickstoff vom Land. Experten vermuten schon lange, dass die Schweinezucht und die Düngung der Felder mit Schweinemist das Hauptproblem sind. Aber die bretonischen Bauern haben einen starken Stand. Über die Hälfte aller Schweine in Frankreich werden in der Bretagne gehalten. Das ist ein Politikum, verstehen Sie? Selbst Paris geht vor den bretonischen Bauern in die Knie, fasst sie mit Samthandschuhen an. Nur wenn es um Lkw-Mautgebühren oder irgendeine andere sinnlose EU-Bestimmung geht, sind sie nicht zimperlich. Sarkozy nannte die bretonischen Umweltschützer einmal *Fundamentalisten*. Und das im Mutterland der Revolution.«

Morgane schüttelte fassungslos den Kopf. »*Ulva armoricana*«, sagte sie dann langsam. »Und was wird dagegen getan? Es muss doch etwas unternommen werden. Das ganze Ökosystem ist ja aus der Balance geraten. Und am Ende werden die Touristen wegbleiben.«

»Oh, es ging schon bis zum Badeverbot, wenn auch nur für ein paar Tage. Die reale Gefahr besteht in einem sensiblen Zusammenspiel von Temperatur und geeignetem Gewässer. Es soll ungeheuer tröstlich sein, dass nicht alle bretonischen Buchten betroffen sind. Die Bretagne besitzt 541 davon. Und wie viele, glauben Sie, sind ernsthaft algengefährdet? Was schätzen Sie?«

»Ein Drittel? Vielleicht auch nur hundert?« Morgane zuckte hilflos die Achseln. Sie hatte keine Ahnung.

»Dreißig, Morgane. Exakt dreißig. Das jedenfalls ist die offizielle Zahl und lässt die Leute, die weit weg von den betroffenen Gebieten leben, gut schlafen. Andere Beobachtungen sprechen von etwa hundert Stränden. *Tant pis*, wir haben ja genug davon! Bald wird es irgendeine Bestimmung geben, dass die Algen binnen zwölf Stunden beiseitegeräumt werden. Nur um kurz darauf wieder im Naturkreislauf zu landen. Es ist grotesk.«

Morgane, die ihr Wasserglas leer getrunken hatte, schenkte sich unaufgefordert einen Schluck Rotwein ein.

»Und was wird aktuell dagegen getan?«

»Sie sammeln die Algen ein und verteilen sie draußen auf den Feldern. Zum Düngen! Als bekämpfe man einen Großbrand mit einem Luftbefeuchter, verstehen Sie? Der Biochemiker, der eines Tages ein Bakterium züchtet, das die Algen frisst und unschädlich macht, der wird reich. Sehr reich. Möchte gar nicht wissen, wie viele Wissenschaftler in irgendwelchen Laboratorien bereits fieberhaft daran arbeiten. Bis dahin hoffen alle auf die Winterstürme.«

Armel grinste.

»Winterstürme?«

»Der Meeresboden wird dabei so aufgewühlt, dass es im Sommer dann weniger Algenaufkommen geben soll. Behaupten die Sachverständigen jedenfalls«, erklärte Armel. »Manchmal reguliert sich die Natur sogar zugunsten der Menschen.«

»Wie gefährdet sind wir?«

Die Frage kippte einfach aus ihrem Mund. Sie erschrak selbst darüber, wie sehr sie sich bereits mit ihrer neuen Heimat identifizierte.

Armel hob die Arme und wackelte mit den Handgelenken. »Manche sagen, im Süden des Finistère passiere nichts. Andere behaupten, die Algen können überall auftauchen, wo das Gewässer entsprechend flach ist. Ich glaube niemandem und nur das, was ich selbst sehen kann.«

Er verschränkte die Hände hinter dem Kopf und kippelte mit seinem Stuhl. Dann plötzlich klatschte er mit beiden Händen auf die Tischplatte: »Wie wäre es mit einem kleinen Abendessen? Ich habe nicht viel hier: Salat, Brot, Käse und etwas Fisch mit Reis. Ein paar Seeschnecken. Was meinen Sie?«

Kurz zuckte Morgane bei dem Wort »Seeschnecken« zusammen. Aber sie war inzwischen hungrig, warf einen Blick auf ihre Armbanduhr und nickte. Armel erhob sich, befahl ihr sitzen zu bleiben und ging nach nebenan in die Küche. Die Haustür blieb geöffnet.

»Es soll an der Übersäuerung des Meeres liegen«, rief Morgane in Richtung Küche und wischte mit einer Hand über die Tischplatte, auf der ein paar Blätter lagen. »Eine etwas perverse Verkehrung, denn das Meer wehrt sich und hilft damit, den Klimawandel einzudämmen.«

»Zunächst«, erwiderte Armel, der mit Tellern und Besteck wieder nach draußen trat und anfing, den Tisch zu decken. Morgane faltete die Servietten. »Die Natur rächt sich. Was ich seit Jahrzehnten predige. Die Ozeane nehmen einen Teil des schädlichen Kohlendioxids auf, das der Mensch in die Atmosphäre bläst.«

»Und die Schweine und Kühe«, unterbrach ihn Morgane.

»Und wer hat sie in die Landschaft gestellt?«, fragte er provokativ. »Bei dem chemischen Prozess, nach dem Sie mich bitte nicht fragen dürfen, bleiben freie Wasserstoffionen übrig.«

»Die das Meer sauer machen«, ergänzte Morgane.

»Sie merken sich offensichtlich alles, was Sie übersetzen?«

»Es geht auch um meine Heimat«, erwiderte Morgane fast trotzig. »Ergebnis: Der pH-Wert des Meeres sinkt, was verheerende Folgen für die Schalentiere hat, die ihr Gehäuse und die Skelette aus Kalk bilden. Auf einigen Gebieten bin ich zugegebenermaßen mittlerweile Expertin.«

»Und was geschieht mit den Tierchen?«, fragte Armel wie ein Lehrer, der eine präzise Antwort von seiner Schülerin erwartete.

»Sie lösen sich auf«, flüsterte Morgane und rieb zur Demonstration ihre Finger aneinander. »Von außen und innen. Ab einem Wert von 7,6. Der derzeitige liegt bei besorgniserregenden 8,1. Ein schrecklicher Tod.«

Armel blickte auf ihre Hände, nickte, ging zurück in die Küche und kam kurz darauf mit einer Salatschüssel, einem Gefäß mit Seeschnecken und einem Brotkorb zurück. Er stellte alles auf den Tisch, schenkte Wein nach, füllte die auf dem Boden stehende Schüssel mit frischem Wasser für Filou und setzte sich. In einem Korken steckten mehrere Stecknadeln, um die Seeschnecken aus ihrem Gehäuse zu pulen. Armel nahm sich eine und bedeutete Morgane, sich zu bedienen. Entschuldigend schüttelte sie den Kopf. Filou stand auf, schnupperte in Richtung der Wasserschüssel, drehte sich einmal um die eigene Achse und rollte sich wieder ein. Morgane starrte auf die schwarzen Seeschnecken und zeigte mit der Gabel darauf, anschließend auf Armel.

»*Sie* waren das mit den Seeschnecken. Sie waren einmal dabei. Jetzt erinnere ich mich wieder. Ich war noch ein Kind.«

Armel kommentierte ihre Bemerkung mit einem Lächeln.

»Aber wir schlafen immer noch seelenruhig und gehen

sonntags in die Kirche«, fuhr er dann fort. »Wir besitzen eine Landesfahne, eine eigene Sprache, eine bretonische Identität, und wir sammeln an den Wochenenden unsere Muscheln und Seeschnecken. Wie dies schon unsere Großeltern getan haben. Inzwischen ist jeder Ortsname zweisprachig ausgeschildert, französisch und bretonisch, all das haben wir geschafft, weil wir dafür gekämpft haben. Aber wir bringen es nicht fertig, unsere Heimat zu schützen. Gott kann unmöglich ein Bretone gewesen sein. Er würde es nicht zulassen, dass sein Werk zerstört wird. Das wildeste Stück Frankreich, das ich kenne, wird von Menschenhand kaputt gemacht.«

»Andererseits hängen hier Existenzen an der Schweinezucht«, warf Morgane vorsichtig ein.

»Ich habe Austern gezüchtet und damit aufgehört. Mein Leben ging trotzdem weiter.«

»Sie sind auch auf sich allein gestellt«, schoss es aus Morganes Mund.

»Man muss eben wollen«, lautete seine schlichte Antwort.

Morgane dachte an die unterschiedlichen Landschaften hier in der Bretagne. Niemals würde sie sich an dieser Schönheit sattsehen. Majestätische Klippen, sanft abfallende Sandbuchten, ein silbern glitzerndes Meer, der Wind, der mit den Wellen spielte und schäumende Kronen bildete. Die jahrhundertealten Bauwerke aus rotem Sandstein, das beschauliche, einfache Leben der Bewohner, das sich in den Ortschaften widerspiegelte, in seinen Gerichten und Traditionen.

»An douar so kozh, med n'eo ket sod«, sagte Armel.

»Die Erde ist alt, aber nicht verrückt«, übersetzte Morgane.

»Woher wissen Sie …?«, setzte er fragend an. In seinen Augen spiegelte sich Erstaunen.

»Gelesen«, antwortete Morgane lächelnd. »Ich lerne nebenbei ein wenig Bretonisch. Aber über ein Paar Begriffe und Sprichwörter bin ich noch nicht hinausgekommen.«

»Früher wären Sie dafür bestraft worden«, erklärte Armel amüsiert.

»Wofür?«, fragte Morgane und sah von ihrem Teller auf.

»Es war verboten, Bretonisch zu sprechen. Bis in die Fünfzigerjahre. Aber das ist glücklicherweise Vergangenheit. Inzwischen gibt es Dutzende bretonischer Schulen und sogar einen Lehrstuhl für Bretonistik an der Universität Brest.«

»Man kann doch den Menschen die Sprache ihrer Heimat nicht verbieten«, protestierte Morgane und überlegte, was in Plouarzel in Mémés kleinem Häuschen gesprochen worden war. Ihre Mémé und ihr Großvater hatten manchmal ein paar typische Ausdrücke benutzt, aber aus Elaines Mund hatte Morgane kein einziges bretonisches Wort gehört.

Schweigend genossen sie die Vorspeise, wobei Morgane sich mit dem Salat begnügte. Armel reichte dazu einen kalten einfachen Weißwein, der sogar Morgane schmeckte.

»Was also könnte man gegen den Algen-Teufelskreis tun?«, fragte sie und putzte sich den Mund mit der Serviette ab. Sie merkte, wie ihr der Alkohol zu Kopf stieg und ihre Zunge sich lockerte.

»Wenn ich das wüsste! Ich bin kein Umweltexperte, geschweige denn ein Meeresbiologe. Ich weiß nur, dass die Zeiten von Frankreichs Vorratskammer vorbei sind. Wir werden umdenken müssen. Weg von der Massentierhaltung. Mittlerweile gibt es Biobauern, die verantwortungsvoller mit der Thematik umgehen. Aber das kostet Geld. Die Massentierhaltung wurde in der Bretagne einst indirekt subventioniert. Die Bauern erhielten günstige Kredite vom Staat. Jetzt sollen sie wieder nach einer anderen Pfeife tanzen. Alles umstellen. Am Ende werden sie die Leidtragenden sein. Aber der Mensch besitzt einen freien Willen. Die Natur nicht.«

Morgane nickte zustimmend. »Ich habe eine Vereinbarung mit Paulette getroffen, dass unser Mittagstisch nur mit Bioprodukten betrieben wird. Paulette hat mich für verrückt erklärt und unseren Ruin prophezeit. Aber das war eine rein ethische Entscheidung für mich. In Deutschland habe ich mir nie Gedanken darüber gemacht. Aber hier, mit der Natur vor der Haustür, lebt man irgendwie intensiver. Man kommt ins Grübeln.«

»Von eurem Mittagstisch habe ich schon gehört. Ihr lasst euch wirklich etwas einfallen. Kocht die alte Hexe immer noch so gut wie damals?«

Er stippte mit dem Brot die auf seinem Teller verbliebene Vinaigrette auf und schob es sich grinsend in den Mund.

»Na ja, eine Hexe ist sie nicht gerade. Vielmehr ein geschlossenes Buch. Ein Mensch voller Geheimnisse. Aber an entscheidender Stelle war sie für mich da, was mich, ehrlich gesagt, überrascht hat. Und was Ihre Frage nach der Qualität ihrer Kochkünste angeht: Monsieur Karvan behauptet das jedenfalls. Ich habe ja keinen Vergleich, aber laut meiner Waage im Bad, ja. Wann hatten Sie denn Gelegenheit, Paulettes Küche zu testen? Kommen Sie uns doch einmal besuchen.«

»Das ist lange her, Morgane. Fast ein ganzes Leben. Sie betrieb einmal das *La Chaloupe*.«

Unwillkürlich musste Morgane an ihre Mutter denken, überlegte, ob sie dieses Thema anschneiden sollte, ließ es aber, während sie Armel verstohlen beobachtete. Er presste die Lippen zusammen, schüttelte den Kopf und starrte ins Leere, als versinke er in schmerzlichen Erinnerungen, und sein Gesichtsausdruck wirkte auf einmal verschlossen, fast unnahbar.

»Ich musste mir etwas einfallen lassen. Des Geldes wegen. Wer sitzt schon gerne auf Schulden? Ich möchte den Pensionsbetrieb wieder aufnehmen. Aber das ist noch ein langer Weg, so wie es aussieht.«

Armel erhob sich, ohne Morganes Pläne zu kommentieren, und ging in die Küche. Von dort aus hörte Morgane das Geklimper von Geschirr.

»Es gibt in der Rue des Artichauts drei Pensionszimmer und jedes soll den Namen eines Finistère-Themas bekommen«, rief sie.

Inzwischen hatte das Meer seine Farbe von Türkisblau zu Grau verändert. Plötzlich spürte sie einen Regentropfen auf ihrer Haut. Sie blickte nach oben und sah einen wolkenverhangenen Himmel. Filou stand von seinem Platz auf und legte sich unter den Tisch auf Morganes Füße. Sie streifte ihre Schuhe ab und vergrub ihre Zehen in Filous weichem Fell.

»Finistère-Thema?«, fragte Armel durch das geöffnete Fenster, trat nach draußen und fing an, den Hauptgang zu servieren.

»Ich übersetze gerade ein interessantes Sachbuch über die Region. Es geht dabei um die Mythen und Legenden des Finistère. Das hat mich auf die Idee gebracht.«

Armel nickte zustimmend: »Hört sich sehr authentisch an. Nicht das Übliche. Was die Leute so glauben, was die Bretagne sei. Und wie heißen die Zimmer dann?«

Morgane zuckte die Achseln und lachte: »*Die Glocken von Ys* konnten mich nicht ganz überzeugen. Ich bin noch nicht so weit mit dem Manuskript. Ich werde es wissen, wenn ich das Richtige gefunden habe.«

»Man muss auf seinen Instinkt vertrauen«, murmelte Armel.

Besorgt warf Morgane einen Blick aufs Meer: »Wird das Unwetter hierherkommen?«

Armel setzte sich und schenkte mit ruhiger Hand Wein nach. Filou knurrte und Morgane griff unter dem Tisch nach seinem Nacken und streichelte ihn.

»Das sage ich Ihnen nach dem Essen«, entgegnete Armel und schob eine Platte mit St.-Pierre-Fisch in die Mitte des Tischs. Dazu gab es Reis mit Erbsen und frische feingehackte Kräuter. Beherzt griff Morgane zu.

»Der Fisch schmeckt köstlich.«

»Und jetzt sind Sie dran, Morgane«, erwiderte Armel ernst und spießte einige Erbsen auf die Gabel. »Sie übersetzen also. Ich nehme an Deutsch–Französisch? Und nicht nur Sachbücher?«

Morgane nickte zustimmend: »Spezialisiert bin ich auf belletristische Texte. Vor allem vom Französischen ins Deutsche. In München hatte ich ein paar Jahre eine feste Anstellung in einer Firma, wo ich bei Verhandlungen simultan übersetzt habe. Aber irgendwie war es nicht das Richtige. Ich sitze lieber zu Hause am Schreibtisch und widme mich einem Buch. Das ist weniger kommunikativ«, setzte sie verlegen nach.

Armel blickte sie nachdenklich an und zog die Brauen nach oben: »Sie mögen es einsam?«

»Wenn Sie so wollen …«, wich Morgane aus und spielte mit ihrer Serviette. »Seit ich in Fannys Haus lebe, hat das sozusagen eine neue Dimension bekommen. Der Pensionsbetrieb, meine Schreibtischarbeit. Wenn es tatsächlich funktioniert, wäre es eine Art Lebenstraum, der sich erfüllt.«

Er sah sie ermunternd an.

»Ein selbstbestimmtes Leben führen und einen maßvollen Umgang mit Menschen hegen. In der Bretagne ist Letzteres einfacher als in einer Großstadt wie München. Die Leute hier reden nicht viel. Das mag ich.«

Sie biss sich auf die Lippen.

»Geht mir wie Ihnen«, erwiderte er und stocherte nachdenklich mit der Gabel in seinem Essen herum. »Ich mag auch kein Gelaber. Manchmal spreche ich tagelang mit keiner Menschenseele. Ja, für einen derartigen Traum ist dies hier der richtige Boden.«

In seiner Stimme lag eine Mischung aus Anerkennung und Fürsorge. Armel legte noch etwas Fisch auf Morganes Teller und nahm sich selbst den restlichen Reis. Auf dem Sonnenschirm prallten vereinzelt Regentropfen ab. Besorgt sah Morgane noch einmal in Richtung Meer, das jetzt seine Farbe zu Dunkelgrau geändert hatte.

»Haben Sie das Meer gesehen?«, wandte sie sich an Armel.

»Ein einfaches Rezept«, erwiderte er unbeirrt und leerte sein Glas. »Sie nehmen einen Fisch mit weißem, festem Fleisch. Dünsten ihn in Weißwein. Ein Lorbeerblatt. Der Sud wird mit etwas Sahne abgebunden. Fertig. Sie können sie auch mit Senf abschmecken.«

Der Wind nahm zu und Morgane beeilte sich, nachdem sie ihren Teller leer gegessen hatte, ihre Serviette unter dem Besteck zu verstauen. Armel verschwand in der Küche, wo er einen Espresso zubereitete. Am Horizont konnte man eine schwarze Wand sehen, die sich näherte, plötzlich war ein erster lauter Donnerschlag zu hören. In Windeseile sprang Filou unter dem Tisch hervor und stellte sich demonstrativ neben Morganes Stuhl. Hastig zog sie ihre Schuhe wieder an.

»Jetzt ist es so weit«, sagte Armel, der in diesem Moment wieder aus dem Haus trat, den Sonnenschirm schloss und Tisch und Stühle in Sicherheit brachte. Dann begann er, die an der Wand lehnenden Tomatenstauden hereinzuziehen, und Morgane sprang eilig auf, um ihm zu helfen. Filou folgte ihnen in die Küche und platzierte sich in der Nähe von Morgane, als dürfe er keinesfalls riskieren, sie aus den Augen zu verlieren.

»Mein Schiff geht in einer Stunde«, sagte Morgane ängstlich.

»Es wird nicht ablegen bei diesem Wetter. Und ich würde Sie auch gar nicht zurückfahren lassen. Es gibt hier zwar kein Gästezimmer, aber eine bequeme Klappcouch im Raum nebenan. Und du, Hund, kannst auf dem Boden schlafen.«

»Er heißt Filou und ist in Sachen Höflichkeit äußerst empfindlich«, erwiderte Morgane mit erhobenem Zeigefinger. Sie bedankte sich für das Angebot, nahm ihr Handy, trat zum Fenster und wählte zunächst Stefans Handynummer, erhielt aber keine Verbindung. Als sie ihre eigene Rufnummer drückte, ertönte das Freizeichen. Erstaunt fragte Paulette, was sie für sie tun könne.

»Ich wollte Ihnen nur sagen, dass ich auf der Île de Batz bin und womöglich heute Nacht nicht zurückfahren kann. Das Wetter. Filou ist bei mir. Ich werde morgen im Laufe des Tages zurück sein.«

»Auf der Île de Batz?«, platzte Paulette heraus und sagte dann schnell: »In Ordnung.«

Ihre Stimme klang nach einer Mischung aus Verwunderung und Sorge. Dann brach die Verbindung ab und Morgane erhielt den Hinweis: Kein Netz.

»Sie haben Paulette Bescheid gegeben?«, fragte Armel, der

gerade den Espresso servierte. Der Duft von starkem Kaffee erfüllte den keinen Raum.

»Wir bilden ja eine Art Wohngemeinschaft. Ich finde, sie sollte es wissen, wenn ich über Nacht wegbleibe. Obwohl ich mir nicht sicher bin, ob sie es überhaupt bemerken würde. Meine Räume im Haus sind unten, ihre oben.«

»Missverstehen Sie mich bitte nicht. Ich finde das sehr freundlich von Ihnen«, entschuldigte sich Armel für seine Bemerkung.

»Ihre Netzverbindung hier ist schlecht«, sagte Morgane und setzte sich.

Armel zuckte die Achseln: »Keine Ahnung. Ich besitze kein Handy und werde mir auch nie dieses moderne Zeug anschaffen.«

»Solange es Flaschenpost auch tut«, erwiderte Morgane lächelnd.

Was Filous feine Nase längst gewittert hatte, kam schneller, als Morgane es erwartet hatte. Ein immer stärker werdender Wind, der kurz innehielt, als müsste er Atem holen, setzte ein. Der Regen hörte auf, und für wenige Augenblicke hatte man das Gefühl, im Auge eines Orkans zu stehen, genau an jener Stelle, wo er seine Kräfte sammelte. Armel nutzte jenen Moment, eilte hinaus, schloss die Fensterläden und verriegelte die Haustür. Es war, als sei die ganze Umgebung aufgeladen, eine Energie, die jeden Moment explodieren würde. Durch einen Spalt der Ladenlamellen konnte Morgane sehen, was sich draußen ereignete: Die Äste der Bäume bogen sich in alle Richtungen und lose Blätter flogen durch die Luft. Der Wind schien durch jede Ritze des Steinhauses zu pfeifen. Armel trat neben Morgane und blickte ebenfalls hinaus. Über dem Meer sah man Blitze, dann prasselte Regen nieder, der sich abrupt in Hagel verwandelte. Kirschgroße Körner fielen vom Himmel, und der Ozean verschwand in einer aufgewirbelten Atmosphäre. Unten am Ufer, nicht weit von Armels Haus entfernt, peitschten die Wellen umher und schwappten bis auf die enge Straße. Morgane schien es, das Meer käme nach jedem Rückzug näher an Armels Haus.

»Gegen die Naturgewalten sind wir machtlos. Es ist arrogant zu glauben, der Mensch könne die Natur beherrschen. Sie beherrscht uns«, sagte er wie ein Richter, der ein Urteil fällte.

Sacht zog er nach einer Weile Morgane vom Fenster weg in Richtung Küchentisch.

»Ich bin ehrlich gesagt froh, nicht allein zu sein«, gestand Morgane, setzte sich und nippte an ihrem Espresso. Filou, der sonst sie beschützte, suchte jetzt seinerseits Sicherheit in ihrer Nähe. »Ich habe ein solches Unwetter noch nie zuvor gesehen. Das sind ja ungeheure Kräfte.«

Mechanisch kraulte sie Filous Nacken.

»Sage ich doch«, erwiderte Armel, zündete eine Kerze an und löschte das Licht. »Ist sicherer so«, meinte er und setzte sich ihr gegenüber.

Sie saßen stumm am Küchentisch, tranken Kaffee und Morgane zählte die Sekunden zwischen dem Donner und den Blitzen, die den abgedunkelten Raum erhellten.

»Es sind mehrere Gewitter direkt über uns oder in unmittelbarer Nähe«, erklärte Armel. »Einige von ihnen ziehen schon ab.«

Morgane hielt den Atem an und beobachtete verstohlen Armel, der still dasaß und einfach wartete, als könne ihn nichts aus der Ruhe bringen. Sie konnte sich niemanden vorstellen, mit dem sie eine derartige Gefahr lieber überstehen würde als mit Armel Briag, dessen Gemüsefelder morgen früh hoffentlich nicht allzu verwüstet sein würden.

Genau wie Armel vorhergesagt hatte, war der Spuk kurz darauf vorbei. Nur noch dumpf waren einige Donnerschläge zu hören, die aber weit weg schienen. Filou legte sich entspannt zur Seite und gähnte. Gegen Mitternacht bereitete Armel das Gästelager für Morgane, wünschte ihr und dem Hund eine gute Nacht und verschwand in seinem Schlafzimmer, das von der Küche abging. Morgane nahm das Kapitel *Magische Schatten – die Leuchttürme im Finistère* aus ihrem Rucksack, kuschelte sich in die Wolldecke und begann zu lesen:

Neben der hellen Bretagne des Tages, mit ihren leuchtenden Farben, gibt es auch eine Bretagne der Nacht, da der Mond das Regiment übernimmt. »Das Wunderbarste in der Bretagne ist der Mond, wenn er über dem Land sich erhebt und über dem Meer untergeht, von Gott zum Beherrscher der Finsternis eingesetzt«, bemerkte einst der bretonische Schriftsteller Chateaubriand. Der Dunkelheit trotzen aber auch unzählige Leuchttürme, die von Saint-Malo bis Saint-Nazaire eine Lichterkette bilden. Im Finistère an der Pointe de Saint-Mathieu endete einst die Straße der Römer, weshalb dieser Küstenabschnitt auch Bout-du-Monde heißt, das Ende der Welt. Seit Jahrhunderten beobachteten die Menschen das tosende Meer, das bei Sturm von drei Seiten gegen die Klippen schlägt. Das dort entstandene Wehrkloster aus dem 11. Jahrhundert sollte gegen die Einfälle fremder Seefahrer schützen, wovon noch heute eindrucksvolle Ruinen zeugen. Der berühmte Leuchtturm hingegen ist angesichts der geschichtsträchtigen Bretagne ein wahrer Jungspund. 1865 wurde der 27 Meter hohe »phare« gebaut und sein Signal – alle 15 Sekunden ein Blitz – reicht bis zu sechzig Kilometer weit.

Der Leuchtturm von St.-Mathieu erschien Morgane inzwischen wie ein alter, treuer Freund, lag er doch nur knapp zwei Kilometer von ihrem Zuhause entfernt und sein Lichtstrahl streifte Nacht für Nacht ihr Fenster und erinnerte sie daran, wie nahe sie dem Meer war. Gähnend legte sie das Manuskript zur Seite und löschte die Lampe. Sie sah zur Decke, aber außer ein paar tanzenden Schatten von dem Leuchtturm der Île de Batz war dort nichts zu sehen. Sie folgte dem kommenden und sich entfernenden matten Lichtstrahl und hing ihren Gedanken nach. Zu Hause besaß sie ein wunderschönes Foto, das den Leuchtturm von St.-Mathieu, die mächtigen Klosterruinen an den Klippen und das glitzernde Meer zeigte. Sie musste es nur vergrößern, rahmen und an der weißen Wand platzieren. Vor ihrem geistigen Auge sah sie eine Schiefertafel an der Tür des Pensionszimmers mit geschwungenen Buchstaben: *Chambre du phare* – das Leuchtturmzimmer. Mit dem Gefühl, dass sich alles fügen würde, drehte sie sich zur Seite und schloss die Augen.

Plötzlich klingelte ihr Handy.

»Ich habe es schon einige Male versucht«, hörte sie Stefans Stimme, dann ein Krachen in der Leitung. »Tut mir leid, dass ich so spät anrufe.«

»Hier gab es ein Unwetter«, erklärte Morgane. »Ich konnte dich nicht erreichen. Nur Paulette. Kein Netz.«

»Paulette? Wo bist du denn?«

»Das ist eine lange Geschichte«, wich Morgane aus. »Bei einem Freund meiner Mutter auf einer Insel.«

»Ein Freund deiner Mutter?«

»Warum wiederholst du immer, was ich sage?«, fragte sie aufgebracht. »Ich komme mir dann immer vor wie eine Erstklässlerin.«

»Weil ich nicht verstehe, was du mitten in der Nacht bei einem Fremden suchst. *Ich* bin also der Erstklässler.«

»Er ist kein Fremder. Das Schiff zurück ging nicht mehr. Sturmflut. Hier gab es ein Unwetter, wie ich es noch nie in der Bretagne erlebt habe. Die Welt ging unter.«

»Ja, hier war auch einiges los«, bestätigte Stefan. »Und jetzt hängst du allein bei einem Kerl herum?«, fuhr er nach einer kurzen Pause fort.

»Filou ist bei mir. Und der Kerl heißt Armel Briag und ist Mitte siebzig. Und, was machst du so?«, fragte sie beiläufig.

»Ich bleibe noch bis morgen in Saint-Malo und gehe dann wieder auf Wanderschaft.«

Saint-Malo – das lag nicht allzu weit entfernt von Saint-Brieuc. Das Krachen in der Leitung nahm zu. Das letzte Wort hatte sich Morgane nur noch zusammengereimt.

»Sieh dich vor, wenn dir am Strand zu viele Algen begegnen. Sie sind giftig.«

»Morgane«, erwiderte Stefan mit einem seltsamen Unterton. »Alles in Ordnung mit dir?« Ehe sie antworten konnte, sagte er: »Ich melde mich morgen noch mal.«

In dieser Nacht machte Morgane lange kein Auge zu und drehte sich auf der schmalen Couch von einer Seite auf die andere. Sie ließ ihre Beziehung zu Stefan Revue passieren und merkte, wie die Streitereien, die vor ihrer Abreise in die Bretagne alles dominiert hatten, immer blasser wurden, die Bilder in ihrer Erinnerung an den Rändern ausfransten. Jetzt aus der Entfernung fühlte sie jene Geborgenheit, wenn sie seine Stimme hörte, die sie in Deutschland vermisst hatte. Weil durch die Distanz der Raum zwischen ihnen gewachsen war, konnte Morgane es sich nun sogar vorstellen, winzige Schritte auf Stefan zuzugehen.

Kapitel 12

Ein Geräusch riss Morgane aus dem Schlaf. Sie knipste die Stehlampe am Kopfende der Couch an und tastete nach ihrer Armbanduhr. Kurz vor fünf. Filou, der neben ihr auf dem Boden lag, öffnete die Augen und drehte blitzschnell den Kopf in Richtung Terrasse, von wo das Geräusch gekommen war. Dann hörte sie Schritte. Jemand schleifte einen schweren Gegenstand über den Boden. Morgane warf die Decke zurück und ging auf Zehenspitzen zum Fenster. Durch einen Spalt zwischen den zugezogenen Vorhängen blinzelte sie hinaus und sah Armel im Mondschein, der dabei war, den Tisch wieder aufzustellen, und anschließend die Tomatentöpfe in Richtung der Hauswand zog. Seine Gestalt wirkte müde, seine Bewegungen angestrengt. Dann setzte er sich seufzend an den Gartentisch und sie blickte auf seinen Rücken. Morgane tastete mit den Füßen nach ihren Schuhen, schlüpfte hinein, warf sich die Wolldecke über und trat hinaus. Kühle Luft schlug ihr entgegen. Sie kuschelte sich in ihren Umhang, verschränkte die Arme und lehnte sich gegen die Hauswand.

»Vollmond«, sagte Armel, als er sie bemerkte. »Deshalb war das Unwetter so heftig. Vollmond und Flut bilden eine explosive Mischung.«

Auf dem Tisch stand eine neue Flasche Rotwein und ein volles Glas. Langsam nahm sich Morgane einen Stuhl und setzte sich in gebührendem Abstand neben Armel. Beide betrachteten den Sternenhimmel. Die Wolken waren verschwunden.

»Als wäre nichts gewesen«, sagte Morgane leise.

Armel erwiderte nichts und das Schweigen zwischen ihnen schwoll mit jedem Atemzug, den beide taten, an. Der Wind streifte durch die Bäume.

»Sie waren das mit den Blumen unten an der Bucht bei Plouarzel. Die Gedenkstätte meiner Mutter, nicht wahr? Sie haben die Lilien dort hingelegt.«

Von drinnen hörte man Filous Schritte, die sich näherten. Draußen angekommen, ließ er sich einfach zwischen Armel und Morgane auf die Seite fallen und grunzte zufrieden.

»Die Bescherung werden wir erst bei Tageslicht sehen. Meine Salate haben bestimmt gelitten. Die Artischocken hingegen sind robust.«

Angestrengt sah Morgane in Richtung der Gemüsefelder von Armel, konnte aber, außer einigen dunklen Schatten, nichts wahrnehmen.

»Ich bringe ihr regelmäßig Blumen. Meistens weiße Lilien. Die hat sie besonders geliebt. Im Frühjahr bekommt sie Tulpen. Rosen im Hochsommer. Ich habe Elaine geliebt. Und ihr Tod hat daran nichts geändert.«

»Oder ihre Ehe«, erwiderte Morgane, um einen neutralen Ton bemüht. Aber es klang wie ein einziger Vorwurf. »Eine Jugendliebe ist etwas anderes als Ehebruch.«

Erschrocken über ihre eigenen Worte, schloss sie den Mund.

»Wir haben nie voneinander gelassen. Haben es versucht. Aber es ging nicht. Manchmal frage ich mich, wie das ausgegangen wäre, wenn sie nicht gestorben wäre. Wir hätten uns womöglich zermürbt. Es war eine Alles-oder-nichts-Liebe. Leidenschaft und Zerstörung liegen nah beieinander.«

»Sie hatten die ganze Zeit über …?«, setzte Morgane an.

»Wir hatten eine Affäre, wie man so schön sagt. Ursprünglich war es eine Jugendliebe. Und dann ging sie nach Deutschland. Von heute auf morgen. Elaine war schon immer sehr unstet. Manchmal glaube ich, sie wollte zu viel vom Leben. Sie hat alles an sich gerissen. Das Glück. Die Tränen. Die Verzweiflung. Den Schmerz. Sie war so durchlässig, verstehen Sie? Ihr Fühlen geriet nur allzu leicht außer Kontrolle. Dann kam Ihr Vater und mit ihm die Sicherheit. Ein ruhiger Pol traf auf zweihundert Volt. Dann gab es Sie. Den Rest wissen Sie.«

»Nichts«, entfuhr es Morgane. »Nichts weiß ich. Bis vor Kurzem wusste ich nicht einmal, dass es außer meinem Vater einen anderen Mann im Leben meiner Mutter gegeben hatte. Ich hatte keine Ahnung. Ich war knapp zehn Jahre alt, als meine Mutter starb. Und niemand hielt es bislang für nötig, mir zu erklären, was genau damals vorgefallen ist.«

Armel blickte fragend auf und sah Morgane abwartend an.

»Das wollten Sie doch sagen, oder? Dass es einen Zusammenhang zwischen einer heimlichen …«, Morgane suchte nach dem passenden Wort, »… Liebe oder Affäre und Elaines Tod gab.«

»Es gibt keinen Zusammenhang«, erwiderte Armel ernst. »Wenn es einen gibt, dann kannte ihn einzig und allein Elaine. Aber sie hat das niemals preisgegeben. Und so nahmen die Dinge ihren Lauf. Es war nicht aufzuhalten. Niemand hat das kommen sehen und keiner trägt Schuld daran.«

»Was kommen sehen? Und welche Schuld?«

»Elaines Tod.«

Morgane spürte einen Kloß im Hals, einen Druck in der Magengegend. »Was ist das für eine Andeutung? Meine Mutter kam beim Schwimmen ums Leben.«

Morgane dachte an die Pointe du Raz, wo die Meeresströmungen aufeinanderprallten und wohin der Legende nach die Ertrunkenen in klaren Nächten zurückkehrten.

»Es war ein tragischer Unfalltod. Ich habe seit Jahren nicht mehr darüber gesprochen«, erwiderte Armel gepresst, als müsse er sich jedes Wort herauswürgen.

»Ich habe ein Recht auf die Wahrheit«, sagte Morgane mit fester Stimme.

Armel drehte den Kopf in ihre Richtung: »Nein, das haben Sie nicht. Für die Wahrheit kann man lediglich bereit sein, und ich bezweifle, dass Sie das sind, Morgane. Damals besaß ich ein kleines Schiff«, fuhr er leise fort und starrte wieder in Richtung Meer. Morgane hielt den Atem an. »Elaine und ich waren unterwegs. Ein Gläschen Sekt. Ein zweites. Wie das eben so ist. Dann kam der Wetterumschwung. Hohe Wellen, die aber noch nicht bedrohlich wirkten. Die Dämmerung. Und irgendwann meinte Elaine, sie müsse ins Wasser. Wenn sie sich etwas in den Kopf gesetzt hatte, dann tat sie es. Niemand konnte sie zurückhalten. Wissen Sie, wie schnell es auf dem Meer dunkel wird? Ich habe stundenlang nach ihr gesucht. Die Hafenpolizei gerufen. Am nächsten Morgen setzten dann die üblichen Rettungsmaßnahmen ein. Schwimmer. Hubschrauber. Suchtrupps.«

Abrupt brach er ab. Seine Stimme klang schmerzverzerrt, als durchlebe er alles noch einmal.

»Ich kann mich noch an den Hubschrauber erinnern«, erklärte Morgane geistesabwesend. »Tage später, als mein Vater und ich im Finistère ankamen. Und neulich bei diesem Unfall in St.-Michel-en-Grève sah es genauso aus wie damals. Geradezu gespenstisch. Eigentlich habe ich nie an diese Geschichte geglaubt.«

Armel sah fragend auf.

»Ein Krampf beim Schwimmen. Dabei galt meine Mutter als hervorragende Schwimmerin«, erklärte sie hilflos.

»In diesen Gewässern dort draußen …«, Armel zeigte hinaus aufs Meer, das spiegelglatt unter ihnen lag, »dort draußen herrschen andere Gesetze. Es gibt keine Unverwundbarkeit. Die Strömungen, der Wellengang. Selbst die aufkommende Flut kann in einer idyllischen Bucht binnen weniger Minuten zur Todesfalle werden.«

… wo das Stöhnen der Ertrunkenen zu hören war …

»Sie glauben, es war eine Art Selbstmord?«, fragte Morgane. Sie spürte, wie sich ihre Augen mit Tränen füllten und kämpfte gegen das Zittern in ihrer Stimme an.

»Nein.« Er schüttelte entschieden den Kopf. »Elaine hat sich überschätzt und sich immer zu viel zugetraut. Genau, wie sie ein Leben lang die Kapazität ihres Gefühlshaushalts überschätzt hat. Sie konnte keine zwei Männer lieben. Sie hätte eine Entscheidung treffen müssen.«

»Und wie wäre die ausgefallen, hätte sie genug Lebenszeit gehabt?«

Morganes Herz klopfte ihr bis zum Hals. Armel drehte den Kopf in ihre Richtung, sah sie eindringlich an und in seinen Augen registrierte sie ein tiefes Wissen, eine Weisheit, wie sie sie nie zuvor bei einem Menschen gesehen hatte. Nur die Traurigkeit, die auch in diesen Augen lag, erinnerte sie an ihr eigenes Spiegelbild. Sie blickte zur Seite und wischte sich die Tränen von den Wangen.

»Auch auf die Gefahr hin, dass ich Ihnen damit wehtue: für mich. Oder sagen wir lieber, für dieses Stück Land. Elaine war eine Bretonin durch und durch. Sie hat den Wind zum Atmen gebraucht. Auf ihrer Seele lag der Abdruck dieser Landschaft wie ein Stempel in einem Pass. In Deutschland wäre sie früher oder später erstickt. Kurz bevor der schreckliche Unfall passiert ist, hat sie das begriffen.«

Er verstummte.

»Aber sie hat meinen Vater geliebt«, protestierte Morgane und putzte sich die Nase.

Der Abdruck dieser Landschaft. Sie ließ das Gesagte wirken und fragte sich, ob sie Elaines Verbundenheit mit diesem Landstrich auf geheimnisvolle Weise geerbt hatte. Morgane glaubte, Elaines Zerrissenheit zwischen den zwei Himmelsrichtungen so sehr verinnerlicht zu haben, als sei ihre Seele auf eine Streckbank gespannt. Gab es so etwas: ein Seelenerbe? Sie hatte sich verschuldet und lebte mit einer Frau unter einem Dach, die sie sich nicht ausgesucht hatte. Wie in einer arrangierten Ehe.

»Ich habe nichts anderes behauptet, Morgane. Das war ja Elaines Problem. Sozusagen ihr Hauptkonflikt, verstehen Sie? Ich hatte keinen. Wenigstens nicht im Zusammenhang mit ihr. Obwohl ...«, meinte er dann zögerlich und schüttelte heftig den Kopf. »Nein«, fuhr er fort, als müsse er sich selbst überzeugen. »Für mich war alles klar. Ich habe Elaine geliebt. Ich habe Ihnen gleich gesagt, dass Sie die Wahrheit nicht aushalten.«

Er reichte ihr ein neues Papiertaschentuch und vermied es, sie anzusehen.

»Es klingt ein bisschen, als hätten Sie sich selbst Absolution erteilt«, erwiderte Morgane und fuhr trotzig fort: »Wer liebt, übernimmt auch Verantwortung.« Sie nahm das Taschentuch entgegen und stopfte es in ihre Jeans. Sein »obwohl« klang in ihr nach und sie öffnete den Mund, verstummte dann aber. Sie empfand Mitleid für diesen gebrochenen Mann, der ihr fremd und auf sonderbare Weise vertraut war. Er saß da, in sich versunken, und es schien ihr, als sei ihm plötzlich seine Kleidung zu groß, als sei er in den letzten Stunden schmaler geworden. Seufzend erhob sie sich, ging in die Küche, holte sich ein Glas aus dem Regal, kehrte damit zurück und schenkte sich von dem Roten ein. Sie nahm einen kräftigen Schluck und spürte eine angenehme Wärme, die ihren Körper durchströmte.

»Ihr Name, Armel, ist bretonischer Herkunft, nicht wahr? Was bedeutet er?«

»Darüber streiten sich die Geister. Einige meinen, er käme von Stein.«

Ein Fels in der Brandung, dachte Morgane und betrachtete ihn verstohlen. Was konnte diesen Mann erschüttern? Schweigend saßen sie nebeneinander, bis die Sonne aufging. Es war, als erwachte die stille Landschaft nur zögernd und als rekelte sie sich nach allen Seiten. Das Meer hatte sich beruhigt, als sei es niemals aufgewühlt worden, und Morgane streifte der Gedanke, dass dieser Anblick nicht das Einzige war, was Armel und sie verband. In der Dämmerung konnte sie die Zerstörung, die der Sturm vollbracht hatte, erahnen.

»Kennen Sie denn die Geschichte, die sich um Ihren Namen rankt?«

Armels Frage durchbrach die Stille zwischen ihnen.

»Meine Großmutter hat mir so ziemlich alles erzählt, was von Bedeutung ist. Morgane war die Schwester von König

Artus, die Herrscherin des geheimen Feenreichs Avalon. Die Protagonistin der *Nebel von Avalon.*«

»Wussten Sie, dass Morgane in der Tristan-Erzählung ein magisches Trinkhorn an den Hof König Artus' gebracht haben soll, aus dem kein Mann trinken konnte, dessen Frau untreu war oder auch nur ehebrecherische Gedanken hegte, ohne etwas zu verschütten?«

Morgane schüttelte lächelnd den Kopf: »Das wusste ich nicht. Dafür aber, dass sie im *Val-sans-retour* männliche Ehebrecher festgehalten haben soll. Eine unmoralisch handelnde Moralistin sozusagen.«

»Genau«, erwiderte Armel zustimmend. »Auf alle Fälle tragen Sie einen lebendigen bretonischen Vornamen, der noch heute in unserer Gegend häufig vorkommt.«

»Wissen Sie auch, was er bedeutet?«

»Es gibt verschiedene Erklärungen, so weit ich mich erinnere«, erwiderte Armel.

»Die auf dem See Geborene.«

»Dafür haben Sie aber ganz schön viel Boden unter den Füßen«, schmunzelte Armel.

»Es gibt immer eine Kehrseite der Medaille«, konterte Morgane.

Als sie ins Haus ging, um ihren auf dem Fenstersims lehnenden Rucksack zu holen, bemerkte sie eine SMS.

Baupläne und Bilder sind angekommen. Wir müssen dringend reden. Ruf mich an! Papa

Sie steckte das Mobiltelefon in die Seitentasche. Draußen schritt Armel durch seinen Garten. Einige Gemüsebeete waren verschwunden, als habe sich ein Pflug willkürlich durch sie hindurchgearbeitet und die Muttererde nach oben getragen. Armel ließ die zerfetzten Salatköpfe links liegen und wandte sich den noch jungen Artischocken zu, deren dicke Stile in alle Richtungen zeigten. Nur wenige von ihnen standen kopflos da. Überall lagen einzelne Blätter der Hortensien herum, dennoch hatten die Büsche das Unwetter überlebt.

Armel hielt inne, ließ sich auf die Knie fallen und grub mit seinen Händen in der feuchten Erde, um die zur Seite geneigten Pflanzen zu begradigen. Und es war, als gehörten seine langen Finger plötzlich zu seinem kräftigen Körper, als seien sie wie feine Äste aus ihm herausgewachsen, als betaste er mit ihnen zum ersten Mal die Wirklichkeit. Morgane gestand sich ein, den ehemaligen Liebhaber ihrer Mutter zu mögen, fast wie einen väterlichen Freund, denn was sie teilten, war eine Lücke, ein Stück Zerrissenheit inmitten einer aufgewirbelten Umgebung, und eine unerschütterliche Liebe zu einer Frau, die es nicht mehr gab.

Sie dachte an Roberts Einsamkeit nach Elaines Tod und ob er sie wohl damals mit Ingeborg geteilt hatte. Die zweite Ehe war Morgane wie Hochverrat erschienen, als habe ihr Vater sich selbst eine Strafe auferlegt, aus freien Stücken gewählt wie ein homöopathisch dosiertes Mittel, von dem er ahnte, dass es vergeblich gegen eine offene Wunde ankämpfte. An diesen Zusammenhang hatte Morgane immer geglaubt und zum ersten Mal konnte sie sich jetzt eingestehen, dass es *ihre* Wunde war, die klaffte, *ihre* Traurigkeit. Es ging um *ihre* Schuldgefühle. Robert hatte nach Elaines Tod eine Entscheidung für sein weiteres Leben getroffen und nach den Turbulenzen mit Elaine wohl schlichtweg einen Menschen gesucht, der für ihn da war und nicht fortwährend Hals über Kopf seine Koffer packte, um in eine fremde Heimat zu fliehen. Womöglich hatte er gehofft, dass Morgane dieselben Wünsche und Sehnsüchte hätte.

Nach dem Frühstück begleitete Armel Morgane zum Schiff. Filou lief voraus und sie gingen nebeneinander, ein jeder in seine eigenen Gedanken vertieft. Auf dem Weg glaubte Morgane die Gegend fast nicht wiederzuerkennen, so sehr hatte sich die Umgebung seit ihrer Ankunft gestern verändert: Auf den engen Straßen lagen abgebrochene Äste und Steine, die von oben heruntergewirbelt worden waren. Eine kleine Sandbucht war mit Algen und Muschelresten vollgespült, an der Anlegestelle konnte man einige beschädigte Boote sehen, denen der Sturm zugesetzt hatte.

»Heute Nacht habe ich übrigens noch etwas in meinen Übersetzungen gelesen und dabei den ersten Namen für mein Pensionszimmer gefunden«, durchbrach Morgane das Schweigen.

Abrupt blieb Armel stehen und blickte sie fragend an.

»*Chambre du phare* – das Leuchtturmzimmer.«

Er überlegte, warf den Kopf zurück, nickte dann zustimmend und sagte kurz: »Gefällt mir.«

Aus dem Keller eines Hafenbistros pumpten zwei Männer in Gummistiefeln Wasser, zwei andere räumten dicke Äste aus dem Vorgarten.

»Da wäre noch etwas sehr Profanes, Monsieur Briag«, sagte Morgane und starrte auf die Hölzer.

»Nennen Sie mich Armel«, bat er sanft.

»Das Grundstück neben meinem Haus, das Ihnen gehört. Es geht um diese Korkenzieherweide. Gibt es einen Wachstumsstopp?«

»Was ist denn das? Irgendein komisches Zeug aus der Großstadt? Wachstumsstopp, das hört sich nach einem Verhütungsmittel an!«

Armel Briag lachte herzlich und schüttelte den Kopf. »Ist

sie denn so groß geworden? Ich war seit Jahren nicht mehr dort.«

»Sie ist nicht gerade klein und es heißt, es handle sich dabei um ein aggressives Gewächs, das es auf Wasserleitungen abgesehen hat«, sagte Morgane trotzig.

Als sie den Mund schloss, hatte sie das Gefühl, etwas sehr Dummes gesagt zu haben. Sie senkte den Blick

»Wo haben Sie denn diesen Blödsinn her?«, fragte er empört. »Nun gut. Wenn es Sie beruhigt: Ich werde sehen, was ich tun kann, Morgane. Machen Sie sich deswegen keine Sorgen. Der Baum, dieser arme alte Kerl, ist ganz sicher nicht hinter Ihren Leitungen her.«

»Die Hütte ist auch nicht unbedingt schön«, gab sie zurück.

»Sie erfüllt ihren Zweck.«

Nach wenigen Minuten erreichten sie die Anlegestelle. Das Schiff näherte sich. Zum Abschied gab ihr Armel die Hand. Dabei wanderte sein Blick nachdenklich über ihr Gesicht, als speichere er jedes Detail in einem fotografischen Gedächtnis.

»Ich suche Elaine in Ihren Zügen«, sagte er stirnrunzelnd. »Manchmal blitzt etwas auf, vertraut und fremd zugleich. Schwer zu erklären.«

Immer noch hielt er ihre Hand gedrückt.

»Tun Sie das nicht«, bat sie, und es kam ihr vor, als rolle eine Welle mit der Fracht der Vergangenheit langsam auf sie zu, unaufhaltbar, und sie sehnte sich danach, allein zu sein. Sie schüttelte den Kopf und fixierte das Schiff, das sich allmählich mit Menschen füllte.

»Es ist schön, dass Sie hierhergekommen sind. Ich hoffe, Sie kommen wieder«, sagte er und ließ ihre Hand los.

»Weil Sie jetzt etwas abschließen können?«

»Im Gegenteil. Das Kapitel wird noch einmal aufgeschlagen. Manche Abschnitte muss man mehrfach lesen, um sie zu begreifen. Ich bin ein gründlicher Leser. Und ob Sie es glauben oder nicht: Sie sind die Erste, der ich ein paar Seiten meiner Erinnerung gezeigt habe.«

Kurz bevor das Schiff ablegte, winkte Armel Morgane, die in Richtung Heck unterwegs war, noch einmal zu sich. Sie bahnte sich ihren Weg durch die Passagiere hindurch, die alle in die andere Richtung wollten, bis sie schließlich am Bug ankam. Der Bootsjunge löste den Knoten der Seile, warf sie mit einem Ruck auf den Schiffsboden und gab dem Skipper ein Zeichen.

»*Va mab, re rozh an douar ewid ober goap anezi*«, rief Armel.

»Die Erde ist alt …«, übersetzte Morgane und suchte nach der Bedeutung des zweiten Teils. Das Schiff legte den Rückwärtsgang ein. »Armel!«, drängte sie und ihre Stimme kämpfte sich durch den Lärm der rotierenden Schiffsschraube. »Wie geht es weiter?«

Sie hielt ihre im Wind wehenden Haare am Hinterkopf zusammen. Filou platzierte sich neben ihr und suchte mit seiner Schnauze ihre Hand.

»Die Erde ist *zu* alt, um sich über sie lustig zu machen! Ha, das kannten Sie nicht, nicht wahr?«

Sie schüttelte lachend den Kopf: »Mein Sohn«, gab sie zurück. »Sie haben *mein Sohn* unterschlagen. Es heißt: *Mein Sohn*, die Erde ist zu alt, …«

Entschuldigend warf er die Arme in die Höhe und ließ sie wieder fallen. Er reckte den Hals wie eine Schildkröte aus ihrem Panzer, legte seine Hände als Trichter um seinen Mund und rief:

»Und halten Sie an ihrem Traum fest! Dafür sind Träume da!«

Sie nickte, setzte sich auf eine freie Bank gleich über dem Schiffsmotor und strich sich über das rechte Ohrläppchen. Das Schiff fuhr eine große Schleife hinaus aufs offene Meer, und lange noch sah Morgane am Ufer Armel Briags Gestalt, bis sie immer kleiner wurde und schließlich verschwunden war.

Als sie von Weitem ihr Zuhause sah, glaubte sie ihren Augen nicht zu trauen: Die Einfahrt war bedeckt von herumliegendem Geäst und Blättern. Sie stieg aus dem Wagen, lief in den Garten und erschrak über das Ausmaß der Zerstörung durch das Unwetter: Armels Weide lag vertikal quer über dem Grundstück, als habe sie sich schlafen gelegt. Sie war einfach umgekippt und die Wurzeln hatten die Erde aufgebrochen. Ein modriger Geruch lag in der Luft. Morgane starrte auf die Scheune oder das, was von ihr übrig geblieben war. Das Dach fehlte, der Rest war wie ein Kartenhaus in sich zusammengefallen.

»Ein Glück, dass dem Haus nichts passiert ist«, hörte sie plötzlich Paulettes Stimme hinter sich und sie drehte sich zu ihr. »Es hält wahrlich etwas aus. Eine Windrose hat sich ausgerechnet unseren Garten ausgesucht.«

»So etwas habe ich noch nie gesehen. Dieses Ausmaß an Zerstörung. Mein Vater hat immer gesagt ...«

»Was?«, wollte Paulette wissen.

»Die Wurzeln von Korkenzieherweiden suchen sich unterirdisch Wasserleitungen und zerstören diese.«

»Diese hier nicht«, erwiderte Paulette. »Sie sind verfault und haben sich nur selbst geschadet.«

»Und das Dach?« Morgane drehte sich einmal um die eigene Achse. »Wo ist das Dach der Scheune?«

Paulette machte eine ausufernde Armbewegung: »Der Wind hat es in einzelne Bretter zerlegt und weit hinaus aufs Meer getragen. Das Wasser hat sich Briags Dach geholt.«

»Diese Kraft«, stammelte Morgane kopfschüttelnd. »Diese Kraft.« Dann kam ihr ein Gedanke: »Ich muss Armel Bescheid geben. Ich muss es ihm sagen.«

»Sie waren bei Briag gestern, als sie von der Île de Batz anriefen?«

Es klang mehr nach einer Feststellung, als nach einer Frage.

Morgane nickte: »Er ist ein alter Freund meiner Mutter.«

»Ich gehe dann mal auf den Friedhof, sehen, wie es dort aussieht«, sagte Paulette und verschwand im Haus.

Bis in die Abendstunden war Morgane damit beschäftigt, das Geäst und die Blätter von der Hofeinfahrt zusammenzukehren. In ihrem Garten tat sie das Gleiche, sammelte alles, was herumlag, ein und deponierte das Holz bei den zusammengebrochenen Scheunenwänden. Die Hortensien und Stockrosen an der Steinmauer hatten fast nichts abbekommen. Morgane ging in die Küche und trank ein Glas kühlen Cidre, während sie die Handynummer ihres Vaters wählte. Robert meldete sich umgehend. Vom Flur aus vernahm Morgane Paulette, die nach Hause gekommen war, ihre Schlüssel aufhängte und über die knarrende Holztreppe nach oben ging.

»Ich sollte mich bei dir melden«, eröffnete Morgane das Gespräch. Schnell schilderte sie ihrem Vater, was aus der Weide geworden war. »Deine Würgeschlange ist umgefallen wie ein Sack Kartoffeln.«

»Glück gehabt«, erwiderte er und räusperte sich. »Ich

wollte dich aber wegen der Baupläne und der Fotos sprechen, Kind. Ich vermag zwar keine Ferndiagnose abzugeben, aber es sieht aus, als habe es sich der Holzwurm im Gebälk bequem gemacht. Wenn du Glück hast, lässt sich der Schaden mit Chemie bekämpfen. Da musst du einen Spezialisten dranlassen. Frag am besten einen Schreiner vor Ort. Die Balken sind jedenfalls von der Statik her tragend. Sagen die Baupläne.«

»Und was bedeutet das?«

»Dass du sie nicht einfach herausnehmen kannst. Und dass du schnell handeln solltest. Je nachdem, wie fortgeschritten die Zerstörung ist.«

»Ich werde den Gästen absagen müssen«, sprach sie mehr zu sich selbst. Sie atmete einmal tief durch, weil sie eigentlich seit heute Nacht nur eine einzige Frage wirklich quälte: »Papa?«

»Ja?«

»Was genau ist damals passiert?«

»Ich ...«, stammelte Robert, »... verstehe nicht.«

»Weshalb hast du mich angelogen?«

»Angelogen?« Abrupt verstummte ihr Vater. »Was möchtest du damit sagen?«, fragte er nach einer Weile leise.

Sie hatte das Gefühl, Roberts Anspannung durch die Telefonleitung zu spüren.

»Die Sache mit Maman.«

»Ich ... Wir ...«

»Warum hast du mir die Umstände ihres Todes verschwiegen?«

»Du warst noch so klein. Ich dachte, ein Badeunfall ...«, stotterte er. »Es erschien mir harmloser für ein kleines Kind. Du warst ein Kind, Morgane! Ich weiß auch nicht! Schließlich kam sie ja wirklich im Wasser ums Leben. Ich wollte nicht, dass … Und dann noch ihre Schwester Fanny. Es hätte dich unnötig belastet. Du warst noch so klein.«

Morgane horchte auf: »Fanny? Was hat sie damit zu tun?«

Schweigen. Stille. Es knackte in der Leitung. »Bist du noch da, Papa?«

»Deine Verwandtschaft in der Bretagne«, presste Robert hervor. »Fanny. Deine Großeltern. Der Kontakt sollte nicht abreißen.«

Was dann aber doch geschehen ist, dachte Morgane wehmütig. »Du hättest es mir sagen müssen, Papa. Ich habe immer gespürt, dass bei eurer Geschichte etwas fehlte.«

»Es hätte nichts daran geändert. Ich habe nur …«

»… eine beschönigte Version verfasst«, ergänzte Morgane. »Papa?«

»Ja?«

»Glaubst du, dass es Selbstmord war?«

»Ich weiß es nicht, mein Kind. Ich weiß es nicht. Sonst würde ich es dir sagen.«

»Ja, das würdest du.«

Traurig legte sie auf. Es war ihr, als sehe sie Armels gebeugte Gestalt vor den zerstörten Gemüsefeldern, bis er sich umständlich erhoben, den Hals gereckt und blitzschnell wieder zurückgezogen hatte. Eine Schildkröte, die aus ihrem Panzer kroch. Jener Fremde schien ihr der Einzige, der aufrichtig und ehrlich zu ihr war. Sie starrte ins Leere.

Schweren Herzens ging sie nach nebenan zu ihrem Computer, öffnete die Mails und schickte allen Gästen, die bis Anfang Juni gebucht hatten, eine Absage und bot an, bei der Suche nach einer anderen Unterkunft behilflich zu sein.

Wie hatte ihr Traum einst begonnen? In Gedanken zählte

sie die Etappen der letzten Monate auf. Der Schmerz um den Verlust ihrer Mutter, der, seit sie zurückgekehrt war, wieder präsent war, wie ein Sturzbach, der auf seinem Weg nach unten immer mehr Tempo und Morast aufnahm. Aufzuhalten war er nicht mehr. Die Erinnerung, die an jeder Ecke lauerte, und die fremden Menschen, die mehr über ihre Mutter wussten als sie selbst.

Morgane ließ ihren Blick über die Wände schweifen, die Tapete, den Ofen, die Vorhänge, die antike Kommode. »Sie leben in einer Perle«, hatte Monsieur Karvan gesagt. »Bedenken Sie die erstklassige Lage«, Monsieur Le Hir. »Das Haus ist den Boden nicht wert, auf dem es steht«, waren die warnenden Worte ihres Vaters gewesen. Vor gerade einmal einem halben Jahr. Seitdem hatte ihr Haus nach und nach seine Makel preisgegeben, die Schminke blätterte ab und es offenbarte sein wahres Gesicht. Anstatt durch die Mieteinnahmen Geld einzubringen, entpuppte sich Morganes Erbe als Schuldenfalle – und die finanziellen Verpflichtungen wuchsen. Tragende Balken, die zusammenzubrechen drohten. Wie lange würde sie all das noch ertragen können, während ihr das Herz schwer wurde und sie das Gefühl hatte, unter der Last der Erinnerung zusammenzubrechen? Aber das war ja längst nicht alles, denn ihre neue Heimat machte es ihr nicht leicht, nein, sie forderte sie geradezu heraus, denn bei allen Schwierigkeiten zeichnete die Natur gleichzeitig einen Hoffnungsschimmer an Morganes Horizont. Der Wind trug eine hässliche Holzkonstruktion hinaus aufs Meer. Während Morgane sich geängstigt hatte, hatte sich die unterirdische Gefahr durch das Wurzelwerk als zu harmlos entpuppt, um ihre Wasserleitungen anzuzapfen. Ein Fremder auf einer Insel eröffnete ihr eine neue Seite Elaines und gab, zumindest andeutungsweise, Antworten auf Fragen, die Morgane ein Leben lang gequält hatten.

Als sie den Fernseher einschaltete, brachten die Lokal-Nachrichten gerade einen Bericht über St.-Michel-en-Grève. An einem hellgrünen Strand, der aussah wie ein Golfrasen, sammelten Bagger die Algen ein, während etwas abseits an einem weniger weitläufigen Küstenabschnitt die Dorfbewohner dem dichten Teppich in Gummistiefeln mit Schaufeln und Eimern zu Leibe rückten. Die Kamera schwenkte durch ein idyllisches bretonisches Dorf mit Straßencafés und leeren Stühlen und fokussierte dann einen am Strand entlanggehenden Reporter mit Mundschutz und Mikrofon.

»Noch scheint dies tägliche Ritual der Säuberung auf besonders heiße Tage beschränkt«, erklärte er, während er seinen Mundschutz abnahm und stehen blieb. »Zum ersten Mal in diesem Jahr hat die Gemeinde aber aus Sicherheitsgründen ein Badeverbot am Strand von St.-Michel-en-Grève verhängt. Hotelbesitzer und Gastronomen bangen um ihre Einkünfte.«

Betroffen starrte Morgane auf die Mattscheibe. Armels pessimistische Prognose schien zuzutreffen.

Am Abend unternahm sie einen Spaziergang mit Filou. Ihre Gedanken kreisten um praktische Fragen der Haussanierung und das fehlende Geld, aber was sie viel mehr beschäftigte, war das Gespräch mit Armel und das, was er ihr erzählt hatte.

Als sie gegen sieben wieder ihre Straße erreichte, lief Filou bellend voraus. Jemand war vor ihrem Haus. Es dauerte eine Weile, bis sie ihrer Wahrnehmung traute, das Bild ihren Verstand erreichte. Eine Gestalt, sitzend auf ihrer Eingangstreppe, einen großen Rucksack neben sich. Sie trat langsam näher, während Filou nervös ihre Hand suchte und nicht von ihrer Seite wich.

»Hallo, Morgane«, lächelte Stefan. »Ich fürchtete schon, es sei niemand zu Hause. Ich habe mir Sorgen um dich gemacht und bin mit dem ersten Bus hergefahren. Da bin ich! Schön ist es hier!«

Er sah sich um.

»Ich …«, stotterte Morgane und wusste nicht, ob sie lachen oder weinen sollte. Mit einem Ruck stand er auf, breitete seine Arme aus und Morgane, die keinen Ton hervorbrachte, ließ sich umarmen, legte ihren Kopf an seine Brust und schloss anschließend die Tür auf.

Kapitel 13

»Du siehst unglaublich gut aus«, meinte Stefan und schob sich eine Crevette in den Mund.

Das Fischlokal, das Morgane ausgewählt hatte, lag am Hafen von Plouarzel, etwas versteckt in einer Seitenstraße, und wurde deshalb nur selten von Touristen aufgesucht. Stefan schenkte den gekühlten Weißwein in zwei Gläser.

»Du auch«, erwiderte sie lächelnd und betrachtete ihn verstohlen. Er hatte mindestens zehn Kilo abgenommen, wohingegen sie im Finistère etwa sechs Kilo zugelegt hatte. Sein braunes Haar war gewachsen, ein gepflegter Dreitagebart betonte sein markantes Gesicht, wo der Gewichtsverlust besonders zu sehen war. Seine blauen Augen wirkten größer, als Morgane sie in Erinnerung hatte.

Sein Blick wanderte über ihren Körper oder das, was man über der Tischplatte davon sehen konnte, und musterte ungeniert ihren Ausschnitt.

»Wie lange wirst du bleiben?«, wollte Morgane wissen und wischte sich die Finger an der Serviette ab.

»Wenn es für dich passt, noch zwei Nächte, dann laufe ich von hier aus weiter. Mein Selbstfindungsjahr ist geschrumpft und in zwei Monaten vorüber. Ich brauche noch etwas Zeit zu Hause. Im Herbst trete ich einen neuen Job in einer Kurklinik in der Nähe von Regensburg an.«

Sie verkniff sich die Frage, ob es denn geklappt hatte mit der Selbstfindung und sagte stattdessen: »Das ist schön und freut mich für dich! Morgen habe ich ein paar Freunde zum Essen eingeladen. Ich koche drei Gänge.«

»Und wer wird dabei sein?«, fragte Stefan interessiert.

»Paulette, Annick, Viviane und du.«

»Wer sind Annick und Viviane?«

»Meine beste Freundin hier und deren kleine Tochter. Sie wohnen gegenüber.«

»Und seit wann kochst du?«

Morgane nickte eifrig. »Ich möchte Paulette nicht alles allein machen lassen. Sie wird älter. Und es macht mir sogar Spaß. Das Essen hat hier einen anderen Stellenwert als in Deutschland. Dem habe ich mich gebeugt.«

»Ich finde das prima, denn Essen ist etwas Sinnliches. Das schadet dir weiß Gott nicht.«

Sie registrierte die Mischung aus Kompliment und Beleidigung und unterdrückte den Impuls, zu widersprechen. Zu Hause angekommen, nahmen sie noch einen Tee in der Küche und Stefan berichtete von seinen anstrengenden, aber auch beglückenden Etappen entlang des *Sentier de douaniers*.

»Wenn ich in Rente bin, nehme ich mir den Jakobsweg vor.«

»Du bist noch keine vierzig«, unterbrach ihn Morgane streng.

»Es ist ein unglaubliches Erlebnis«, fuhr er unbeirrt fort. »Eine Art Läuterung. Man reinigt sich selbst. Oder seine Seele. Schwer zu erklären, wenn man es nicht erlebt hat. Man fängt wirklich an, über Gott nachzudenken. Erinnerst du dich, was ich dir ganz zu Anfang gesagt habe mit dem Fegefeuer?«

Stefan sah sie direkt an und Morgane nickte: »Kein Paradies ohne Fegefeuer oder so ähnlich.«

Auch ihr war im Zusammenhang mit der bretonischen Landschaft immer wieder der Gedanke an eine göttliche Hand gekommen.

»Nach dem Fegefeuer öffnen sich feierlich die Himmelspforten.«

Zwei Stunden später bereitete Morgane auf der Couch ein Nachtlager für Stefan. Sie legte sich ins Bett in ihrem Schlafzimmer nebenan, ließ die Tür angelehnt.

»Morgane?«, fragte Stefan in die Dunkelheit. »Wie lange wirst du noch bleiben?«

»Ich weiß es nicht«, sagte sie leise. Sie dachte an Armel. Die Sanierung. Roberts Lüge. Das Leuchtturmzimmer. Das Essen, das einmal als Einweihungsfeier geplant gewesen war. Viele ihrer bretonischen Träume waren einfach verpufft.

»Möchtest du darüber sprechen?«

»Worüber?«

»Deinen Inselbesuch bei diesem Mann. Dem Freund deiner Mutter.«

»Das ist eine lange Geschichte.«

Seit ihrer Rückkehr von Briag trug sie diese seltsame Begegnung mit sich herum, unfähig, sich auch nur einem einzigen Menschen anzuvertrauen, denn sie hätte gar nicht gewusst, was sie sagen sollte. »Gute Nacht«, sagte sie tonlos.

»Mit deinem Schweigen machst du dir das Leben schwer, Morgane. Gute Nacht.«

»Vorsicht! Heiß!«, rief Morgane und stellte eine Auflaufform auf den Tisch.

Die Vorspeise, überbackene Artischocken mit Käse,

dampfte. Morgane hatte den Tisch mit einem weißem Tuch und Silberbesteck gedeckt. Stefan, der neben Morgane saß, bemühte sich mit seinem Schulfranzösisch redlich, zur Konversation beizutragen. Morgane fiel auf, dass er ziemlich viel verstand, sein aktiver Wortschatz aber zu klein war. Sie übersetzte, sobald sie den fragenden Blick von Paulette oder Annick bemerkte oder Stefan selbst sie darum bat.

Immer wieder ertappte Morgane Annick dabei, wie diese schelmisch Paulette beobachtete, dann wieder Stefan interessiert musterte, und Morgane bedachte die Freundin mit einem strengen Blick, riss kurz die Augen auf, bis Annick die ihren senkte und auf ihren Teller sah.

»Wie lange bleibst du?«, fragte Annick schließlich, an Stefan gewandt. Sie schob sich ein Stück Baguette in den Mund, kaute und nahm dann ihr Glas.

»Bei Morgane oder in der Bretagne?«, fragte Stefan zurück, erwiderte mit einem *Santé* und fuhr dann fort: »Gleich morgen geht es weiter. Ich habe noch einige Kilometer vor mir und bald muss ich schon wieder zurück nach Deutschland.«

Zum Teil verwendete er die falschen Präpositionen, aber jeder am Tisch verstand, was er meinte und sah wohlwollend zu ihm hinüber. Viviane verfolgte gebannt die Unterhaltung der Erwachsenen. Ihre Wangen glühten. Annick indessen versuchte Blickkontakt mit Morgane aufzunehmen, als erfrage sie telepathisch den Beziehungsstatus zwischen Stefan und ihr. Eilig erhob sich Morgane, um den Hauptgang, bestehend aus einem Rinderschmorbraten mit Nudeln, zu servieren. Die Gäste aßen mit Appetit und selbst Paulette zeigte sich von der deutschen Küche überrascht.

»Das schmeckt ja ganz ordentlich«, brummte sie und häufte ein Stück Braten mit Soße auf die Gabel.

Morgane lächelte erleichtert.

»Typisch für die bayerische Küche ist eigentlich der Schweinebraten mit Kümmel und Biersoße«, erklärte Stefan fachmännisch auf Deutsch. »Wie in Frankreich gibt es auch in Deutschland starke regionale Unterschiede in den heimischen Küchen.«

Paulette sah Morgane fragend an. In kurzen Sequenzen übersetzte diese den Teil mit dem Schweinebraten, ließ das Belehrende von Stefans Kommentar weg und hoffte, dass er es nicht bemerkte. Sosehr sich auch alle bemühten, ein richtiges Gespräch wollte nicht aufkommen. Erst als Annick bei der Käseauswahl von einem heftigen Zusammenstoß zwischen ihr und Madame Menez beim Bäcker erzählte und alle herzhaft lachten, lockerte sich die Stimmung.

»Wo bleibt der Nachtisch?«, fragte schließlich Morgane, die sich sogleich daranmachte, Espresso zuzubereiten.

»Den habe ich doch tatsächlich nebenan vergessen«, rief Annick, fasste sich an die Stirn und verschwand.

Wenige Minuten später erschien sie mit ihrer neuesten Dessert-Variation, gefolgt von einem Schatten direkt hinter ihr. Maël. Er trug ein weißes Kurzarmhemd und Jeans und hielt seine Jacke in der Hand. Unschlüssig blieb er in der Tür stehen und begrüßte lächelnd die Runde. Sein dunkles Haar glänzte.

»Bin sofort wieder weg! Ich wollte nur Vivi abholen. Einen schönen Abend allerseits.«

Entschuldigend hob er die Hand. Seine Tochter sprang auf und umarmte ihn stürmisch, während er sie auf den Arm nahm und küsste.

»Bleib, Papa«, bettelte sie. »Nur noch ein kleines bisschen. Du musst Morganes deutsches Fleisch und dann Mamans Nachtisch probieren.«

»Rinderschmorbraten«, erklärte Morgane verlegen, bestätigte mit einem Nicken Vivis Einladung und erhob sich, um ein weiteres Gedeck aufzulegen. Sie nahm Maël, der unschlüssig dastand, die Jacke ab und hing sie im Flur an die Garderobe. Maël lächelte und setzte sich auf einen freien Stuhl gegenüber von Stefan. Viviane kletterte auf seinen Schoß und kuschelte sich an ihn. Stefan und Maël beobachteten einander verstohlen. Morgane stellte die beiden vor, während sie sich insgeheim schämte, Maël nicht eingeladen zu haben. Immerhin war er ein Teil von Annicks Leben. Sie hatte schlichtweg nicht daran gedacht.

»Möchtest du noch etwas Warmes? Es wäre genug übrig«, fragte sie ihn vorsichtig.

»Nein, danke, Morgane. Ich habe schon gegessen.«

Annicks Nachtisch aber ließen sich alle schmecken. Dankbar lächelte Morgane die Freundin an, denn bis heute brachte sie in der kulinarischen Welt des Zuckers und der Crème, der Schokolade, des Karamells und der Sorbets nichts Gescheites zustande und hatte längst aufgegeben, es zu lernen. Annick hatte sich gerne darum gekümmert und das Ergebnis ihrer neuesten Kuchen-Kreationen mit einer Creme aus Tonkabohnen konnte sich sehen lassen.

»Umwerfend«, lobte Morgane das Dessert. »Du hast dich selbst übertroffen, Annick!«

»Man sagt den Tonkabohnen eine erotisierende Wirkung nach«, erwiderte die Freundin, zwinkerte Paulette zu und leckte voller Hingabe ihre Dessertgabel ab.

»Pass auf, dass du nicht zu viel davon erwischst«, erwiderte Maël und warf Morgane einen Blick zu.

»Sie nehmen mir das Wort aus dem Mund«, brummte Paulette.

Kauend betrachtete Morgane Annick und stieß die Freundin unauffällig unter dem Tisch mit dem Fuß gegen das Schienbein. Annick verstummte und legte demonstrativ die Gabel aus der Hand. Stefan fixierte Morgane, als habe sie die Bemerkung mit dem Aphrodisiakum angeleiert.

Nach dem Dessert erhob sich Morgane, stellte fünf Cognacschwenker und eine Flasche Calvados auf den Tisch und fing an, einzuschenken.

»Das ist ja ganz neu«, meinte Stefan zu Morgane mit Blick auf das Hochprozentige.

»Was hat er gesagt?«, wollte Annick wissen.

»Stefan findet es befremdlich, dass ich Alkohol trinke«, erwiderte Morgane mit fester Stimme und übersetzte das Gesagte umgehend.

»Zumindest hochprozentigen. Früher hat sie nicht einmal Wein getrunken«, erklärte dieser wie zur Entschuldigung.

Morgane setzte ihr Glas an die Lippen und leerte es in einem Zug.

»Yec' hed mat«, unterbrach Paulette die Stille und tat es ihrer Mitbewohnerin gleich. In einem Zug war der Calvados verschwunden und Paulette deutete mit dem Finger auf die Flasche. »Noch einen«, befahl sie mit ernster Miene und Morgane bedankte sich mit einem Lächeln für ihre Solidarität. »Wie läuft es denn im *La Chaloupe*, Maël?«, fragte Paulette schließlich.

»Ganz gut. Ich bin sehr zufrieden. Inzwischen kann ich mir sogar einen Mitarbeiter leisten, der mich an drei Abenden in der Woche vertritt.«

»Das *La Chaloupe* ist eine wunderschöne Hafenkneipe in Le Conquet. Sehr bretonisch und stimmungsvoll eingerichtet«, erklärte Morgane in Richtung Stefan.

»Und Sie, Paulette?«, fragte Maël freundlich. »Alles in Ordnung? Ich habe von eurem Mittagstisch gehört. Gute Idee.«

In kurzen Sätzen erklärte Morgane Stefan, was Paulette und sie in den letzten Monaten auf die Beine gestellt hatten.

»Wie war es eigentlich früher im *La Chaloupe*, Paulette? Erzählen Sie uns ein bisschen«, schlug sie, an Paulette gewandt, vor.

Paulette nahm das Glas und nahm einen kräftigen Schluck.

»In den Sechzigern und Siebzigern war die Kneipenkultur noch eine völlig andere als heute«, eröffnete sie und strich über ihre Serviette. Sie blickte zum Fenster hinaus. »Und es gab hier wenig Touristen. Die Bretagne war sozusagen ein unberührtes Land. Bauern und Fischer waren meine Hauptkunden. Stammkundschaft. Sie tranken ihren *Coup de Rouge, Blanc* oder Kaffee. Manche nahmen ein Croissant. Das war's. Unter der Woche habe ich morgens um fünf für die Fischer, die vom Meer zurückkehrten, geöffnet. Die hatten einen Bärenhunger und Durst.«

»Sie haben bei Ihnen gefrühstückt?«, wollte Morgane wissen.

»Schnaps«, entgegnete Paulette knapp. »Und das, was an Essen da war. Die waren nicht wählerisch. Aber es gab auch noch nicht viele Gesetze, die einem Gastronomen die Suppe versalzten. Wenn ich einen Topf Fischragout angesetzt hatte, dann wurde der auch serviert. Genehmigung hin oder her. Das hat niemanden interessiert.«

Paulettes Stimme klang nachdenklich, fast weich, als versinke sie in ihren Erinnerungen.

»Konnten Sie davon leben?«

»Was man so Leben nennt. Ja. Mal besser, mal schlechter.

Die Kosten für die Pacht sind mit den heutigen nicht vergleichbar.«

»Ich bewundere Maël«, fuhr Annick unbekümmert fort. »Er macht das jetzt schon über acht Jahre. Als er die Kneipe Ende der Neunziger wieder aufgebaut hat, gab niemand einen Sou darauf, dass sie wieder laufen würde. Er hat es irgendwie geschafft. Sein großes Geheimnis liegt darin, nicht mit der Kundschaft zu saufen.«

»Wenn du das tust, hast du verloren«, erwiderte Maël mit einem zustimmenden Blick in Annicks Richtung.

»Ich habe immer geschummelt. Hatte eine extra Calvadosflasche nur für mich«, kicherte Paulette.

»Und was war drin?«, fragte Maël grinsend.

»Darjeeling. Der hat eine ähnliche Farbe!«

»Sie sind ganz schön raffiniert«, bemerkte Annick und blickte zu Morgane, die unmerklich den Kopf schüttelte.

»Das *Chaloupe* war also einmal stillgelegt?«, wollte Morgane wissen und übersetzte dann kurz die Episode mit dem Darjeeling, weil Stefan sie flüsternd danach gefragt hatte.

»Über viele Jahre«, antwortete Paulette. »Nachdem ich aufgegeben hatte, wollte es niemand haben. Es hieß, mit mir seien die alten Kunden gegangen. Oder sie starben langsam weg.«

»Es sind neue nachgekommen«, meinte Maël aufmunternd. »Heute verbringen gleich mehrere Generationen wenigstens drei Tage oder Abende an meinem Tresen. Irgendwie entspricht es dem Naturell der Bretonen, täglich in eine Bar zu gehen, um sich zu unterhalten oder gemeinsam zu schweigen.«

Stefan richtete sich interessiert auf und schenkte sich einen zweiten Calvados ein.

»Meine Mutter hat immer gesagt: *Nirgendwo schweigt man schöner als in einer bretonischen Kneipe.*«

Alle Augen richteten sich auf Morgane. Paulette räusperte sich und Annick warf ihrer Freundin einen liebevollen Blick zu. Dann beugte sie sich über den Tisch und legte ihre Hand auf die von Morgane. Stefan platzierte seinen Arm auf Morganes Stuhllehne und strich ihr mit der freien Hand eine Haarsträhne von der Wange.

»Das hat sie schön gesagt«, durchbrach Maëls Stimme die bedrückende Stille, die plötzlich aufgekommen war. Sie klang weich, einfühlsam. »Deine Mutter war Bretonin, nicht wahr? Du bist also zur Hälfte eine von uns.«

Er sah ihr direkt in die Augen und Morgane nickte, erhob sich und setzte Wasser für eine Infusion auf, einen Verveine-Tee. Sie spürte Stefans und Maëls Blicke auf ihrem Rücken, als hätten beide zwei verschiedene Fragen gestellt und warteten auf eine Antwort mit einem gemeinsamen Nenner.

»Dann wollen wir mal«, unterbrach Annick fröhlich das Schweigen und griff nach ihrer Zigarettenschachtel. Der Wasserkessel pfiff. »Für mich keine Infusion mehr, ma chère! Ich genehmige mir jetzt eine Kippe.«

Sie trat hinüber zu Morgane, umarmte und küsste sie. Maël blieb sitzen und Annick blickte verwirrt in die Runde.

»Ich nehme noch eine Verveine«, erklärte er lächelnd und Morgane beeilte sich, eine weitere Tasse aus dem Buffet zu holen.

»Schulranzen für Montag schon gepackt?«, fragte Maël dann in Richtung Viviane. »In spätestens zwanzig Minuten hole ich dich ab.«

»Bis gleich, Papa«, erwiderte das Kind und hüpfte an der Hand ihrer Mutter zur Tür hinaus.

Paulette bedankte sich für den schönen Abend und zog sich zurück. Morgane stellte die Teekanne samt Tassen auf den Tisch, setzte sich und legte die Beine auf einen freien Stuhl. Nach einer Weile schenkte sie ein und schweigend nippte jeder an seiner Tasse.

»Wie lange bleibst du?«, fragte Maël Stefan unverblümt und Stefan erzählte holprig von seinen Etappen durch die Bretagne, seiner beruflichen Auszeit und einem bevorstehenden Neuanfang in einer Kurklinik. »Morgen geht es weiter. Nur noch wenige Wochen und ich muss wieder zurück nach Deutschland«, schloss er und warf Morgane einen sanften Blick zu. »Ich hoffe immer noch, Morgane folgt mir.«

Morgane blickte verlegen zur Seite. Maël sah auf seine Armbanduhr, stand auf und reichte Stefan die Hand zum Abschied.

»Ich wünsche dir eine angenehme Reise. Bis zum nächsten Mal«, sagte er freundlich, als ob es ein nächstes Treffen zwischen ihnen wirklich geben würde.

»Wo ist meine Jacke?«, fragte er an Morgane gewandt, die in Richtung Flur zeigte und Maël folgte. Sie schloss die Küchentür, lehnte ihren Kopf gegen die Wand und betrachtete seine Gestalt, seinen Rücken, seine Hand, die die Jacke vom Haken nahm. Als er sie überzog, streifte ein Luftzug Morganes Gesicht.

»Es war sehr nett, dass du hier warst«, sagte Morgane unbeholfen.

»Was bedrückt dich, Morgane?«

Seine Stimme klang fast zärtlich und seine Augen wanderten über ihre Stirn, die Nase, den Mund. Morgane warf einen Blick zur Küchentür, hinter der Stefan wartete, dann nach oben zu den Pensionsräumen und schüttelte schließlich traurig den Kopf.

»Es gestaltet sich alles schwieriger als gedacht. Mit den Zimmern. Eigentlich dachte ich, dass der Betrieb bereits läuft. Aber wenn ich ein Problem gelöst habe, kommt wie von Zauberhand das nächste.«

»Die Renovierungen?«

»Sanierung«, korrigierte Morgane traurig. »Was zu tun ist, geht weit über Schönheitsreparaturen hinaus. Ein Holzwurm in tragenden Balken.«

Maël verzog das Gesicht. »Brauchst du Hilfe?«

Morgane verneinte tonlos. »Aber es ist sehr nett von dir, dass du es anbietest.«

»Du bekommst das hin. Wirst schon sehen. Nur Mut – *un peu de courage*!«

Er trat einen Schritt auf sie zu, lächelte und blickte ihr direkt in die Augen. Sein Gesicht war so nah, dass sie glaubte, seine Wimpern zählen zu können. Langsam näherte sich seine Hand ihrem Gesicht, bis er ihr über die Wange strich.

»Ich danke dir für die Einladung«, flüsterte er und Morgane fühlte seine Lippen an ihrer Wange. »Du darfst nicht aufgeben. Du bist nicht die Frau, die sich von einem Wurm ihre Grenzen aufzeigen lässt.«

Verwirrt blieb Morgane im Flur zurück und sah zum Fenster hinaus, wie Maël sich über die Hofeinfahrt entfernte und die Straße überquerte. Seine Worte hatten ihr gutgetan, obgleich er nichts Spektakuläres gesagt hatte. Plötzlich hörte sie das Klimpern von Geschirr aus der Küche. Sie schreckte auf, gab sich einen Ruck und ging zurück zu Stefan, der gerade im Begriff war, die Tassen vom Tisch zu räumen.

»Es geht mich ja nichts an, aber der Kerl scheint auf

dich abzufahren«, sagte er mit einem beleidigten Unterton, ging zurück zu seinem Stuhl und schenkte sich einen Calvados ein. Morgane trat ans Spülbecken und begann mit dem Abwasch.

»Du irrst dich. Er hat sich nur zusammengerissen. Maël mag mich nicht besonders. Er hat ein Kind mit meiner besten Freundin hier. Und selbst wenn er mich mögen würde, ginge es dich nichts an.«

Der letzte Satz klang eine Spur zu hart, alles andere wie eine Rechtfertigung vor sich selbst.

»Dann zeigt er dir seine Ablehnung auf eine sehr charmante Weise. Die Leute sind nett hier. Auch deine Freundin Annick finde ich ausgesprochen liebenswert. Aber du hast recht«, sagte er dann, als besinne er sich. »Es geht mich nichts an.«

»*Nett* ist nicht unbedingt der passende Begriff. Der bretonische Menschenschlag ist eigen, aber wenn sie dich mal ins Herz geschlossen haben, dann kommt das einem Versprechen gleich.«

Morgane nahm das Geschirrtuch und trocknete ihre Hände. »Lass uns schlafen gehen«, fuhr sie fort. »Dein Zug geht morgen sehr früh. Ich bringe dich zum Bahnhof.«

Langsam erhob sich Stefan und in seinen Augen spiegelte sich die Enttäuschung.

»Du bist nicht gerade zugänglich«, sagte er reserviert.

»Du müsstest wissen, dass ich meine Probleme mit Überraschungen habe. Es gibt keinen Schalter, den ich von EIN auf AUS oder umgekehrt stellen kann. Ich hatte gehofft, dass ich durch die Distanz so viel Raum gewinne, dass ich auf dich zugehen kann. Aber deine unausgesprochenen und auch die ausformulierten Forderungen an mich sind mir zu viel, ich bekomme keine Luft«, erwiderte sie.

»Der Punkt ist, dass du bereits eine Entscheidung getroffen hast, Morgane. Dir fehlt nur der Mut, es auszusprechen.«

Stefan stand in der Küche neben dem alten Buffet und sah Morgane eindringlich an. Sie konnte Vorwürfe und Beleidigung aus seinem Blick lesen – genau jenes Verhaltensmuster, das in Deutschland zur Trennung geführt hatte. Wie sollte sie erklären, dass alles, was sie in den letzten Monaten getan hatte, Mut erforderte und dass ihr Kontingent an Courage allmählich aufgebraucht war! Der Raum, den sie beim letzten Telefonat auf der Île de Batz gespürt hatte, schrumpfte zusammen und verpuffte. Morgane fasste sich an den Hals und strich sich dann übers Ohrläppchen. Sie fühlte sich wie ein scheues Tier, das in einen Käfig gesperrt worden war. Langsam hob sie den Kopf und betrachtete Stefan. Er hielt die Arme von seinem Körper weg und es wirkte, als hielte ihn seine Kleidung, die eng an seiner schlanken Statur anlag, zusammen. Morgane kannte ihn gut genug, um seine Körpersprache zu lesen. Stefan sammelte seine Kräfte, es fiel ihm nicht leicht, Derartiges auszusprechen. *Er* war es, der innerlich die Trennung vollzogen hatte, und sie wollte sich nicht länger schuldig fühlen.

»Du redest von *dir*, Stefan, von deiner Entscheidung.«

»Ich spreche von *uns*«, entgegnete Stefan ernst und schüttelte dabei den Kopf. »Du bist ganz weit weg von mir, Morgane. Ich bin hier.«

»Dazu gehören zwei«, erwiderte sie traurig. »Einer, der sich zurückzieht und einer, der drängt. Wenn du so mit mir umgehst, darfst du keine Liebesbezeugungen von mir erwarten. Das müsstest du wissen. Ich möchte mich nicht mehr schuldig fühlen, nur weil ich diese Art von Nähe nicht aushalte.«

»Du musst dich nicht schuldig fühlen«, erwiderte Stefan

und ging in Richtung Tür. »Im Gegenteil, es ist gut, dass du es einmal ausgesprochen hast. Eines aber finde ich bemerkenswert ...«

Morgane hob fragend die Brauen.

»Bei den Menschen hier bist du viel offener. Mit ihnen hältst du Nähe offensichtlich aus.«

»Weil sie mir den Raum dazu lassen«, schoss es aus Morgane heraus. »Niemand drängt mich hier zu irgendetwas. Alles, was ich tue, kommt aus mir selbst. Aus freien Stücken.«

Am nächsten Morgen begleitete Morgane Stefan zum Bahngleis. Als sein Zug einfuhr, umarmten sie einander. Sie spürte seinen Atem an ihrem Hals, schließlich seine Lippen auf der Wange und instinktiv spannte sie ihren Körper an, die Muskulatur um ihren Nacken verkrampfte sich, als wisse ihr Körper längst, was ihre Seele noch ignorierte.

»Pass auf dich auf«, sagte Stefan tonlos.

Er warf seinen Rucksack über. »Ich sorge mich wirklich um dich. Du bist viel zu weich. Hier hast du es mit einem robusten Menschenschlag zu tun. Ich weiß nicht, ob dir das guttut.«

Er sprang in den Zug, wo er sogleich zum Fenster lief und es öffnete. Schweigend blickte er zu Morgane herunter. Der Zug tuckerte los und sie winkte, während Stefan seine Hand hob und still in der Luft hielt. Je weiter seine Gestalt sich entfernte, desto größer wurde Morganes Erleichterung. Befreit atmete sie durch, ging zurück nach Hause und wanderte mehrere Stunden mit Filou am Strand entlang. Telefonisch vereinbarte sie einen Termin mit Monsieur Karvans altem Freund Monsieur Le Goff, der sich die Bescherung im Leuchtturmzimmer ansehen wollte.

Wenige Tage später erschien ein Räumungstrupp, der binnen weniger Stunden den Rest der Scheune sowie deren Inhalt, ein paar verrostete Gartengeräte, abholte. Gebannt beobachtete Morgane von der Küche aus, wie die Korkenzieherweide zersägt und schließlich aufgeladen wurde. Zurück blieb eine Art Kraterlandschaft, dafür war der Blick hinaus aufs offene Meer frei und nicht mehr getrübt.

Monsieur Le Goff kam pünktlich. Der schweigsame, ehemalige Schreiner mit schlohweißem Haar und Baskenmütze ließ sich von Morgane ins »Leuchtturmzimmer« führen. Lange begutachtete er jeden einzelnen Balken, auch die der anderen beiden Räume, und fuhr, zurück im Leuchtturmzimmer, mit der Hand über das marode Holz. Dann bückte er sich und inspizierte den Holzboden unter seinen Füßen. Als er sich wieder erhob, runzelte er besorgt die Stirn und wandte sich an Morgane.

»Hausbock. So heißt der Geselle, der es sich in ihrem Gebälk und im Boden gemütlich gemacht hat. Im Volksmund sagt man Holzwurm, aber eigentlich ist es ein Insekt. Das wird eine ziemlich aufwändige Behandlung, Madame. Folgen Sie mir bitte!«

Er winkte Morgane zu sich, beugte sich mit einem Ausfallschritt in Richtung des knarrenden Bodens, zog einen Schraubenzieher aus seiner Jackentasche und fuhr damit über das Holz. Sofort setzte sich ein feiner mehliger Staub ab.

»Sehen Sie das? Das sind typische Fraßspuren des Hausbocks. Es tut mir leid, Madame, aber der Boden hier muss raus.« Er warf einen Blick auf den Balken unter dem Fenster, stand auf, ging auf ihn zu und klopfte mit der flachen Hand dagegen: »Dieser hier muss auch weg.«

Morgane starrte auf die Stelle, gegen die Monsieur Le Goff

geschlagen hatte, dann auf den Holzboden und öffnete den Mund. Für einen kurzen Augenblick glaubte sie, es handele sich um einen bösen Traum, aus dem sie sogleich erwachen würde.

»Weg?«, stotterte sie mit gesenktem Kopf.

Monsieur Le Goff nickte und sah Morgane abwartend an. Als sie aufsah, glaubte sie, Mitleid in seinen braunen Augen zu sehen. Eilig stach er mit der Spitze des Schraubenziehers in eine Unebenheit des Balkens. Dabei brachen gleich mehrere Späne, zusammen mit dem feinen Mehl, heraus.

»Sehen Sie? Und dabei haben Sie noch Glück, Madame, großes Glück …«

»Großes Glück?«, fragte Morgane und kam sich dabei sehr dumm vor.

»Die anderen Räume haben nichts. Das kommt einem Wunder gleich. Nichts.«

Morgane horchte in sich hinein, von Erleichterung keine Spur.

»Wie geht das vonstatten? Ich meine: ein Austausch? Und wie, um Himmels willen, kommt denn ein Hausbock in dieses Zimmer? Und verschont die anderen Räume des Stockwerks?«

Sie sah sich ratlos um.

»Den haben wahrscheinlich Ihre Ahnen vor vielen Jahren mit dem Holz hier hereingetragen.«

Er zeigte auf den Boden unter Morganes Füßen. Sie schüttelte ungläubig den Kopf.

»Sind die Balken denn tragend?«, wollte der Handwerker wissen.

Morgane nickte stumm.

»Dann muss das marode Holz abgestützt und ein neuer Balken eingesetzt werden.«

»Abgestützt?«

»Mit einer Stahlkonstruktion.«

»Und der Boden?«

»Die Dielen müssen herausgenommen werden. Am besten verbrennen Sie alles. Die Unterkonstruktion, der sogenannte Blindboden, muss dann mit Chemie behandelt werden. Das dauert seine Zeit, Madame. Danach können neue Dielen eingepasst werden.«

»Eingepasst ...«, wiederholte Morgane wie in Trance.

Ehe Morgane nach dem weiteren Prozedere fragen konnte, setzte er hinzu, als habe er ihre Gedanken erraten: »Für den Aufbau der Stützen brauchen Sie mindestens zwei Mann. Den Abbau könnte ich vornehmen. Wird einfach herausgesägt.«

»Und die Kosten?«, fragte sie tonlos.

»Das kommt darauf an, ob Sie wieder Eiche oder günstige Tanne nehmen wollen.«

Er tippte mit der Fußspitze gegen die mehlige Schicht auf dem Holzboden.

»Eiche«, sagte Morgane trotzig. »Es soll originalgetreu renoviert werden.«

»Das entspricht dann Materialkosten von schätzungsweise 4000 Euro, hinzu kommen etwa weitere 3000 Euro für den Rest. Das geringste ist der Arbeitslohn, das teuerste ein neuer Balken und die Eichendielen. Tanne kostet gerade einmal ein Viertel gegenüber der Eiche.«

Morgane hatte das Gefühl, sich setzen zu müssen, weil ihr plötzlich schwindelig wurde.

»Eiche«, wiederholte sie und sah Monsieur Le Goff direkt ins Gesicht. »Sie würden mir also helfen?«

»Eigentlich arbeite ich nicht mehr. Aber für meinen alten Freund Karvan würde ich schon eine Ausnahme machen.«

Er richtete den Blick gen Fenster: »Eine erstklassige Lage. Ein wunderschönes Haus haben Sie.«

»Und die anderen Balken …?«

»… sind noch zu retten.«

»Kann ich die Boden-Behandlung denn wenigstens selbst vornehmen?«, stotterte Morgane.

»Das ist nicht das Problem, Madame. Sie müssen mit Chemie arbeiten. Sorgfältig. Mehrfach. Und die Einwirkzeit muss unbedingt eingehalten werden. Man arbeitet mit einer Spritze. Die Flüssigkeit, die in die Wurmgänge hineingegeben wird, härtet binnen vierundzwanzig Stunden aus und tötet den Wurm.« Er deutete mit den Händen ein spritzenartiges Instrument an. »Jedes einzelne Loch. Dazwischen sollten Sie mindestens zehn Tage warten und gut lüften. Die Möbel hier müssen raus«, befahl er, während er darauf zeigte.

Monsieur Le Goff zog einen Kugelschreiber und einen Zettel aus seiner Jackentasche hervor und begab sich damit hinüber zur Fensterbank. Dort schrieb er die chemische Mischung, die Morgane im Internet bestellen sollte, sowie das Zubehör auf.

»Wie lange, sagten Sie, muss das Gift einwirken?«

»Zehn Tage.«

Monsieur Le Goff lächelte aufmunternd.

»Das sind ja fast zwei Wochen! Wie lange wird das dann insgesamt dauern, bis dieses Zimmer bezugsfertig ist?«

»Wie viele Säulen sind es noch einmal?« Er sah sich um, und zählte mit den Fingern. »Fünf Stück. Und dann noch der ganze Boden.« In großen Schritten ging er den Raum ab. »Etwa achtzehn Quadratmeter.«

»Es geht nur um dieses Zimmer, Monsieur«, entfuhr es Morgane. »Meine derzeit einzige potenzielle Einnahmequelle.«

Monsieur Le Goff zuckte die Achseln und blickte zum Fenster hinaus. »Der Austausch geht ein paar Tage und ist dann erledigt. Wenn Sie morgen gleich anfangen, würde ich mindestens zwei Monate einplanen. Das ist pures Gift, verstehen Sie? Die Behandlung muss bei diesem Zustand mindestens drei Mal wiederholt werden. Sie müssen äußerst gründlich sein und immer gut lüften! Hier wohnt doch hoffentlich niemand?«

Erneut blickte er sich interessiert um, und Morgane schüttelte den Kopf. »Hier nicht, aber nebenan. Ist das ein Problem?«

Besorgt sah sie in Richtung von Paulettes Räumlichkeiten. Sie überlegte, wie viele Holzbalken sie dort gesehen hatte und konnte sich nur an einen einzigen erinnern.

»Jedenfalls während der Behandlung immer gut die Türen verschließen und anschließend lüften«, gab ihr Monsieur Le Goff zur Antwort. »Wann hatten Sie denn vor, dieses Zimmer hier zu vermieten?«

»In einer Woche«, entgegnete Morgane und hatte das Gefühl, gleich einen hysterischen Lachanfall zu bekommen. Oder sie würde weinen und nicht mehr damit aufhören. Monsieur Le Goff schüttelte entschieden den Kopf.

»Ausgeschlossen. Wie gesagt: Zwei Monate sind eine sehr optimistische Schätzung. Alles braucht seine Zeit.«

»Wissen Sie, was das für mich bedeutet? September! Dann ist die Saison praktisch vorbei!«

»Sicherheit geht nun mal vor«, entgegnete Monsieur Le Goff gelassen. »Seien Sie froh, dass Sommer ist, dann können Sie das Gift gut auslüften.«

»Ich bin ruiniert«, stammelte Morgane, während sie ihn zur Tür brachte.

»Es gibt immer einen Weg«, sagte er aufmunternd zum Abschied und zog eine Visitenkarte aus seiner Hosentasche. »Sie werden schon sehen. Stellen Sie sich bloß vor, der Betrieb hier liefe auf Hochtouren und Sie müssten Ihre Gäste ausquartieren. Oder schlimmer: Der Balken wäre zusammengebrochen. Oder der Boden eingekracht. Nicht auszudenken! Oben im Norden in Saint-Michel-en-Grève hat das erste Hotel in diesen Tagen geschlossen, haben Sie nicht davon gehört? *Das* ist ein Ruin. Dies hier ...«, er warf einen Blick nach oben, »... ist alles reparabel.«

»Wegen der Algen?«, fragte Morgane und dachte an die Nachrichten aus dem Fernsehen. Von einem Hotel, das schließen musste, war keine Rede gewesen.

Monsieur le Goff nickte ernst: »Bald sind ganze Strandabschnitte dort oben nicht mehr nutzbar. Der Gestank, die Gefahr für Mensch und Tier. Seien Sie froh, nicht im Norden zu leben, auch wenn Sie Ihr Dach noch mit einem Holzwurm teilen. Es gibt immer eine Steigerung. Rufen Sie mich an, sobald Sie sich entschieden haben, Madame.«

Letzteres hatte Morgane inzwischen in der Bretagne gelernt: Wenn man kein Glück hatte, kam auch noch Pech hinzu. Ohne eine Portion Gelassenheit würde sie die anstehenden Hindernisse nicht überwinden und Monsieur Le Goff hatte recht: Läge ihr Haus im Norden der Bretagne, wäre sie noch viel schlimmer dran, denn gegen die Algenpest half keine Chemie. Morgane spürte, wie sie anfing, sich den Umständen zu beugen: In diesem Haus herrschten ganz eigene Gesetze.

Morgane schloss die Tür hinter dem freundlichen Schreiner, vereinbarte umgehend einen Termin bei der Bank, um das zusätzliche Geld aufzunehmen, bestellte im Internet für insgesamt dreihundertzwanzig Euro aggressive Chemikalien und hoffte auf ein bretonisches Wunder. Mémé hätte an ihrer Stelle sicherlich bereits ein paar Kerzen in der kleinen Kapelle von Plouarzel angezündet und jeden Abend um den Beistand mehrerer Heiligen gebeten. Vielleicht gab es ja auch einen, der für marode Balken in alten Steinhäusern an den Klippen zuständig war. Wenn ja, Morgane wäre nicht zu stolz, sich an ihn zu wenden und dabei die ein oder andere Kerze zu spendieren. Es konnte ja nicht schaden.

Kapitel 14

Der bretonische Sommer zeigte sich von seiner schönsten Seite. Es war warm, um die dreißig Grad, und eine kühle Meeresbrise sorgte dafür, dass man die Hitze gar nicht spürte.

Die letzten Wochen hatte Morgane ihre Kräfte in die Schadensbegrenzung gesteckt: Monsieur Le Goff hatte mit der tatkräftigen Unterstützung von Luc und Morgane den maroden Balken herausgesägt und einen neuen eingebaut. Der alte landete direkt auf dem Stapel Brennholz draußen an der Hauswand. Außerdem hatte Monsieur Le Goff Paulettes Räume begutachtet und dabei glücklicherweise keinerlei Hausbockbefall festgestellt.

Morgane hatte damit begonnen, den Balken mit einer übel riechenden Lösung zu Leibe zu rücken, nachdem der Boden mit Monsieur Karvans Hilfe herausgerissen worden war. Mit Atemschutzmasken ausgerüstet, widmete sie sich dem sogenannten Blindboden und behandelte die Unterkonstruktion ebenfalls mit aggressiver Chemie. Monsieur Le Goffs Warnung, Morgane möge genügend Zeit für die Sanierung einplanen, erwies sich als richtig. Nicht nur die Behandlungen des vom Insekt betroffenen Holzes erwiesen sich als aufwendig, sondern auch die Aushärtung der Paste.

Als sie sich nach langen Überlegungen entschieden hatte,

für diese Saison alle Buchungen zu stornieren, hatte sie sich sonderbarerweise besser gefühlt, denn der Druck, der bislang auf ihr gelastet hatte, war weg gewesen.

Drei Mal pro Woche erledigte Morgane die Einkäufe für den Mittagstisch oder fuhr mit Paulette zum Hafen. Zu ihrer Verblüffung nahm Paulette in letzter Zeit immer häufiger Morganes Fahrdienst-Angebote an, die sie anfangs kategorisch abgelehnt hatte.

»Solange ich zwei gesunde Füße habe, laufe ich«, hatte sie einmal erbost erwidert und darum gebeten, nie mehr gefragt zu werden.

Inzwischen aber war die alte Dame nachgiebiger. »Wenn Sie so oder so fahren, dann kann ich auch mit«, brummte sie in letzter Zeit regelmäßig und genoss es sichtlich, zum Hafen und wieder nach Hause chauffiert zu werden.

Die Handwerker hielten Paulettes und Morganes Mittagstisch zwar die Treue, auch nachdem die Arbeiten am Leuchtturmzimmer vorerst wegen der Holzwurmbehandlung ruhen mussten, allerdings standen die Sommermonate und damit die Reisezeit vor der Tür und die meisten Betriebe blieben dann geschlossen. Aus diesem Grund hatten Paulette und Morgane entschieden, den Mittagstisch für zwei Monate auszusetzen und erst im September wieder zu eröffnen.

Mit Monsieur Karvan hatte Morgane vereinbart, die Bäder der anderen Räume frühestens im kommenden Frühjahr anzugehen, insofern sie sich das dann leisten konnte. Momentan war daran nicht zu denken.

Morgane schlüpfte in eines ihrer geblümten Sommerkleider, schloss die Riemen ihrer Sandalen, schminkte sich dezent und kämmte ihre frisch gewaschenen Haare. Der Wetterbericht hatte eine laue Sommernacht angekündigt. Genau das passende Wetter für eine Open-Air-Veranstaltung.

Als es drei Mal hupte, nahm sie ihren Rucksack und ging hinaus. Maël und sein Freund waren pünktlich, gegen 21 Uhr wollten sie in Brest sein, wo das Konzert des Jahres stattfand – ein hochkarätig besetztes Festival mit einigen auch international bekannten Musikern. Seit Monaten hatten Annick und die anderen ihre Eintrittskarten gehortet und ausgerechnet seit gestern lag Annick mit hohem Fieber im Bett. Am frühen Morgen hatte sie mit krächzender Stimme Morgane gebeten, für sie einzuspringen. Vergeblich hatte Morgane protestiert, aber Annick war unnachgiebig geblieben. Und als Morgane gehört hatte, dass Isabelle Boulay, ihre Lieblingssängerin, auftreten würde, gab sie ihre Abneigung gegen Menschenansammlungen auf.

»Du arbeitest wie ein Tier in letzter Zeit, Morgane. Jetzt gönn dir doch einfach mal eine Auszeit und hab Spaß«, hatte Annick geschnieft und Viviane herübergeschickt, um ihre Eintrittskarte zu übergeben.

Draußen angekommen, setzte sich Morgane auf den Rücksitz im Wagen. Am Steuer saß Maël, neben ihm Claude, den sie aus dem *La Chaloupe* kannte.

»Hallo, Morgane«, meinte Claude freundlich. »Schön, dass du mitkommst.«

Er öffnete das Seitenfenster und zündete sich eine Kippe an. Maël, der sich kurz umdrehte und Morgane mit einem Lächeln begrüßte, legte den Rückwärtsgang ein. Sie beobachtete, wie er konzentriert auf die Straße blickte.

»Wie geht es deinem Freund?«, fragte er schließlich, um einen neutralen Ton bemüht.

»Exfreund«, korrigierte Morgane und biss sich sogleich auf

die Zunge. »Keine Ahnung. Er dürfte noch in der Bretagne unterwegs sein.«

»Und was macht die Sanierung?«

»Du meinst den Holzwurm? Ich bekämpfe ihn mit einer Chemiekeule«, erwiderte sie lächelnd. »Und vertröste die Gäste auf die nächste Saison.«

»Du hast die Buchungen storniert?«, fragte Maël überrascht.

Morgane nickte stumm. Maël bremste an einer roten Ampel, legte den Leerlauf ein und betrachtete Morgane im Rückspiegel. Als sie das Hafengelände erreichten, sah Morgane in der Ferne die Open-Air-Bühne und sie fragte sich, ob es wirklich eine gute Idee gewesen war, sich darauf einzulassen.

Sie stiegen aus dem Wagen und gingen in Richtung Haupteingang, wo sich Claude sofort verabschiedete und feierlich kundtat, er würde mit einer Freundin zurückfahren. Die Luft roch nach Salz. Ein warmer Wind blies Morgane die Haare aus dem Gesicht. Sie sah an sich hinunter. Der dünne Stoff ihres Kleids flatterte und sie fürchtete, falsch angezogen zu sein, denn am Abend konnte es hier kühl werden. Von Weitem hörte man das Dröhnen der Musik und je näher sie kamen, desto intensiver spürte sie den Bass im Magen. Sie liefen zu ihren Sitzplätzen auf der rechten Seite unterhalb der Bühne.

»Möchtest du ein Bier?«, fragte Maël, legte seine Regenjacke auf dem Plastikstuhl ab und sie schüttelte den Kopf.

»Gibt es auch Wein?«, fragte sie vorsichtig.

Die Musik verstummte und Applaus und Pfiffe setzten ein.

»Wenn wir uns je verlieren sollten, treffen wir uns um ein Uhr am Haupteingang«, rief ihr Maël zu, zog einen Geldbeutel aus der Hosentasche, stand auf und lief grinsend in

Richtung Getränkekiosk. Eine halbe Stunde später kehrte er mit zwei bis zum Rand gefüllten Pappbechern zurück.

»Auf das Glas musst du heute leider verzichten«, sagte Maël entschuldigend und reichte ihr einen der Becher. Lächelnd bedankte sie sich und sie stießen an.

Es geschah ohne Vorwarnung und doch glaubte Morgane im Nachhinein Anzeichen erkannt zu haben. Sie hatte einfach ihre Abwehr ausgeschaltet. Eine kleine Geste. Ein Blick, den Morgane zwar wahrgenommen hatte, nur war sie niemals auf die Idee gekommen, Maëls Zuwendung als wirkliches Interesse an ihr zu interpretieren.

»Es wird gleich regnen«, sagte Maël in Morganes Ohr, um sich gegen die Lautstärke einer Rockband, die sich inzwischen auf der Bühne verausgabte, durchzusetzen. Er warf einen Blick gen Himmel. Es hatte angefangen zu tröpfeln und ein kühler Wind strich über das Gelände. Morgane fröstelte. Sie hatte ihre Strickjacke vergessen. Kurz darauf prasselte Regen hernieder und überall in der Menschenmenge gingen Regenschirme auf. Maël lachte, warf Morgane einen schelmischen Blick zu und zog dann mit einem Ruck seine Regenjacke unter dem Sitz hervor. Er schüttelte sie, legte den Arm um Morganes Schulter und breitete sie wie ein Zelt über ihnen beiden aus. Sie rutschten näher aneinander. Morgane hielt den Atem an. Durch die Struktur der Jacke drückte das Scheinwerferlicht von der Bühne, und sie schloss kurz ihre Augen.

Sie fühlte, wie Maël sich ihr zuwandte, seine Umarmung wärmte sie, und mit ihrem nächsten Atemzug strömte der Duft seiner Haut nach dem Salz des Finistère und den robusten Gräsern der Felsenlandschaft in ihre Nase. Sie öffnete die Augen, sah durch einen Spalt zur Bühne, von der die Klänge von *»Ma liberté«* zu ihr drangen, unterstützt von einer textsicheren Menschenmenge. Sie ließ die Berührung zu, ohne nachzudenken, ohne Widerstand, und ihr schien es, als löse sich ein alter Krampf in ihr wie von selbst. Ihr Nacken wurde weich, als sei er gerade massiert worden. Dann spürte sie Maëls Hand, die den Arm entlang hinauf zu ihrem Hals wanderte, dorthin, wo das Blut pochte. Ihre Haut reagierte sofort, als ordne sie sich seinem Willen unter und als habe sie in den letzten Monaten einzig darauf gewartet, von seinen Händen berührt zu werden. Vorsichtig drehte Maël ihren Kopf zu sich. Die Musik wurde leiser, gedämpfter, weicher. Es war, als befänden sie sich in einer anderen Welt, einer geschützten Höhle inmitten des Trubels und Lärms. Sie sah in seine dunklen Augen, die sie anlächelten. Instinktiv zog sie ihren Kopf zurück, um zu sehen, was sie ihr sagen wollten, aber das ließ er nicht zu und zog sie sanft weiter zu sich heran. Dann spürte sie seine Lippen auf ihren, ganz weich, nicht fordernd. Zaghaft ließ sie ihren Mund von seinen Lippen öffnen. Sie fühlte sich schwerelos in einem Kokon aus erregender Fremdheit und Nähe. Maël schien ihr plötzlich vertraut wie ein alter Freund, der schon lange in ihrem Leben war und mit dem sich das, was gerade geschah, einfach noch nicht ergeben hatte. Sie hatten Zeit. Es gab keinen Plan, nur jene Leichtigkeit, als ob es der Zufall wollte, dass zwei Menschen in einem schicksalhaften Moment eine gemeinsame Sprache sprachen und ihre Grenzen verwischten.

Um sie herum dröhnte dumpf die Musik. Stimmen. Gitarren. Ein Bass. Das rhythmische Schlagzeug. Ein Piano. Gelächter. Gesang und Applaus wechselten sich ab, neue Künstler betraten die Bühne, während Maël und Morgane unter ihrem improvisierten Dach eine Intimität teilten, als hänge alles von diesem einen Augenblick ab. Das Erregendste aber war für Morgane, dass sie unbekanntes Terrain betrat, auf das sie nie zuvor einen Fuß gesetzt hatte, und dabei keinen Gedanken daran verschwendete, ob das richtig oder falsch war. Sie wünschte nur, dieser endlose Kuss möge nicht aufhören.

Wie aus der Ferne vernahm sie Isabelle Boulays rauchige Stimme, die den Gott der Liebenden anrief – »Dieu des Amours – aide moi! *Hilf mir!*« Aber ihr war ja nicht mehr zu helfen, das hatte sich längst entschieden. Sie verlor das Gefühl für Zeit und Raum und nahm das Geschenk der unerwarteten Zweisamkeit entgegen.

Lange nachdem der Regen aufgehört hatte und nur noch eine frische, gereinigte Luft über dem Hafengelände lag, nahm Maël vorsichtig seine Jacke herunter und Morgane nahm langsam wieder ihre Umgebung wahr. Die Bühne. Menschen. Scheinwerfer. Maël und sie hielten einander an den Händen, beide den Blick auf die Bühne gerichtet, als ereigne sich dort oben ein Weltwunder, das man bestaunen musste und unabsichtlich verpasst hatte.

Spät in der Nacht fuhren sie gemeinsam zurück, lächelten sich immer wieder an und sprachen lange kein einziges Wort. Den Umweg, den Maël fuhr, nahm Morgane nur am Rande wahr, und als sie das Richtungsschild zur Burgruine *Joyeuse Garde* erreichten, blickte sie gebannt aus dem Fenster, aber außer dornigem Gestrüpp war hier nichts zu sehen. Maël drehte, lenkte den Wagen in Richtung Heimat und brachte Morgane kurz vor Le Conquet an ihre Lieblingsstelle im Finistère, von der er unmöglich wissen konnte. Morgane hatte viele bretonische Lieblingsplätze, aber nur einen jenseits des Meeres und weit entfernt von den Klippen. Eine geheimnisvolle Stille schwebte über der Landschaft, als erwarte diese schlaftrunken den Sonnenaufgang. Weite Felder, erhabene

Bäume mit dicken Stämmen und Wurzeln, die sich über das Erdreich streckten, Gestrüpp und ein paar vereinzelte Häuser. Die ersten Vögel zwitscherten. Der Mond hing als Sichel am dunkelgrauen Horizont und beschien zwei alte Eichen rechts und links des Weges, deren Äste untrennbar zu einem riesigen Dach über der kleinen Straße zusammengewachsen waren. Als umarmten und stützten sie einander seit Jahrzehnten.

»Sieh nur«, flüsterte Morgane.

»Ich weiß«, erwiderte Maël.

Das war alles, was sie auf der Fahrt sprachen. Aber für immer würden sie dieses Bild teilen, dessen war sich Morgane sicher, und erst als sie das Ortsschild von Le Conquet sah, hatte sie das Bedürfnis nach frischer Luft. Tonlos bat sie darum, oben an der Straße abgesetzt zu werden. Maël zögerte keinen Augenblick, hielt vor der Kreuzung und strich ihr beim Abschied mit dem Zeigefinger nachdenklich über den Mund, als ertaste er auf ihren Lippen das Unsagbare. Verwirrt und vollkommen erfüllt verabschiedete sie sich mit dem typisch französischen Gruß. Zwei Küsse auf jede Wange. Dann war sie mit sich allein.

Die Rücklichter von Maëls Wagen wurden kleiner und Morgane blieb am Kreisverkehr stehen, bis sie ganz verschwunden waren. Sie blickte auf das Schild *Toutes directions – alle Richtungen* und fühlte sich, als habe sie sich verlaufen. Von Weitem war das Rauschen des Meeres zu hören. Ihr Kleid flatterte und der Stoff strich über ihre Beine. Mit verschränkten Armen lief sie zu den Klippen, dorthin, wo das Wasser an die Felsen klatschte. Das Meer dehnte sich wieder und wieder aus, nur um sich dazwischen zurückzuziehen. Morgane atmete befreit durch. Sie sah zum bedeckten Himmel hinauf, der keinen einzigen Stern freigab, und glaubte gleich platzen zu müssen vor Glück, weil sie etwas hatte geschehen lassen. Beschwingt drehte sie um und bog in die Rue des Artichauts ein.

Dort angekommen, zog sie den Kopf in den Nacken, schlich wie eine Diebin zur Hofeinfahrt, vorbei an Annicks Gartentor, das ihr plötzlich groß und massiv erschien. Leise schloss sie die Tür und ging auf Zehenspitzen ins Haus, wo sie winselnd von Filou begrüßt wurde. Sie unterdrückte den Impuls, ihn zu umarmen, strich ihm nur über den Kopf, brühte sich in der Küche eine Tasse Pfefferminztee und trat mit dem Getränk in den Flur. Vom oberen Stockwerk bemerkte sie einen dünnen Lichtstrahl aus Paulettes Zimmer und vernahm die Toilettenspülung. Filou tapste ihr auf dem Weg in ihr Zimmer hinterher und legte sich dort zu ihren Füßen. Sie zog sich eine Strickjacke über. Lange saß sie Tee trinkend in der Dämmerung auf dem Sofa, bemüht, das Erlebte zu erfassen, aber ihr Verstand fand sich in ihrem aufgewühlten Körper nicht zurecht. Sie legte sich den Handrücken auf die Stirn, weil sie das Gefühl hatte, sie sei in langsamen Schritten fiebrig geworden. Abrupt ging sie zum Fenster, öffnete es und lehnte sich hinaus. Unter ihr schäumte das Meer. Eine kühle Brise strich über ihr Gesicht.

Sie ging zum Regal, nahm eine CD heraus und legte sie auf. *Aimons-nous* sang Isabelle Boulay, *lasst uns einander lieben, bevor uns unsere Zweifel verrückt machen … bevor unser Verstand zusammenbricht. Lasst uns einander lieben im Namen des Frühlings, der vor uns liegt, und der Kinder, die nach uns kommen werden.* Der Takt, den das Schlagzeug vorgab, wirkte monoton, insistierend. Zum ersten Mal hörte sie den Text bewusst und fand ihn wunderschön kraftvoll. Sie legte sich auf den Boden neben Filou und vergrub ihren Kopf in seinem weichen Fell. Er antwortete mit einem Grunzen und berührte mit seiner Tatze ihre Schulter.

Im Bad warf sie einen Blick aus dem Fenster. Aus dem Hahn plätscherte das Wasser ins Becken. Als sie die Zahnbürste in den Mund steckte, ging in Annicks Haus im Erdgeschoss eine Lampe an. Sofort löschte Morgane das Licht im Bad, hielt inne, starrte gebannt hinüber, während sie übervorsichtig anfing, ihre Zähne zu putzen. Sie wusste nicht, wie lange sie so am Fenster stand und nicht wegsehen konnte. Die Schärfe von Minze und Menthol brannte in ihrer Mundhöhle und sie glaubte, ihren Herzschlag zu hören. Endlich ging das Licht von gegenüber aus. Sie kippte ihren Kopf hinunter zum Waschbecken und spülte ihren Mund. Als sie zurück im Zimmer die Tür hinter sich schloss, wusste sie immer noch nicht, wohin mit sich, schlüpfte in ihren Schlafanzug und zündete eine Kerze an.

Sie legte sich ins Bett und ließ den CD-Player spielen. Die Morgendämmerung tauchte den Raum in ein milchiges Licht. *»Aimons-nous«*, das Leben schien kinderleicht. Immer wieder berührte sie mit den Fingern ihre Lippen und ertappte ihren Mund dabei, wie er nicht aufhören konnte zu lächeln.

Am nächsten Morgen klingelte ihr Handy. Verschlafen nahm sie das Gespräch an.

»Wie war's?«, wollte Annick wissen.

»Ganz nett«, erwiderte Morgane und schluckte.

»Was heißt denn *nett*? Das Wort habe ich noch nie aus deinem Mund gehört.«

»Es hat in Strömen gegossen.«

»Ach, du liebe Zeit! Da kann ich ja froh sein, dass ich im Bett geblieben bin. Ich hätte mir ja den Tod geholt! Übrigens«, meinte Annick dann zögernd. »Ich dachte, ich hätte heute Morgen gegen vier Uhr Licht bei dir gesehen. Kann mich aber auch getäuscht haben.«

»Mag sein. Ich konnte nicht gleich schlafen. Wie geht es dir denn heute? Deine Stimme hört sich zumindest besser an als gestern.«

»Ja, es wird langsam wieder. Bin noch etwas schwach. Maël holt gleich Vivi ab. Ich bleibe den ganzen Sonntag im Bett.«

»Soll ich dir später Essen bringen? Eine Suppe?«

Insgeheim hoffte Morgane, Annick möge ablehnen.

»Das wäre nett, Morgane. Eine deutsche Suppe mit Nudeln.«

Aus irgendeinem Grund nannte Annick von jeher Morganes Hühnerbrühe mit Nudeleinlage *deutsch*. Morgane versprach, die Suppe am frühen Abend zu liefern und drückte das Gespräch weg. Eilig verschwand sie im Bad, duschte und trocknete sich ab. Dabei blickte sie wie paralysiert aus dem Fenster hinüber zu Annicks Einfahrt. Sie wickelte sich in das Handtuch, lief in ihr Zimmer und schlüpfte in eine enge Jeans und ein knallrotes T-Shirt. Im Flur nahm sie die Leine von der Garderobe und wartete, während sie das kleine Fenster im Visier behielt, das ebenfalls auf Annicks Einfahrt zeigte. Filou setzte sich neben sie und fing an zu winseln.

»Was stehen Sie denn die ganze Zeit hier herum? Irgendetwas nicht in Ordnung?«, hörte sie plötzlich Paulette, die ebenfalls suchend nach draußen blickte.

»Nein«, erwiderte Morgane hastig, »alles in Ordnung. Ich dachte nur: Es ist ein schöner Tag.«

Kopfschüttelnd ließ Paulette sie stehen, nahm ihre Hausschlüssel vom Haken und trat hinaus.

»Ich gehe dann mal zum Friedhof«, brummte sie.

Morgane aber blieb wie angewurzelt stehen.

Als sie nach einer Weile Maëls Wagen vorfahren sah, beschleunigte sich ihr Herzschlag. Sie wandte sich ab, als wolle sie vermeiden, gesehen zu werden, obgleich das nahezu unmöglich war, lief zurück in ihr Zimmer, wo sie sich erst aufs Sofa setzte und dann wieder ans Fenster lief. Unter ihr zerschellten die Wellen des Meeres an den Klippen. Über ihr ein königsblauer Horizont. Das Glücksgefühl von gestern Abend kehrte zurück und überdeckte ihre profanen Sorgen, die Schulden, das Haus, die Rechnungen. Sie wünschte sich inständig, Maël möge bei ihr klingeln. Im nächsten Augenblick hoffte sie, er würde es nicht tun und ihr noch etwas Zeit lassen.

Eine Viertelstunde später war Maëls Auto verschwunden. Morgane ging in die Küche, holte die Hühnerbrühe, die sie immer vorrätig hatte, aus der Tiefkühltruhe, suchte im Schrank nach Suppennudeln und stellte alles bereit. Sie schrieb Paulette eine Nachricht.

Bin in zwei Stunden zurück. Hätten Sie heute Abend gerne eine Hühnerbrühe? Es ist genug für alle da. Herzliche Grüße und einen schönen Tag wünscht Morgane.

Dann nahm sie die Leine von der Garderobe und unternahm einen langen Spaziergang mit Filou. Sie lief den schmalen Weg an den Klippen entlang hinunter zum Hafen, wo sie das *La Chaloupe* sehen konnte. Ein wohliges Gefühl durchströmte ihren Körper. Wann würde sie Maël wiedersehen? Und obwohl sie keine Eile hatte, sehnte sie sich nach dem Duft seiner Haut, seiner Zärtlichkeit.

Ihr Rückweg führte sie an der kleinen Sandbucht, unweit ihres Hauses, vorbei. Ein paar Kinder spielten im Sand und lachten, als sie Filou bemerkten. Die Erwachsenen dösten in der Sonne, neben ihnen Picknickkörbe. Kurzentschlossen streifte Morgane ihre Jeans und T-Shirt ab, legte beides auf einen Felsen und ging in ihrer Unterwäsche ins Wasser. Filou folgte ihr, außer sich vor Freude. Sie schwamm nicht weit hinaus. Das Meer war warm, unterbrochen von ein paar kühlen Strömungen. Filou blieb immer in ihrer Nähe, hielt seine Nase über den Wellen und sah dabei so tollpatschig aus wie ein überdimensional großer Cockerspaniel. Als sie sich auf den Rücken legte und den Himmel betrachtete, schien ihr dieser unendlich nahe. Filou paddelte schniefend zu ihr, die Augen weit aufgerissen, die Ohren angelegt. Hektisch schlug er mit seinen dicken Pfoten nach ihr, bis ihr klar wurde, dass der Hund seinem Instinkt zufolge glaubte, sie retten zu müssen. Sie beruhigte das Tier, indem sie sich aufrichtete.

»Alles gut. Es ist alles gut«, wiederholte sie immer wieder und wehrte seine aufdringliche Fürsorge mit einer Hand ab.

Gemeinsam schwammen sie zurück zum Ufer. Dort schlüpfte sie in ihr T-Shirt, aber als sie die Jeans überstreifen wollte, bemerkte sie, dass sie ein paar Kratzer abbekommen hatte. Das Salz in den Wunden brannte. Zu Hause konnte sie das volle Ausmaß von Filous Rettungsbemühungen sehen: Über ihren Oberschenkel zog sich eine lange rote Spur, die an einigen Stellen leicht blutete. Sie desinfizierte die Wunde, trug anschließend eine Salbe auf und ging in die Küche. Dort erwärmte sie die Hühnerbrühe und brachte eine volle Schüssel davon nach nebenan.

Annick, in eine Wolldecke eingehüllt, öffnete ihr, bedankte sich und verschwand wieder im Schlafzimmer. Morgane betrat Annicks Küche, holte einen Löffel und ein Tablett und stellte alles auf Annicks Nachttisch.

»Deine Augen glänzen«, sagte Morgane nachdenklich, trat an das Kopfende des Bettes und legte ihre Hand auf Annicks Stirn: »Du hast Fieber.«

»Deine auch«, erwiderte Annick, warf einen Blick auf das Tablett, stellte es auf ihrem Schoß ab und rührte lustlos in der Terrine herum.

»Nur ein paar Löffel, Annick. Damit du zu Kräften kommst.«

»Bin fett genug, Morgane. Ich habe genug Reserven.« Sie zwang sich ein Lächeln ab. »Kommt er eigentlich noch einmal?«

Morgane zuckte zusammen: »Was meinst du?«

»Stefan. Bevor er nach Deutschland zurückfährt.«

»Nein.« Morgane schüttelte entschieden den Kopf.

»Kann es sein, dass du irgendwie verändert bist?«

Annicks Frage traf Morgane wie ein Pfeil. Verlegen sah sie sich im Schlafzimmer der Freundin um und fing an, ein paar Gläser, Teller und leere Wasserflaschen, die herumstanden, zusammenzuräumen.

»Du arbeitest sehr viel in letzter Zeit und ich bin mit meinem Hausbock beschäftigt«, murmelte Morgane achselzuckend und tat, als gebe es nichts Wichtigeres, als Annicks Zimmer in Ordnung zu bringen. »Wir haben uns selten gesehen.« Sie stapelte das schmutzige Geschirr und ging in Richtung Tür. »Brauchst du noch irgendwas?«

»Schlaf. Nichts als Schlaf«, erwiderte Annick, putzte sich laut prustend die Nase und stellte das Tablett auf den Nachttisch. »Du hast recht: Ich arbeite sehr viel. Überstunden für die Urlaubskasse. In ein paar Wochen ist es so weit und die Nachtschichten bringen Geld. Verzeih mir, Morgane, ich kann nichts zu mir nehmen«, erklärte sie leise mit Blick auf das fast unberührte Essen. »Vielleicht später. Aber es ist sehr lieb von dir, dass du dir die Mühe gemacht hast.«

»Ist doch selbstverständlich« beeilte sich Morgane zu sagen. Sie trug das Tablett zurück in die Küche, wo sie sich erst einmal sammelte und tief durchatmete. Mit einer Kanne frischem Kräutertee und einer Tasse kehrte sie zurück. »Viel trinken. Das hilft. Wann genau fahrt ihr eigentlich ins Burgund?«, fragte sie und merkte, dass sie zu leise sprach.

»In den Schulferien. Im August.«

Annicks Stimme klang dumpf. Sie hatte die Decke bis unter die Nase gezogen und hielt die Augen geschlossen.

»Dann will ich mal«, meinte Morgane und ging zur Tür. »Wenn du mich brauchst, Anruf genügt.«

»Morgen bin ich wieder wie neu«, erwiderte Annick, drehte sich zur Seite und kuschelte sich in ihre Decke. »Was ist eigentlich los mit dir?«, fragte sie mit dumpfer Nasalstimme.

Erschrocken sah Morgane auf, aber alles, was sie von Annick entdeckte, war ihr Lockenkopf.

»Mit Stefan und mir ist es aus. Obwohl wir ja sowieso schon so gut wie getrennt waren. Aber jetzt ist es endgültig.«

»Er ist schon ewig abgereist«, entgegnete Annick und schlug die Decke zurück, die ihr Gesicht freilegte. »Ich habe gefragt, was dich jetzt bedrückt. Wenn ich es nicht besser wüsste, würde ich sagen, du meidest mich.«

Ewig. Stefan war vor ein paar Wochen hier gewesen. In Annicks Gefühlswelt entsprach das einer Ewigkeit.

»Ich brauche immer eine Weile, bis ich darüber sprechen kann. Muss mir erst selbst klar werden.«

Morganes Erklärungen klangen unbeholfen.

»Wie ich euch beide erlebt habe, war eine Trennung reine

Formsache«, erwiderte Annick, ohne auf Morganes Erklärungsversuche einzugehen. »Du wirst sehen. Am Ende geht es dir besser ohne ihn. Ich wünsche dir einen Kerl, in den du dich mit Haut und Haaren verknallst. Das würde dir guttun.«

Morgane zuckte zusammen, aber Annick hatte die Augen geschlossen.

»Wann kommt Vivi eigentlich nach Hause? Möchtest du, dass ich mich um sie kümmere?«, fragte sie schließlich, als habe sie einen Geistesblitz gehabt.

»Sie bleibt über Nacht bei ihrem Vater. Er hat sich freigenommen und bringt sie auch zur Schule. Und morgen Abend geht es sicher wieder. Wenn nicht, sage ich Bescheid.«

Annick gähnte.

»Das ist ja wunderbar«, erwiderte Morgane und hörte, wie ihre Stimme dabei kippte. »Deine Suppe steht in der Küche. Du musst nur den Herd anmachen, wenn es dir besser geht.«

Aber das schien Annick schon nicht mehr zu hören und Morgane war froh, dass die erste Begegnung mit der Freundin nach dem längsten Kuss, den sie jemals erlebt hatte, glimpflich abgelaufen war. Ihr kam es vor, als habe sie Annick betrogen und als sei ihr Schweigen ein schweres Vergehen an ihrer Freundschaft. Dann wieder tröstete sie sich damit, dass Annick und Maël längst getrennt waren. Dennoch würde Morgane irgendwann mit Annick sprechen müssen, ihr sagen, was passiert war. Nur wie, das wusste sie noch nicht.

Es war nichts geschehen, außer einem einzigen Kuss, aber seit jener Nacht hatte sich alles verändert. Morgane bemühte sich zu lesen, zu arbeiten, konnte sich aber nicht konzentrieren. Einmal wollte sie Paulette in der Küche helfen, stand aber dabei nur im Weg und ließ zu allem Übel auch noch einen

Teller fallen. Schließlich warf Paulette sie kopfschüttelnd hinaus.

»Wo sind Sie bloß mit Ihrem Kopf?«, murmelte ihre Mitbewohnerin verständnislos.

Wie sollte sie auch wissen, dass Morganes Gedanken seit Tagen nur um Maël kreisten und um das, was mit ihr passiert war. Niemals hätte Morgane es für möglich gehalten, dass es das für sie gab: ein rosaroter Schleier, der sich über ihren Alltag legte. Die Grenzen ihrer Welt schienen ihr elastisch und verstärkten ihre Empfindungen, als warfen sie jedes Glücksgefühl gleich doppelt zu ihr zurück. Sie fühlte sich fremdgesteuert und es fiel ihr schwer, sich auf ihre Übersetzungen zu konzentrieren. Trotzdem machte sie sich an die Arbeit.

Des Nachts fahren die toten Seelen von der Totenbucht hinüber zur Île de Sein. Der Sage nach hörten die Fischer von Douarnenez ein Klopfen an ihrer Tür. Wenn sie nachsahen, war niemand da. Sie begaben sich hinaus in die Finsternis und fanden Boote an der Küste, in denen Geister saßen. Von einer mysteriösen Macht getrieben, setzten sie sich an die Ruder und fuhren zur Île de Sein, wo sie Stimmen hörten, die ihre Namen sagten. In besonderen Nächten, so heißt es, sind noch heute von der Bucht von Douarnenez die Glocken der versunkenen Stadt Ys zu hören.

Nachdenklich tippte Morgane die Übersetzung des Abschnitts in den Laptop. Die Totensage von den Fischern von Douarnenez ähnelte der von den Stimmen über dem Meer. Womöglich hatten einst die weiten Landschaften, die Erhabenheit der Natur und das Rauschen des Meeres die Fantasie der Menschen am Ende der Welt beflügelt. Bei näherem Hinsehen entpuppte sich der Volksglaube als ein Versuch, den Kontakt mit den Verstorbenen nicht abbrechen zu lassen und das Mysterium Tod irgendwie erfassen zu können. Niemand verstand das besser als Morgane.

Am Abend erhielt sie eine SMS von Maël: *Es war sehr schön mit dir in Brest und auch die Rückfahrt möchte ich nicht missen. Maël.*

Kapitel 15

Wenige Tage später war Annick genesen, ging ihrer Arbeit in Brest nach und Morgane und sie sahen sich meist nur, wenn Annick auf dem Sprung zu ihrer Schicht war und Morgane von einem Spaziergang mit Filou zurückkehrte. Am Schreibtisch berechnete Morgane wieder und wieder die kommenden Ausgaben und sah mit Bangen auf die roten Zahlen ihres Haushaltbuchs.

Täglich widmete sie sich der Arbeit im Leuchtturmzimmer, legte die Atemschutzmaske an und bearbeitete das verbliebene Holz. Danach öffnete sie die Fenster und schloss sorgfältig die Tür hinter sich, damit das Gift auslüften konnte.

Als es am frühen Abend an der Tür Sturm klingelte, hoffte Morgane einen winzigen Augenblick lang, es wäre Maël. Sie öffnete und vor ihr stand eine völlig aufgelöste Annick: »Würdest du heute Abend nach Viviane sehen?«

»Klar«, erwiderte Morgane verwirrt und umklammerte die Türklinke. »Was ist denn los? Möchtest du reinkommen?«

Annick schüttelte den Kopf.

»Keine Zeit! Ich muss eine Nachtschicht übernehmen. Die halbe Station liegt mit Sommergrippe im Bett. Muss sofort los. Und Viviane gefällt mir nicht. Sie hat keinen Appetit und klagt über Kopfschmerzen. Bestimmt habe ich sie angesteckt. Ihre Temperatur war bis vor einer halben Stunde aber nur erhöht. Maël habe ich nicht erreicht. Ich glaube, er hat heute einen Zahnarzttermin in Brest.«

Morgane nahm ihre Schlüssel von der Garderobe, schob Annick hinaus und ging mit ihr über die Ausfahrt hinüber auf die andere Straßenseite.

»Mach dir keine Sorgen, Annick. Ich bleibe über Nacht bei der Kleinen.«

»Danke dir von Herzen! Ich rufe zwischendurch mal an. Und wenn irgendwas sein sollte, du hast meine Handynummer, okay?«

Morgane versprach, alles genau nach Anweisung zu tun, Vivi spätestens um acht ins Bett zu bringen und in Annicks Haus zu schlafen, bis diese morgens gegen sechs zurück sein würde. Sie verabschiedeten sich mit einer Umarmung und Annick fuhr mit quietschenden Reifen aus der Einfahrt.

Zum Abendessen wünschte sich Viviane, die mit geröteten Wangen und Rotznase am Küchentisch saß, einen Grießbrei, den ihr Morgane zusammen mit Apfelmus zubereitete. Vivi aß nur ein paar Löffel und Morgane beschloss, die Kleine ins Bett zu bringen. Sie deckte sie zu und schob ihr vorsichtig ein Thermometer unter die Zunge. Mit glasigen Augen sah Viviane sie an. Als sie das Thermometer herausnahm, erschrak sie. Es zeigte 39,7 Grad an.

Sie überlegte nicht lange, eilte ins Bad, nahm vier frische Handtücher aus dem Schrank und tränkte zwei davon mit kaltem Wasser. Als sie zurückkehrte, schien Vivi zu schlafen. Morgane warf den unteren Teil der Decke zurück, legte die nassen Tücher um die Waden des Kindes und packte anschließend die trockenen Handtücher zusammen mit der Decke darüber. Dann nahm sie ihr Handy aus der Hosentasche und wählte Annicks Nummer.

»Vivi hat 39,7 Grad Fieber«, sagte sie. »Was soll ich nur tun?«

»Das kommt bei Kindern schnell mal vor«, beruhigte Annick sie. »Im Arzneischrank müssten fiebersenkende Zäpfchen sein. Nimm das Handy mit ins Bad und schau bitte nach. Ich bleibe dran.«

Morgane ging hinüber ins Badezimmer, öffnete den Arzneischrank, der über dem Waschbecken hing, und fand die Packung sofort. Sie war leer.

»Nichts mehr in der Packung, Annick. Aber ich habe ihr bereits Wadenwickel gemacht. Das hat meine Mutter früher immer bei mir getan. Hat jedes Mal geholfen.«

»Ja«, erwiderte Annick. »Gute Idee. Miss bitte alle dreißig Minuten die Temperatur. Ich sehe, dass ich hier früher wegkomme. Aber ich fürchte ...«

»Das wird nicht nötig sein«, sagte Morgane schnell, nahm einen Inhalierstift mit Eukalyptus aus dem Schrank und steckte ihn in ihre Jeans. »Ich melde mich jede halbe Stunde bei dir. Wäre das in Ordnung?«

»Danke. Ich sehe, was ich tun kann«, erwiderte Annick und legte auf.

Morgane wiederholte die Prozedur mit den kühlen Wickeln insgesamt drei Mal binnen einer knappen Stunde. Als sie nach dem dritten Wickel erneut die Temperatur maß, war diese auf 39 Grad gesunken. Erleichtert atmete sie durch, ging nach unten in die Küche, machte Kamillentee, füllte ihn anschließend mit kaltem Wasser auf und flößte die lauwarme Flüssigkeit mit einer Schnabeltasse Viviane ein, nachdem diese erwacht war. Beim nächsten Messen lag ihre Temperatur bei 38,7 Grad. Sie versuchte, Annick zu erreichen, aber die Mailbox ging dran.

»Alles in Ordnung mit Vivi«, sagte Morgane deutlich. »Temperatur unter 39 Grad. Ich bleibe die Nacht hier.«

Viviane wurde unruhig und strampelte mit den Füßen ihre Decke weg. Morgane eilte an ihr Bett und deckte sie wieder zu.

»Bleibst du bei mir, Morgane?«, fragte das Kind schlaftrunken und begann zu weinen.

Ihr ganzer Kopf war gerötet und von einer dünnen, glänzenden Schweißschicht bedeckt. Die Augen glasig. Morgane wischte ihr mit einem nassen Tuch vorsichtig über das Gesicht. Sie tupfte die Tränen mit einem Papiertaschentuch weg, hielt es Viviane unter die Nase und befahl ihr zu prusten.

»Natürlich bleibe ich bei dir. Wo denkst du denn hin? Ich schlafe hier oben auf der Couch in deinem Zimmer. Wenn du mich brauchst, bin ich sofort da.«

Augenblicklich schloss Viviane die Augen und schlief wieder ein. Morgane küsste sie auf die Stirn und schrieb anschließend Annick eine SMS.

Mach dir keine Sorgen, Annick. Alles in Ordnung. Fieber auf 38,7 gefallen. Ich schlafe in Vivis Zimmer. Bring du in Ruhe deine Nachtschicht zu Ende. Bis später. Morgane.

Sie nahm eine Decke aus dem Wohnzimmer, ging wieder hinauf und legte sich auf die Couch. Als sie auf die Uhr blickte, war es kurz nach 23 Uhr.

Neben sich hörte sie Vivianes leises Röcheln. Sie trat noch einmal an ihr Bett, nahm den Inhalierstift aus der Hosentasche, hielt ihn unter Vivis Nase und wartete, bis die Kleine befreit atmen konnte. Dann legte sie sich wieder hin und dämmerte langsam weg.

Als sie erwachte, kam es ihr vor, als befände sich zwischen ihr und der Welt eine Nebelwand. Sie war sich nicht sicher, ob sie träumte. Jemand redete auf sie ein, leise, bestimmend, immer wieder das Gleiche.

»Aufwachen, Morgane. Wach auf!«

Blinzelnd öffnete sie die Augen. Es war kein Traum. Maël saß auf der Couch, strich ihr über die Wange und sprach mit ihr.

»Wo kommst du denn her?«, stammelte sie und richtete sich auf. Sie schielte hinüber zu Vivis Bett.

»Sie schläft tief und fest«, erwiderte Maël, als er ihren Blick bemerkte. »Annick rief mich an. Ich soll dich ablösen. Nachdem ich die Kneipe geschlossen habe, bin ich hergefahren. Ich habe Vivi sofort ein Fieberzäpfchen gegeben. Die Dinger horte ich immer zu Hause. Kinder bekommen ziemlich schnell mal hohes Fieber. Die Temperatur ist jetzt knapp unter 38 Grad – also nicht mehr besorgniserregend. Du bist eine wunderbare Kinderkrankenschwester.«

»Seit wann bist du hier?«, fragte sie, bemüht, ihre Gedanken zu ordnen.

Lächelnd berührte er ihr Ohrläppchen und küsste sie auf die Stirn. »Lange genug. Ich habe überlegt, ob ich dich wirklich wecken soll. Du siehst hübsch aus, wenn du schläfst. Ganz entspannt. Du hast Wadenwickel gemacht.«

Seine Stimme klang anerkennend. Morgane nickte. »Wie spät ist es?«

»Kurz vor zwei. Ich habe uns unten einen Kaffee gekocht. Lass uns den zusammen trinken, danach gehst du schlafen.«

Morgane sah auf ihre Uhr: ein Uhr und fünfundfünfzig Minuten.

»Koffein als Absacker? Um zwei Uhr morgens?«, fragte sie verwirrt.

»Für Kneipiers ist es zwei Uhr nachts. Oder möchtest du lieber ein Glas Wein?«

»Rotwein«, stimmte Morgane zu ihrer eigenen Überraschung zu. »Danach schlafe ich gut.«

Sie verschwand im Bad, warf sich etwas Wasser ins Gesicht und blickte in den Spiegel. Ihre großen Augen glänzten. Sie fasste sich an die Stirn. Nein, sie hatte kein Fieber. Langsam ging sie die Treppe hinunter ins Wohnzimmer, wo Maël bereits vor zwei Gläsern Rotwein saß. Sie setzte sich neben ihn.

»Es ist schön, dich wiederzusehen«, sagte Maël beim Anstoßen.

Verlegen nippte sie an ihrem Glas. Sie spürte seinen Blick an ihrem Hals, ihrer Kehle und auf ihrem Mund, während sie den Wein zurück auf den Tisch stellte. »Ja, das finde ich auch. Lass uns nach oben ins Kinderzimmer gehen. Ich fühle mich hier unten nicht wohl und möchte lieber bei deiner Tochter sein.«

Sie nahm einen kräftigen Schluck von dem Wein, der nach Hölzern, Kirsche und einem Hauch Vanille schmeckte.

»Du bist ja eine Glucke«, grinste Maël, stellte sein Glas zurück auf den Tisch, nahm ihres und platzierte es daneben. Dann stand er auf, reichte ihr die Hand und zog sie zu sich heran. Sie spürte seinen Atem in ihrem Nacken, die Umarmung, und sein vertrauter Geruch streifte ihre Nase. Vorsichtig löste sie sich und sie gingen beide hinauf zu Viviane. Morgane setzte sich ans Fußende des Betts und Maël nahm auf der Couch gegenüber Platz. Nachdenklich ruhte sein Blick auf Morgane, die wiederum besorgt Viviane betrachtete.

»Es geht ihr gut«, meinte er leise. »Ich kenne meine Tochter.«

»Warum bist du dann gekommen?«

»Um mich zu vergewissern.«

Sie erhob sich, trat zu ihm, um sich neben ihn zu setzen, aber er zog sie, ehe sie sichs versah, zu sich hinunter, setzte sie auf seinen Schoß, strich ihr die Haare aus dem Gesicht und lächelte sie an. Morgane hielt seinem Blick stand und sah in seine dunklen, fast schwarzen Augen.

»Ich wollte mir die Gelegenheit nicht entgehen lassen, dich zu sehen«, hauchte er.

»Das Kind könnte aufwachen«, entgegnete sie und schielte dabei zu der schlafenden Viviane.

»Sie schläft wie ein Baby«, erwiderte Maël und küsste Morganes Hals.

Sie räusperte sich. Es kam ihr vor, als ob ihre Kräfte mit einem Mal schwanden. Keine Minute länger würde sie es in Maëls Nähe ohne seine Berührung aushalten.

»Lass mich bitte gehen«, bat sie nach einer Pause. Er gab sie frei. Sie stand auf und er tat es ihr gleich. Dann legte er seine Hände auf ihre Schultern und sah sie eindringlich an.

Er streifte mit seinen Fingerspitzen ihre Schultern, den Rücken, glitt hinunter zu den Hüften. Er zog sie näher an sich heran und suchte mit seinen Händen die ihren. Sie schloss die Augen, atmete tief ein.

»Du hast recht«, sagte er zärtlich und küsste dabei immer wieder ihr Gesicht. »Dies hier ist nicht der richtige Ort für uns.«

Sie schluckte, richtete sich auf, bemühte sich, Maël ein Lächeln zu schenken und verabschiedete sich.

Aufgewühlt erreichte sie ihr Zuhause. In der Küche schenkte sie sich ein Glas Wasser ein und legte sich gleich ins Bett. Sie wälzte sich von einer Seite auf die andere und sobald sie in einen Dämmerzustand geriet, sah sie deutlich Maëls

Gesicht, glaubte, seinen Duft einzuatmen, die Berührung seiner Hände zu spüren, und einen winzigen Moment spielte sie mit dem Gedanken, aufzustehen, sich anzuziehen und einfach zu ihm zu gehen.

Ein kindliches Gefühl der Schwerelosigkeit dehnte sich in ihr aus, als sitze sie in einem Karussell, das immer schneller wurde, während der Wind ihr ins Gesicht blies. In ihrem Kopf drehte sich die Welt einmal um die eigene Achse und ein kraftvoller Schub katapultierte sie in Richtung Himmel. Sie musste nur die Haare zurückwerfen, das Gesicht der Sonne entgegenhalten und die Füße nach oben strecken, so wie früher auf der Schaukel. Licht und Schatten tanzten in den Baumwipfeln, und der Wind streichelte ihre Haut. Mit einer betörenden Geschwindigkeit nahm sie Fahrt auf und um keinen Preis wollte sie, dass es aufhörte.

Es war nicht mehr aufzuhalten.

Als sie morgens gegen sechs Annicks Wagen hörte, hielt sie den Atem an. Es schien ihr eine Ewigkeit zu vergehen, bis Maël den Motor seines Autos anwarf und mit Schwung aus der Hofeinfahrt fuhr.

Magst du heute Abend gegen elf im La Chaloupe *vorbeikommen? Ich schließe so bald wie möglich und wir beide trinken ein Glas Wein*, schrieb Maël in einer SMS wenige Tage später.

Ja, gerne, antwortete sie.

Lange stand sie am Fenster, bis sich Dunkelheit über die Landschaft legte und auch bei Annick gegenüber das Licht ausging. Sie nahm ein Vollbad, schminkte sich, entfernte ihr Make-up und erneuerte es. Beim Auftragen der Wimperntusche bemerkte sie ein leichtes Zittern ihrer Hände. Sie schlüpfte in ihre weiße Jeans und nahm eine hellblaue Leinenbluse aus dem Schrank, zog sie über und sah an sich herunter. Durch den dünnen Stoff schimmerte der Büstenhalter. Dann eilte sie in die Küche, um sich einen Tee zu machen. Zu ihrer Überraschung saß schon Paulette im Bademantel am Tisch und rührte in einer Tasse Verveine.

»Weiß nicht, was los ist«, murmelte Paulette. »Der Wind geht mir heute auf die Nerven. Seltsame Nacht.«

Morgane lauschte in Richtung Fenster. Sie hatte nicht einmal einen Hauch wahrgenommen. Umständlich nahm sie den Teebeutel aus der Tasse und warf ihn in den Biomüll.

»Sie gehen noch aus?«, fragte Paulette und betrachtete Morgane aufmerksam. »Noch ein bisschen Rouge vielleicht«, meinte sie dann fachmännisch. »Sie sind eine außergewöhnlich hübsche Frau und ich fürchte, Sie wissen das nicht einmal.«

»Danke«, erwiderte Morgane.

Stöhnend erhob sich Paulette und ging die Treppen hinauf. Das Letzte, was Morgane von ihr hörte, war ein »Seltsame Nacht«.

Zurück in ihrem Zimmer, sah Morgane auf die Uhr und überlegte, ob es nicht bereits viel zu spät war. Sie starrte auf den Schlafanzug, der auf ihrem Bett lag, ging zum CD-Player und legte eine CD ein. Was, wenn sie Maël missverstanden hatte?

»Et s'il ne nous restait plus qu'une semaine à vivre. Serais-tu prêt à me suivre. Pour s'endormir ensemble à New York? Wenn uns nur noch eine Nacht zum Leben bliebe, würdest du mir nach New York folgen, um dort mit mir einzuschlafen?«, fragte die tiefe Stimme von Patricia Kaas.

Morgane setzte sich aufs Sofa und warf den Kopf gegen die Lehne. Sie schloss die Augen. Gegen halb zwölf nahm sie ihren Laptop vom Schreibtisch und schob ihn zusammen mit dem Kapitel *Die Nebel von Avalon* aus dem Manuskript in die Tasche – der letzte Teil ihrer Übersetzung. Sie löschte das Licht, trat hinaus in den Flur, nahm die Autoschlüssel von der Garderobe und fuhr die Küstenstraße entlang nach Le Conquet.

Als sie die Leuchtschrift *La Chaloupe* erblickte, hielt sie an und machte den Motor aus. Dann startete sie ihn wieder, drehte, fuhr hinauf zu den Klippen und stieg aus. Ein rauer Wind wehte über das Gestrüpp zu ihren Füßen und ließ ihre Bluse flattern.

Wie in Trance ging sie zurück zu ihrem Wagen und parkte vor dem *La Chaloupe*. Als sie durch die Tür trat, schlug ihr warme Luft entgegen. Maël, der gerade an einem Tisch kassierte, sah auf und schenkte ihr ein Lächeln. Sie lächelte zurück, setzte sich mit ihrem Laptop an einen freien Tisch in der Ecke unter einem Schwarz-Weiß-Foto des berühmten bretonischen Schriftstellers François René Chateaubriand und begann zu lesen:

»Die Nebel von Avalon« erzählt die Artussage aus weiblicher Sicht von der Fee Morgaine. Wir befinden uns im England der dunklen Jahre des frühen Mittelalters, jene Zeit, da sich das Christentum durchsetzt und parallel der alte Glaube an Mythen und Legenden vorherrscht. Die Insel Avalon, wo Mädchen für ihre künftige Aufgabe als Priesterinnen ausgebildet werden, liegt im Nebel und symbolisiert den Grenzbereich zwischen menschlicher und göttlicher Macht. Im Laufe der Handlung wird der Nebel immer dichter, je weiter die Christianisierung fortschreitet.

Morgane schaute auf. Ein paar Fischer, die sie vom Sehen kannte, starrten am Tresen sitzend auf den Fernsehapparat, über den lautlose Bilder flimmerten. Einen Tisch weiter saß ein junges Paar und diskutierte angeregt.

Als Maël ihr einen Weißwein servierte, fuhr er im Vorbeigehen mit den Fingern zärtlich über ihren Nacken.

Und in besonderen Nächten sind die durch den Nebel getrennten Welten geöffnet. Aber nur Eingeweihte vermögen es, die andere Welt zu sehen.

Besondere Nächte. Genau wie bei der Totensage von Douarnenez. Womöglich war jene Legende von den Stimmen über dem Meer an der *Baie de Trépassés* über den Atlantik ins Finistère geschwappt. Konzentriert tippte sie einen Satz, den sie kurz darauf schon wieder vergessen hatte. Maël sah aufmerksam zu ihr herüber und sie glaubte die Berührung seiner Hände auf ihrem Nacken immer noch zu spüren. Nach und nach verließen die anderen Gäste das Lokal. Die Tür öffnete sich, fiel sanft ins Schloss und jedes Mal strömte kühle Luft von draußen nach innen.

Um zwölf fing Maël damit an, den Tresen zu reinigen, und ließ Morgane dabei nicht aus den Augen. Sie blätterte in dem Manuskript, das sie neben den Laptop gelegt hatte, und dachte über die korrekte Übersetzung für »schlafwandlerisch« nach. Gegen ein Uhr ging der letzte Gast und sie sah gebannt auf Maëls Rücken, wie er sich in Richtung Tür bewegte. Er schloss die Tür zweimal ab. Dann kam er auf sie zu, schob ihren Laptop zur Seite, nahm sie lächelnd an die Hand und führte sie zum Tresen. Er stellte sich vor sie, küsste sie, während er ihre Hüften mit einem festen Griff umfasste. Dann setzte er sie mit einem Ruck auf den Barhocker.

»Was möchtest du trinken?«, hauchte er in ihr Ohr.

»Ich bin nicht durstig«, erwiderte sie und wortlos hob er sie von ihrem Stuhl herunter und zog sie durch die Schwingtür auf einer engen, steilen Holztreppe hinauf in seine Wohnung.

Die Laternen vom Hafen warfen ein mattes Licht in Maëls Schlafzimmer. Langsam knöpfte er ihre Bluse auf, als packe er ein wertvolles Geschenk aus, das es zu bestaunen galt, während er Morgane zärtlich zwang, ihren Kopf auf das Kissen fallen zu lassen. Sie hörte seinen Atem und ihren, die einen gemeinsamen Rhythmus fanden, und ihr war, als atme der ganze Raum ein und aus. Sie spürte das weiche Laken unter ihrem Körper und blickte in seine Augen über ihr, dunkel, warm, und was sie sah, war eine Mischung aus Begehren und Beherrschung. Gedanken streiften sie, ohne bei ihr zu bleiben, wie Splitter in einem Kaleidoskop, deren Zusammensetzungen ein Bild ergaben, zurückwichen, um dann zu einer neuen Harmonie ineinander zu verschmelzen. Die elastische Wand der letzten Tage löste sich wie durch Zauber auf und was sie fühlte, vermochte sich unendlich auszudehnen. Sie schob ihre Hände unter Maëls T-Shirt und ertastete eine erstaunlich glatte Haut, von der jener betörende Duft ausging, den sie schon in Brest wahrgenommen hatte. Sie strich über die Muskeln seines Rückens, während sie auf jedem Zentimeter ihrer Haut seine Berührung zu fühlen glaubte. Dann schloss sie die Augen.

»Sprich mit mir«, hauchte er in ihr Ohr und sie erwiderte: »Es gibt nichts zu sagen.«

Maëls Küsse zerstreuten ihre Bedenken und verflüchtigten die Gedanken, die kleiner und nichtiger wurden. Seine Hände waren sanft, aber auch bestimmend und sie vermochten es, ihr den Weg heraus aus dem Labyrinth ihrer Fragen zu zeigen. Er war geduldig, wartete, bis auch ihr letztes Zögern wich und sie in der Lust ankam. Sanft lenkte er sie dorthin, wo es kein Zurück mehr gab. Es war, als gebe es nur die kleine

Mansarde, Maël und sie, von dem Geheimnis des gemeinsamen Wunsches getragen. Staunend hörte sie ihre Stimme, die gar nicht zu unterscheiden war von Maëls Flüstern, der Berührung ihrer Hände, und die betörende Nähe von Brest war wieder allgegenwärtig.

Die Nacht schien ihr endlos, aber auch viel zu schnell zu vergehen, denn genau wie vor wenigen Wochen auf dem Freilichtgelände, so befanden sie sich auch hier in dem kleinen Dachgeschoss des *La Chaloupe* in einem Kokon, der sie beide behütete und nach außen abschottete. Und während Morgane in Maëls Armen lag und schließlich ihre eigene Rede vernahm, die voller Zutrauen von den jüngsten Ereignissen ihres bretonischen Lebens erzählte, von ihrer Mutter, der sachten Annäherung mit Paulette, von Stefan und ihrem gemeinsamen Scheitern, fühlte sie sich angekommen und zu Hause.

Maël erwies sich als ein brillanter Zuhörer, stellte an den richtigen Stellen kluge Fragen und blieb dennoch diskret. Er ließ ihr einfach Raum. Genauso wie er sie voller Vorsicht berührt hatte, hielt er eine natürliche Grenze ein, die sie viel näher rücken ließ, als sie es von sich selbst gewohnt war. Irgendwann verschwand er in der Küche und kehrte mit zwei Gläsern Rotwein und einer Platte aus Anchovis, in Knoblauch eingelegten Crevetten und mariniertem Gemüse zurück. Sie stießen an und Morgane aß mit Appetit. Der Wein schmeckte samtig und der Alkohol stieg ihr sofort zu Kopf.

Nach wenigen Stunden Schlaf fühlte sie sich ausgeruht und hellwach. Die Morgensonne beschien die kleine Wohnung, von der Morgane nachts nur Schemen gesehen hatte. Sie griff neben sich, doch das Bett war leer. Sie blinzelte. Das Schlafzimmer war geschmackvoll und minimalistisch eingerichtet. In der Ecke befand sich ein Regal mit Vivianes Spielsachen. An der Wand hing ein großes Schwarz-Weiß-Foto von Viviane und Maël am Strand. Erst jetzt konnte Morgane die Ähnlichkeit zwischen den beiden erkennen.

»Wie trinkst du deinen Kaffee?«, unterbrach Maël ihre Gedanken. Er stand lächelnd in der Tür.

Sein nasses Haar, das er zu einem Pferdeschwanz zusammengebunden hatte, glänzte. Er trug Jeans und ein weißes T-Shirt.

»Mit Milch, ohne Zucker.«

Sie lächelte zurück.

»Kann ich mir merken«, erwiderte er und ging in die Küche, aus der wenige Minuten später der Duft von gemahlenen Kaffeebohnen und frisch gebackenen Croissants ins Schlafzimmer strömte.

Sie zog sich rasch ein T-Shirt über und kuschelte sich unter die Decke. Nach einem Frühstück im Bett sprang sie unter die Dusche und zog sich anschließend an.

»Was macht eigentlich die Pension? Hast du wirklich alle Buchungen storniert?«, fragte er beim Abschied.

Morgane nickte. »Viel Arbeit, aber seit ich mich entschieden habe, ist der Druck weg«, erwiderte sie zu ihrer eigenen Verblüffung. »Es geht so oder so nur um einen einzigen Raum und ich konzentriere mich lieber auf die nächste Saison. Im Moment fehlt mir das Geld für weitere Investitionen.«

»Das klingt vernünftig«, sagte er und küsste sie. »Bis bald.«

Den ganzen Heimweg überlegte sie, woher sie plötzlich die Gelassenheit in existenziellen Fragen nahm und was das wohl bedeutete.

Als sie nach Hause kam, stand eine Flasche Muscadet mit einem riesigen Blumenstrauß auf dem Küchentisch. Sie warf einen Blick hinüber zu Annicks Haus, dessen Fensterläden geschlossen waren, und in der Hofeinfahrt war das Auto der Freundin nicht zu sehen. Morgane nahm das Präsent, zusammen mit ihrer Post, und ging damit in ihr Zimmer. An der Flasche hing eine Karte in Herzform:

Ma chère! Wir müssen früher abreisen, weil ich noch nach meinen Eltern in Rennes sehen muss. Meine Maman liegt mit Beckenbruch im Krankenhaus und ich muss mich ein paar Tage um Papa kümmern. Ich habe Vivi die letzte Woche aus der Schule genommen. Morgen früh um fünf brechen wir auf. Den August verbringen wir im Burgund, im September dann noch einmal für ein paar Tage nach Paris zu Freunden. Vivi möchte unbedingt ins Disneyland. Wenn du magst, besuche uns jederzeit. Die Adresse findest du im Anhang. Einen dicken Kuss von Annick und Vivi.

Kapitel 16

Morgane erledigte den Abwasch, während sie verträumt ihren Gedanken nachhing. Am Morgen hatte sie voller Elan die Übersetzung des Sachbuchs abgeschlossen, die Rechnung geschrieben und alles per Mail an den französischen Verlag geschickt. Paulette hatte sich auf ihr Zimmer zurückgezogen. Als es an der Tür klingelte, zuckte Morgane kurz zusammen, trocknete mit Herzklopfen ihre Hände und öffnete.

»Sind Sie die Besitzerin dieser Auberge, Madame Schneider?«, fragte ein Mann, von einem Blatt Papier aufsehend. Morgane hatte ihn nie zuvor gesehen: akkurate Kleidung, Nickelbrille, graues, borstiges Haar. Sie schätzte ihn auf Mitte sechzig. Der andere, deutlich jünger, sah sie schweigend an. Aus der Küche hörte sie, wie Paulette mit dem Geschirr klimperte.

»Ja«, erwiderte sie gefasst. »Kann ich Ihnen helfen?«

»Nun«, eröffnete der Ältere, stellte seine Aktentasche ab und zog einen Ausweis hervor. »Gestatten? Monsieur Ninog. Ich frage mich, warum sie keine Lizenz für Ihren Restaurantbetrieb ausgewiesen haben.«

Er zeigte auf das Türschild, auf dem Morganes sowie Paulettes Namen stand und schielte neugierig nach drinnen.

Morgane erstarrte. »Restaurantbetrieb?«, stammelte sie schließlich. »Sie meinen den Mittagstisch? Wir haben schon seit Wochen keine Gäste mehr …«

Von oben vernahm Morgane ein Gepolter. Schließlich hörte sie eine Tür knallen und sah Paulette, die strammen Schrittes die Treppe herunterkam und neben sie trat. Resolut schob sie Morgane zur Seite und stellte sich mit in die Taille gestemmten Armen vor sie.

»Was höre ich da? Kann ich Ihnen vielleicht helfen, meine Herren?«

Ihre Stimme klang eisig und angriffslustig.

»Paulette«, meinte der ältere der beiden und lächelte. »Paulette Kermarrec. Wie lange ist das her?« Er fing an, herzhaft zu lachen. »Hab ich's mir doch gedacht. Die Katze lässt das Jagen nicht. Es geht um die Lizenz für den Restaurantbetrieb.«

Paulette warf die Arme gen Himmel. »Ninog! Immer noch im Einsatz für die gute Sache? Restaurantbetrieb? Seid ihr denn noch bei Sinnen? Es handelt sich um einen kleinen Mittagstisch für ein paar Handwerker aus der Region, die hier gearbeitet haben. Die armen Kerle mussten doch was essen! Das kann man schwerlich als Betrieb bezeichnen. War fast Privatsache.«

Paulette gestikulierte mit beiden Händen wie eine Sizilianerin.

»War? Mir ist etwas anderes zu Ohren gekommen. Auch, dass Sie Geld dafür nehmen, ma chère Madame Kermarrec«, entgegnete der Beamte süffisant.

»Wir haben den ganzen Sommer geschlossen. Schon mehrere Wochen«, protestierte Paulette.

»Darum geht es auch nur am Rande. Das interessiert dann höchstens die Steuerfahndung. Verzeihen Sie mir, Madame, *Sie* müssten doch am besten wissen, wo das Problem liegt.«

»Wieso nennst du mich Madame«, brummte Paulette, zog

die Mundwinkel nach unten und rieb ihre Fingerspitzen aneinander. »Wir kennen einander seit hundert Jahren, Ninog.«

»Im Dienst, Madame. Da bin ich eigen. Es erleichtert die Arbeit.«

Paulette warf einen Blick zu Morgane und zuckte mit den Achseln. »Mon cher Monsieur«, sagte sie dann fast feierlich, »ich wüsste wirklich nicht, wo wir ein Problem haben könnten.«

»Es geht um den Ausschank von Alkohol.«

Morgane zuckte zusammen. Paulette verzog keine Miene und hielt dem Blick von Ninog stand.

»Alkohol?«, wiederholte Morgane deutlich, trat einen Schritt nach vorne und sah abwechselnd die beiden Beamten und Paulette an.

»Cidre. Wein. Spirituosen.«

»Bei uns gibt es nur Cidre«, winkte Paulette ab. »Bretonischer Apfelsaft.«

»Madame Kermarrec, noch einmal«, meinte der Zollbeamte schmunzelnd, »Sie müssten doch die Landesgepflogenheiten am besten kennen. So lange liegen Ihre legendären Gastronomiezeiten doch nicht zurück. Sie sehen immer noch jung und knackig aus.«

Paulette presste die Lippen zusammen, dann zeigte sie ein breites Grinsen.

»Sieh an, der Ninog kann noch flirten! Möchte bloß wissen, wer dir das erzählt hat. Wir kämpfen hier ums Überleben. Und tun etwas für die Region.«

Morgane blickte abwechselnd zu Ninog, dann wieder zu Paulette.

»Der Informant spielt keine Rolle. Sie wissen doch selbst, dass die Nachbarbetriebe mit Argusaugen darauf achten, ob eine entsprechende Lizenz der Konkurrenz vorliegt. Sie sind keine Anfängerin, wie ich bereits bemerkte. Bis auf Weiteres muss ich Sie leider auffordern, Ihren Restaurantbetrieb einzustellen. Eine amtliche Mitteilung über die Höhe der Strafe wird Ihnen …«, er richtete sich direkt an Morgane, die mit offenem Mund dastand, »… wird Ihnen in den nächsten Tagen zugestellt. Ich muss Ihnen nicht sagen, Madame Paulette, was es heißt, wenn Sie sich dieser amtlichen Anordnung widersetzen. Erklären Sie das bitte der Besitzerin, die dafür geradestehen muss.« Er deutete eine Verbeugung an. »Meine Verehrung.«

Mit einem Ruck drehte er sich um, gefolgt von seinem Begleiter, und verschwand.

»Ich verehre Sie auch, Ninog«, rief ihm Paulette hinterher. »Wir haben keinen Restaurantbetrieb!«

Langsam trat Paulette einen Schritt zurück, umfasste Morganes Arm und schob sie vorsichtig zur Seite, um die Tür hinter ihnen zu schließen. Im Flur hielt sie inne, die rechte Hand auf die Kommode unter der Garderobe gestützt. Sie atmete schwer und hielt den Kopf gesenkt. Plötzlich begradigte sie ihren gebeugten Rücken und ging in die Küche. Verdutzt folgte ihr Morgane an den Tisch, wo sich beide setzten.

»Alles in Ordnung?«, fragte Morgane besorgt.

»Geht gleich wieder. Bringen Sie mir bitte einen Schnaps«, erklärte Paulette, während sie die Tischplatte fixierte.

Morgane stand auf, ging zum Buffet und schenkte einen Calvados ein. Sie überlegte, nahm ein zweites Glas aus dem Schrank, um sich selbst einen Halben einzuschenken, und ging damit zurück an ihren Platz.

»Ich habe nicht daran gedacht«, fing Paulette zögerlich an und nippte an ihrem Glas. »Hatte nur diese Konzession für die Pension im Sinn, als Sie danach fragten, erinnern Sie sich?«

»Machen Sie sich keine Gedanken. Sie können nichts dafür. Was wird es kosten?«, fragte Morgane ängstlich.

»Ich werde am Montag sehen, was ich tun kann. Nach Brest fahren und Abbitte beim Zoll leisten. Dieser Ninog! Hat als junger Kerl bei mir im *La Chaloupe* nächtelang durchgesoffen! Tut jetzt wie ein Priester. Spielt sich vor einem Auszubildenden auf.« Entrüstet schüttelte sie den Kopf. »Aber der finanzielle Schaden lässt sich bestimmt begrenzen. Schlimmer ist, dass wir im September nicht wieder eröffnen können. Es dauert mindestens zwei Monate, bis die Genehmigung durch ist. Die Kunden werden uns davonlaufen.«

»Sie werden wiederkommen«, sagte Morgane müde. »Korkenzieherweide. Hausbock. Geldstrafen. Bald erschüttert mich gar nichts mehr. Wir fahren gemeinsam nach Brest.«

»Nein. Ich mache das allein. Das ist meine Angelegenheit«, erwiderte Paulette brummend. Sie machte Anstalten, sich zu erheben. Augenblicklich fiel sie auf ihren Stuhl zurück. Ihr Gesicht war von einem Moment auf den anderen kreidebleich geworden. Sie öffnete den Mund und atmete schwer. Erschrocken fuhr Morgane auf.

»Mein Nitrospray«, stieß Paulette hervor. »Oben in meinem Schreibtisch. Obere Schublade. Schnell!«

Ohne nachzudenken lief Morgane nach oben in Paulettes Zimmer und ging zielsicher auf den Schreibtisch zu, öffnete die Schublade und durchsuchte sie. Außer einigen losen Blättern und Papiertaschentüchern fand sie nichts.

»Könnte es woanders sein, Paulette?«, rief sie die Treppen hinunter. »In der Schublade kann ich es nicht finden.«

»Nachtkasten. Unten«, hörte sie Paulettes dünne und angestrengte Stimme aus der Küche. »Eine orangefarbene kleine Flasche.«

Filou lief unruhig von der Küche nach oben und wieder zurück. Morgane öffnete die Schublade des Nachtkästchens, jenes, das sie schon einmal unbefugt inspiziert hatte, und fand das Spray sofort. Als sie es herausnahm, ertasteten ihre Finger etwas Kaltes, eine Kette mit einem Stein. Der Anhänger leuchtete in warmem Perlmutt und hatte die Form einer überdimensional großen Träne. Mondstein. Ihr Herzschlag beschleunigte sich. Wie kam die Kette ihrer Mutter in Paulettes Nachttisch?

»Morgane!«, hörte sie von unten noch einmal Paulettes Stimme.

Morgane stieß die Lade zu und widerstand dem Impuls, die Kette an sich zu nehmen. Mit dem dumpfen Gefühl, dass die Kette ihr gehörte, kehrte sie zurück in die Küche. Paulette riss ihr das Medikament aus der Hand und inhalierte einige Sprühstöße. Langsam begann sich ihre Gesichtsfarbe zu verändern. Nach dem dritten Schub Nitrospray wurden ihre Wangen wieder rosig.

»Angina Pectoris«, erklärte Paulette. »Die Attacken werden begleitet von nackter Angst. Man hat das Gefühl, dass es einem das Herz zuschnürt. Jetzt geht es wieder besser.«

Morgane setzte sich neben Paulette und sah sie besorgt an. »Sicher?«, fragte sie.

»Das war die Menez«, presste Paulette hervor. »Die hat uns das mit dem Zollamt eingebrockt. Dieses garstige Biest. Loane, du alte Hexe!«

Sie legte das Spray auf den Tisch, wo es sogleich über die Holzplatte rollte. Morgane hielt es an und stellte es auf.

»Ihr Sohn betreibt das *Café du Port*«, erwiderte Morgane

dann nachdenklich. »Wir hätten gleich draufkommen können. Er wird einige Kunden verloren haben durch unseren Mittagstisch.«

»Weil er nicht kochen kann«, brummte Paulette.

»Weil Sie so gut kochen können«, korrigierte Morgane lächelnd.

Paulette stützte sich am Küchentisch ab, nahm ihr Spray und stand langsam auf. »Werde mich jetzt erst einmal wieder hinlegen. Ninog vermag es immer noch, Frauen in Aufregung zu versetzen. Das muss ich ihm lassen.«

Morgane sprang auf und nahm ihren Arm, den Paulette sofort abschüttelte. »Ich brauche keine Hilfe«, stieß sie hervor, ging zur Tür hinaus und begab sich langsamen Schrittes nach oben.

Das haben wir ja gesehen, dachte Morgane. »Sie geben Bescheid, wenn Sie mich brauchen?«, fragte sie noch, bekam aber keine Antwort mehr.

Seufzend ging Morgane in ihr Zimmer, den Fund aus Paulettes Zimmer vor ihrem inneren Auge. Ihr schien es, als sei mit Elaines Kette eine Botschaft aus der Vergangenheit verbunden, die ihr bislang entgangen war. Sie drängte den Gedanken weg – was jetzt zählte, war die Gegenwart! Sie trat vor ihren Kleiderschrank, öffnete ihn, schob die Bügel zur Seite und entnahm ihm eine ärmellose Bluse. Mit einem prüfenden Blick stellte sie sich vor den Spiegel. Das dezente Blau des Stoffs betonte ihre gebräunte Haut und ihre Augen besaßen einen leichten Glanz. Maël hatte sich spontan freigenommen und Morgane zum Abendessen nach Brest eingeladen. Es war nicht die Zeit für Zweifel, Fragen und Ängste.

In der Nacht träumte Morgane von Elaines Halskette. Der Mondstein war aus der Fassung gebrochen.

Am nächsten Tag hörte Morgane schon im Flur Paulette, die wie gewohnt in der Küche hantierte.

»Wie geht es Ihnen?«, fragte Morgane besorgt, als sie den Raum betrat.

»Habe bereits mit Brest telefoniert«, antwortete Paulette, während sie Zwiebeln hackte. »Ein bisschen meine alten Beziehungen spielen lassen. Womöglich werden wir mit einer Geldstrafe davonkommen. Und müssen uns die *petite licence*, die Einserlizenz, anschaffen.«

»Die kleine Lizenz?«

»Für den Ausschank von Cidre und Wein. Es klingt komplizierter, als es ist. Wenn wir essen servieren, brauchen wir eine Alkohollizenz.« Paulette legte das Küchenmesser aus der Hand und hob drohend den Zeigefinger. »Das nennt sich die kleine Lizenz. Früher war das alles anders. Ist aber anscheinend ganz genau geregelt, haben sie mir erklärt. Kostet auch eine Kleinigkeit. Allerdings dürfte das überschaubar sein, weil der Betrag von der Lage abhängt. Auf dem Land ist es bezahlbar.«

»Und wenn wir auf den Cidre verzichten?«

Paulettes Augen weiteten sich.

»War nur so eine Idee«, sagte Morgane entschuldigend. »Und die Strafe? Wie viel?«

»Wir werden sehen. Lassen Sie mich machen.«

»Kann ich Ihnen helfen?«, fragte Morgane schließlich mit Blick auf den Geschirrstapel im Spülbecken.

Resolut schüttelte Paulette den Kopf: »Bin ich etwa krank?«

Der Sommer mit Maël veränderte Morganes Zeitwahrnehmung, ihren Blick auf die Welt und schob ihre Existenzängste weit weg. Nie war ihr das Finistère mit seinen satten Farben und seinem intensiven Licht so schön erschienen. Manchmal hatte sie das Gefühl, es seien nur Stunden vergangen, während die Tage fast unbemerkt an ihr vorbeizogen, dann wieder dehnte sich eine gemeinsame Nacht zur Unendlichkeit aus. Bei einem Blick auf den Kalender musste sie erschrocken feststellen, dass die Ferien bald vorbei sein würden. Lag es an Annicks bevorstehender Rückkehr, dass Morgane an jenem Termin eine Entscheidung für sich und Maël festmachte, dass sie auch in ihren Träumen nie weitergedacht hatte?

Über Wochen hatten sie einander nahezu täglich getroffen und jene gemeinsamen Stunden in der kleinen Mansarde vermochten es, Morganes Sorgen zu verwischen, als könnte die Liebe ganz allein den drohenden Bankrott abwenden. Sie sprach nie darüber, was sie bedrückte und bewegte, und so wenig sprach auch Maël über seine Ängste. Die gemeinsame Zukunft beschränkte sich auf die Mansarde und den nächsten Morgen. Wenn Maël seine Kneipe gegen Mitternacht schloss, Morgane an die Hand nahm und sie in sein Reich führte, war sie dort alles für ihn, und sie fühlte sich geliebt und verstanden. Tief in ihrem Inneren jedoch wusste sie von der Zerbrechlichkeit ihrer Liebe, als handele es sich bei ihren Begegnungen um gestohlene Stunden in einem Versteck vor der Welt.

»Alles in Ordnung, mein Kind?«, fragte Robert, als er am späten Abend anrief.

»Na ja, wir haben im Moment ein wenig Ärger mit dem Zoll«, berichtete Morgane wahrheitsgemäß.

»Mit dem Zoll?«

»Paulette und ich betreiben eine Art Mittagstisch und wir haben die Lizenz für Alkoholausschank missachtet.«

»Und das regelt bei denen der Zoll? Diese Franzosen«, meinte ihr Vater. »Nicht zu fassen. Aber sonst geht es dir gut, Morgane? Bist du dem Holzwurm zu Leibe gerückt?«

»Hausbock«, korrigierte Morgane. »Die Chemie wirkt, härtet im Holz aus und ich muss die Behandlung noch ein letztes Mal wiederholen. Aber diese Saison habe ich abgeschrieben. Ich konzentriere mich auf nächstes Jahr und renoviere den Winter über die anderen Zimmer. Und wie geht es euch?«

»Alles beim Alten. Schaffst du das denn finanziell, Morgane? Du hast ja dann keinerlei Einnahmen. Brauchst du Geld?«

Morgane biss sich auf die Zunge und stammelte etwas von ihren Übersetzungen, den Exposés. »Nein, danke. Robert, es geht schon.«

»Wenn du möchtest, könnte ich im Herbst ein paar Tage kommen und dir helfen. Im Oktober machen wir eine Kreuzfahrt«, erwiderte Robert und Morgane hörte im Hintergrund das Rascheln von Blättern. »Danach ginge es. November, wie ich das sehe. Wenn du das Haus dann noch hast.«

Er lachte unbeholfen.

»Ich habe gelernt, das Beste aus den Widrigkeiten zu machen. Aber dein Hilfsangebot klingt verlockend. Lass uns darüber sprechen, wenn ihr zurück seid.«

»Melde dich, wenn du Geld brauchst.«

Morgane versprach, genau das zu tun und legte bedrückt auf. Alles wehrte sich in ihr, das Angebot ihres Vaters anzunehmen, aber ihr war klar: Ohne seine finanzielle Unterstützung würde sie es nicht schaffen. Morganes Unabhängigkeit war eine Illusion.

Eine Nachfrage beim Meeresbiologischen Institut in Roscoff ernüchterte sie restlos. Man vertröstete Morgane auf die nächste Saison und bedauere, bis auf Weiteres auf ihre wertvolle Arbeit verzichten zu müssen. Auch Verlagsaufträge blieben aus und ihr Erspartes war längst aufgebraucht. Die einzigen Einkünfte waren durch Begutachtungen einiger deutscher Romane für französische Verlage zu erwarten, die nicht sonderlich gut bezahlt wurden.

Als sie über das Angebot ihres Vaters nachdachte, fiel ihr auf, dass sie nicht einmal erwogen hatte, Robert von ihrem Fund in Paulettes Zimmer zu berichten. Ein Schmuckstück, das Elaine immer getragen hatte, war irgendwie in Paulettes Hände gekommen. Wusste Paulette mehr, als sie sagte? Und was genau hatte Fanny damit zu tun?

Bei einem langen Spaziergang mit Filou hing Morgane ihren Gedanken nach, die seit Tagen um ein einziges Thema kreisten. Sie fragte sich, wann Maël damit angefangen hatte, seine Zärtlichkeit sowie das Maß seiner Aufmerksamkeit zu rationieren, und sie gestand sich ein, dass er von Anfang an eher unverbindlich geblieben war und dass nicht *er* sich verändert hatte, sondern ihre Erwartungen andere geworden waren. Mit Stefan war es immer umgekehrt gewesen und Morgane hatte sich ihm gegenüber permanent in der Defensive befunden. Maël hatte ihr nie irgendetwas versprochen. Der Kern seines Wesens war geprägt von Distanz, Autonomie, Unabhängigkeit und womöglich hatte nur seine anfängliche Verliebtheit diese Charakterzüge überdeckt. Was hatte Annick gesagt? *Maël ist kein Mann für* eine *Frau.* Ironischerweise schien es die Nähe zwischen ihnen zu sein, die ihn auf Distanz gehen ließ, so jedenfalls empfand es Morgane, und niemand kannte diese Bedrängnis, ausgelöst durch die unausgesprochenen Wünsche des Gegenübers, besser als sie. Nur dass sie jetzt auf der anderen Seite stand. Sie war so voll von Sehnsüchten und Erwartungen und Zweifeln und Ängsten. In Gedanken hatte sie längst damit angefangen, den beziehungstötenden Bereich der Forderungen zu betreten und ihr eigenes Motto, dass es Liebe nur aus freien Stücken geben konnte, dabei verraten.

Schließlich traf Morgane eine Kopfentscheidung, nämlich, die Begegnungen mit Maël wie ein Geschenk entgegenzunehmen und keine Wünsche zu äußern. Manchmal konnte sie in seinen Augen sehen, dass ihm die Diskrepanz zwischen dem, was sie vorgab zu sein und wie sie wirklich war, keineswegs entging und das alles noch schlimmer machte. Morgane verstellte sich, bemühte sich um Anpassung. Und je weiter der August fortschritt, desto klarer wurde ihr, dass es sich um eine Liebe auf Zeit handelte. Die Tatsache, dass sie sich darauf eingelassen hatte, widersprach ihrem ganzen Naturell, das nach Sicherheit und Geborgenheit lechzte, aber sie war nicht in der Lage, ein klärendes Gespräch herbeizuführen. Sie erlebte Maëls Rückzüge, die sich durch einen abwesenden Blick, winzige Unaufmerksamkeiten angekündigt hatten, wie schmerzhafte Einschnitte in eine Zweisamkeit, der sie, das wurde ihr bewusst, nie ganz getraut hatte. Als Maël telefonisch eine Verabredung mit ihr absagte, erschien es ihr dennoch, als erleide sie einen körperlichen Entzug.

»Das macht überhaupt nichts«, erwiderte sie und schob ihrerseits dringende Arbeiten vor, während sie kleine Kreise auf einen Notizblick kritzelte und ihre Enttäuschung herunter schluckte. Lautlos legte sie den Hörer auf die Ladestation im Flur. Der Alltag hatte sie beide eingeholt. Plötzlich gab es wichtige Termine, die Maël einhalten musste. Ein Freund, der unangemeldet zu Besuch kam. Ein Fußballspiel. Ihr war, als habe sie längst das Gewitter aufkommen sehen, das sich zwar noch einmal kurz verzog, aber unabwendbar über ihnen zusammenbraute. Dunkle Wolken begleiteten Morgane, wenn sie in ihrem *Chambre du phare* hinter einem Mundschutz das Gift in die zerstörten Holzgänge gab, wenn sie beim Zähneputzen in den Spiegel blickte oder bei einer Tasse Kaffee die Überschriften der Tageszeitung überflog, ohne deren Inhalt wirklich zu erfassen.

Maël würde sich niemals an eine Frau binden und, was schlimmer war – sie wollte mehr. Alles, was sie teilten, war eine Affäre, jene Art von Abenteuer, die Morgane zutiefst widerstrebte. Sie wusste, dass es eine Frage der Zeit war, bis er ausbrechen würde. Nicht, um sie zu betrügen, sondern um mit sich allein zu leben, so wie es seinem Charakter entsprach. Immer öfter kam ihr in den Sinn, was Mémé einmal zu ihrer Mutter gesagt hatte:

»Die Menschen ändern sich nicht. Sie entfalten sich höchstens. Ihre ursprünglichen Eigenschaften treten mit der Zeit hervor und werden stärker oder sie verkümmern.«

Als Kind hatte Morgane sich oft gefragt, was mit Entfaltung gemeint war und sie hatte sich dann immer einen Schmetterling vorgestellt, der seine Flügel spreizte und davonflog. Jetzt aber bekam sie eine Ahnung von der Bedeutung Mémés weiser Worte, weil sie spürte, wie wenig sie selbst von ihren Bedürfnissen abweichen konnte.

»Je näher ich dir bin, desto weiter entfernst du dich«, sagte sie dann doch eines Nachmittags bei einem gemeinsamen Spaziergang an den Klippen entlang.

Sie konnte ihre eigene Stimme zusammen mit dem Wind hören. Sie klang beleidigt und verletzt. Maël sagte gar nichts, nahm eine Hand aus der Hosentasche und warf einen Stein über die Brüstung.

Abrupt blieb sie stehen, verschränkte die Arme und blickte ihn vorwurfsvoll an. Über ihnen war der Himmel stahlblau, aber weit draußen hatten sich zwischen Horizont und Meer bereits graue Wolken aufeinandergestapelt und eine undurchlässige Mauer gebildet.

»Ich verlange nichts von dir«, setzte sie nach.

Maël wandte sich ihr zu, sein Gesicht und sein Körper blieben ausdruckslos. Seiner Haltung war anzusehen, dass ihn die Abwehr Kraft kostete. Er sah sich um, als suche er inmitten der weiten Landschaft einen Notausgang. »Du sagst es vielleicht nicht, sprichst es nicht aus. Aber es ist deine Anspruchshaltung, die mich einengt. Ich kann das nicht«, verteidigte er sich.

»Und du weichst aus! Bleibst unverbindlich. Außer deiner Mansarde kenne ich nichts von dir. Ich weiß nicht einmal, was du fühlst. Aber womöglich hast du recht! Ich möchte keine Affäre! Ich brauche Sicherheit.«

Es kam ihr vor, als spreche sie mit Stefans Worten, vernahm den beleidigten Unterton darin, und sie schämte sich dafür.

»Wann begreifst du endlich, dass es keine Sicherheit gibt?«, rief Maël und seine Stimme kämpfte gegen den Wind an. »Mehr als das, was wir haben, kann ich dir nicht bieten.«

»Was haben wir denn? Sag es mir! Ein paar Nächte nach Ladenschluss?«

Sie biss sich auf die Zunge, aber es war zu spät. Maël drehte sich wütend weg und lief voran. Klatschnass kamen sie schließlich bei Maël an, wo sich Morgane die Haare trocknete und einen Tee trank. Als sie sich verabschieden wollte, saß

Maël im Wohnzimmer vor dem Fernseher. Unschlüssig blieb sie neben ihm stehen. Scheinbar gebannt verfolgte er ein Fußballspiel, die hektische Stimme des Kommentators, die sich fast hysterisch überschlug, erfüllte den Raum.

»Wenn ich meine Gefühle nicht zeigen kann, bedeutet das nicht, dass ich keine habe«, sprach Maël in Richtung Bildschirm und zuckte kurz, als ein Spieler knapp das Tor verpasste.

»Drei Neins in einem Satz«, entfuhr es ihr.

»Entweder es funktioniert. Oder es funktioniert nicht.«

»Beziehungen *funktionieren* überhaupt nicht«, sagte sie ernst, beugte sich zu ihm herunter, küsste ihn auf die Wange und ging.

Als sie zu Hause die Tür öffnete und Paulette in der Küche bemerkte, versuchte sie lautlos in ihr Zimmer zu schleichen. Aber Paulette hatte sie gehört.

»Haben Sie kurz Zeit?«, rief sie in Richtung Flur und bat Morgane, sich zu ihr zu setzen. Müde betrat sie die Küche, nahm Paulette gegenüber Platz, verschränkte ihre Hände miteinander und blickte sie abwartend an.

»Ich konnte die Angelegenheit klären«, sagte Paulette unvermittelt. »Telefonisch.«

»Sie meinen, die Sache mit dem Zoll?«

Paulette nickte und in ihren Augen spiegelte sich eine Mischung aus List und Stolz. Sie nahm sich ein Stück Brioche und schob es sich in den Mund. »Bedienen Sie sich.« Sie zeigte auf das Gebäck.

»Vielen Dank«, erwiderte Morgane. »Ich habe keinen Appetit. Wie haben Sie das denn angestellt?«

»Das lassen Sie mal meine Sorge sein. Jedenfalls bekommen wir spätestens im Oktober einen Stern an die Tür gehängt und sind damit befugt, Cidre und Wein auszuschenken. Dann könnten wir mit dem Mittagstisch weitermachen. Allerdings ...«

Paulette zögerte und Morgane beugte sich am Tisch ihr entgegen und hob fragend die Brauen.

»Kommen Sie, Paulette. Was wird es denn kosten? Ich werde es schon verkraften.«

»Die Strafe konnte ich auf 500 Euro herunterhandeln. Die Lizenz selbst knapp tausend Euro.«

Morgane sperrte fassungslos den Mund auf.

»Pro Jahr. Also auch noch rückwirkend.«

Morgane schloss den Mund und blickte in Richtung Decke. Auf ihrem Schreibtisch lag der Steuerbescheid der Behörde für ihr Eigentum in Höhe von knapp 1500 Euro für das vergangene Jahr. Für das nächste würde sie mit einem ähnlichen Betrag in Vorleistung gehen müssen. »Das auch noch?«, entfuhr es ihr. »Ich nehme nichts ein. Keinen Cent. Ein neuer Boden. Lizenzen. Steuern. Strafe. Wie soll es nur weitergehen?«

Entmutigt legte sie den Kopf in ihre aufgestützten Hände.

»Irgendwie wird es das, Morgane«, sagte Paulette leise. »Ich hätte da vielleicht eine Idee. Es hilft nicht sofort, aber dafür womöglich nachhaltig.«

Morgane sah auf. Nachdenklich rieb Paulette ihr Kinn und blickte zum Fenster hinaus. »Wenn der Betrieb hier einmal richtig angelaufen ist, könnte ich eine Art Pacht dafür bezahlen. Symbolisch. Sagen wir in der nächsten Saison.«

»Ich verstehe nicht ...«

»Warum bin ich nicht gleich darauf gekommen?« Paulette erhob sich, holte zwei Gläser und Cidre aus dem Kühlschrank, schenkte ein und schob eines der Gläser zu Morgane hinüber. In Paulettes Augen hatte sich ein Glanz gelegt. »Ich wäre die offizielle Betreiberin der Auberge. Das bringt uns Steuervorteile. Sie versteuern dann die symbolische Pacht. Und die Einnahmen des Gastronomiebetriebs versteuere ich. Denken Sie nur an meine kleine Rente.«

Paulette grinste mit rosigen Wangen.

»Ist das illegal?«

»Aber nicht doch«, erklärte Paulette beschwichtigend. »Wir verteilen nur unsere Ausgaben und Einnahmen. Und zwar so, dass von Letzteren möglichst viel übrig bleibt. Das ist alles.«

Paulette riss die Augen auf und blickte Morgane ungeduldig an. Sie hielt ihr Glas über der Mitte des Tischs und wartete darauf, dass Morgane mit ihr anstieß.

»In Ordnung«, sagte Morgane und stieß ihr Glas klirrend gegen Paulettes. »Ich danke Ihnen«, sagte sie, stellte den Cidre zurück auf den Tisch und erhob sich. »Dann fangen wir also noch einmal von vorne an.«

»Sozusagen«, lächelte Paulette, »und zwar schlauer denn je. Wir haben dazugelernt.«

Mit einem Ruck öffnete Paulette die Schublade des Küchentisches, zog ein Kreuzworträtsel samt Kugelschreiber heraus und steckte ihren Kopf in das geöffnete Heft. »Vermächtnis mit acht Buchstaben«, nuschelte sie, ohne aufzusehen.

»*Héritage*«, erwiderte Morgane auf dem Weg zur Tür und verließ mit gesenktem Kopf den Raum.

In ihrem Zimmer angekommen, öffnete sie ihre Post, die bereits seit Tagen verschlossen auf dem Schreibtisch lag. Es war, was sie befürchtet hatte: eine Mahnung der Bank und ein freundliches Schreiben von Monsieur Karvan, in dem er anfragte, wann er mit seinem Geld rechnen könne.

Tagelang hörte sie nichts von Maël, und Morgane fürchtete, dass er ihr auf diese Weise nach der Auseinandersetzung beim letzten Spaziergang zu verstehen geben wollte, dass es vorbei war. Aber eines Morgens, als Morgane mit Filou das Haus verlassen wollte, fuhr Maël mit seinem Wagen auf die Hofeinfahrt und stieg aus. Mit schnellen Schritten ging er auf sie zu, seine Körperhaltung verriet, dass er sich freute sie zu sehen. Er küsste sie auf die Wangen und suchte mit seinen Händen ihre.

»Wie wäre es: Möchtest du das Wochenende mit mir verbringen?«

Morgane lächelte erleichtert. »Was hast du denn vor?«

»Lass dich überraschen«, rief er, während er wieder ins Auto stieg und das Fenster herunterkurbelte. »Wir besuchen einen alten Freund von mir im Süden. Es wird dir dort gefallen. Ich hole dich mittags gegen zwei ab. Etwa drei Stunden Fahrtzeit. Freust du dich?«

»Und wie!«, erwiderte sie und versprach, pünktlich fertig zu sein. Ehe sie sichs versah, legte er den Rückwärtsgang ein, wendete und fuhr wieder davon. Augenblicklich stieg Morganes Laune und ihre Melancholie der letzten Tage verflog. Sie würden ein gemeinsames Wochenende verbringen wie ein ganz normales Paar. Beschwingt ging sie in Richtung der Klippen, wo sie Filou von der Leine nahm. Aber der Rüde wich ihr nicht von der Seite. Aus der Bucht zu ihren Füßen drang fröhliches Kindergeschrei zu ihr. Sie sah hinunter, wo die Kleinen mit Schaufeln und feuchtem Sand eine Burg bauten.

Die Menschen ändern sich nicht, sie entfalten sich nur.

Großmütter waren nicht allwissend. Mémé hatte sich geirrt.

Kapitel 17

»Willkommen an Bord«, sagte Jacqueline, als Morgane und Maël das Hausboot auf der Vilaine, einem in den Atlantik mündenden, von Bäumen und Sträuchern gesäumten Fluss, betraten. Die Bretonen behaupteten, hier in unmittelbarer Nähe des Nantes-Brest-Kanals schlüge das Herz der Bretagne. Maël stellte die beiden Frauen einander vor.

»Wir sind seit Tagen nicht hier weggekommen«, beschwerte sich Jacqueline. »Ich versumpfe in dieser Moorlandschaft.«

Obwohl sie knapp über fünfzig war, trug sie ihr langes blondes Haar offen wie ein junges Mädchen. Ihre Haut war gebräunt, ihre Stimme klang tief und rau.

»Das bedeutet: Daniel ist in seinem Atelier?«, fragte Maël amüsiert und erklärte dann, an Morgane gerichtet: »Um Redon herum liegt eine einzigartige Moorlandschaft. Und Daniel und Jacqueline verbringen die Sommermonate seit Jahren auf ihrem Hausboot.«

»Mit dem man sich prinzipiell fortbewegen kann«, ergänzte Jacqueline beleidigt und band ihre Haare zu einem Pferdeschwanz zusammen. »Was dachtest du denn, Maël? Ich hänge hier fest.« Theatralisch faltete sie ihre Hände. »Dieses bescheuerte Atelier in Redon! Ich werde es anzünden eines Tages. Seit heute Morgen um sieben ist er weg. Das geht den ganzen Sommer so. Er schnappt sich sein Fahrrad und verbringt Tag um Tag bei seiner Kunst. Zu Hause – genau das Gleiche! Mein Mann hat eine Liebesbeziehung mit seinen Bildern.«

Morgane lächelte und Maël sagte: »Das weißt du seit zwanzig Jahren, meine Liebe!«

»Dreiundzwanzig Jahre, zwei Monate und eine Woche«, korrigierte sie. »Wahrscheinlich feiert er seinen Hochzeitstag mit seinen Kunstwerken.«

»Du kannst ohne ihn nicht leben«, erwiderte Maël.

Morgane und Maël blickten gemeinsam unschlüssig auf ihre Schlafsäcke und die Reisetaschen in ihren Händen.

»Euer Gepäck«, sagte Jacqueline. »Kommt mit.« Sie ging voran, duckte sich und lief eine schmale Treppe unter Deck, wo sie Maël und Morgane eine winzige Kajüte zuwies. »Man muss sich sehr nah sein, um hier das Lager zu teilen«, kommentierte sie süffisant eine neunzig Zentimeter breite Matratze, die eingepfercht in einem winzigen Raum lag, der eher an einen umgekippten Kleiderschrank erinnerte.

»Für eine Nacht wird es gehen«, sagte Maël, warf die Schlafsäcke hinein und begab sich nach oben.

Wenige Minuten später machten sie es sich an Deck gemütlich. Jacqueline servierte einen Aperitif und Wasser. Maël und sie sprachen über das *La Chaloupe*, Viviane und den Sommer im Allgemeinen. Morgane hörte gar nicht richtig hin und hing ihren eigenen Gedanken nach. Jacqueline berichtete von ihrem anstrengenden Job als Psychologin, aber immer wieder kam sie zurück auf Daniel, ihren Mann, den Künstler, und Morgane hatte den Verdacht, dass Jacqueline schon lange gekränkt war und ihre humorvollen Äußerungen die Vernachlässigungen vieler Jahre zudeckten.

Als gegen acht das Abendessen, das Morgane und Jacqueline auf zwei Herdplatten und einer winzigen Arbeitsfläche zubereitet hatten, gereicht wurde, erschien endlich Daniel, den sich Morgane ganz anders vorgestellt hatte. Er war ein großer Mann mit Vollbart und dichtem, dunklem Haar. Seine etwas füllige Statur und runden Augen ließen ihn wie einen Teddybären wirken. Herzlich begrüßte er auch Morgane, die bei seiner Umarmung bemerkte, dass er nach Farbe und Terpentin roch. Er kratzte sich am Kopf, entschuldigte sich für die Verspätung und setzte sich an den gedeckten Tisch, auf dem ein bunter Salat und eine große Schüssel mit Tagliatelle und Meeresfrüchten standen.

»Du musst unbedingt noch mitkommen«, sagte Daniel mit vollem Mund zu Maël. »Ich muss dir die neuen Bilder zeigen.«

Er stippte mit seinem Baguette die restliche Vinaigrette auf seinem Teller auf. Jacqueline öffnete protestierend den Mund, winkte schließlich ab und schenkte sich Wein nach.

»Aber morgen fahren wir weiter in Richtung Brest, Daniel«, sagte sie dann bestimmend. »Wir haben nur noch ein paar freie Tage und ich war die ganze Zeit in diesem verdammten Moor«, schimpfte sie. »Habt ihr noch Urlaub geplant?«, fragte sie dann, an Maël und Morgane gerichtet.

»Ich fahre am Montag nach Paris«, erwiderte Maël und verstummte abrupt.

Morgane sah von ihrem Teller auf. Sie fühlte ihren Herzschlag und suchte Maëls Blick, der ihrem unruhig auswich. Das anschließende Schweigen, begleitet von dem Geklimper des Bestecks auf den Tellern, schien ihr wie die Verlautbarung der Kluft zwischen ihr und Maël. Insgeheim fragte sich Morgane, was mit ihnen geschehen war, dass ein einziger Satz die Macht besaß, das sensible Gleichgewicht zwischen ihr und Maël auf eine Seite kippen zu lassen und einen gemeinsamen

Sommer zunichte machen konnte. Jacqueline betrachtete die beiden aufmerksam, dann aß sie schweigend weiter.

»Wer fährt schon im Sommer nach Paris?«, fragte Daniel unbekümmert, an dem dieser nonverbale Austausch vollkommen vorbeigegangen war.

Nach dem Dessert und zwei Flaschen Wein erhoben sich die Männer gut gelaunt, gingen von Bord und machten sich auf in Richtung Altstadt. Morgane bot an, den Abwasch zu machen, während Jacqueline eine Zigarette rauchte und die dritte Flasche öffnete. Als Morgane auf die Uhr sah, war es halb zwölf und flüsternd wünschte sie, Kopfschmerzen vorgebend, Jacqueline eine gute Nacht und kroch in ihre Schlafkoje.

Als sich Maël Stunden später umständlich neben sie legte, erwachte sie aus einem oberflächlichen Schlaf, stellte sich aber weiter schlafend und wartete, bis sie seinen regelmäßigen Atem hörte. Fragen gingen ihr durch den Kopf. Was war schlimm daran, wenn er seine Tochter in Paris besuchte? Annick war ein Teil seines Lebens und würde es immer bleiben. Im Dämmerzustand erwog sie ihre nächsten Schritte, ob sie morgen ein Gespräch mit Maël suchen sollte, um ihn zu bitten, Annick nichts von ihnen zu sagen, bis sie das getan haben würde. Dann wieder verwarf sie ihre Pläne. Es schien keinen Ausweg aus dem Labyrinth zu geben, in dem sie sich sehenden Auges verirrt hatte.

Morgane kletterte vorsichtig über Maël, nahm ihr Kapuzenshirt und schlich leise an Deck. Auf dem Tisch flackerte eine Kerze, die zur Abwehr der Mücken nach Citronella duftete.

»Kannst auch nicht schlafen«, sagte Jacqueline mit leichtem Zungenschlag. Sie hatte ihre Füße auf die Bank gelegt und winkte Morgane zu sich, reichte ihr eine Decke, in die sich Morgane sogleich einwickelte und dann ihr Sweatshirt überzog. Jacqueline schenkte ihr einen Roten ein. Zu Morganes Verblüffung stand ein Glas bereit, als habe sie die Gastgeberin bereits erwartet. Jacqueline zündete sich eine Zigarette an.

»Möchtest du meine Meinung hören?«, fragte sie, während sie den Rauch ausblies, ohne Morgane anzusehen. Ihr Tonfall klang neutral. »Es muss eine Berufskrankheit sein. Ich kann nicht anders. Wenn ich fremden Menschen begegne, dann ist es ein Automatismus. Ich lege aus. Körperhaltung, Artikulation, Gestik, einfach alles. Das Äußere, das Innere. Und dann stimme ich es mit meinen Gefühlen ab. Sie sind der beste Indikator, den ich kenne.«

»Aber du kannst nicht nach innen sehen. Das ist ein großer Irrtum.« Morgane schüttelte den Kopf und Jacqueline sah sie überrascht an.

»Du bist gekränkt. Ich habe dich gekränkt. Das wollte ich nicht.«

»Du hast nichts gesagt, was mich kränken könnte«, konterte Morgane lächelnd. »Was wir sehen und fühlen, wird bereits durch die eigene Wahrnehmung gefiltert. Ich kenne das Problem. Mein Ex ist Psychologe. Und ich weiß schon, was du mir sagen möchtest: Du glaubst, ich bin nicht gut genug für Maël.«

»Das Gegenteil ist der Fall«, entgegnete Jacqueline und drückte ihre Zigarette im Aschenbecher aus. »Ich glaube, *er* ist nicht gut genug für *dich*! Er hat das Format, dich zu zerbrechen. Du hast noch nicht erlebt, wie es ist, wenn du seine Aufmerksamkeit verlierst. Wenn er eine Frau entdeckt, ist sie alles für ihn. Er legt ihr die Welt zu Füßen, holt ihr die Sterne vom Himmel. Aber im Kern ist er ein einsamer Mann und am Ende kriecht er in sich selbst zurück. Im Eroberungsmodus glaubt er an die große Liebe und daran, dass er es vermag, sich zu binden. Bis er in der Realität angekommen ist. Er überschüttet dich mit seiner Liebe. Hat er sich freigenommen für dich? Einfach den Laden geschlossen?«

Morgane schluckte und nickte. Erneut zündete sich Jacqueline eine Zigarette an.

»Blumen geschickt? Dich mitten in der Nacht angerufen?«

Wieder bestätigte Morgane mit gesenkten Augen.

»Und wenn du nichts anderes wolltest, als bei ihm sein, ließ er dich auch leicht wieder gehen, ohne jeden Abschiedsschmerz?«

»Wir leben zwei Kilometer auseinander«, verteidigte sich Morgane schwach.

»Hat er dich seinen Freunden vorgestellt? Seiner Familie?«

Stumm schüttelte Morgane den Kopf.

»Für dich mag die Verschmelzung mit einem anderen Menschen etwas Verlockendes sein«, fuhr Jacqueline unbeirrt fort. »Ihn bringt Nähe auf Dauer um. Er hält sie schlichtweg nicht aus. Vielleicht noch nicht heute, nicht morgen, aber der Tag wird kommen. Nicht nur, dass er Freiheit braucht. Maël kann sich nicht hingeben. Nur in der Phase der Verliebtheit lebt er im Märchenland von Tausendundeiner Nacht.« Sie machte eine Bewegung mit dem Arm wie eine Tänzerin. »Sein übersteigertes Selbstwertgefühl führt ihn in die Irre. Aber das Blatt wird sich wenden, verstehst du?«

Es hat ja längst angefangen, dachte Morgane. Sie ließ die letzten Begegnungen mit Maël Revue passieren, da sie seine Distanz nicht nur gespürt, sondern sogar gesehen hatte. Je näher sie ihm gekommen war, desto weiter war er abgerückt. Aber sie war gewarnt worden. Von ihrem Instinkt. Ihre Blockaden nach dem ersten Kuss in Brest, bis sie es vermocht hatte, die erste Nacht mit ihm zu verbringen. Wie er sie umworben hatte und ihre Panik, an der sie beinahe erstickt war, ehe sie sich auf das Abenteuer einlassen konnte. Jene erste Begegnung auf einem Parkplatz des Einkaufszentrums, da sie aneinandergeraten waren! Das Bild eines Aufpralls ließ sich nicht mehr beiseitedrängen, denn die Unausweichlichkeit, mit der der Unfall geschehen würde, war ihr in den letzten Tagen bewusst geworden. Aber für ihn würden es ein paar Kratzer im Lack gewesen sein, für sie ein Totalschaden.

»Und wie ich das sehe, seid ihr über dieses Stadium bereits hinaus«, unterbrach Jacqueline ihre Gedanken. Morgane blickte mit fragenden Augen auf. »Du hast es längst gespürt, nicht wahr? Morgane! Weshalb kommst du mitten in der Nacht an Deck und lässt dich auf dieses Gespräch ein? Du bist doch intuitiv begabt. Gehörst zu den Frauen, die das Gras wachsen hören. Du wirst am Ende sehr verletzt sein, viel mehr, als ich es im Moment vermag, dich zu kränken. Ich weiß, was Annick damals durchgemacht hat. Und Annick ist aus einem anderen Holz als du geschnitzt. Sie kann viel mehr aushalten. Du wirst leiden, Morgane, richtig leiden. Das sieht man dir ja jetzt schon an. Sei meinetwegen wütend auf mich, halte mich für distanzlos, aber sieh zu, dass du in der Realität ankommst.«

»Was Menschen wie meinen Exfreund und dich von Maël unterscheidet, ist, dass ihr um die anderen kreist. Man kann sich so besser ausweichen und seine eigenen Probleme überspielen. Ich habe lange gebraucht, bis ich das kapiert habe, habe mich in Stefans Anwesenheit immer unvollkommen gefühlt. Jetzt weiß ich, dass euer analytischer Zwang kein Maßstab sein darf.«

»Du hast ein Recht auf deine Wut«, erwiderte Jacqueline unbeeindruckt. »Aber denk in Ruhe über meine Worte nach.«

»Ich bin nicht wütend«, erwiderte Morgane, und spürte, wie Zorn in ihr aufkam. Sie ballte ihre Hände zur Faust.

Jacqueline hob die Brauen, leerte in einem Zug ihren Wein und schenkte sich dann nach.

»Warum magst du ihn nicht?«

Jacqueline sah überrascht hinter ihrem Weinglas, das sie gerade an den Lippen hielt, hervor. Dann lachte sie und stellte das Gefäß auf den Tisch. Gebannt beobachtete Morgane, wie die Flüssigkeit darin gegen den Rand schwappte. Das Boot wackelte. Die Grillen zirpten.

»Du liegst völlig falsch, Morgane. Ich *liebe* Maël. Aber ich schlafe nicht mit ihm. Ich bin nicht verwundbar. Du aber bist es, Morgane! Es geht mir vielmehr um dich, denn Maël wird unbeschadeter aus der Sache hervorgehen als du. Ich lebe seit zwanzig Jahren mit einem Mann, der eine Affäre mit seiner Werkstatt hat, und ich habe vor langer Zeit beschlossen, meine Nebenbuhlerin zu akzeptieren. Das wirst du nicht können. Deine Rivalin ist der Entzug von Zuwendung. Andere Frauen werden folgen.«

»Was wäre zu tun, wenn ich uns retten möchte?«

Morgane sprach so leise, dass ihre Worte von dem plätschernden Wasser beinahe verschluckt wurden.

»Du kannst ihn nicht retten. Rette dich selbst.«

»Was wäre zu tun?«, wiederholte Morgane noch einmal.

»Eine andere Frau sein. Eine, die ihn vernachlässigt, von oben herab behandelt. Eine Frau, die nicht lieben kann. Die weit davon entfernt ist, wie du zu sein. Eine, die es für sich zu nutzen weiß, dass Maëls übersteigertem Ego eine tiefe Verunsicherung zugrunde liegt. Glaub mir, die Frau, die Maël halten könnte, wünsche ich ihm nicht. Sie würde ihn zerstören.«

Erschöpft kroch Morgane zurück in die Kajüte neben Maël.

Das Schiff schaukelte. Bis zum frühen Morgen lag sie wach, während Maël leise schnarchte. Im Mondlicht konnte sie seinen Rücken sehen, seine glatte, gebräunte Haut. Vorsichtig strich sie mit den Fingerspitzen darüber. Er rekelte sich und rückte auf der engen Matratze von ihr ab. Als es langsam hell wurde, war der schreckliche Schrei von Katzenkindern zu hören, wie hilflose Babys, deren Stimmbänder verletzt worden waren. Ihr Krächzen durchbrach die Stille und Morgane war sicher, dass sie um Hilfe schrien. Bestimmt waren sie ausgesetzt worden. Es folgte eine lange Pause, in der sich Maël zu Morgane drehte, um sich kurz darauf wieder abzuwenden, selbst im Schlaf wollte er weg von ihr, und nur das Plätschern des Wassers am Schiffsrumpf war zu hören. Morgane riss die Augen auf und wartete auf die erneuten Schreie der Katzen. Aber nichts kam. Ganz sicher waren die armen Tiere verendet, mehrere Stunden ohne Muttermilch, welches Baby konnte das schon aushalten? Die Kleinen hatten zum Sonnenaufgang ein letztes Mal um ihr Leben geschrien.

Morgane hielt den Atem an. Als nach einer Ewigkeit der dissonante Ton von weit unten aus der Kehle der Katzen erneut die morgendliche Stille zerriss, drehte sie sich erleichtert zur Seite. Wenn diese Tiere überlebten, dann konnte das womöglich auch die junge Liebe von ihr und Maël und das Hausboot war nur eine Prüfung gewesen.

Aber während sie sich selbst zu trösten versuchte, überschattete ein Gefühl ihr Denken, eines, das schwer auf ihr lastete und sie völlig vereinnahmte. Dieser Ausflug war nicht der Versuch gewesen, ihre Beziehung zu retten, dieses Hausboot war ein Fluch, dessen sich Maël bedient hatte, um ihr etwas zu sagen. Das Boot besaß kein Fundament, plätscherte auf dem Wasser dahin, es glich einer Nussschale, mit nichts als einer dünnen Schnur mit dem Ufer verbunden. Aber das Ufer bestand aus Moor, und wenn sie hier an Maëls Seite bliebe, würde sie am Ende dort versinken. Sie brauchte Wurzeln und Boden unter ihren Füßen, keinen Sumpf.

Sie dachte an Armels Hütte, die dem Sturm nicht standgehalten hatte, an den Boden in ihrem Haus, den sie hatte herausreißen müssen, weil schon ihre Ahnen einen Schädling hineingetragen hatten, und zum wiederholten Mal beschlich sie das Gefühl ihrer Heimatlosigkeit. Ihr ganzes Leben war danach ausgerichtet gewesen, etwas Sicherheit zu ergattern und niemals würde ihr Maël auch nur einen Funken davon bieten können. Sie würde ihn verlieren oder er sie, was machte das schon für einen Unterschied. Es war nicht aufzuhalten und auch ohne Jacquelines Monolog hätte sie es in dieser engen Kajüte verstanden: Es war vorbei, denn sie selbst konnte so nicht weitermachen.

Bedrückt packte sie am nächsten Morgen ihre Reisetasche, verabschiedete sich höflich von Daniel und Jacqueline und stieg ins Auto. Gemeinsam fuhren Maël und sie an Carnac vorbei; ein Paar, das in verschiedene Himmelsrichtungen blickte. Maël stellte den Wagen auf einem Parkplatz ab, denn sie wollten zu den berühmten Hinkelsteinen von Carnac. Vor ihnen standen jene unzähligen Monumente wie Soldaten, die seit Jahrtausenden über die Landschaft wachten.

»Man kann das Ausmaß, ihre Macht und Größe gar nicht erfassen«, sagte Morgane andächtig.

»Weil du zu nah dran bist«, erwiderte Maël.

Die Bretonen hatten einen mannshohen Maschendrahtzaun um die Steine gezogen, als ob irgendein Tourist es vermochte, einen der tonnenschweren Kolosse wegzutragen, weil einige der Riesen infolge der permanenten Erschütterung durch die vielen

Menschen, die tagtäglich herkamen, wackelten wie Milchzähne. Es dauerte eine Weile, bis Morgane begriff, dass es genau umgekehrt war. Die Zäune sollten die steinernen Zeugen nicht etwa vor Diebstahl schützen, sondern ihnen ihre Heimat bewahren. Niemand sollte auf jenem Boden herumtrampeln, dort, wo sie seit Tausenden von Jahren verharrten.

Tränen traten ihr in die Augen, denn plötzlich war sie einer der wankenden Hinkelsteine, einer, der keinen festen Boden unter den Füßen hatte, und ein Zaun, zum Schutz um sie herum gezogen, trennte sie von der Welt.

»Das sieht ja schrecklich aus mit diesem Zaun«, sagte Maël auf der Rückfahrt.

»Er soll sie beschützen«, erwiderte sie leise. »Niemand kann ihnen verübeln, dass sie die Heimat ihrer Vorfahren verteidigen.«

Maël schüttelte stumm den Kopf, als verstehe er ihre Bemerkung nicht und vermeide eine Nachfrage nur aus Angst vor einer sinnlosen Diskussion. Schweigend fuhren sie in die Nacht, und je näher sie ihrem Heimatort kamen, desto größer wurde ihre Distanz zueinander.

»Wann fährst du nach Paris?«

Die Frage stolperte aus ihrem Mund. Von Weitem war die Pointe St. Mathieu zu sehen mit dem Leuchtturm, der seine dünnen Lichtbahnen über Wasser und Land zog. Schon im Moment der Frage schämte sie sich für ihre Eifersucht, dafür, dass sie mit ihrem beleidigten Tonfall Nähe einklagte.

»In diesen Tagen.«

Er räusperte sich. Als sie sich vor dem Tor in der Rue des Artichauts verabschiedeten, ließ Maël die Hände auf dem Lenkrad liegen, umklammerte es und starrte auf die Straße. »Ich war immer ehrlich zu dir und habe dir nie etwas vorgemacht«, sagte er leise. »Es tut mir leid. Der Ausflug war keine gute Idee.«

»Immerhin hat er für Klarheit gesorgt.«

»Morgane …«, setzte er noch einmal an.

»Du möchtest alles haben«, unterbrach sie ihn und eine letzte Hoffnung regte sich in ihr, er möge widersprechen, dass er nur sie wolle.

»Nein«, sagte er und in seiner Stimme lag eine tiefe Traurigkeit. »Ich bin wunschlos im Gegensatz zu dir. Und ich weiß nicht, wer von uns beiden besser dran ist.«

»Du hast mich auf dieses Schiff gebracht. Aber was ich brauche, ist ein Felsen. Einer, der nicht wankt.«

»Du bist es, die alles haben will, Morgane. Mich. Dein Haus. Sicherheiten.«

Morgane stieg aus dem Wagen und ging, ohne sich umzudrehen, ins Haus. Tagelang zog sie sich zurück und vermied es, Paulette zu begegnen. Immer wieder kontrollierte sie ihr Handy, ob sie einen Anruf oder eine SMS verpasst hatte, aber das Telefon schwieg. Einige Male wählte sie Annicks Handynummer, um mit ihr zu sprechen, aber Annick ging nie an den Apparat und sobald die Mailbox ansprang, legte Morgane auf.

Zweite Mahnung las sie beim Öffnen der Post und wunderte sich über ihre Teilnahmslosigkeit. Die Bank und Monsieur Le Goff. Sie wusste, dass sie ihren Vorschuss selbst bei dem freundlichen Bretonen verspielt hatte und überlegte, wie sie die Raten für die kommenden Monate aufbringen sollte und wie es ihr Glückssommer vermocht hatte, all die finanziellen Verpflichtungen so lange zu verdrängen.

Am Abend klingelte es an der Tür. Morgane lauschte, ob Paulette wohl öffnen würde, aber anscheinend war sie nicht zu Hause. Sie sah an sich herunter, zog einen Morgenmantel über den Schlafanzug und ging zur Haustür, die sie einen Spalt öffnete. Draußen stand Monsieur Karvan.

»Ich komme wegen der Bezahlung, Madame«, stotterte er und rieb dabei verlegen seine Hände. »Habe schon mehrfach bei Ihnen angerufen. Bitte verstehen Sie! Ich habe meine Verpflichtungen. Muss die Löhne für meine Männer bezahlen. Wenn Sie die ersten 2000 Euro begleichen könnten, würde ich wieder ein Auge zudrücken können. Bis Ende des Jahres.«

»2000 Euro«, wiederholte Morgane, bat den Handwerker zu warten, ging in ihr Zimmer, nahm die letzten dreihundert Euro aus dem Schreibtisch und überreichte sie Monsieur Karvan. »In den nächsten Tagen bezahle ich den Rest«, versprach sie. »Bitte geben Sie mir noch etwas Zeit.«

»Es tut mir leid«, erwiderte Monsieur Karvan, als müsste er sich für seine Forderungen entschuldigen. Morgane rang sich ein Lächeln ab und schüttelte müde den Kopf.

»Sie müssen sich nicht entschuldigen, Monsieur. Sie waren immer sehr freundlich. Ich stehe in Ihrer Schuld. In jeder Hinsicht.«

Leer und kraftlos schrieb sie Robert eine E-Mail mit den nötigsten Informationen über ihre Lage. Sie bat ihn, ihr mit fünftausend Euro auszuhelfen. Sie würde das Geld in der nächsten Saison zurückzahlen. Tage wartete sie auf Antwort, bis er ihr mitteilte, er übernehme die Rechnungen für Monsieur Karvan und Monsieur Le Goff unter der Bedingung, dass er selbst mit der Bank verhandeln dürfe. In diesem Fall würde er auch für den Ausgleich der nächsten Raten aufkommen, sofern sich sein Einsatz überhaupt lohne. Erneut brachte er einen möglichen Verkauf des Objekts zur Sprache.

»Denk immer daran. Mit einem Verkauf bist du deine

Schulden auf einen Schlag los und hast dann sogar noch etwas Geld übrig.«

Morgane verstand: die Hilfe ihres Vaters gegen ihren Offenbarungseid und die Aufgabe ihrer Autonomie. Sie versprach, am Ende des Jahres eine Entscheidung zu treffen. Sie fühlte sich klein und entmündigt, als sie bei der Bank anrief, um zu erklären, dass der Bitte Robert Schneiders nach einem Kontoauszug entsprochen werden solle und dass ihr Vater nach Kenntnisnahme umgehend die Raten übernehmen würde. Dann erklärte sie Monsieur Karvan und dessen Freund Le Goff am Telefon, dass die Überweisung ihrer Forderungen in diesen Tagen von Deutschland aus getätigt werden würde.

Als Morgane eines Morgens von lautem Motorengeräusch geweckt wurde, war ihr erster Gedanke, das Haus in der Rue des Artichauts werde abgerissen. Sie sprang aus dem Bett und lief hinüber zum Fenster. Kraftlos sah sie dabei zu, wie ein Bagger auf Briags Grundstück fuhr, den Krater auffüllte und anschließend das ganze Grundstück mit schwarzer Erde bedeckte. Der Pflug quälte sich über das vertrocknete Terrain. Ihr war, als habe sie eine Vision von Vergänglichkeit und als sei dies der Abschied von ihrem Haus, das sich den Boden mit jenem von Briag teilte. Das Gefühl einer unmittelbar bevorstehenden Trennung überkam sie, eine, die längst begonnen hatte. Aber es kam ja schon nicht mehr darauf an.

Armel Briag stieg von dem Bagger herunter und fing an, im Abstand von etwa einem Meter Samen auszusäen. Er trug Gummistiefel und einen Blaumann. Kopfschüttelnd verschwand Morgane im Bad und zog sich rasch an. Mit zwei Tassen Kaffee in der Hand trat sie schließlich zu Armel hinaus, reichte ihm das heiße Getränk und verschränkte die Arme vor ihrem Körper.

»Armel, was tun Sie da bloß?«

»Ein Artischockenfeld bestellen«, erwiderte dieser gelassen, nahm einen großen Schluck, gab ihr die Tasse zurück, ließ sich auf die Knie fallen und fuhr damit fort, vorsichtig die Samen mit Erde zuzudecken.

»Das wird nichts um diese Jahreszeit.«

»Werden sehen«, murmelte er und machte unbeirrt weiter.

»Armel! Du bretonischer Sturkopf! Wenn du mit diesem Unsinn fertig bist, dann komm herein.«

Armel und Morgane drehten zeitgleich ihre Köpfe in die Richtung, aus der Paulettes Stimme gekommen war.

»Ich habe Kuchen gebacken.«

Paulette verschwand im Haus. Morgane folgte ihr und setzte sich ihr gegenüber. Vom Küchenfenster aus konnte sie sehen, wie Armel die letzte Reihe aussäte.

»Gut, dass ich Sie noch kurz alleine sprechen kann«, drang Paulettes Stimme an ihr Ohr. »Es geht mich zwar nichts an, aber … Ich möchte nicht, dass Sie in Ihr Unglück rennen.«

»Ich verstehe nicht …«, stammelte Morgane. »Mein Unglück ist doch bereits perfekt. Ich werde mich in meinen Schulden einrichten und habe meinem Vater gegenüber einen Offenbarungseid geleistet.«

»Wehleidigkeit passt nicht zu Ihnen, Morgane«, entgegnete Paulette streng. »Es geht um Maël. Es sollte Sie stutzig machen, dass er nie hierherkommt, während Sie am späten Abend in einer Kneipe auf ihn warten. Die Leute sprechen hier schon davon. Das ist nicht gut. Ein Mann sollte sich um eine Frau bemühen. Und sie nicht verstecken. Was ist mit Annick? Haben Sie das bedacht?«

Morgane spürte, wie langsam Zorn in ihr aufkam, nicht weil sich Paulette in ihre persönlichen Angelegenheiten einmischte, sondern weil sie mit ihrem Ratschlag einen wunden Punkt getroffen hatte. Jetzt, da es vorbei war, beschäftigte sie der Betrug an Annick, der Verrat an ihrer Freundschaft, mehr denn je.

»Die beiden sind schon lange getrennt«, verteidigte sich Morgane schwach. »Und zwischen Maël und mir ist es ohnehin aus. Seit wann interessiert Sie das Geschwätz der anderen, Paulette?«

»Annick ist Ihre Freundin, Morgane. Sobald sie zurück ist, wird sie beim Bäcker oder Metzger davon erfahren. Wollen Sie ihr das wirklich zumuten?«

Morgane schüttelte entsetzt den Kopf, denn an die Bosheit anderer hatte sie in der Tat nicht gedacht. Seit Tagen glaubte sie, sie allein habe den Schmerz und das Unglück für sich gepachtet.

»Ich kümmere mich darum«, entgegnete sie leise.

Eine halbe Stunde später klopfte Armel an die Küchentür. Verlegen legte er seine Baskenmütze auf den Stuhl und folgte der Aufforderung Paulettes, sich zu setzen. Morgane stocherte in der Aprikosentarte herum und blickte abwechselnd zu Paulette und Armel, die in gebührendem Abstand nebeneinandersaßen. Schweigend nahm Armel von seinem Kuchen. Eine bedrückende Stille lag im Raum. Morgane überlegte, welche Konstellationen es in dieser Küche bereits gegeben hatte, seit sie hier lebte. Diese hier schien ihr die ungewöhnlichste von allen.

»Da hat es doch einfach meine Hütte davongetragen«, bemühte sich Armel um eine Art Konversation. Seine schlanken Finger waren schmutzig, die Nägel schwarz von der Erde. »Ein Baum fällt um wie ein Sack Kohlen. Und Sie hatten Angst, dass die alte Dame in Ihren Keller wächst«, sagte er schmunzelnd an Morgane gewandt.

»Ja«, erwiderte Paulette und kniff ihre Augen zusammen. »Alles geht einmal vorbei, Armel. Sie ist gestürzt, weil ihre Wurzeln abgestorben waren. Deine Weide, an der du über die Jahre festgehalten hast, ist von innen verfault.«

Mit ausdruckslosem Blick sah sie ihn an, während sie in ihrer Tasse rührte, obwohl sich der Zucker längst aufgelöst hatte. Es war, als hätte Paulette eine Frage gestellt, die nun im Raum schwebte.

»Ich bin heute in St.-Michel-en-Grève gewesen«, sagte Armel nach einer Pause und ließ die Gabel auf den Teller fallen. »Wisst ihr, was oben im Norden los ist?«

»Sie meinen die grüne Pest?«, fragte Morgane.

»Genau. Die Algen. Inzwischen sammeln ganze Trupps Tag für Tag Tonnen von dem grünen Zeug ein. Sie fangen in der Morgendämmerung damit an und am Nachmittag ist der ganze Matsch wieder da. Immer wieder das gleiche Spiel. Genau so, wie ich es vorausgesehen habe ...«

»Ja, das haben Sie, Armel«, bestätigte Morgane. »Ein Hotel musste schon schließen.«

»Der Ort ist wie ausgestorben. Und der Staat beteiligt sich neuerdings an den Beseitigungskosten. Eine knappe dreiviertel Million Euro pro Jahr! Die Gemeinde hat geklagt, weil sie die Summe nicht allein stemmen kann, und recht bekommen. Paris hat versprochen, bald einen Aktionsplan vorzulegen, wie man der Plage Herr wird! Ich nenne das eine kollektive Symptombehandlung. Das ist doch lächerlich. Sind eigentlich alle inzwischen verrückt?«

»Die Menschen beschützen ihre Heimat«, erklärte Morgane. »Sie räumen den Dreck so lange beiseite, bis die Ursache bekämpft ist. Wenn es sein muss, zwei Mal am Tag.«

»... bis die Ursache bekämpft ist«, wiederholte Armel.

»Es soll Menschen geben, die das jahrzehntelang mit dem Morast ihrer Vergangenheit so machen.«

Armel zuckte zusammen. Paulettes Stimme klang eisig. Ihre auf Armel gerichteten Augen funkelten angriffslustig. »Wir beide wissen das, Armel. Wann begreifst du endlich, wie viel Kraft es kostet, immer aufs Neue seinen Müll zu entsorgen, bevor ihn jemand entdeckt?«

Armel öffnete kurz den Mund, um etwas zu sagen, schloss ihn wieder, rückte seinen Stuhl lautstark nach hinten, stand auf und ging mit gesenktem Haupt ohne Abschiedsgruß in Richtung Tür, als habe ihn Paulette beleidigt. Fragend sah ihm Morgane hinterher und wollte ihm folgen.

»Sie bleiben hier«, sagte Paulette und in ihrer Stimme klang eine Entschlossenheit, die Morgane nie zuvor bei ihrer Mitbewohnerin vernommen hatte.

Sie wollte protestieren, tat aber dann, was von ihr verlangt wurde. Sie verschränkte die Arme und wartete. Durch das Küchenfenster konnte sie sehen, wie Armel in sein Auto stieg und rückwärts aus der Hofeinfahrt fuhr.

Langsam griff Paulette in ihre Schürzentasche, nahm etwas heraus, legte ihre Faust auf den Tisch, schob diese in die Mitte und öffnete dann die Hand. Zum Vorschein kam Elaines Mondsteinkette.

»Ich habe sie bereits gesehen«, sagte Morgane tonlos, denn in diesem Moment glaubte sie, nichts mehr könne sie erschüttern.

»Sie gehört Ihnen«, sagte Paulette gefasst. »Ich habe nicht das Recht, Ihnen zu sagen, wie sie in meine beziehungsweise in Fannys Hände gekommen ist, aber ich darf Ihnen sagen, wo sie die Wahrheit finden.«

»Die Wahrheit«, wiederholte Morgane, warf den Kopf zurück und blickte nach oben. »Die Wahrheit über den Tod meiner Mutter?«

Paulette nickte und ein dunkler Schatten legte sich auf ihr Gesicht.

»Fanny war auch dabei. Auf dem Schiff, nicht wahr?«

Plötzlich erinnerte sie sich an das Telefonat mit Robert, bei dem er sich verplappert hatte. Paulette presste ihre Lippen aufeinander und nickte.

»Meine Familie hat mich belogen und hier wurde die Lüge fortgesetzt. Warum brechen ausgerechnet Sie Ihr Schweigen? Sie sind die Einzige, die mir keine Ehrlichkeit schuldet.«

»Aufrichtigkeit schuldet man immer nur sich selbst«, entgegnete Paulette wie ein Priester, der eines der Zehn Gebote verkündete. »Weil es irgendwann sowieso herauskommt. Das ist mir durch diese komische Weide klar geworden. Am Ende kommt alles ans Licht. Das hier«, sie zeigte auf den Mondstein, »ist nur ein Anstoß.«

Seufzend stand Morgane auf, nahm die Kette und schob ihren Stuhl unter den Tisch. »Es tut mir leid, Paulette, dass ich damals in Ihrem Zimmer geschnüffelt habe. Es tut mir wirklich leid. Bitte verzeihen Sie mir.«

»Sie werden gehen«, sagte Paulette, ohne auf Morganes Entschuldigung einzugehen. Aber ihre Stimme klang weich.

»Sie meinen: weg von hier?«

»Auf die Insel. Zu Briag. Es wird Ihnen nicht gefallen, was Sie dort zu hören bekommen. Aber Sie werden hinfahren. Vielleicht nicht heute. Nicht morgen. Aber Sie werden es tun. Er …« Sie warf einen Blick zum leeren Stuhl, auf dem Armel noch vor wenigen Minuten gesessen hatte, »… er ist bald so weit.«

Morgane runzelte fragend die Stirn.

»Für die Wahrheit«, sagte Paulette schlicht, stellte die Teller zusammen, stand auf und ging damit zur Spüle. Sie drehte sich um und sah Morgane direkt an: »Wussten Sie, dass es kein bretonisches Wort für die Grußformel *Guten Tag* gibt?«

»Ich verstehe nicht …«, stammelte Morgane.

»Nun, im Bretonischen fragt man: *Wie sieht dein Tag aus? Was machst du so?* Verstehen Sie, was ich Ihnen sagen will? Man muss nur die richtigen Fragen stellen, dann bringt man sogar einen Bretonen zum Reden.«

Verdutzt öffnete Morgane ihren Mund, schloss ihn wieder und folgte mit den Augen Paulettes Gestalt, die nach oben ging.

Es war noch nicht vorbei.

Kurz vor Schulbeginn sah Morgane abends beim Zähneputzen Annicks Auto auf deren Einfahrt stehen. Wenn sie es jetzt nicht sofort tat, dann womöglich nie, und so fasste sie sich ein Herz, ging hinüber und klingelte. Es schien ihr eine Ewigkeit zu vergehen, bis sie Schritte hörte und sich die Tür öffnete. Annick sah Morgane schweigend und ausdruckslos an, die Türklinke in der Hand. Morgane öffnete den Mund, um etwas zu sagen, aber kein Ton kam heraus. Es bedurfte auch keiner Erklärungen, denn in Annicks Augen waren Morganes Verrat, die Lüge und das Ende einer Freundschaft zu lesen. Noch einmal setzte Morgane an und verstummte. Nichts konnte Annicks Verletzung, die Enttäuschung, die Morgane ihr zugefügt hatte, mildern. Annick schüttelte mit ernster Miene den Kopf und schloss einfach die Tür, vor der Morgane noch eine Weile stehen blieb, wie ein Staubsaugervertreter, der abgewimmelt worden war.

Kapitel 18

Morgane legte sich eingerollt auf ihr Sofa und schloss die Augen. Tagelang wartete sie darauf, dass es aufhörte, aber ihre Gedanken kreisten immer wieder um die Niederlagen der letzten Wochen. Der Schmerz um den Verlust Maëls, um Annicks Freundschaft, Paulettes Preisgabe, Armels Schweigen. Ohne richtig zu wissen, was sie tat, ordnete sie nach und nach ihre Papiere, schrieb die letzten Gutachten und starrte die Wände in ihrem Zimmer an.

Beinahe unmerklich hatte sich der Herbst in die Landschaft geschlichen. Die Blätter an den Bäumen verfärbten sich, die Abende wurden länger, die Tage kürzer. Nach und nach verpackte Morgane ihre Sommerkleidung in Kartons. Irgendwann holte sie ihren Rucksack aus dem Kleiderschrank, steckte die Kette in ein Seitenfach und trat hinaus auf den Flur.

An der Garderobe nahm sie ihre rote Windjacke vom Haken und steckte ihre Autoschlüssel ein. Filou folgte ihr. Sie schüttelte den Kopf, strich dem Rüden über die Ohren und ging in die Küche, um frisches Wasser für ihn zu holen. Bevor sie die Tür zuzog, hörte sie Filous herzzerreißendes Jaulen, vorwurfsvoll, immer und immer wieder.

Am frühen Nachmittag erreichte sie, zusammen mit einer kleinen Touristengruppe, Briags Insel, lief zu seinem Haus hinauf und klingelte. Ein paar Wochen waren vergangen, da er in der Rue des Artichauts gewesen war, um sinnlos Samen auszusäen, entgegen jeder Vernunft. Ob sein Besuch Jahre oder Minuten zurücklag – für Morgane machte es keinen Unterschied. Sie wartete, klingelte ein zweites Mal. Niemand öffnete.

Ein kühler Wind wehte, und sie zog den Reißverschluss ihrer Jacke zu, stellte den Rucksack an die Hauswand und setzte sich auf die kleine Bank unter dem Küchenfenster. Das Außenthermometer zeigte zwanzig Grad. Die Herbstsonne drückte durch eine graue Wolkendecke, und wehmütig sah Morgane hinunter zum Meer, dessen Farbe sich im Laufe der Fahrt Richtung Süden zu einem immer tieferen Blau verändert hatte. Ihr war, als nehme sie Abschied von einem alten Freund. Gedanken zogen an ihr vorbei, kehrten zurück, nur um sich zu festigen und an ihr zu haften. Ein knappes Jahr hatte ihr vermeintliches Glück angedauert. Rückblickend war es ein einziger Kampf gewesen.

Ihr Sommer mit Maël, sie hatte sich genau auf das eingelassen, was sie niemals haben wollte, was ihrem ganzen Wesen widerstrebte. Jener Spaziergang mit Maël an den Klippen entlang, da sie das Unglück auf sich hatte zurollen sehen wie eine unaufhaltsame Lawine. Das Wochenende auf dem Hausboot, Jacquelines wissende Blicke, die enge Kajüte mit ihrer aufgezwungenen Intimität, die schreckliche Rückfahrt, die mahnenden Hinkelsteine, der Abschied. Sein nasses Haar, sein wunderbarer Duft nach Gräsern und Salz. Die Leichtigkeit, die sie einst in seiner Gegenwart gespürt hatte. Jetzt war sie einer bleiernen Schwere gewichen.

Viviane, die zu ihr geeilt war, weil Annick in die Äpfel gefallen war. Annick! Paulettes eisiges Schweigen, ihre stockende

Übergabe eines leblosen Gegenstands, ein stummer Zeuge von Elaines Tod und Fannys Verstrickung.

Stefans Selbstliebe, die Morganes Schwächen aufgedeckt hatte und sie unmöglich hatte lehren können, sich anzunehmen. Und von all dem, was sie geängstigt hatte, war nichts eingetreten, nein, es war schlimmer gekommen, denn die grüne Pest, das war sie selbst, ihr Innerstes war eine einzige Brutstätte von Schlamm, Matsch und schmutzigem Morast. Der Zweifel hatte ihr ganzes Leben vergiftet.

Sie wusste nicht, wie lange sie vor Armels Haus saß und wartete, aber eine traurige Gewissheit, dass nichts mehr zusammenpasste, dämmerte ihr. Ihr war, als sei sie jetzt an jenem Ort, wo alle Fäden zusammenliefen und der Schmerz kulminierte.

Von Weitem konnte sie sehen, wie sich eine Gestalt auf das Haus zubewegte. Je näher Armel kam, desto sicherer schienen ihr die letzten Antworten auf ihre Fragen. Und mit jedem Schritt, den Armel auf sie zuging, wurde sein Gang aufrechter. Als er vor Morgane stehen blieb, wirkte er nicht überrascht, sondern vielmehr erleichtert.

»Es ist also so weit«, sagte er und reichte ihr die Hand.

»Das wird sich zeigen«, presste sie hervor, erhob sich und folgte ihm ins Haus.

In der Küche setzte er Wasser auf, brühte, ohne zu fragen, einen Verveine-Tee und stellte zwei Tassen auf den Tisch. Dann setzte er sich und bot ihr stumm den Platz gegenüber an. Morgane starrte auf das Motiv ihrer Tasse, eine Giraffe. Langsam beugte sie sich hinunter zu ihrem Rucksack, öffnete das Seitenfach und holte die Kette hervor, umklammerte sie mit einer Faust und legte sie auf den Tisch. Armel blickte auf Morganes Hand und in seinen Augen konnte sie Angst und

Traurigkeit sehen, als blicke er durch ihre Hand hindurch. Langsam löste sie die Finger und ließ den Stein auf den Tisch fallen.

»Es tröstet mich nicht, wenn Sie meinen Schmerz teilen. Sagen Sie mir die Wahrheit«, verlangte sie und hörte das Zittern ihrer Stimme.

»Sie sind noch zu jung, um das zu verstehen, was ich Ihnen jetzt sage«, erwiderte er tonlos. »Im Laufe der Jahre kann es passieren, dass man sich etwas in seinem Gedächtnis zurechtlegt, um weiterleben zu können. Die harmlose Variante einer Geschichte, die einen sonst zerfressen würde.«

»Man nennt das Lüge«, sagte Morgane gefasst.

Er blickte sie fragend an.

»Ich bin ins Finistère gekommen, um mich der Vergangenheit zu stellen, und jetzt ist alles um mich herum verseucht. Ich selber eingeschlossen. Ein zäher Brei aus Halbwahrheiten hat sich als Lügen erwiesen. Alle haben mich belogen. Paulette. Sie. Annick. Meine Familie. Und ich mich selbst.«

Sie dachte an Maël, der ihr immer die Wahrheit gesagt hatte, auch wenn es noch so schmerzlich für sie gewesen war.

»Annick?«

»Sie hat mir gesagt, die Sache mit Maël sei abgeschlossen. Das hat nicht gestimmt.«

»Zwei Menschen, die sich einmal geliebt haben, sind nie fertig miteinander. Seien Sie doch nicht naiv, Morgane!«

»Lenken Sie nicht ab! Womöglich war ich naiv. Sie dürfen mir glauben, ich wurde eines Besseren belehrt. Wenn es stimmt, dass etwas zwischen zwei Menschen zurückbleibt, dann sagen Sie mir endlich die Wahrheit! In Elaines Namen! Was ist damals geschehen?« Sie deutete auf die Kette.

»Elaines Kette«, begann er zaghaft und sah auf das Schmuckstück. »Wissen Sie, wofür Mondstein gut sein soll?«

Morgane zuckte die Achseln. »Ich weiß, dass Elaine den Stein immer trug. So lange ich denken kann. Bis sie ums Leben kam. Die Kette befand sich im Besitz von Paulette.«

»Es heißt, Mondstein stimuliere die Fruchtbarkeit.«

»Ich finde das ziemlich geschmacklos.«

»Warten Sie die Zusammenhänge ab«, erwiderte er unbeeindruckt. »Wir waren ziemlich weit draußen an jenem Oktobertag, als das Unglück geschah. Und wir waren nicht allein.«

Er sah auf. Plötzlich war es ganz still im Raum. Nur eine Uhr tickte. Tick-tack. Tick-tack.

»Das weiß ich bereits«, gab Morgane zurück, aber der Gedanke an die vermeintliche Wirkung des Mondsteins ließ sie nicht mehr los. »Sie wollen mir sagen, dass meine Mutter schwanger war?«

Er schüttelte den Kopf: »Nein, um Gottes willen, das wollte ich nicht damit sagen.«

»Was dann?«

»Es handelt sich lediglich um eine Ahnung, die mich schon lange begleitet. Es ist noch zu früh, um darüber zu sprechen. Lassen Sie mich von Anfang an erzählen. Wollen Sie ein Glas Rotwein?«

Morgane nickte stumm und Armel erhob sich, entnahm dem Küchenschrank eine angebrochene Flasche Wein, schenkte ein und Morgane nahm einen kräftigen Schluck.

»Elaine war dahintergekommen, dass sich im vergangenen Sommer etwas zwischen Fanny und mir angebahnt hatte. Ich konnte doch nicht so weitermachen«, sagte er mit flehendem Unterton. »Elaine und ich hatten immer nur ein paar Tage im

Jahr. Ich war Mitte dreißig, wollte eine Familie gründen und alles, was dazugehört, aber ich hatte ja nicht einmal eine richtige Geliebte, sondern nur eine Frau in der Fremde, eine Briefbeziehung, ein paar Telefonate, einige wenige Treffen hier in der Bretagne.«

»Sie haben also etwas mit Fanny angefangen. Das Nächstliegende.«

»Nein«, widersprach Armel empört, »es mag das Nächstliegende gewesen sein, aber ich habe einen Fehler gemacht! Auf dem Boot wurde mir ja mit einem Mal bewusst, dass es zu der Liebe zu Elaine keine Alternative gab, aber wie hätte ich ihr das sagen können, als der Streit mit Fanny eskalierte?«

»Streit?«

»Ihre Mutter besaß eine begnadete Intuition. Ihr genügte ein Blick auf Fanny und mich, um alles zu wissen. Es kam zum Streit zwischen Elaine und Fanny. Dann der Alkohol, der alles noch schlimmer machte. Der Wetterumschwung. Es hat in Strömen gegossen. Windstärke sieben oder mehr. Die Schwestern warfen sich Dinge an den Kopf, die schon jahrelang unausgesprochen waren. Elaine wurde mir gegenüber handgreiflich, schlug nach mir. Ich konnte sie nicht beruhigen, bis Fanny dazwischenging. Und dabei ist es passiert. Es war ein Unfall.«

Morgane spürte, wie sich ihre Augen mit Tränen füllten. Sie schluckte.

»Zwei Frauen streiten um einen Mann! Schwestern! Das darf doch alles nicht wahr sein! Was genau ist passiert?«, fragte sie überdeutlich und ihr kam es vor, als sei jede Silbe aus ihrem Mund ein auf Armel gerichteter Pfeil.

»Es ging dabei gar nicht um mich. Das habe ich erst später begriffen. Es ging um uralte Rivalitäten zwischen beiden.

Fanny hatte sich immer um die Mutter gekümmert. Elaine war nie da, aber der Liebling der Familie. Vor allem der Ihres Großvaters. Ach«, winkte er ab, »eben der übliche Geschwisterzwist. *Und deshalb hast du mir meinen Mann weggenommen?*, hat Elaine geschrien, und Fanny hat zurückgerufen: *Er ist nicht dein Mann. Du hast einen in Deutschland. Du hast zwei!*« Armel sah auf und runzelte die Stirn: »Ich hätte es aber wissen müssen, das ist der Punkt.«

»Was genau ist passiert?«, wiederholte Morgane.

»Elaine fiel über die Reling.«

»Sie wollen mir im Ernst erzählen, dass Sie mitten in der Nacht bei Wind und Wetter draußen auf dem Meer herumfahren, weil Sie nichts Besseres zu tun haben? Und sich ausgerechnet dort streiten müssen, während der Regen auf sie niederprasselt? Zwei hysterische Frauen werden handgreiflich und dabei geht zufällig eine von ihnen über Bord?«

»Es war nicht in der Nacht, sondern am Abend«, korrigierte er. »Im Oktober wird es bereits früh dunkel. Und es hat nicht geregnet, sondern geschüttet. Haben Sie eine Ahnung, was da draußen auf dem Atlantik los ist? Es sind schon Leute wenige Meter vom Ufer entfernt ertrunken! Das Meer ist heimtückisch. Die Strömungen, die Wellen bei hohem Seegang. Es war ein Un-fall. Kein Zu-fall. Sie meinen, einer von uns dreien hätte sagen können: *Meine Lieben, lasst uns in die Kajüte zum Streiten gehen? Dort ist es sicherer?* Morgane! Wir waren alle drei außer uns. Sie glauben gar nicht, was einem da durch den Kopf geht. Du bist nicht mehr du selbst.«

»Und warum sind Sie ihr nicht hinterher?«

»Wenn jemand über Bord geht, noch dazu in der Dunkelheit bei hohen Wellen, gibt es nur eine einzige Regel: Sofort den Motor auskuppeln und mit harter Ruderlage das Heck von der treibenden Person wegdrehen, damit sie nicht in die Schiffsschraube gerät. Ich bin ein geübter Segler und habe viele kritische Situationen gemeistert. Damals wie heute. Ich wusste genau, was zu tun war.«

Er zeigte mit seinen langen Fingern eine Wende auf dem Tisch. »Wir befanden uns in Seenot, unser Schiff schaukelte wie eine Nussschale durch die Wellen. Du weißt nicht mehr, wo oben und unten ist. Horizont oder Meeresboden? Vergiss es!«

Armel riss die Arme in die Höhe und ließ sie dann fallen. »Meerwasser oder Regen? Eines wie das andere. Du verlierst binnen kürzester Zeit die Orientierung! Ich habe getan, was ich hundertmal bei Notübungen gemacht habe: Man streckt den Arm aus, zeigt auf den Gekenterten, um ihn bloß nicht aus den Augen zu verlieren. Fanny warf eine Blitzboje hinaus. Auch das entsprach den Richtlinien. Das verdammte Ding hat aber nicht funktioniert und so blieb uns nur das Scheinwerferlicht. Fanny drehte vollkommen durch. Sie war weiß Gott keine Hilfe, fing an zu fantasieren, ihre Schwester verstecke sich absichtlich und würde wieder auftauchen. Den ganzen Rettungsmanövern, die man lernt, liegt zugrunde, dass du den Gekenterten *siehst*, verstehen Sie?«

»Sie sprechen, als würden Sie eine SOS-Anleitung vorlesen. Mich interessiert nur eines: Was haben Sie zur Rettung meiner Mutter unternommen?«

»Wissen Sie, wie schnell Sie einen Gekenterten bei hohem Wellengang aus dem Sichtfeld verlieren?«

Morgane schüttelte stumm den Kopf.

»Binnen weniger Minuten. Sekunden.«

Armel schluckte und starrte auf die Tischplatte.

»Haben Sie meine Mutter im Wasser treiben sehen?«

»Eine Weile ja, oder ich glaubte das zumindest. In meiner Verzweiflung habe ich den größten Fehler begangen, den man in einer derartigen Situation machen kann. Ich sprang ins Wasser, paddelte orientierungslos durch die Kälte. Es war aussichtslos. Die Wellen waren viel zu hoch und die Kälte unerträglich. Was mich rettete, war die Schwimmweste. Ich dachte, ich kenne den Atlantik, aber so etwas ist mir noch nie passiert.« Er schüttelte den Kopf und führte dann zitternd sein Glas an die Lippen. »Mir war sofort klar: Das überlebt man maximal eine Stunde, und ich hatte das Gefühl, es sei bereits eine halbe Nacht vergangen. Elaine hatte keine Schwimmweste getragen. Das hätte ich niemals zulassen dürfen. Dieser Fehler liegt bei mir und bis heute weiß ich nicht, wie mir das passieren konnte.«

Er stellte das leere Glas zurück auf den Tisch.

»Und die Kette?«

»Hat ihr Fanny bei der Auseinandersetzung abgerissen. Vermute ich jedenfalls. Gesehen habe ich es nicht. Ich weiß nur, dass Elaine sie immer getragen hat.«

»Warum wurde meine Mutter nicht gefunden?«

Morganes Stimme durchbrach die Stille. Sie vernahm die Uhr. Tick-tack. Tick-tack. Armel zuckte die Achseln.

»Das liegt vermutlich an den Strömungen. Ich habe das hier im Finistère im Laufe der Jahre nicht selten erlebt, dass ein auf dem Meer Verschollener niemals gefunden wird. In Elaines Fall umfuhren drei Rettungsboote das Gebiet bis tief in die Nacht. Am nächsten Tag noch einmal bis Einbruch der Dunkelheit. Das Militär wurde hinzugezogen. Helikopter. Rettungsschwimmer. Solch eine Suche dauert Stunden. Tage. Selbst die Profis geben erst dann auf, wenn es keine vernünftige Hoffnung auf ein Überleben gibt. Es war alles vergeblich.«

»Vergeblich«, wiederholte Morgane fassungslos. Sie schüttelte sich und zwang sich, Armel anzusehen. »Und dann? Was geschah dann?«

»Sie meinen, nachdem die Rettungsmaßnahmen eingestellt wurden?«

Armel sah Morgane direkt an und sie nickte.

»Polizeiliche und staatsanwaltschaftliche Ermittlungen. Eine endlose Prozedur. Über jedes Detail mussten Fanny und ich Auskunft geben. Mein Schiff wurde nach Spuren abgesucht. Hautproben genommen. Was glaubten die zu finden? Blut? Kampfspuren? Keine Ahnung. Die *Police Judiciaire* setzte die modernsten Methoden ein, um einen Beweis für Elaines Anwesenheit auf dem Boot zu finden.«

»... den es auch gab«, ergänzte Morgane. »Sie sagten, Sie hätten an Bord Alkohol getrunken. Ein benutztes Glas. Fingerabdrücke meiner Mutter, von Fanny und Ihre eigenen.«

Armel schüttelte den Kopf: »Das, was der Sturm davon übrig gelassen hat. Plötzlich wurden wir zu Verdächtigen. Man hat uns getrennt voneinander befragt. Elaines letzte Minuten rekonstruiert.«

»Natürlich haben Sie beide dichtgehalten und keinen Ton von dem vorangehenden Streit erzählt, nicht wahr? Denn ohne diese Handgreiflichkeit wäre es vermutlich nicht zu dem tragischen Unfall gekommen, oder?«

»Wer kann das schon sagen«, erwiderte Armel traurig. »Jedenfalls gab es eine einzige Zeugin, die gesehen hatte, wie wir nachmittags zu dritt den Hafen von Le Conquet verlassen hatten. Dort lag mein Schiff all die Jahre. Wenn jemand nach einem Unfall im Meer nicht gefunden wird, erfolgt die Identifizierung ja sozusagen über die Rekonstruktion der unmittelbaren Ereignisse vor dem Tod. Und es gab *eine* Zeugin.«

Er hielt den Zeigefinger nach oben und deutete mit dem zweiten darauf.

»Paulette Kermarrec«, flüsterte Morgane und spürte einen Schauer. »Ja, vom *La Chaloupe* hatte sie freie Sicht auf die auslaufenden Schiffe. Wahrscheinlich hat sie bestätigt, dass drei junge Menschen in fröhlicher Eintracht mit einem Picknickkorb den Hafen verließen.«

»... und zu zweit zurückkehrten«, ergänzte Armel. »Nachdem ich per Funk unsere Position durchgegeben hatte, ordnete die Wasserschutzpolizei an, dass wir umgehend den nächstliegenden Hafen ansteuern sollten.«

»... wo Paulette später ihre Zeugenaussage machte. Nur vermochte auch sie nichts Aufklärendes zum Verschwinden meiner Mutter beizutragen. Wie denn auch?«

»Diesbezüglich gab es nur Fannys und meine Aussage. Man muss sich das vorstellen wie nach einem Flugzeugabsturz. Sind die Leichen nicht identifizierbar, wird die Passagierliste zum letzten Beweis.«

»Und eine Kette, die Fanny offensichtlich verschwinden ließ.« Morgane sah auf die Tischplatte, wo Elaines Schmuck lag, berührte ihn und zog vorsichtig eine Schleife über den Tisch. »Das ist glatte Unterschlagung eines Beweismittels. Auf der anderen Seite handelt es sich um ein reines Indiz. Mehr nicht. Wie ging es dann weiter?«

»Ihr Vater kam aus Deutschland angereist. Auch er wurde bestimmt gründlich befragt. Gemessen an den Befragungen, die ich über mich ergehen lassen musste, nehme ich an, dass auch seine Ehe ins Visier der Ermittler geraten war. Womöglich hat man sein Alibi überprüft.« Armel sah auf. Dann legte er seine Hand auf den Mondanhänger: »Ich kann gut verstehen, dass er seine Tochter in dem Glauben ließ, ihre Mutter sei bei einem Badeunfall ums Leben gekommen.«

Morgane runzelte nachdenklich die Stirn und überlegte, was sie wohl an Roberts Stelle gemacht hätte. Hätte sie ihrem Kind die Wahrheit gesagt? Vielleicht nicht sofort, aber sicherlich im Laufe der Zeit.

»Und genau wie alle anderen hat mein Vater keinen Verdacht geschöpft, weil meine Mutter mit Ihnen und Fanny unterwegs war, nicht wahr?«, fragte sie nach einer langen Pause. »Ein harmloser Ausflug eines langjährigen Freundes mit zwei Schwestern. Wusste Paulette von dieser …«, Morgane suchte nach dem passenden Wort, »… *Amour fou*?«

Mit einem Mal setzten sich die Einzelteile eines Puzzles zusammen, ergaben ein Bild menschlicher Schwächen, die durch unglückliche Umstände zur Katastrophe geführt hatten. Was Armel schilderte, war plausibel und nachvollziehbar, wenn auch unendlich schmerzlich.

»*Amour fou.*« Armel lachte verächtlich auf. »Ja, das sagt man so, obwohl es meine Verbindung mit Elaine nicht annähernd beschreibt. Böse Zungen unterstellten uns im Nachhinein sogar eine *ménage à trois*, nur um das Unglück irgendwie in eine Schublade zu stecken und aus den Geschehnissen eine pseudomoralische Botschaft abzuleiten. Nein, von mir weiß Paulette nichts. Ich habe mit ihr bei Ihnen zu Hause das erste Mal wieder an einem Tisch gesessen seit den Vorkommnissen. Wir haben uns jahrzehntelang gemieden. Ein paar Mal sind wir uns auf der Straße begegnet und haben einander gegrüßt. Das war alles. Aber Fanny muss es ihr wohl gesagt haben. Wie sonst gelangte die Kette in Ihre Hände?«

»Zeugin. Komplizin. Was für ein Sumpf.«

Morgane kam es vor, als schnüre sich ein Seil um ihren

Hals, als bekäme sie augenblicklich keine Luft mehr. Sie stand auf und lief zum Fenster, öffnete es und starrte auf die Bank draußen.

»Was glauben Sie wohl, weshalb Fanny, ich und Paulette nie mehr ein Wort miteinander gewechselt haben?«, hörte sie Armel hinter ihrem Rücken sagen.

»Sie wurden zu Fannys Komplizen«, stammelte sie.

»Ich trage eine große Schuld«, erwiderte er mit erstickter Stimme. »Aber wissen Sie, was mich an der Geschichte am meisten bedrückt?«

Morgane drehte sich um.

»Wenn Elaine und ich den Mut gehabt hätten, unser Glück zu leben, dann wäre das alles nicht geschehen.«

Traurig blickte er auf den Tisch, nahm sein Glas und schwenkte es und stellte es wieder ab.

»Wo war es? Wo genau ging sie über Bord?«

»Wir sind am Hafen von Le Conquet über St. Mathieu in Richtung der Île de Trielen gestartet. Das Wetter war zunächst gut und wir blieben einige Zeit an einer günstigen Stelle liegen. Von dort aus wollten wir in einer großen Schleife zu der kleinen Sandbucht nach Plouarzel aufbrechen. Dann kam der Wettereinbruch. Wir befanden uns noch ziemlich weit draußen, als es passierte. Näher an Le Conquet als an Plouarzel.«

»Dort gibt es viele Buchten. Zeigen Sie es mir! Ich will wissen, wo.«

Sie räusperte sich und setzte sich wieder. Armel seinerseits stand auf, ging an das Buffet und durchsuchte eine Schublade, der er ein paar Fotos, Einmachgummiringe und drei Postkarten entnahm. Er studierte die Bilder und wischte sich über die Augen. Dann setzte er sich wieder. Morgane warf einen

Blick auf einen Schmierzettel, der auf dem Tisch lag. Daneben befand sich ein Bleistift.

»Zeigen Sie es mir!«

Sie strich den Zettel glatt und skizzierte den Küstenabschnitt zwischen Le Conquet und St. Mathieu. »L« schrieb sie für Leuchtturm von St. Mathieu, »LC« für die Ortschaft, etwas entfernt davon »Île« und »Ploua«. Dann legte sie den Stift auf den Tisch und drehte den Zettel in Armels Richtung. Schweigend nahm er den Bleistift in seine linke Hand und zeichnete mit wenigen Strichen dreidimensional die Felsenküsten entlang von Morganes vorgegebener Linie. Das Meer, ein paar Segel, den Horizont. Er übermalte das »L« mit einem Leuchtturm und deutete ein paar Häuser, Fensterläden und Zäune an den Klippen an. Morgane starrte auf das entstehende Bild. Mit feinsten gestrichelten Linien vermochte es Armel, einer Bleistiftzeichnung Leben einzuhauchen, und wenige angedeutete Punkte ergaben zusammen ein harmonisches Ganzes. Sie hielt den Atem an. Als er fertig war, nahm sie den Bleistift und vollendete die Skizze. Sie glich einer Kunstpostkarte, so exakt hatten sie gemeinsam alles erfasst, ein Bild wie aus einem Guss. Nur die unverkennbaren Farben der bretonischen Landschaft fehlten.

»Hier ist der Phare de Trézien«, sagte sie und markierte den zweiten Leuchtturm auf der Zeichnung, Armel sah sie mit schmerzverzerrtem Gesicht an.

»Ja, das ist die Stelle. Genau dort. Du zeichnest auch links«, bemerkte er und sie nickte stumm. »Wie sieht es mit Farben aus? Öl? Aquarell?«

Er blickte verlegen zur Seite. Morgane vernahm erneut das Ticken der Uhr. Sie lauschte. Als der Kühlschrank anfing zu surren, zuckte sie zusammen.

»Schon lange nicht mehr.«

»Wann hast du damit aufgehört?«

»Nach Mamans Tod habe ich nur noch Bleistift oder Tusche benutzt.«

Er griff hinüber zu ihrer Hand, nahm sie und streichelte sie. »Du solltest wieder Farben nehmen. Bei deiner Begabung. Ich weiß, wovon ich spreche.«

»Mein Schiff geht in einer halben Stunde.«

Morgane räusperte sich, stand auf und ging zum Fenster. »Die Sonne scheint«, sagte sie verwundert. Sie nahm ihre Jacke vom Stuhl und schlüpfte hinein.

»Rot steht dir gut«, sagte Armel anerkennend.

Schweigend begleitete er sie hinunter zum Hafen. Ihnen blieben noch fünfzehn Minuten bis zur Abfahrt. Sie setzten sich auf eine Bank. In der Ferne war das Schiff zu sehen.

»Warum hast du mir bei meinem ersten Besuch nicht die Wahrheit gesagt?«, fragte Morgane und betrachtete den stahlblauen Oktoberhimmel über dem Meer.

»Manchmal werden die Dinge, wenn man sie ausspricht, wahr. Vorher sind sie verschwommen, auslegbar. Aber einmal ausgesprochen, kann man nicht mehr zurück.« Er sah auf: »Du wirkst so zerbrechlich, Morgane! Ich hatte das Gefühl, dich schonen zu müssen.«

»Falsch«, unterbrach ihn Morgane schroff. »Du wolltest *dich* schonen.«

Er lächelte und nahm ihre Hand in seine: »Ich habe mir eine Version zurechtgelegt, mit der ich besser leben konnte. Jetzt weiß ich, dass das eine Illusion war. Die Lüge macht es uns schwerer, nicht die Wahrheit. Aber dass es mehrere Wahrheiten gibt, habe ich nicht in Betracht gezogen.« Er ließ ihre Hand los, legte den Arm um Morgane und sie ließ ihren Kopf gegen seine Schulter fallen. »Ich habe Elaine geliebt und ich möchte dich nicht auch noch verlieren.«

Er streichelte mechanisch ihren Arm. »Was wirst du jetzt tun?«

»Das Haus verkaufen. Ich kann unmöglich dort leben. Mir kommt es vor, als habe Fanny mit dem Erbe meine Vergebung erkauft. Aber ich wäre auch ohne eure Lügen am Ende gewesen. Es ist nur so, dass ich es einfach nicht mehr aushalte.«

»Man hält mehr aus, als man glaubt, Morgane. Steh deinem Glück nicht im Weg! Bleibe hier! Du gehörst doch hierher. Mach nicht den gleichen Fehler wie Elaine!«

»Ich kann gar nicht sagen, wie leid ich es bin, dass andere glauben, genau zu wissen, was richtig und was falsch für mich ist, und, was schlimmer ist, worin genau mein Glück besteht. Das weiß ich ja selbst nicht einmal.«

Betroffen verstummte er.

»Eine letzte Frage«, stieß Morgane schließlich hervor: »Was war das für eine Anspielung mit der Fruchtbarkeit und dem Mondstein?«

Armel rutschte unruhig auf seinem Platz hin und her und legte schließlich ein Bein über das andere.

»Fanny hat eine dumme Bemerkung gemacht in jener Nacht. Sie war der eigentliche Anlass zu der ganzen Auseinandersetzung. Nicht wichtig. Eine unüberlegte Dummheit aus Wut.«

Er winkte ab und wippte mit dem Fuß.

»Lass mich bitte selbst entscheiden, ob es wichtig ist. Was genau hat sie gesagt?«

Er hielt inne und blickte zu ihr herüber, als sehe er durch sie hindurch. Eine Hupe ertönte. Der Bug des heranfahrenden Schiffs durchtrennte das spiegelglatte Meer, das wie eine Samtdecke zur Seite geschoben wurde und dabei Falten warf.

»Das möchtest du wirklich wissen?«

Wie hypnotisiert sah Morgane in seine Augen. Sie waren grün und mandelförmig. Wie ihre.

»Du musst es doch fühlen, Morgane. Du bist eine Bretonin.«

Seine Stimme klang dünn und kraftlos. Er wischte sich die Augen und plötzlich kam es ihr vor, als entwirre sich ein Netz aus Ahnungen, ein tieferes Wissen von den Zusammenhängen und die Einzelteile eines Bilds fügten sich in ihrer Seele in Windeseile aneinander. Armel, der auf einmal zusammengekauert neben ihr saß, strich mit seinen feingliedrigen Fingern über die Bank. Sie legte ihre Hand daneben und betrachtete beide wie einen Fremdkörper.

»Seit wann weißt du es?«, stammelte sie.

»Ich *weiß* es überhaupt nicht. Aber die Ahnung begleitet mich praktisch mein Leben lang. Als ich dir im *La Chaloupe* wieder begegnet bin, habe ich angefangen, jede deiner Gesten mit meinen eigenen zu vergleichen. Gewissheit habe ich erst seit heute.«

Mit einer Kopfbewegung deutete er hilflos auf seine Hände.

»Und mein Vater?«, fragte Morgane, während sie ihre Finger bewegte und nach Armels Händen schielte. Er zuckte die Achseln.

»Es wird ihm wie mir ergangen sein. Aber welche Rolle spielte es schon nach Elaines Tod? Ich, an seiner Stelle, hätte mich genauso verhalten.«

»Wie?«

»Dich in Liebe großgezogen. Keine Fragen gestellt. Es ging um dich, nicht um seine Gefühle. Nur um dich.«

Der Bootsjunge warf die Seile über die Reling, ein anderer fing sie am Landungsplatz auf und wickelte sie um den Poller. Eine Rampe wurde ausgefahren.

»Kennst du die Legende von den Stimmen über dem Meer an der Pointe du Raz?«, fragte Morgane mit starrem Blick auf die Passagiere, die an Bord drängten.

»Welcher Bretone kennt sie nicht? Sie ist ein Teil unserer Kultur«, erwiderte Armel.

»Als Kind habe ich einfach glauben wollen, dass die Ertrunkenen zurückkehren und dass ich noch ein einziges Mal mit meiner Mutter sprechen kann. Ich hätte sie noch so gerne viel gefragt. Ich habe sogar meine Mémé darum gebeten, mit mir dort hinzufahren in dieser besonderen Nacht.«

»Es geht darum, sich zu erinnern«, erwiderte Armel sanft. »Wir dürfen die, die wir geliebt haben, nicht vergessen. Die Legende fordert uns dazu auf, und sie spiegelt die Hoffnung der Lebenden wider, dass mit dem Tod nicht alles vorbei ist.«

»Ich habe mir dann vorgestellt, wie sie durcheinanderredeten, flüsterten und sogar lachten. Dass eine Stimme, die aus allen herauszuhören war, meinen Namen rief. Und ich durfte eine Frage stellen.«

»Und wie hätte sie gelautet?«

»Ob Maman wirklich bereit war, zu gehen.«

»Wer vermag das schon zu sagen«, erwiderte Armel nachdenklich, holte ein Taschentuch aus seiner Jacke und strich sich damit über die Nase.

Die letzten Passagiere gingen an Bord. Der Bootsjunge löste die Seile. Im letzten Moment gab ihm Morgane ein Zeichen und rang sich zum Abschied ein Lächeln ab, das Armel scheu erwiderte. Sie riss sich los, denn ihr war plötzlich, als klebe sie auf dieser Bank und sie eilte, ohne sich noch einmal umzudrehen, zur Rampe.

Das Schiff fuhr eine große Schleife hinaus aufs Meer. Lange stand sie wie betäubt am Heck und nur der Fahrtwind, der ihr die Haare aus dem Gesicht blies, schien zu bezeugen, dass sie nicht träumte, dass sie wirklich hier war. Morgane sah Armels Gestalt, die immer kleiner wurde, obwohl sie ihr auf dem langen Steg entgegenkam, als wolle sie ihr hinüber auf die andere Seite folgen. Vorne am Wasser blieb Armel stehen und verharrte dort regungslos. Wie ein Hinkelstein von Carnac mit festem Boden unter den Füßen.

Kapitel 19

Es dämmerte, als sie mit dem Auto Le Conquet erreichte. Sie fuhr weiter in Richtung Plouarzel, hinunter zu jener Bucht, wo Elaine vor über dreißig Jahren zu ihrer letzten Reise aufgebrochen war, parkte den Wagen und zog sich bis auf die Unterwäsche aus. Das Meer war ruhig, der Wind mäßig. Langsam ging sie hinein, Schritt um Schritt. Sie wollte die unglaubliche Kälte hinnehmen, bis diese ihre seelischen Qualen überdecken würde, bis ihr Schmerz zu einem einzigen Eiszapfen erstarrte. Sie glaubte ihre Knochen zu spüren und ihr war, als erlahme ihr Rückenmark, weil sie nichts mehr fühlte außer der nackten Kälte. Sie zitterte am ganzen Körper, während sie mit dem Kopf durch die Wellen brach und immer wieder auftauchte, um nach Luft zu schnappen.

Als sie ihr Haus betrat, war es dunkel, nur aus Paulettes Zimmer fiel ein Lichtstrahl in den Flur. Zitternd vor Kälte entledigte sich Morgane ihrer Kleidung, zog den Morgenmantel über und stellte die Heizung im Bad an. Dann ging sie in die Küche, um sich eine Tasse Tee zu brühen. In der Dunkelheit entdeckte sie Paulettes Gestalt. Wie festgewachsen saß sie auf ihrem Stuhl, vor sich eine Tasse, daneben die Kanne. Morgane trat ein, nahm sich einen Becher aus dem Schrank und setzte sich langsam Paulette gegenüber.

»Sie werden sich das schon gedacht haben, Paulette«, eröffnete sie leise, schenkte sich einen Verveine ein und blickte auf den Tisch. »Ich muss Sie darum bitten, jenes Dokument wegen des Wohnrechts herauszusuchen. Für den nächsten Besitzer. Ich werde das Haus verkaufen.«

Ihre eigene Stimme klang fremd, distanziert. Paulette zuckte kurz zusammen, nahm einen Schluck aus ihrer Tasse, schloss die Augen und presste die Lippen zusammen.

»Es tut mir leid, aber ich bin mit meinen Kräften am Ende. Die Schulden fressen mich auf«, sagte Morgane kraftlos, erhob sich langsam, ging zur Tür und wandte sich noch einmal um. »Ich habe alles falsch gemacht.«

Paulette, die in sich zusammengesackt war, schien ihr um Jahre gealtert.

»Sie waren bei Briag«, stieß sie hervor und Morgane nickte müde.

Plötzlich kam ihr ein Gedanke. Seit sie im Finistère lebte, war er immer wieder aufgetaucht, hatte aber im Laufe ihres Aufenthalts immer mehr an Bedeutung verloren.

»Es gibt gar kein Dokument«, sagte Morgane mit klarer Stimme. Mit den Lügen war es wie mit den Hinkelsteinen: Man musste nur weit genug zurücktreten, um sie zu sehen.

Lautlos liefen Paulette die Tränen die Wangen herunter und sie kramte in ihrer Schürzentasche nach einem Taschentuch.

»Weinen Sie nicht, Paulette«, sagte Morgane leise. »Wir werden etwas finden. Etwas, wo Sie sich wohlfühlen. Ich verspreche es. Womöglich können Sie sogar in diesem Haus bleiben. Kommt auf den Käufer an. Ich rede mit der Bank. Fanny hätte es so gewollt.«

Mehr Trost war sie nicht in der Lage zu spenden. Sie brauchte ihn ja selbst, und das Letzte, was sie hinter ihrem

Rücken von Paulette hörte, war ein Räuspern und ein einziger Satz, ausgesprochen mit einer Mischung aus Strenge und Fürsorge:

»Sie gehören ins Bett, Kind. Sie haben Fieber.«

Wie in Trance ging Morgane zum Telefonapparat und vereinbarte mit der Bank einen Termin für den kommenden Tag. Sie betrat ihr Zimmer, das plötzlich wieder ein fremder Raum war, kalt und lieblos schienen sie die Wände anzustarren, und mit zitternden Händen griff sie nach ihren Unterlagen mit der Aufschrift »*Artischockenzauber*« in der untersten Schublade des Schreibtisches und packte sie in ihre kleine Aktentasche. Als sie einen Blick hinaus warf, konnte sie das Meer sehen, das heute eine dunkelgraue Farbe besaß, wie sie es noch nie zuvor gesehen hatte, als habe es vor, den in der ganzen Welt eingesammelten Unrat von weit draußen bis hierher ans Ufer zu tragen.

»Es kann sein, dass ich eure Garage noch einmal brauche. Für meine Möbel«, sagte sie am Telefon, zitternd vor Kälte, zu Ingeborg. Robert war nicht da.

»Aber … Was ist los, Kind?«, stotterte ihre Stiefmutter besorgt.

»Ich verkaufe das Haus. Das ist alles.«

»Du hast einen Käufer?«

Ihre Stimme klang fassungslos.

»Noch nicht. Das regelt die Bank.«

»Ich werde deinem Vater sagen, dass er dich umgehend zurückrufen soll.«

Tonlos verabschiedete sich Morgane.

Im Bad angekommen, ließ sie Wasser in die Wanne und wünschte sich, Paulette hätte recht und die Temperatur könnte ihre seelischen Qualen ausbrennen. Sie kippte Badesalz hinzu, las die Aufschrift »Waldspaziergang« auf der Packung und fragte sich, wie der Duft von Fichten und Tannen in die Tüte gekommen war. Ihre Haut schmerzte und als sie den Fuß ins Becken tauchte, schien das Wasser so heiß, dass sie glaubte, gleich zu verglühen.

Regungslos schwebte sie im Badewasser, den Kopf an den Wannenrand gelegt. Der Wasserhahn tropfte. Draußen hörte sie Filou, der unruhig im Flur auf und ab ging. Gedanken streiften sie, aber sie dachte nichts zu Ende, ließ eine Reihe unzusammenhängender Sequenzen einfach kommen und gehen. Als sei ihre Seele eine Abfolge verschwommener Bilder. Sie musste näher herantreten, um sie zu sehen. Aber dafür war sie zu schwach.

Sie stieg aus der Wanne, legte ein Handtuch um, ohne sich abzutrocknen, und hüllte sich in ihren Bademantel. Filou, der vor der Tür gewartet hatte, begleitete sie und legte sich vor dem Sofa ab. Sie ließ sich ins Bett fallen, schlüpfte unter die Decke, starrte in die Dunkelheit und wartete. Trotz des heißen Bades überkam ein Zittern ihren ganzen Körper wie bei einem Schüttelfrost. Es war, als habe sie die Kälte des Atlantiks aufgesaugt und als vermochte ihr Körper nicht dagegen anzukämpfen. Sie stand auf, holte eine Wolldecke, in die sie sich zusätzlich einwickelte, und ging zurück zum Bett. Jeder Schritt war schwer, als seien ihre Füße aus Blei. Sie legte sich auf den Rücken. Das immer wiederkehrende dumpfe Licht des Leuchtturms von St. Mathieu drückte durch die Dunkelheit des Raums und projizierte bizarre Gestalten an die Wand. Plötzlich erinnerte sie sich daran, wie sie als Kind den Schattenfiguren Namen gegeben hatte.

»Sprich mit ihnen«, hatte ihre Mutter sie immer getröstet, wenn sie von bösen Dämonen geträumt hatte. »Sag ihnen, sie sollen verschwinden.«

Irgendwann hatten die seltsamen Traumwesen tatsächlich ihren Schrecken verloren, und als Kind hatte sie lange Zeit Elaine in Verdacht gehabt, sie habe die Angelegenheit heimlich für sie geregelt.

Ihre Tränen bemerkte sie nicht mehr. Die Dämonen, die jetzt in ihr wüteten, waren unbesiegbar und sie kehrten immer wieder. Auch das Weinen erleichterte nicht. Die Wärme der Wolle drang nicht zu ihr durch, es war, als kühle ihre Haut sofort wieder ab und als folge ihr Körper eigenen unbekannten Gesetzen. Nur ihre Tränen erschöpften sie schließlich so sehr, dass sie langsam in den Schlaf glitt.

Als sie am nächsten Morgen erwachte, war alles genauso schlimm wie vorher, nur dass an die Stelle des Schmerzes die ganze Sinnlosigkeit des Lebens und eine unendliche Leere getreten waren.

Sie wusste nicht, wie lange sie so dalag und sich selbst beobachtete wie einen Fremdkörper inmitten einer ebenfalls fremden Umgebung. Wann würde sie so weit sein, den Freitod als eine Alternative anzusehen? Nicht weil sie tot sein wollte, sondern weil sie so nicht weiterleben konnte. Dann wieder kam ihr der Gedanke, dass sie schon nicht mehr lebte. Sie existierte. Mehr nicht.

Irgendwann klopfte es an der Tür, und Paulette betrat mit einer Kanne Tee und einer Gemüsesuppe den Raum.

»Du musst etwas zu dir nehmen, Morgane.«

Wie durch einen schweren Vorhang drang die dumpfe Stimme zu ihr durch und sie setzte die Tasse an ihre Lippen und nahm die Flüssigkeit zu sich. Dann löffelte sie etwas Suppe, deren Geschmack nach Karotten, Kartoffelstücken und Petersilienwurzel sie überraschte, denn eigentlich hatte sie geglaubt, ihren Geschmackssinn für immer verloren zu haben. Doch ihr Gaumen und die Zunge erkannten die Süße der Karotte und das Erdige der Kartoffel auf Anhieb.

»Ich komme später wieder«, hörte sie Paulette sagen, und als sie den Raum zusammen mit Filou verlassen hatte, zog Morgane erneut die Decke bis zur Nase und atmete. Es war das Einzige, was sie ohne Überwindung tun konnte. Alles andere kostete sie unendlich viel Kraft. Augen öffnen. Zehen bewegen. Schlucken.

Paulette kam wieder und wieder, servierte unermüdlich an jedem Morgen Kaffee und Brot, mittags Suppe und am Abend eine warme Mahlzeit. Morgane, die es nicht übers Herz brachte, die Lebensmittel unberührt zurückzugeben, zwang sich, wenigstens ein paar Bissen zu essen. Ein paar Mal hörte sie Getuschel auf dem Flur, dann Schritte im ganzen Haus von mehreren Füßen.

»Hier befinden sich noch zwei Räume der derzeitigen Besitzerin«, vernahm sie eine ihr fremde Stimme, untermalt von Pfennigabsätzen, die auf dem Steinboden klackerten und langsam näher kamen. Morgane zog die Decke über den Kopf. »Eine wunderschöne Aussicht, das verspreche ich Ihnen! Sie werden begeistert sein!«

»Ob wir einen Blick hineinwerfen können?«

»Unterstehen Sie sich!«, schimpfte Paulette und polterte gegen Morganes Tür. »Sie werden sich gedulden müssen, bis Madame Schneider wieder genesen ist. Bitte gehen Sie jetzt. Sie haben die oberen Zimmer gesehen. Diese hier sind praktisch identisch. Nur komplett renoviert. Sie haben die Fotos im Exposé. Damit werden Sie zunächst vorliebnehmen müssen. Ich wünsche Ihnen allen einen schönen Tag.«

Dann war Ruhe, und Paulette stellte am nächsten Tag einen Blumenstrauß auf jenen Tisch, der bald schon in einem Möbelcontainer verschwinden würde, setzte stur ihre Versorgungsmaßnahmen fort und war einfach nur da. Manchmal schienen Morgane Tage zu vergehen, bis Paulette mit einem dampfenden Teller den Raum betrat, manchmal nur Minuten.

»Gibt es einen Käufer?«, fragte sie einmal, als Paulette gerade den Raum verlassen wollte.

»Du solltest dir keine Sorgen machen. Das wird schon werden«, erwiderte diese, ohne sich umzudrehen.

»Und was ist mit dir? Wo wirst du leben?«

»Es ist alles geregelt, Morgane.«

Nur ein einziges Mal kam Paulette ohne Essen, mit sorgenvoller Miene, den Telefonhörer in der Hand.

»Dein Vater möchte dich sprechen. Er ruft schon zum fünften Mal an«, sagte sie leise, während sie den Lautsprecher zuhielt und an Morganes Bett trat. Morgane rang sich ein Lächeln ab und legte den Hörer ans Ohr. Jetzt, wo Paulette und sie auseinandergehen würden, waren sie so etwas wie Freunde geworden. Sie atmete einmal tief durch.

»Ich höre, es geht dir nicht gut. Du möchtest das Haus verkaufen«, eröffnete Robert das Gespräch. In seiner Stimme klang weder Triumph noch Bedauern.

»Ich *muss*«, erwiderte Morgane tonlos. »Hast du es gewusst?«, fragte sie dann ohne Überleitung. Ihre Stimme klang fremd und heiser.

Robert schwieg, dann räusperte er sich.

»Was meinst du …?« Abrupt verstummte er.

»Armel Briag.« Sie wartete.

Es folgte ein längeres Schweigen.

»Was heißt schon *wissen* in diesem Zusammenhang?«, erwiderte Robert stockend nach einer Weile. »Ich habe es geahnt. Aber es hätte doch nichts geändert. Wir beide, du und ich, hatten Elaine verloren.«

»*Ich* habe sie verloren«, rief sie mit letzter Kraft ins Telefon. »Mit deinem Schweigen hast du dafür gesorgt, dass ich sie ein zweites Mal verliere!«

Sie spürte, wie ihr wieder die Tränen die Wangen herunterliefen, während Robert leise und beschwörend auf sie einredete, aber sie registrierte ein Zittern in seiner tiefen Stimme.

»Jetzt lass doch bitte endlich deine Mutter in Frieden ruhen!«

»Im Unterschied zu anderen habe ich meine Liebe für sie nicht begraben und in den Schränken einer Hochglanzküche verstaut! Ich bin kein Kind mehr, Papa. Was ich von dir gebraucht hätte, ist Aufrichtigkeit. Stattdessen hast du meine Ängste geschürt.«

»Morgane!«, stotterte Robert. »Das ergibt doch alles keinen Sinn. Ich kann es nicht ertragen, wenn du derart leidest.«

»Du hast es doch all die Jahre ausgehalten.«

»Jeder hat seine eigene Art, mit der Trauer umzugehen, Morgane. Du warst immer mein Kind. Und das wird auch so bleiben. Nicht einmal ein genetischer Test würde etwas daran ändern.«

Sie legte den Hörer weg und schlief sofort ein.

Als Maël mit leisen Schritten in ihr Schlafzimmer kam, war ihr, als trete er langsam aus einem Nebel hervor. Er setzte sich ans Bett und strich ihr die Haare aus dem Gesicht. Stockend berichtete sie, was sich bei Armel ereignet hatte, nicht um sich zu erleichtern, sondern um Maëls Schuldgefühle zu mildern, denn was sie wirklich aus der Umlaufbahn geschleudert hatte, war nicht er gewesen oder der Verlust ihrer Zweisamkeit. Unaufhörlich flossen ihre Tränen und Maël hielt sie fest, fing die Erschütterungen ihres Körpers auf und sagte ruhig: »Jetzt ist es gut.«

»Nein«, entgegnete sie. »Es hat erst angefangen.«

Ein Schweigen entstand, eines, das sie teilten und in dem dennoch jeder bei sich blieb. Maël stand auf, trat hinaus und kehrte nach einer Weile mit einer heißen Tasse Tee und einer Brioche zurück. Er stellte alles auf Morganes Nachttisch.

»Ihr Bretonen glaubt immer, dass ihr mich füttern müsst«, bemühte sich Morgane zu lächeln, setzte sich auf und zwang sich, einen Bissen zu sich zu nehmen.

»Wir sind eben sehr fürsorglich«, erwiderte er und strich mit seinen Fingerspitzen über ihre Hand.

»Erinnerst du dich an die Rückfahrt von Brest nach dem Konzert? In der Nacht? Du hast mich damals zu dieser Ruine geführt. Aber da waren nur Dornen am *Château de Joyeuse Garde*, weißt du noch? Bis zu jener Nacht war es in meiner Vorstellung ein hübscher Ort, aber man sieht vor lauter Gestrüpp die Ruine nicht. Wusstest du, dass es vorher *Garde Douloureuse* hieß?«

»Nein. Dann hätte ich dich erst gar nicht dort hingebracht. Ich dachte auch immer, dass es ein schöner Platz sei, aber ich habe mich getäuscht. Was ist mit den beiden Eichen, die mit ihren Ästen ein Dach bilden?«

»Sie sind wunderschön«, antwortete Morgane. »Ich habe diese Stelle schon immer geliebt.«

»Warum haben wir nie über unsere Ängste gesprochen?«

Es klang, als stelle er sich die Frage mehr selbst, als erwarte er keine Antwort.

»Wenn man glücklich ist, spricht man nicht über seine dunklen Seiten«, erwiderte sie nachdenklich.

»Sind unsere Ängste und unsere dunklen Seiten, wie du sagst, dasselbe?«

»Bei mir schon. Nach dem Tod meiner Mutter habe ich für längere Zeit das Sprechen eingestellt. Es war doch meine Muttersprache, verstehst du? Und als ein Jahr danach meine Mémé starb, habe ich mir geschworen, nie mehr ins Finistère zurückzukehren. Weil dort der Tod lauerte.«

»Na, siehst du«, sagte Maël und reichte ihr ein Taschentuch. »Du bist schließlich doch wieder hergekommen. Du hast deine Muttersprache wiedergefunden.«

»Ich habe sie nie verloren und für eine lange Zeit war sie mein einziger Halt. Heute weiß ich das.«

»Morgane! Aufwachen!«

Morgane hielt die Augen geschlossen und vernahm die samtige Stimme von Annick. War das ein Traum?

»Schluss damit, Morgane. Du machst dich ja kaputt. Steh jetzt auf! Wir gehen spazieren. Hinunter ans Meer. Keine Widerrede! Steh auf!«

Mit Schwung warf Annick die Decke zurück, wartete, bis Morgane an der Bettkante saß, die Füße von sich streckte und ihre Zehen anstarrte.

»Alle noch da«, sagte Annick, zwang Morgane aufzustehen und führte sie ins Bad.

»Welchen Tag haben wir heute?«, wollte sie wissen.

»Samstag«, erwiderte Annick. »Heute Abend gibt es Essen bei mir. Paulette habe ich auch schon eingeladen.«

»Ich habe keinen Appetit.«

»Der kommt dann schon. Kennst du nicht das alte französische Sprichwort? *L'appétit vient en mangeant* – Der Appetit kommt beim Essen.«

Vorsichtig zog sie Morgane den Schlafanzug aus und befahl ihr, in die Wanne zu steigen. Morgane ließ den Kopf hängen und spürte, wie ein warmer Wasserstrahl ihren Nacken und den Rücken herunterlief. Dann die weichen Hände von Annick, die sie einseiften.

»Hast du mir verziehen?«, fragte sie vorsichtig, presste die Augen zusammen, um den Schaum des Shampoos abzuwehren, und nahm anschließend das Handtuch, das ihr Annick reichte, entgegen.

»Du weißt doch, dass ich dich liebe«, bekam sie zur Antwort und fühlte zwei Küsse rechts und links auf ihrer Wange.

»Ich könnte sonst nicht weg von hier, wenn ich nicht wüsste, dass du mir vergeben hast.«

Annick lächelte, nahm Morgane an der Hand und führte sie in ihr Zimmer, wo sie sie auf dem Bett absetzte.

»Vielleicht musst du ja gar nicht weg. In deiner Küche habe ich eine Annonce an die Pinnwand gehängt. Irgendeine Filmgesellschaft sucht eine Immobilie wie die hier zum Mieten. Für ein Schweinegeld. Meine kommt nicht in Frage. Die bestehen auf freien Meerblick.«

»Hat mir auch nicht geholfen, der freie Meerblick«, erwiderte Morgane wehleidig.

Annick schaltete den Fön ein und Morgane ließ einfach den Kopf hängen. Der warme Luftstrom tat gut, ein frischer Duft nach Minze und Zitrone streifte ihre Nase. Dann schritt Annick zum Kleiderschrank, entnahm ihm eine Jeans, einen Pullover, eine Unterhose und einen Büstenhalter. »Da musst du erst wieder hineinwachsen, fürchte ich«, sagte sie skeptisch und hielt das Körbchen gegen Morganes dünnen Oberkörper.

Morgane rang sich ein Lächeln ab und schüttelte den Kopf. »Es geht nicht nur um Geld, Annick. Ich kann nicht mehr hier leben. Das ist es. Dieses Haus ist vergiftet.«

»Ein Haus kann nicht vergiftet sein. Deine Gedanken sind es! Du musst positiv denken! Du hast so viel Kraft in dieses Haus gesteckt. Das darf nicht vergeblich gewesen sein.«

Morgane, die auf einmal die Kälte auf ihrer Haut spürte, begann zu zittern und Annick stülpte ihr vorsichtig ein T-Shirt über den Kopf.

»Ich wünschte, ich wäre du. Das mit Maël – es war mies von mir. Ich bin der letzte Dreck«, hallte Morganes Stimme dumpf unter dem Shirt und ihr war, als spräche sie nur zu sich selbst.

Mit einem Ruck zog Annick an dem Halsausschnitt, bis Morganes Kopf zum Vorschein kam. Die Haare auf ihrem Gesicht kitzelten. Annick strich sie ihr zärtlich hinter die Ohren.

»Es war nicht mies, Morgane. Du redest Blödsinn. Mies war nur, dass du es mir nicht gesagt hast. Du hättest mir vertrauen müssen. Und nein, du möchtest nicht sein wie ich. Glaube mir!«

»Aber ich …«, stammelte sie.

»Halt endlich den Mund«, unterbrach sie Annick schroff. »Sag mir lieber, was jetzt mit Paulette passiert.«

»Zwei Zimmer. Küche. Bad. In Le Conquet bei einer Bekannten von Madame Menez. Sie hat etwas wiedergutmachen müssen an Paulette. Die Miete ist gerade noch erschwinglich.«

»Dass es so enden muss«, stammelte Annick und schüttelte ungläubig den Kopf. »Aber ich kann dir nicht verdenken, von hier wegzugehen. Will es ja selbst seit einer Ewigkeit. Ohne dich wird es ganz schön öde werden.«

Sie warf die Jeans, Socken und den Pulli aufs Bett, holte Morganes Windjacke von der Garderobe, betrachtete sie schweigend beim Ankleiden, das eine Ewigkeit dauerte, und reichte ihr schließlich die Jacke. Dann schob sie Morgane sanft zur Tür hinaus. Oben an den Klippen liefen sie den schmalen Weg entlang bis St.-Mathieu, einen winzigen Abschnitt des *Sentier des douaniers*, und Morgane hörte sich reden; darüber, wie es dazu gekommen war, dass sie und Maël sich angenähert und verloren hatten, ehe es richtig begann, und weshalb sie es nicht vermocht hatte, ihre Zerrissenheit mit Annick zu teilen. Sie erzählte von Jacqueline und Daniel, dem verhassten Hausboot, das sie aus ihrem Traum geweckt hatte, von den mahnenden Hinkelsteinen. Sie sprach von der Begegnung mit Armel und dem düsteren Geheimnis ihrer Identität, Paulettes Geständnis. Annick hörte aufmerksam zu, stellte Zwischenfragen und legte immer wieder den Arm um Morganes Schulter.

»Du musst deinem Vater verzeihen. Ruf ihn an, Morgane. Glaub mir, er wartet darauf. Sag ihm, dass du ihn verstehen kannst. Er wollte nichts anderes, als sein Kind beschützen.«

»Welchen Vater?«, fragte Morgane und blieb stehen.

»Deinen deutschen«, erwiderte Annick, zwickte Morgane vorsichtig in die Wange und strich ihr über das Ohrläppchen. Dann zog sie den Reißverschluss ihrer Windjacke nach oben.

»Habe ich ihm denn verziehen?«

»Oh ja, das hast du.«

Kapitel 20

Morgane öffnete die Augen und sah sich um. Überall im *La Chaloupe* waren Kerzen aufgestellt, die flackerten. Um sie herum standen Paulette, Annick, Monsieur Karvan und Armel Briag. Alle lächelten. Paulette wischte sich mit einem Stofftaschentuch die Augenwinkel. Nur Maël befand sich etwas abseits am Tresen, öffnete eine Champagnerflasche und schenkte ein. Er stellte die Gläser auf ein Tablett und trat damit in die Runde.

»Auf Morgane«, sagte Annick feierlich. »Die beste Freundin, die man haben kann.«

Morgane senkte verlegen den Blick.

»Auf Morgane«, murmelten die anderen.

Maël nippte nachdenklich an seinem Glas und fixierte dabei Morgane. Im Hintergrund lief Musik, die lauter wurde. Ein Paso doble, gespielt von einem Akkordeon. Ehe sich Morgane versah, kam Armel, stellte sich vor sie und legte seinen Arm um sie. Dann nahm er ihre Hand, legte sie in die seine und führte sie nach oben. Aufmunternd lächelte er ihr zu. Erst jetzt fiel ihr auf, dass er etwa einen Kopf größer war als sie.

»Ich kann nicht …«

»Lass mich machen«, erwiderte er. »Schließ die Augen.«

Er lenkte sie geschickt mit wenigen Kommandos, die sie durch den sanften Druck seiner Umarmung zu spüren bekam.

Sie schloss die Augen, bewegte sich im Takt der Musik und merkte, wie ihre Haltung sich veränderte. Sie hob das Kinn und drückte die Schultern nach unten.

»Du wirst wiederkommen«, hörte sie Armels Stimme an ihrem Ohr.

Sie zuckte die Achseln.

»Jetzt fängst du auch schon damit an.«

»Womit?«

»Sagen, was ich tun werde.«

»Ich *weiß* es einfach. Eine Ahnung.«

»Eine Ahnung«, wiederholte sie lächelnd. »Die dich schon dein ganzes Leben begleitet, nicht wahr?«

»Mein ganzes Leben«, entgegnete er zustimmend.

»Und die hattest du auch, als du im Spätsommer Artischockensamen gesät hast, nicht wahr?«

»So ist es«, bestätigte er lächelnd. »Du begreifst schnell. Es wird ein milder Winter. Du wirst schon sehen. Die Erde ist stark hier. Und die Artischocken sind robust. Sehr anpassungsfähig. Bis auf die Kälte vertragen sie viel.«

Als sie die Augen öffnete, schien es ihr, als sei eine Ewigkeit vergangen. Um sie herum tanzte Paulette mit Monsieur Karvan. Annick warf theatralisch ihren Kopf zurück und legte beide Arme um Maëls Hals. Sie lachte, nur Maël blieb ernst und sah an Annicks Lockenkopf vorbei nachdenklich zu Morgane und Armel. Irgendwann tauschte einer nach dem anderen die Partner, bis Morgane schließlich in Maëls Armen landete. Aus den Lautsprechern klang Katie Meluas »*The Closest Thing to Crazy*«.

»Wir hatten keinen guten Start, erinnerst du dich? Und kein gutes Ende«, wisperte Maël in ihr Ohr.

»So schließt sich der Kreis«, lächelte sie.

»Ich hatte plötzlich Panik. Diese Nähe zu dir … Das löst eine Art Fluchtinstinkt in mir aus. Verzeih mir.«

»Maël«, sagte sie mit einem flehenden Unterton. »Es ist gut so, wie es jetzt ist.«

»Wir hätten es schaffen können«, fuhr er fort und seine Wange berührte ihre. Dieser Duft, den sie von tausend anderen zu unterscheiden wusste, versetzte ihr einen Stich mitten ins Herz. Sie spürte seine Fingerspitzen auf ihrer Wirbelsäule, die Wärme seiner Hände.

»Das kommt dir jetzt so vor, weil ich weggehe.«

»Ich könnte mich ändern.«

Morgane dachte an Mémés Worte, dass sich die Menschen nicht ändern, sondern nur entfalteten und erwiderte leise: »Ich würde nicht wollen, dass du dich änderst.«

Sie legte ihren Kopf an seine Schulter und atmete erneut seinen unverkennbaren Duft ein.

»Wir könnten es versuchen. Ein Experiment«, fuhr er hartnäckig fort.

»Mit Experimenten bin ich für die nächsten Jahre bedient. Du hast mir gezeigt, wozu ich imstande bin, Maël. Dafür bin ich dir dankbar. Und ich gehe in der Liebe keinen einzigen Schritt mehr zurück. Du hast mich das gelehrt.«

Sie spürte seine Hand auf ihrem Rücken und hauchte einen Kuss an seinen Hals.

»Dann bleib bei mir. Es gibt keine absolute Sicherheit, Morgane. Erst recht nicht in der Liebe.«

»Wie wahr«, erwiderte sie leise.

»Wir werden uns wiedersehen.«

»Das ist schon die zweite Prophezeiung, die ich binnen weniger Minuten zu hören bekomme«, entgegnete sie und verkniff sich ein Lachen.

»Ich habe da so eine Ahnung«, erwiderte er zärtlich und küsste ihr Haar.

»Ihr Bretonen mit euren Ahnungen.«

Vorsichtig löste sich Morgane aus Maëls Umarmung und tippte Annick, die gerade mit Armel tanzte, auf die Schulter: »Darf ich?«

Armel breitete seine Arme aus, nahm Morganes Hände, zog sie schließlich zu sich heran und sie legte ihren Kopf an Armels Brust und ließ sich führen.

Gegen zwei Uhr morgens trennte sich die Gruppe. Armel übernachtete in Vivis Kinderzimmer bei Maël. Paulette, Annick und Morgane fuhren gemeinsam in die Rue des Artichauts.

»Wir sehen uns noch die nächsten Tage«, meinte Annick aufmunternd und küsste Morgane auf die Wange.

Morgane und Paulette gingen hinein und schlossen die Tür hinter sich. Im Flur blieben beide verlegen stehen.

»Morgen am Nachmittag ist der Notartermin«, sagte Morgane leise.

»Ich werde gepackt haben«, entgegnete Paulette, ohne eine Miene zu verziehen. »Meine Möbel holt Karvan in der kommenden Woche.« Plötzlich hielt sie inne: »Was geschieht eigentlich mit Filou?«

Sofort erhob sich Filou von seinem Platz und setzte sich zwischen die beiden Frauen. Er fixierte erst Morgane, dann Paulette und seine ganze Körperhaltung verriet Anspannung. Morgane hatte sich tagelang den Kopf darüber zerbrochen, ob sie das Tier wirklich mit nach Deutschland nehmen sollte. Sie wusste ja selbst noch nicht, wohin, denn wie schwierig es war, in München eine Wohnung zu finden, war ihr klar. Von dem Verkauf des *Artischockenzaubers* würde nach Abzug der Schulden ein fünfstelliger Betrag übrig bleiben, genug für die Anzahlung eines nicht allzu großen Eigentums weit außerhalb der Landeshauptstadt. Ein kleiner Garten für Filou inklusive. Aber sie brauchte einen festen Job, um überhaupt einen Kredit zu bekommen.

Sollte sie den Rüden wirklich seiner bretonischen Freiheit berauben? Das Meer, der Wind, die Gerüche des Finistère! Sie hatte das Gefühl, wenn sie ihn in einigen Wochen nach Deutschland holen würde, würde er womöglich eingehen wie eine Pflanze, die das neue Klima nicht vertrug.

»Was meinst du denn, was das Beste für ihn wäre?«, hörte sie sich fragen.

»Filou sollte bei mir bleiben.«

»Kannst du hin und wieder mit ihm hinunter ans Meer gehen?«, fragte Morgane ängstlich und hörte, wie ihre Stimme kippte.

Paulettes nickte müde und Morgane schluckte ihre Tränen hinunter. Filou sah beiden Frauen nach, die sich in entgegengesetzte Richtungen in ihre Zimmer aufmachten. Mit einem lauten Seufzer legte er sich auf seinen Platz im Flur. Als Morgane ihr Zimmer betrat, klingelte ihr Handy. Eine SMS. Eine Nummer, die ihr nichts sagte. Sie öffnete die Nachricht:

Liebe Morgane. Jetzt hast du meine Handynummer. Schlaf gut. Es umarmt dich Armel, der alte Sturkopf.

Morgane lächelte und ging sofort schlafen. Am nächsten Tag wartete sie auf die Ebbe und fuhr dann direkt in die Bucht bei Plouarzel zu Elaines Gedenkstein.

»Es tut mir so leid, Maman, dass ich es nicht geschafft habe«, klagte sie, als sie vor dem Felsen stand. Sie verharrte einen Moment an der Stelle, die noch feucht von der letzten Flut war, strich über die glatte Oberfläche des Steins, setzte sich auf den danebenliegenden Felsen und sah lange hinaus aufs Meer.

Anschließend ging sie zum Friedhof, wo einst Mémés Grab gelegen hatte. Neben der kleinen Kapelle hielt sie inne und blickte sich um. Rings um sie herum nichts als Gräber, Sträucher und kahle Bäume. Auf einem von ihnen zwitscherte ein kleiner Vogel ohne Unterbrechung, und Morgane fragte sich, während sie den Schreihals beobachtete, ob er den großen Zug gen Süden im September verpasst hatte und ohne Familie zurückgeblieben war. Sie betrachtete die Gräber mit den Schwarz-Weiß-Fotos der Verstorbenen. Frische Blumen zeugten davon, dass sie nicht vergessen waren. Der Efeu hatte einen grünen Teppich über die Gräber gezogen, dicht, mit glänzenden, satten Blättern, die bereits neue Triebe bildeten. Als sie den Friedhof durch ein gusseisernes Tor verließ, hörte sie hinter sich eine zweite, tiefere Vogelstimme, offensichtlich die Mutter, die nach ihrem ausgerückten Jungen rief. Es war nicht alleine.

Als sie das Haus betrat, das ihr in wenigen Stunden nicht mehr gehören würde, war es merkwürdig still. Morgane hatte das Gefühl, Blei an den Füßen zu haben, während sie über die Treppe hinauf zum Leuchtturmzimmer ging. Sie strich mit dem Finger über die Schiefertafel, auf der sie einst mit Kreide *Chambre du Phare* geschrieben hatte und verwischte dabei die Buchstaben. Leise öffnete sie die Tür, als schlafe dahinter jemand, den sie nicht wecken durfte. Sie trat ein und sah sich um. Der neue Eichenboden knarrte, als sei er seit Jahren an die Füße, die auf ihm gingen, gewöhnt. Alles wirkte heimelig, als warte der Raum darauf, bewohnt zu werden. In der Ecke stand das Bett, unter dem Fenster der Beistelltisch, daneben ein dunkelroter Ohrensessel. Jetzt, da sie fortging, sah es genau so aus, wie sie es sich einst erträumt hatte. Ein

Hauch von der Chemie der Holzwurmbehandlung streifte ihre Nase. Monsieur Le Goff hatte recht gehabt. Alles dauerte seine Zeit, folgte seinem eigenen Rhythmus. Morgane ging hinüber zum Fenster und kippte es.

Kapitel 21

Wie schon einmal vor einem knappen Jahr parkte Morgane ihren Wagen in der Nähe des Friedhofs und lief in Richtung Ortskern. Zu Hause hatte sie Paulette einen Umschlag mit dem Inhalt ihres Geldbeutels, nämlich vierhundertdreiundvierzig Euro und fünfzig Cent, auf den Küchentisch gelegt und auf ein Blatt Papier geschrieben:

Liebe Paulette! Vorläufiger Unterhalt für Filou. Ich hoffe, dass er in seinem Hundeleben mindestens noch den zehnfachen Betrag benötigt. Ich übernehme das und schicke von Deutschland aus mehr. Morgane.

Sie war eine knappe Stunde zu früh dran für den Notartermin, drehte sich um und ging ein letztes Mal hinaus aus dem Ort in Richtung Meer. In jener Parkbucht über den Klippen, wo es sie während ihrer Zeit im Finistère immer wieder hingezogen hatte, setzte sie sich auf eine Bank und blickte auf den Ozean. Lange verharrte sie dort, still, ohne konkrete Gedanken, die Arme vor der Brust verschränkt. Nach einer Weile stand sie auf und machte sich auf den Weg. Am Ortseingang registrierte sie einen dunkelblauen Mercedes-Oldtimer mit Münchner Kennzeichen und einem Aufkleber *I love Munich*. Offensichtlich einer der seltenen November-Touristen. Sie sah auf die Uhr. Ziellos schlenderte sie durch die Straßen, vorbei an dem kleinen Souvenirladen, dessen

Schaufenster von innen mit einem dunklen, schweren Vorhang bedeckt war, entlang am *Office du Tourisme* und an der Patisserie von Jacques Gasteaux, aus der ein Duft von frischem Baguette und Croissants strömte.

Zwanzig Minuten vor dem offiziellen Notartermin klingelte Morgane bei Monsieur Le Hir. Dieser öffnete die Tür einen Spalt, hob etwas erstaunt die Brauen, bat seine Klientin hinein und gemeinsam betraten sie das Arbeitszimmer, das sich seit Morganes Anreise vor knapp einem Jahr nicht verändert hatte. Wie damals ging sie zum Schreibtisch, auf dem heute neben vielen Unterlagen eine Kanne Kaffee und drei Tassen standen. Ein paar Petits Fours. Morgane starrte auf den Tropfenfänger, ein winziges Polster aus kariertem Stoff am Hals der Kanne, das aussah wie ein Miniaturkissen und mit einem Haushaltsgummi befestigt worden war. Sie unterdrückte ein Lachen.

»Bitte entschuldigen Sie, dass ich zu früh hier bin«, sagte sie leise, zwang sich wegzusehen und richtete den Blick auf das süße Gebäck.

»Das macht doch nichts«, winkte der Notar ab, bot ihr denselben Platz wie vor einem Jahr an, fragte, ob sie Kaffee wünsche und füllte zwei der drei Tassen, ohne ihre Antwort abzuwarten. Ein Tropfen der dunklen Flüssigkeit schwappte über den Schnabel der Kanne. Verblüfft beobachtete Morgane, wie er herunterlief und von dem lächerlichen Kissen aufgefangen wurde. Als der Notar ihren Blick bemerkte, schob er den Teller mit den Petits Fours in ihre Richtung. »Bedienen Sie sich. Ich bitte Sie«, fügte er theatralisch an, als ob Morgane gleich am Verhungern sei und sofort etwas zu sich nehmen musste.

»Woher sind sie?«, fragte sie.

Le Hir sah sie mit großen Augen an: »Ich verstehe nicht …«

»Die Petits Fours.«

Morgane deutete darauf.

»Ach«, antwortete Monsieur Le Hir erleichtert. »Sie meinen diese wunderbaren süßen Verführungen. Ein paar Straßen von hier entfernt. Vom besten Patissier in Le Conquet – Jacques Gastaux.«

Morgane lehnte lächelnd ab.

»Der November ist ziemlich trist im Finistère«, bemerkte Monsieur Le Hir nach einer Pause, nippte an seiner Tasse und Morgane bestätigte mit einem Kopfnicken. »Sie gehen nach Deutschland zurück?«

»In ein paar Tagen«, antwortete sie.

Dann klingelte es und Monsieur Le Hir sprang erfreut auf, eilte zur Tür und ehe sich Morgane versah, kam ein Mann, gefolgt von Monsieur Le Hir, den der Besucher um mindestens einen Kopf überragte, mit großen Schritten direkt auf sie zu, trat zum freien Stuhl neben ihr und deutete eine Verbeugung an.

»Es ist sehr schön, dass wir ins Geschäft kommen, Frau Schneider. Herbert Backhausen.«

Er lächelte sie an und in seinen Augen spiegelte sich ein Triumph. Seine Nase schien etwas lang in dem schmalen Gesicht. Die grauen Haare wirkten gepflegt.

»Angenehm«, erwiderte sie beherrscht, überlegte, ob sie aufstehen sollte, blieb aber sitzen.

Sie schätzte ihn auf Ende sechzig.

»Wir wollen uns hier zur Ruhe setzen. Meine Frau träumte schon immer von einem Haus in Frankreich«, erklärte Herr Backhausen. Seine Stimme hatte plötzlich einen hohen Klang, so als würde sie sich jeden Moment überschlagen. »Seit über einem Jahr suche ich eine derartige Immobilie. Wir sind sehr angetan. Sehr angetan.«

»Das hier ist nicht Frankreich«, erwiderte Morgane tonlos und verstummte sogleich. Monsieur Le Hirs Kopf ging ruckartig in ihre Richtung, dann riss er theatralisch die Augen auf und zuckte kurz. Schließlich fixierte er die Petits Fours und schob den Teller hinüber zu Herrn Backhausen.

Verstohlen betrachtete Morgane den Käufer. Er trug einen dunkelblauen Anzug, ein hellblaues Hemd und eine gestreifte Krawatte. Er wirkte nicht unsympathisch. Aber irgendetwas gefiel ihr nicht an ihm und es dauerte eine Weile, bis sie dahinterkam. Ein mühsam wegtrainierter bayerischer Akzent schimmerte in seiner Aussprache durch.

»Wir sprachen gerade davon, wie trist der November hier ist«, erklärte Monsieur Le Hir, während er seine Hände faltete, als ob er ein Gebet sprechen wolle, dann aber schien er sich auf sein Verkaufstalent zu besinnen und korrigierte in Richtung Herrn Backhausen: »Jede Jahreszeit hat ihren Reiz hier. Sie werden sehen. Sie werden sehen.«

»So ist es. So ist es«, erwiderte der Käufer im Dreivierteltakt eines Walzers, nahm eines der süßen Stücke und biss hinein.

Morgane räusperte sich. Plötzlich vernahm sie den Klang einer ankommenden SMS auf ihrem Handy. Sie hatte vergessen, es auszumachen. Eine Entschuldigung murmelnd, nahm sie das Mobiltelefon aus ihrem Rucksack und überflog Armels Nachricht:

Gute Fahrt nach Deutschland, liebe Morgane. Herzliche Grüße, dein Armel.

»Doch hoffentlich nichts Unangenehmes?«, fragte Monsieur Le Hir.

»Ja … Nein«, korrigierte sich Morgane eilig. »Mein Vater hat erst vor Kurzem die digitale Welt entdeckt. Das ist alles. Bitte verzeihen Sie.«

Sie schaltete ihr Handy aus und steckte es ins Seitenfach ihres Rucksacks. Herr Backhausen öffnete den Mund und schloss ihn wieder. Verwirrt wackelte er mit dem Kopf.

»Dann wollen wir mal die Formalitäten erledigen«, klatschte Monsieur Le Hir in die Hände, als folge er der nächsten Regieanweisung. Morgane zuckte zusammen. Lautstark rieb er seine Hände aneinander.

Langsam drang die Stimme von Monsieur Le Hir zu ihr durch, der, während er in einem umfangreichen Dokument blätterte, im Stakkato Erklärungen abgab. Morgane hörte Zahlen, Paragrafen, eine Adresse und schließlich den Namen des Käufers, dann ihren eigenen. Von dem Wort »Rücktrittsrecht« vernahm sie nur »Rück…«, von »Räumungsklage bezüglich einer gewissen Paulette Kermarrec« nur »Räum…« und schließlich »…rec«, die restlichen Silben verschluckte Monsieur Le Hir zusammen mit einem Petit Four, das er sich zeitgleich in den Mund steckte.

»Haben Sie das verstanden?«, hörte sie Le Hirs Stimme langsam zu ihr durchdringen.

»Das wird nicht nötig sein«, erwiderte Morgane freundlich. »Madame Kermarrec zieht in diesen Tagen aus. Sie werden sie nicht hinauswerfen müssen.«

Monsieur Le Hir hörte auf zu kauen. Dann nahm er einen großen Schluck Kaffee, ohne seine Augen von Morgane abzuwenden, und schob das Dokument näher in ihre Richtung.

»Wenn Sie überall dort unterschreiben würden, Madame Schneider, wo ich ein Kreuz markiert habe. Hätten Sie bitte die Freundlichkeit?«

Hinter seiner Nickelbrille funkelten dunkle Augen. An seiner Oberlippe hing ein Schokoladensplitter. In seinen dichten Brauen stand ein borstiges Haar quer. Es vibrierte leicht und drohte sich auf das Brillengestell zu legen. Morgane überkam der Wunsch, es sogleich mit einer Pinzette herauszuziehen. Sie zwang sich wegzusehen.

»*Ladies first*«, sagte der Fremde mit einer Spur von Ungeduld in seiner Stimme und Morgane nahm den Füllfederhalter in die Hand, starrte auf die getippten Seiten, den eingesetzten Geldbetrag von 160 000 Euro und die Adresse »Rue des Artichauts 13«. Sie nahm das Schreibgerät in ihre linke Hand, führte die Spitze der Feder an die Linie und hielt inne.

»Ja genau, hier«, bestätigte Monsieur Le Hir und tippte mehrmals nacheinander mit dem Zeigefinger auf den Tisch. »Hier müssen Sie unterschreiben.«

Sie schloss die Augen. Dann hielt sie die Luft an und setzte in Windeseile ihren Namen auf die Linie. Herr Backhausen atmete hörbar durch. Morgane, die sich nach insgesamt sechs Unterschriften leer und kraftlos fühlte, so, als habe sie gerade ihr Haus zu Grabe getragen, stand langsam auf, sah sich im Raum um und trat zum Fenster. Das Rascheln der Seiten war zu hören.

»Da war noch eine Unterzeichnung, lassen Sie mich das bitte verifizieren. Irgendwo …«, stammelte Le Hir. »Die Nebenvereinbarungen. Auch diese bedürfen einer …«

Morgane hörte gar nicht mehr hin. Als sie zum Fenster hinaussah, schweifte ihr Blick über die Steinhäuser mit den blauen Läden, die Korbmarkisen der kleinen Geschäfte, das über viele Jahrzehnte abgetretene Kopfsteinpflaster in den engen Gassen. Das Ladenschild *Boulangerie* fiel ihr auf. Entweder war es neu oder blank geputzt worden und ganz offensichtlich hatte jener Bäcker seinen vor über zehn Jahren eingestellten Betrieb wieder aufgenommen. Ein Sonnenstrahl drückte durch die Wolkendecke und beschien den Eingang. Die Fenster waren mit Geranien dekoriert.

»Um diese Jahreszeit blühen noch Geranien«, sprach sie wie zu sich selbst.

Vom Schreibtisch war ein nervöses Blättern zu hören, während Monsieur Le Hir unverständliche Laute von sich gab. Unten auf der Straße standen zwei Mädchen am Bordstein wie Soldaten nebeneinander und spielten *Wer am weitesten spucken kann*. Immer wieder warfen sie ihre Köpfe zurück, hielten inne und spuckten dann nacheinander ruckartig auf die Straße. Morgane drückte ihre Stirn an die Fensterscheibe.

»Wussten Sie, dass es früher Schilder in der Bretagne gab, auf denen stand: *Es ist verboten, auf den Boden zu spucken und Bretonisch zu sprechen?*«, fragte Morgane geistesabwesend, während sie die Mädchen beobachtete, wie sie Hand in Hand auf dem Gehweg in Richtung Parkanlage hüpften.

Beide Herren räusperten sich fast zeitgleich. Morgane folgte den Mädchen mit den Augen, bis sie in einer Seitenstraße verschwanden, wo eine Politesse hinter einem Wagen zurücktrat, um das Nummernschild eines dunkelblauen Mercedes-Oldtimers zu notieren. Der Fahrer hatte ungeschickt geparkt, einer der Reifen stand auf dem Bordstein und versetzte das Auto in Schieflage. Morgane stutzte und kniff die Augen zusammen, bemüht, das deutsche Kennzeichen aus der Entfernung zu entziffern. Die Karosserie des Mercedes glänzte genau wie seine Felgen, als stamme er aus Werbeaufnahmen für ein Automobilmagazin und ein Blick auf den Aufkleber mit dem Herz löste in Morgane einen Gedankenblitz und eine Kettenreaktion aus. Sie hörte, wie ihre Atmung beschleunigte und eine plötzliche Übelkeit überkam sie. Ihr Herz klopfte. Ohne nachzudenken sprach sie gegen die Fensterscheibe:

»Wie geht es meinem Vater, Herr Backhausen?«

Die Stille im Raum war spürbar, die Luft schien elektrisiert wie unmittelbar vor einem Gewitter und Morgane glaubte, gleich explodiere irgendein Gegenstand, womöglich der Füllfederhalter, den Herr Backhausen soeben in seiner zitternden Hand hielt. Fragend blickte Monsieur Le Hir abwechselnd zum Käufer, dann wieder zu Morgane.

»Es handelt sich offensichtlich um ein Missverständnis«, stammelte Le Hir.

Morgane warf ihm einen kurzen Blick zu, registrierte, dass der Schokoladensplitter an seiner Lippe verschwunden war, und fixierte dann Herbert Backhausen.

»Soweit ich weiß, geht es ihm gut«, erwiderte der Befragte nach einer Pause ausweichend. »Ich habe ihn zwar schon länger nicht mehr gesehen, denn wir hatten nur Telefonkontakt, aber es schien alles in bester Ordnung.«

Was dann geschah, vermochte Morgane im Nachhinein nicht mehr in die richtige Reihenfolge zu bringen, denn sie handelte instinktiv. Auf einmal war sie die Katzenmutter aus dem Moor vor Redon oder jene aus ihrer Kindheit in der Rue des Artichauts, eine Mutter, die sofort ihre Jungen in Sicherheit bringen musste.

Sie lief zum Schreibtisch, auf dem der Kaufvertrag in dreifacher Ausfertigung lag, nahm Herrn Backhausen den Füllfederhalter aus der Hand, strich mit hektischen Bewegungen ihre Unterschriften durch, bis das Papier aufkratzte. Schließlich zerriss sie unter dem empörten Blick der beiden Männer einige Seiten des Dokuments, zumindest jene, die sie lose erwischte, und lief dann zur Tür.

»Es tut mir leid«, log sie beim Hinausgehen. Sie hörte die Tür hinter sich ins Schloss fallen und rannte die Treppen hinunter, hinaus auf die Straße. Der bretonische Wind schlug ihr ins Gesicht und die Luft roch nach Salz. Sie lief, so schnell sie konnte, zu ihrem Wagen.

Morgane warf den Motor an und sogleich kippte die Nadel ihres Tanks unter die rote Markierung. Sie fuhr viel zu schnell aus dem Ort heraus und auf der Straße nach St.-Mathieu bemerkte sie, dass das Gaspedal nicht mehr reagierte. Sie drückte die Warnblinkanlage, brachte den Wagen am Straßenrand zum Stehen, stieg aus, schlug die Tür zu und eilte in die Rue des Artichauts.

Bald schon konnte sie das Haus sehen, das Tor war sperrangelweit geöffnet, als habe sie jemand erwartet, und sie rannte die letzten Meter zum Eingang, die drei Stufen hinauf, wo Filou, aufgeschreckt aus dem Tiefschlaf, sich schüttelte und die Ohren spitzte. Morgane klopfte sein weiches Fell, spürte, wie ihr die Tränen die Wangen hinunterliefen und steckte mit zitternden Händen den Schlüssel in das Schloss. Sie stolperte in den Flur, der voller Koffer stand, ihre eigenen und die von Paulette hatten sich traurig und voneinander abgewandt dort gruppiert. Sie ging in die Küche, bemerkte die blasse Gestalt von Paulette und blieb außer Atem in der Tür stehen. Keuchend ließ sie ihren Oberkörper nach vorne fallen, stemmte ihre Hände gegen die Knie und schnappte nach Luft.

Erschrocken sah Paulette von jenem Platz auf, den sich Morgane ohne sie gar nicht mehr vorstellen konnte, einen Kugelschreiber in der Hand. Auf dem Tisch lag ein Kreuzworträtsel und plötzlich weiteten sich Paulettes gerötete Augen, als begreife sie ohne Erklärungen die Lösung aller Rätsel dieser Welt auf einen Schlag, dann wieder schien sie in sich zusammenzufallen, als erwache sie aus einem bösen Traum in eine Wirklichkeit, die noch schlimmer war.

»Was ist denn los, Kind? Was ist passiert?«, fragte Paulette und ließ den Stift fallen, der über den Tisch rollte und zu Boden fiel.

»Wir bleiben«, sagte Morgane feierlich, unterbrochen von einem heftigen Schluchzen, denn sie wusste, seit sie jene Kanzlei verlassen hatte, dass es die Umwege waren, die einen auf den richtigen Pfad bringen konnten, man musste sie nur gehen und dann den Mut haben, umzudrehen und noch einmal von vorn zu beginnen. Und dieses Wissen löste eine Mischung aus Freude und Traurigkeit aus, denn das Glück schien plötzlich so greifbar und als ob es immer in ihr gewesen sei, warum nur hatte sie es nicht gesehen und weshalb hatte es eines letzten Akts der Fremdbestimmung bedurft, damit sie sich selbst finden und für ihr Glück einstehen konnte? Letztendlich hatte ihr Robert, ohne es zu wissen, ein neues Leben geschenkt, eines, in das sie hineinpasste und das geduldig am Ende der Welt gewartet hatte, bis sie endlich so weit war.

»Wir bleiben«, wiederholte sie und diese zwei Worte vermochten alles auszudrücken, was sie empfand, was hinter ihr lag und noch kommen würde, und sie warf einen Blick aus dem Fenster, wo früher die hässliche Scheune gestanden hatte und wo jetzt die Saat der Artischocken schlummerte, die fraglos den Winter überstehen würden. Sie nahm mit den Augen Maß und sah nach Norden, wo Armel Briag auf seiner Insel hauste. Sie hatte zwei Väter, die sie liebten und die sie zurückliebte, und in Gedanken umarmte sie alles, was ihr im vergangenen Jahr geschenkt worden war. Filou stupste mit seiner Nase gegen ihre Hand, die sie erschöpft herunterhängen ließ, trottete an ihr vorbei und ließ sich zwischen Paulette und ihr auf den Boden fallen.

Das Geschirrtuch mit dem Schriftzug *Bienvenue* stach ihr ins Auge, wie kurz war doch ein Jahr und wie lange konnte ein Augenblick andauern! Was waren schon ein paar Schulden am Hals gegen das, was dieses Haus alles ausgehalten hatte, die Geheimnisse, die es bewahrt, und die Menschen, die es beherbergt hatte? An der Wand hing der Zeitungsausschnitt, den ihr Annick wie ein Vermächtnis ihrer Freundschaft hiergelassen hatte: *Bretonisches originalgetreues Steinhaus für Filmaufnahmen an den Klippen mit direktem Atlantikblick von* Dream-Cinema Produktionsgesellschaft *gesucht. Jahreszeiten-unabhängig. Miete für drei Monate. Exklusiv. Dringend. Gute Bezahlung garantiert.*

Irgendwann fand sich Morgane in ihrem Zimmer wieder, wo sie ihre Windjacke aus einer Kiste zerrte. Von einem Block riss sie ein Blatt Papier, nahm den Kugelschreiber aus ihrer Tasche und setzte sich damit an den bereits verpackten Schreibtisch. In Windeseile schrieb sie eine Überschrift und einen Satz, unter den sie ihre Signatur und das heutige Datum setzte. Dann warf sie einen letzten Blick auf die Wände, die ihr nicht mehr kahl, sondern lebendig erschienen, als habe heimlich jemand in der kurzen Zeit ihrer Abwesenheit einen neuen Anstrich vorgenommen. Und in Gedanken füllte sie die leeren Regale und sorgfältig verklebten Schränke, die für den Transport bereitstanden, mit Büchern, Kleidung und Gegenständen, an denen ihr Herz hing. Mit zitternden Händen nahm sie ihr Handy und wählte Armels Mobilnummer.

»Ich möchte unbedingt Bretonisch lernen«, sagte Morgane und schluchzte dabei laut auf. »Bringst du es mir …?«

Sie verstummte und sah auf den Zettel in ihrer Hand.

»Alles in Ordnung, Morgane? Wo bist du?«

Armels Stimme klang besorgt, ungläubig.

»Zu Hause«, rief sie, »ich bin zu Hause!«

Sie drückte das Gespräch weg, schlüpfte in ihre Jacke und rannte zurück in die Küche, wo Paulette immer noch saß, als sei sie mit dem Stuhl verwachsen, und die Röte, die vorher in ihren Augen zu sehen war, hatte sich inzwischen auf ihre Wangen gelegt. Morgane trat zu ihr, nahm Paulettes Kopf in die Hände, mitsamt dem Papier, das auf ihrer Wange knisterte. Sie küsste sie rechts und links und legte das Blatt auf den Tisch. Paulette nahm es und las mit monotoner Stimme laut vor: »Lebenslanges Wohnrecht für Paulette Kermarrec.« Dann ließ sie das Schriftstück fallen und schnappte nach Luft.

»Es ist nur vorläufig«, rief Morgane fröhlich im Weggehen. »Lass uns bald damit zum Notar gehen!«

Filou hüpfte aufgeregt neben ihr her. In großen Schritten ging sie die Klippen entlang zu jener Stelle, wo die kleine Sandbucht unter ihr lag. Das Meer war ruhig und das Blau des Spätherbsthimmels fast nicht zu unterscheiden von den betörenden Farben des Atlantiks, als verschmolzen die zwei Elemente miteinander. Die Höhe ängstigte sie nicht. Es war, als schwebe sie.

Morgane lief den schmalen Weg hinunter und streifte ihre Schuhe und Strümpfe ab. Der nasse Sand, den die Flut hinterlassen hatte, kitzelte an ihren Zehen. Filou rannte ins Wasser, kehrte zurück, immer und immer wieder, als vergewissere er sich, ob seine Besitzerin, die er um ein Haar verloren hätte, noch bei ihm war. Sie lachte und schleuderte einen kleinen Stock, den sie auf einem Felsen fand, so weit sie nur konnte hinaus aufs Meer. Filou sprang durch das Wasser, das in alle Richtungen spritzte, und apportierte den Stock zu Morgane.

Die Sonne wärmte, der Wind hinterließ eine Spur von Salz auf ihrer Haut. Sie breitete die Arme aus, warf den Kopf in den Nacken und schloss die Augen. Sie füllte ihre Lungen mit der unverkennbaren Luft des Finistère und atmete die Weite der Landschaft, ihre Schönheit, ihren Zauber. Der Leuchtturm von St.-Mathieu schien so nah. Bald schon, wenn die Dämmerung einsetzte, würde sein Lichtstrahl im wiederkehrenden Rhythmus über Wasser und Land ziehen.

Heimat, das war kein Boden, kein Gebäude, sondern ein Anker in ihr selbst, ein tiefes Gefühl der Verbundenheit mit allem, was sie ausmachte und mit jenem magischen Ort ihrer Vorfahren. Morgane sah hinauf zu ihrem Haus. Nicht mehr lange und auf Armels Feld würden die ersten Artischocken blühen, denn bestimmt hatten sie längst angefangen, unter der Erde unsichtbare Wurzeln zu bilden.

Sie drehte sich einmal um die eigene Achse, blieb stehen und richtete den Blick in Richtung Plouarzel, wo ein Gedenkstein, geschlagen aus den Felsen des Finistère, an ihre Mutter erinnerte. Das Meer hatte Elaine nicht zurückgegeben, aber Morgane begriff, dass die dunklen Schatten ihren Schrecken verloren hatten. Sie war ihnen gefolgt und hatte dabei die Essenz ihrer Kindheit, all die guten Geschichten, wiedergewonnen. Niemals würde sie aufhören, Elaine zu vermissen, und auch die wunderbaren Legenden von Mémé würden in ihr weiterleben, aber die Wehmut war einem Gefühl der Dankbarkeit gewichen. Am Horizont näherte sich die Sonne dem Meer. Noch ein Stück weiter, Morgane wusste genau, wo das war, am äußersten westlichen Punkt des Finistère, würde sie glutrot untergehen. Über der *Baie de Trépassés*, jenem Ort, wo sich die Seelen der Verstorbenen versammelten und in klaren Nächten ihre Stimmen zu hören waren.